Prologo

Verrà la morte e avrà i tuoi occhi

Un urlo. Un tonfo.

Nell'aula Soderini il silenzio si fece immediato. Tutti i ragazzi si voltarono nella direzione da cui era arrivato il grido. Si guardarono smarriti per qualche istante, poi, senza dirselo, si precipitarono verso l'uscita che dava sul cortile interno.

La dottoressa Abbondante scattò dalla sedia e, con agilità insospettata, fu la prima a raggiungere la portafinestra e uscire dall'aula.

In un primo momento non videro nulla, si fermarono sotto il porticato che circondava il cortile, interrogandosi l'un l'altro con lo sguardo. Solo Annabella Abbondante si diresse decisa sul lato opposto, verso i tre archi che sormontavano l'antica balaustra chiusa dall'inferriata. Alcuni di loro la seguirono, si sporsero a guardare in basso, e proprio lì sotto, quasi nascosto alla vista, videro un corpo.

Molti gridarono. Un paio di ragazze non riuscirono a sostenere l'orrore di quella scena e corsero via sconvolte.

La dottoressa Abbondante ignorò le richieste di aiuto e i pianti dei giovani colleghi, rientrò di corsa nell'aula grande, attraversò il corridoio con i banchi dell'accoglienza, e si precipitò verso l'ingresso della Scuola. Quasi si ruppe il collo per scendere lo scalone e riprese a correre verso il parcheggio, seguendo il perimetro dell'edificio finché non la vide, riversa a terra, poco prima della boscaglia. Una donna dai capelli grigi giaceva supina in una pozza di sangue. La giudice si sforzò di superare la repulsione e con passi incerti si avvicinò ancora di più per osservare il corpo, mentre dall'alto sentiva le grida dei colleghi affacciati alle finestre e alla balaustra. Quando fu accanto al cadavere, sentì le forze venirle meno. Si appoggiò al muretto a secco lì vicino, temendo di svenire. Vide gli occhi della donna: azzurri, vuoti, sbarrati.

Due lacrime di dolore rigarono le guance di Annabella Abbondante, il cuore le si strinse in una morsa serrata.

Perché l'aveva riconosciuta.

«Calpurnia!» gridò. «Non può essere vero.»

1

Santa pazienza

«Mi faccia capire bene, signora Fantastichini» disse la giudice togliendosi gli occhiali. «Lei quindi mi sta dicendo che la parte attrice, la signora Sperandio, al momento della brusca frenata dell'autobus si stava reggendo saldamente all'apposita maniglia?»

Annabella Abbondante si fermò un momento per guardare la testimone dritto negli occhi.

«Sì, è così, signora giudice» confermò la donna, accompagnando le sue parole con un eloquente gesto del capo.

«Bene... E sempre lei ha prima affermato che la signora Sperandio aveva in una mano un vassoio di pasticceria. È corretto?»

«Confermo, signora giudice» disse la testimone con grande zelo.

«Bene... E mi conferma anche quello che ha dichiarato in risposta alla domanda numero cinque?»

La signora Fantastichini aggrottò la fronte e si portò due dita alle labbra, che sembrava essere la sua personale interpretazione della massima concentrazione, poi disse con voce stentorea e vibrante: «Sì, esatto!».

«Ho capito... Però vede, signora, a questo punto abbiamo un problema serio di matematica da risolvere. Perché al momento lei mi ha appena confermato che la ricorrente con una prima mano era saldamente assicurata alla apposita maniglia, con una seconda mano reggeva il vassoietto dei dolci...»

«Ricciarelli.»

«Non ho capito.»

«I dolci erano Ricciarelli.»

«Lo metterò a verbale. Dicevo... Con la seconda mano reggeva i dolci, e poi, a questo punto devo desumere con una terza mano, teneva il guinzaglio della cagnolina.»

«Puzzola.»

«Non era un cane?» si stupì la giudice Abbondante, prendendo gli occhiali per osservare meglio la testimone.

«Certo. Si chiama Puzzola il cane.»

«Capisco. Lo verbalizzeremo. Ma mi pare più impellente risolvere il problema della terza mano, signora.»

La teste la guardò come se le avesse chiesto di spiegare l'origine dell'universo. E non rispose.

«Signora, quante mani ha la sua amica?» la giudice intrecciò le dita e le appoggiò al mento.

«Oddio, mi risulta due» rispose convinta la signora Fantastichini.

«E quindi non le sembra che il racconto che lei ci ha fatto non torni?» domandò la giudice, cercando nel contempo di visualizzare l'immagine di una spiaggia solitaria, che le regalasse la necessaria calma.

Anglosassone, Annabella, mi raccomando. Anglosassone.

«E questo, allora, dovete chiederlo a Clara.»

«E chi sarebbe adesso questa Clara?»

«Clara Capezzuti, è consigliera comunale.»

«Mi fa piacere per lei, ma non capisco che cosa c'entri adesso questa signora con il racconto dell'incidente occorso alla sua amica Renata Sperandio, la parte attrice.»

«Ma perché Claretta era presente al fatto, signora giudice. Di certo potrà raccontarle più particolari di me, perché lei ha visto proprio con i suoi occhi.»

La dottoressa Abbondante si tolse di nuovo gli occhiali, si deterse la fronte con un fazzolettino di carta e bevve un sorsetto di caffè dal thermos posto, in previsione di simili situazioni, a lato del Codice di procedura di civile.

Respirò a fondo. E poi chiese: «Signora, mi faccia capire bene. Lei mi vuol dire che non era presente al fatto?».

La signora Fantastichini rispose con il tono di chi ti sta spiegando che due più due fa quattro. «Ma certo che no! Ero alle Terme di Montecatini, come ogni anno.»

«E quindi come è a conoscenza dei fatti?» incalzò la giudice soffiando via un ricciolo avvilito che le era finito davanti agli occhi.

«Me li ha raccontati Clara. Lei c'era» disse, sempre come due più due fa quattro.

«E non ha avvertito la necessità di segnalarmelo?» domandò la giudice con tutta la calma che riuscì a imprimere alla sua voce.

«A dire la verità, non pensavo che fosse importante» la testimone spalancò gli occhi come se le avessero appena rivelato il terzo segreto di Fatima.

La dottoressa Abbondante si concentrò sul suono delle campane che proveniva da piazza Grande.

Anglosassone, Annabella, ricorda. Anglosassone.

Lo sguardo laser della giudice si diresse sull'avvocato Brighenti, che strizzò un attimo gli occhi, forse temendo di essere davvero incenerito sul posto. Poi tentò di spiegare la sua posizione, che al momento appariva indifendibile.

«Mi scusi, giudice. La signora Sperandio mi ha indicato i testimoni in grado di riferire sul fatto. Ho dato per scontato che fossero presenti e avessero conoscenza diretta» l'avvocato provò ad abbozzare una difesa. Di se stesso più che della sua cliente. Aveva l'espressione del ragazzino colto con le dita nella marmellata.

Annabella Abbondante sospirò e non commentò, non voleva correre il rischio di aprire gli argini e dare sfogo a ciò che stava pensando. In effetti nulla di quello che le veniva in mente da dire in quel momento era consono alla sua funzione e al luogo in cui si trovavano. Perciò, opportunamente, tacque.

Si versò un secondo sorsetto di caffè.

«Direi che possiamo congedare questa testimone, avvocato. Non avrebbe da apportare ulteriori elementi utili alla causa. Facciamola firmare.»

«Va bene, giudice» rispose sollevato l'avvocato Brighenti, pensando di essersela cavata con poco. E poi, mentre la teste firmava, aggiunse: «A questo punto chiederei un rinvio e andrei anch'io».

«No, avvocato. Lei invece resta. Faccia uscire la testimone e chiuda la porta.»

L'avvocato Brighenti visualizzò il buco nero che stava per inghiottirlo.

Annabella Abbondante era rientrata da qualche minuto nel suo studio, dopo l'estenuante udienza, quando si affacciò il cancelliere Sarracino, che attraversò deciso la stanza dirigendosi verso lo scaffale sotto il finestrone. Voltando le spalle alla giudice, iniziò subito ad armeggiare con la moka elettrica, situata in bella mostra di fianco alla pila di decreti ingiuntivi da firmare. «Dottoré. Vi faccio un poco di caffè e poi vi spiego perché sono salito.»

A quel punto Annabella Abbondante sollevò lo sguardo dal monitor e lo guardò allarmata: «Dolly, che è successo? Parla all'istante, non mi tenere sulle spine».

Dolly era il soprannome che la Abbondante aveva affibbiato al suo cancelliere: così efficiente e impeccabile che, a suo parere, avrebbe dovuto essere clonato come la pecora Dolly, e distribuito in dotazione nei vari uffici giudiziari.

«Ma voi non le leggete le mail che vi arrivano su @giustizia.it?» partì alla larga il cancelliere, continuando a darle le spalle.

Il riferimento alla posta dell'ufficio mise la giudice in allarme. Sentì nell'aria l'odore del caffè misto a quello di una grossa rogna in arrivo.

«Paolo, dammi questo caffè e vai al sodo senza perifrasi, per cortesia. Tanto lo so che stai per darmi una pessima notizia.»

«Hanno chiamato dalla Scuola Superiore della Magistratura. Dicono che non rispondete alle loro mail e allora hanno chiesto a noi della cancelleria di avvisarvi. Sono più di dieci giorni che vi cercano, dottoré. La prima comunicazione è del 10 settembre, eccola qua.»

Paolo prese dal carrello la stampata di una mail e la porse alla Abbondante, che gliela strappò di mano senza commentare.

«Siete stata nominata come tutor del corso per i MOT di quest'anno. Pare che un collega vostro abbia rinunciato all'ultimo momento. Siete convocata con urgenza per il 27 settembre, lunedì mattina, dottoré» le comunicò in tono lugubre.

«So leggere» disse Annabella Abbondante.

Paolo le poggiò davanti il bicchierino di caffè, per confortarla.

Lo sguardo della giudice si perse tra mille papaveri rossi. Più nello specifico, tra quelli della riproduzione su tela del famoso quadro di Monet, posta sulla parete di fronte alla sua scrivania. Le era sempre piaciuto fare i corsi per i colleghi in tirocinio, i magistrati che avevano da poco vinto il concorso e si formavano alla Scuola prima di prendere le funzioni come giudici e pubblici ministeri. Era bello il contatto con quei giovani ancora pieni di entusiasmo, di mente aperta e di cuore puro. Però così, senza un minimo di preavviso, senza essersi prima organizzata con il suo ruolo per l'assenza di ben tre settimane. Sarebbe stata una Caporetto, lo sapeva.

Si ingollò il caffè come un cicchetto di tequila. Così, bollente com'era. Una piccola lacrima le comparve all'angolo dell'occhio sinistro. Non era chiaro se frutto della pessima notizia o della scottatura alla lingua.

Allora Paolo, che aveva imparato a leggere i moti dell'animo della sua giudice e soprattutto a cogliere in tempo i segnali di pericolo, approfittò della sua momentanea distrazione e se la squagliò alla chetichella, accostando la porta senza far rumore.

La mente della dottoressa Abbondante visualizzava l'immagine del *Titanic* che cola a picco, quando fu riportata alla realtà dallo squillo insistente del telefono fisso. Ora, lei sapeva molto bene che solo due persone avevano l'abitudine di usare quel numero. Una era Dolly, ed era appena uscito da quella stanza senza neppure salutare, il vigliacco. E l'altra era Fortuna. Maria Fortuna Abbondante, per la precisione.

Annabella si disse che non poteva sostenere una conversazione con sua sorella in quel momento. L'apparecchio continuava a trillare senza sosta. Sapeva che c'era un solo modo per farlo tacere se dall'altro capo del filo c'era Fortuna, e per di più in preda alla curiosità di conoscere gli ultimi sviluppi sulla sua vita sentimentale. Annabella era fin troppo consapevole di non essere l'unica della famiglia Abbondante a non accettare mai un no come risposta, purtroppo. Sospirò, si alzò con tutta calma, si avvicinò alla presa e tirò il collo al telefono.

Aveva appena ripristinato il silenzio nella stanza e aperto soddisfatta un fascicolo a caso da studiare, quando il suo cellulare iniziò a emettere piccoli vagiti a ripetizione.

Messaggi.

Suppose che quella assurda suoneria dovesse essere uno scherzo idiota di suo nipote Cristian, il figlio di Fortuna per l'appunto. Un caro ragazzo, un genio dell'informatica, ma con uno strano senso dell'umorismo, che comunque non aveva certo ereditato dalla madre. Sua sorella era la persona meno dotata di humour che lei avesse mai avuto la sventura di incontrare... All'ennesimo insopportabile vagito, Annabella Abbondante si decise a prendere il cellulare per leggere quei benedetti messaggi. Non aveva bisogno di verificare il nome sul display per sapere che provenivano sempre da Maria Fortuna.

E infatti:

Tanto lo so che sei in ufficio e che hai staccato il telefono, come al solito.

Possibile che per parlare con te devo depositare un ricorso in tribunale?

Parlo più spesso con il tuo cancelliere che con te!

E comunque non ti preoccupare, non ho intenzione di chiederti notizie di Lorenzo, se è questo ciò che temi.

Ho bisogno di vederti da vicino.

Non esisti mica solo tu, che cosa credi?

Dobbiamo incontrarci al più presto, perché ti devo dare una notizia molto, molto importante.

Annabella Abbondante lesse i primi messaggi senza farci particolare attenzione: assomigliavano troppo a quelli che sua sorella le inviava di continuo. Restò colpita però dall'ultimo. Che poteva mai essere quella notizia così importante che andava comunicata da vicino?

Concluse però che non era il caso di allarmarsi: conoscendo Maria Fortuna poteva trattarsi benissimo della consegna del tanto agognato divano nuovo per il salotto oppure dell'ennesimo cambio dei paralumi nella sala da pranzo. Quindi digitò la risposta standard ai messaggi di sua sorella:

Ok.

E non ci pensò più.

Si era fatta ora di pranzo, e il suo stomaco reclamava attenzioni. Sospirò rassegnata e tirò fuori dal piccolo frigo di lato alla scrivania uno yogurt magro senza zucchero e una mela. La versione estiva della sua eterna dieta senza risultati.

Annabella Abbondante, si sa, portava la taglia quarantotto ed era sempre in lotta con i chili di troppo. Con diligenza, accanimento e costante disillusione. Proprio non si rassegnava a restare abbondante di nome e di fatto.

Non aveva neppure finito il suo yogurt che bussarono alla porta. Paolo entrò nella stanza e richiuse l'uscio dietro di sé con fare circospetto. Dopo qualche attimo di incertezza il cancelliere si sedette sulla sedia di fronte alla scrivania della giudice, si pulì accuratamente le lenti degli occhiali con la pezzuola, guardò Annabella negli occhi e disse: «Dottoré, qua fuori ci sta il nuovo assistente giudiziario, fresco fresco di assunzione. Adesso lo faccio entrare e ve lo presento. Mi raccomando, però, non ve lo mangiate in un sol boccone, che quello, il ragazzo, è piuttosto timido e impacciato».

Annabella Abbondante gli riservò uno sguardo di pietra che neanche Medusa con Perseo.

«Lo faccio entrare allora» tagliò corto lui, evitando però di guardarla negli occhi per il timore di rimanere pietrificato, e si diresse verso la porta per far entrare il novellino.

«Diomaiù, statti accorto che questo carrello "tira" un poco a sinistra, se non lo tieni bene con tutte e due le mani, rischi di cappottare. Hai capito?» Paolo rientrò nella stanza tutto preso a istruire il sottoposto nella manovra di retromarcia del carrello di udienza, che il giovane assistente, all'evidenza, non aveva ancora imparato a maneggiare con la necessaria destrezza.

«Dottoré, vi presento il nuovo assistente giudiziario, Albino Diomaiuti. Da oggi anche lui addetto alla nostra cancelleria. Dovrà occuparsi soprattutto del vostro ruolo, per questo ci ho tenuto a farvelo subito conoscere» esordì il cancelliere Sarracino, con tono da gran cerimoniere di corte.

«Molto piacere, caro. Il mio nome è Annabella Abbondante» disse tendendo la mano con un bel sorriso amichevole stampato in faccia.

L'assistente però se ne rimase impalato sotto l'arco della porta, aggrappato al suo carrello, mentre Paolo, alle spalle della giudice, lo invitava a entrare sbracciandosi con gesti plateali. Annabella Abbondante intercettò la pantomima di Dolly con la coda dell'occhio e si rese conto che il povero Diomaiuti era paralizzato dall'imbarazzo. Per non prolungare oltre l'agonia del ragazzo, si alzò per andargli incontro e gli afferrò decisa la mano umidiccia che lui le aveva teso. La pelle chiarissima del giovane assistente si tinse di macchie amaranto, ma un debole sorriso fu il segnale che aveva percepito le buone intenzioni della giudice.

«Da dove viene lei, Diomaiuti? Il cognome mi suggerisce un'origine meridionale come la mia e del cancelliere Sarracino, o sbaglio?» chiese Annabella, mentre si rimetteva a sedere alla scrivania.

«Sbaglia, cioè solo con riferimento alla mia provenienza, si intende» esalò in un soffio il ragazzo, e poi prese fiato, come per farsi coraggio. «Sono di Brescia. Ma forse qualche bisnonno sarà di origine meridionale» concesse, per non offenderla.

«È un polentone, dottoré» rimarcò Sarracino. Per tutta risposta si beccò un'occhiataccia dalla Abbondante, che gli fece morire seduta stante il sorriso che aveva stampato in volto.

Ma Paolo non ebbe il tempo di porsi la domanda su come recuperare terreno con la giudice, dopo averla fatta infuriare ben due volte in una sola mattina, poiché questa, senza preavviso, si alzò di scatto e gridò: «Porca miseria!». E visto che gli altri due la guardavano esterrefatti, aggiunse per giustificarsi: «Ho dimenticato un appuntamento importantissimo, scusatemi».

Afferrò la borsa al volo dall'attaccapanni, si diresse decisa verso l'uscita e, rivolta al cancelliere Sarracino, ordinò perentoria: «Dolly, quando hai finito di tormentare Diomaiuti, sistemami i decreti ingiuntivi. Si sono di nuovo mescolati quelli pronti con quelli da fare».

«Sarà fatto, giudice» scattò Paolo, portando la mano alla fronte per il solito saluto militare. Se il suo cancelliere sfottesse o facesse sul serio, pur dopo tanti anni che lavoravano insieme, alla giudice non era ancora dato saperlo.

«Riposo, soldato» replicò, dopodiché si dileguò lasciando i due ancora interdetti, al centro del suo studio.

2

Ultime notizie dalla famiglia

La Palermitana era affollatissima, come sempre all'ora di pranzo. La giudice Abbondante si fece largo tra le turiste straniere e i liceali del Giuseppe Verdi che stazionavano in piedi dinanzi al bancone, in attesa del famoso "pane e panelle" di Michele Azzarita, un must del dopo scuola a Pianveggio.

«Alla buon'ora!» esclamò Nicola non appena vide entrare la sua amica Annabella. «Sei in un ritardo spaventoso. Cominciavamo a temere che te ne fossi dimenticata. Alice è piuttosto incazzata. Vero, Ginger?»

Alice in effetti sembrava parecchio indispettita. Scura in volto, la guardava in tralice senza dire una parola, ma i suoi capelli parlavano per lei. Il caschetto spettinato aveva assunto i toni del rosso fuoco, lo stesso colore delle lentiggini sul naso. Quest'ultimo per il disappunto aveva preso quella particolare piega all'insù che, come Annabella aveva imparato nel corso degli anni, non lasciava presagire nulla di buono.

Allora la dottoressa Abbondante optò per una manovra diversiva, sperando di cavarsela. «Dimenticata? Io? Ma scherzi? So benissimo quanto Alice ci tenga all'incontro di oggi. Me lo ha ribadito anche ieri sera al telefono. Come avrei potuto dimenticarlo?» mentì senza pudore. «È che sono stata trattenuta da un curatore che aveva problemi ad accedere nei locali dell'impresa per cui...»

«Bugiarda! Stai mentendo, si vede benissimo» la interruppe il commissario Carnelutti puntandole il dito sul naso.

«Ma no! Nicola, ti assicuro… Io…» iniziò a balbettare lei.

«Annabella, prima che tu aggiunga altro, ti ricordo che il qui presente capitano Gualtieri ha appena terminato il corso di profiling a Roma e conseguito l'abilitazione di Codificatore FACS. per lo studio delle espressioni emotive del volto» la bloccò subito Nicola. Poi, rivolto al suo compagno: «Gabriele, ci puoi dare il tuo parere professionale?».

Il capitano Gualtieri, che era in piedi dietro la poltrona di Nicola, fece due passi avanti in direzione della Abbondante. «Vediamo cosa abbiamo qui.» Nel dirlo si accostò pericolosamente al viso della giudice e la esaminò a fondo con quei suoi occhioni verdi che continuavano a esercitare su di lei un fascino irresistibile, nonostante tutto.

Poi prese una penna dal taschino, la usò come una bacchetta e, puntandola su vari punti del viso di Annabella, elencò: «Rossore in volto, eccessiva sudorazione sulla fronte, palpebre che sbattono troppo spesso, gli angoli della bocca che non si piegano nel sorriso… Lei è mancina, dottoressa?».

«N… no. Perché?» rispose d'istinto l'interpellata, mentre cercava di capire dove volesse andare a parare Gabriele Gualtieri, tra le risatine divertite degli altri.

«Il tuo sguardo, cara amica, mentre ci raccontavi delle ragioni del ritardo, era rivolto in basso a destra. Tipico di chi accede alla parte del cervello dove risiede l'immaginazione. Direi, commissario Carnelutti, che non ci sono dubbi. La dottoressa Abbondante qui presente stava di certo mentendo» concluse, serio e professionale, Gualtieri.

«Grazie, tesoro. Ne ero più che certo» rispose Nicola, sorridendo soddisfatto al capitano.

Annabella non sapeva più cosa pensare. Alice continuava ancora a guardarla piuttosto imbronciata, però la giudice notò che il suo sguardo iniziava a addolcirsi.

«D'accordo, mi avete scoperto. Mi arrendo» tagliò corto, alzando le mani in segno di resa. «Mi sono messa al lavoro e mi sono distratta come al solito. Va bene?» aggiunse, lasciandosi sprofondare sul divano accanto all'amica. «Adesso che mi avete tenuto a dovere sulla graticola, potrei sapere il motivo di questa convocazione urgente? Alice, intendi dirmelo o vuoi tenermi sulle spine per sempre?»

«Alice, dài. Siamo tutti impazienti» disse Michele, rientrato dalla cucina giusto in tempo per assistere alla gustosa scenetta che gli amici avevano riservato ad Annabella.

«E va bene» disse Alice alzandosi in piedi e prendendo un calice di prosecco che il barista aveva versato poco prima. «Carissimi, sollevate i calici anche voi, perché la sottoscritta, dopo quindici anni di rifiuti, gavetta, lavori e articoli freelance sottopagati, ha ricevuto la classica offerta che non si può rifiutare. Lavorerò per la redazione di Firenze della *Nazione*.»

Il grido acuto di giubilo di Nicola precedette di poco le manifestazioni di gioia di tutti gli altri, i quali si precipitarono ad abbracciare Alice, che parlando si era addirittura commossa.

Anche Eva, la cameriera del bar, che di solito serviva i tavoli della seconda saletta, si allontanò per qualche minuto dalla sua postazione per andare a congratularsi con Alice.

«Alice, ma come *so' contenta de sentì 'sta* cosa! *T' 'o* meriti, con tutto *er core*. Sei *'na* ragazza sveglia e *'n gamba. T' 'o dicevo io*, che era solo *'na* questione *de* tempo!» disse la donna mentre la stringeva forte. Poi le diede un buffetto sulla guancia, si asciugò gli occhi con il grembiule e scomparve nella sala accanto.

Alice era raggiante, e nel ringraziare tutti per il loro affetto brindò all'amicizia: «Perché solo gli amici veri sanno gioire dei tuoi successi più di te».

Un applauso convinto suggellò la fine del discorso.

A furia di chiacchiere si era fatto tardi. I clienti dell'ora di pranzo avevano lasciato da un pezzo il locale per riprendere le loro attività. Anche Gabriele era rientrato alla stazione dei carabinieri, mentre Alice aveva ricevuto una chiamata di lavoro urgente ed era scappata via senza salutare nessuno.

Annabella si era trattenuta per un ultimo caffè con Michele e Nicola. Se ne stavano lì, in silenzio, a gustarsi l'aroma di arabica, quando il cellulare di Nicola iniziò a squillare e dovette allontanarsi per rispondere.

Sulla porta quasi si scontrò con un uomo alto e grosso che in quel momento stava entrando nel bar. Il nuovo arrivato, con un'ingombrante borsa sportiva e una macchina fotografica a tracolla, si sedette al bancone sullo sgabello di fianco a quello di Annabella.

I due amici lo osservarono incuriositi, perché non lo avevano mai visto prima da quelle parti. Annabella notò la folta peluria rossiccia ai lati del viso e sulle mani, che lo faceva assomigliare a un orsacchiotto gigante. Si immaginò che si trattasse di un turista irlandese di ritorno da un'escursione nei dintorni. Anche Michele dovette pensare la stessa cosa, perché gli rivolse la parola in inglese, chiedendogli cosa desiderasse. L'uomo però rispose in perfetto italiano, anzi con un vago accento toscano. «Non sono un turista. Sono qui per parlare con una mia cliente. Eva Cantelli. Lavora in questo bar, se le mie informazioni sono esatte.»

Poi ordinò un caffè e iniziò rimestare nel grosso borsone da palestra, finché non tirò fuori una cartellina formato A4.

Annabella non poté fare a meno di notare che sull'intestazione c'era scritto: IL SEGUGIO – INVESTIGAZIONI PRIVATE – FIRENZE.

Nel poggiarla sul bancone, una grossa busta di carta si aprì e parte del contenuto cadde a terra.

Annabella si precipitò ad aiutare lo sconosciuto, afferrando alcune foto sul pavimento. Mentre le sistemava per porgerle al suo proprietario, fece in tempo a darci una rapida occhiata. Le prime foto ritraevano un uomo di spalle che entrava in un portone, e l'immagine sfocata, forse dello stesso uomo, mentre chiudeva lo sportello di un'auto scura di grossa cilindrata. Nell'ultima invece c'era il primo piano di una donna sulla cinquantina, che attirò l'attenzione della Abbondante per la folta capigliatura di uno straordinario colore bianco. L'uomo ringraziò e si riprese le istantanee, non senza un certo disappunto per l'invadente sbirciatina che Annabella aveva riservato al materiale fotografico prima di restituirglielo.

Eva si affacciò nella sala principale e gli fece cenno di seguirlo nel giardino del locale. Il tipo terminò il suo caffè, raccattò il materiale che aveva preparato sul bancone e la raggiunse.

Annabella si rivolse a Michele con occhi luccicanti e un mezzo sorriso: «Hai letto cosa c'era scritto sulla cartellina? Che cosa se ne farà Eva di un investigatore privato? Tu lo sai?».

«No, non ne ho idea. Ma penso, cara dottoressa Abbondante, che non siano affari nostri.» Detto questo Michele strizzò l'occhio e sorrise alla sua amica, inguaribile ficcanaso.

Dopo pochi minuti i due rientrarono all'interno del locale, continuando a parlare fitto tra loro. Annabella tese l'orecchio sperando di afferrare il contenuto della conversazione, ma riuscì solo a sentire l'ultimo scambio di battute tra Eva e lo sconosciuto, prima che questi si dileguasse: «Ti do conferma, ma se le mie informazioni sono esatte, dovrebbe iniziare già la prossima settimana».

«Non credo di farcela. Non sono ancora pronta.»

«Allora rimanda a ottobre. Non credo che, arrivati a questo punto, qualche giorno in più possa fare la differenza. Ci sentiamo al mio rientro in Italia.»

Detto questo l'uomo uscì dal bar senza salutare nessuno.

Annabella fulminò Michele con lo guardo come per incitarlo a investigare sul misterioso individuo. Ma i suoi sforzi erano destinati a rimanere lettera morta. Il proprietario della Palermitana era la persona meno curiosa che la giudice avesse mai conosciuto, e aveva fatto del "farsi i fatti suoi" una filosofia di vita. Sicché la dottoressa Abbondante dovette rassegnarsi all'idea che di quell'incontro lei non avrebbe potuto conoscere alcun particolare.

Nicola rientrò poco dopo nel locale. «Sì, certo, ispettore. Pochi minuti e arrivo, lei inizi a consultare il database: vediamo cosa viene fuori.» Nicola mise in tasca il cellulare e si sedette di nuovo vicino ad Annabella. «Michele, mi ci vorrebbe un capolavoro dei tuoi per addolcirmi la bocca, prima di rientrare in commissariato.»

Al sentire quella frase Michele si batté la fronte. «A proposito! Ho dimenticato di presentarvi una persona... Eva! Vieni un secondo a darmi il cambio al bancone.» Nel dire questo Michele sparì nel locale sul retro, dove c'erano la cucina e il laboratorio di pasticceria.

«Non vi ha ancora presentato il nuovo pasticciere?» li interpellò Eva, mentre sistemava le tazzine nella lavastoviglie. «Vedrete che bontà sa fare! Un vero maestro.»

Un nuovo pasticciere? Annabella Abbondante sentì una voragine aprirsi sotto i piedi: Michele, e solo Michele, era il pasticciere della Palermitana. L'unico e insostituibile maestro dei cannoli. La sua consolazione quotidiana. Non poteva andare via. Non poteva abbandonarla! No, nel modo più assoluto.

«Michele… lascia… il locale?» balbettò.

«Non lascio proprio niente, dottoressa. Stai tranquilla. Cannoli e caffè assicurati per la mia giudice preferita, almeno finché campo» intervenne Michele, che aveva la dote di ricomparire sempre al momento giusto. «Ho solo deciso di assumere un secondo pasticciere, per allargare un po' lo sguardo oltre la Sicilia. E credo che la scelta che ho fatto possa essere di tuo gradimento.»

Mentre lui parlava, sulla porta che dava sul retro si stagliò una figura alta e imponente. «Vi presento il mio aiuto pasticciere Tonino Passalacqua, di Napoli, Santa Lucia» disse Michele. «Uno dei migliori pasticcieri di tutta la Campania.»

L'aspetto non lasciava dubbi sulla sua provenienza. E l'accento con cui si espresse nel salutarli ricordò ad Annabella l'aria di casa. Gli occhi di Tonino, poi, avevano quella luce intensa e irridente che le ricordò per un attimo Tano, il suo primo amore di Sorrento.

«Il signor Sinatra sta scherzando. Io sono solo un umile artigiano. Ma spero che le mie sfogliatelle vi potranno piacere, domani ve le faccio assaggiare. Certo, non potranno mai competere con i cannoli del maestro» e nel dire questo Tonino Passalacqua sorrise un po' beffardo e fece un piccolo inchino verso il proprietario della Palermitana. Il quale lo congedò con una pacca sulla spalla e un buffetto sulla guancia.

Quello fu l'inizio della fine. Il dubbio amletico si insinuò nella mente della giudice Abbondante. E non l'avrebbe lasciata per parecchio tempo. Le sue certezze iniziarono a sgretolarsi proprio da lì. Da quel profumo di sfogliatelle fresche che il vento di settembre le portò alle narici.

3

Misteri, polpette e bolle di sapone

Annabella Abbondante infilò la pesante chiave nella toppa e la girò quattro volte. Anche quella sera era lei a chiudere l'antico portone del tribunale di Pianveggio, dopo che tutti erano andati via da un pezzo. Diede uno sguardo in alto per controllare che le luci fossero spente in tutte le aule, per non subire l'ira funesta del vecchio custode. Guarino Foschi le aveva lasciato le chiavi con il patto solenne che sarebbe sempre stata attenta a chiudere il chiavistello, dare le quattro mandate e lasciare tutte, e dico tutte, le luci spente.

Infilò la chiave nella grande borsa rossa e si avviò mestamente lungo la strada esterna che portava al parcheggio. Era così stanca e accaldata che non vedeva l'ora di correre a casa a farsi un bagno rilassante. Si ricordò però che aveva finito i sali per l'idromassaggio. Si fermò. Eh no. Un bagno senza bolle era come un libro senza finale, non si poteva proprio accettare. Decise di fare l'ultimo sforzo e arrampicarsi su per via dei Quattro Canti fino alla piazza principale del paese. La profumeria La maga delle spezie si trovava proprio lì, accanto al bar Piazza Grande, il più elegante locale di Pianveggio.

Il negozio di profumi era ancora aperto. Per fortuna Lucrezia era una chiacchierona e si tratteneva spesso oltre l'orario di chiusura, per scambiare due parole con le ultime clienti.

Acquistati i suoi sali da bagno preferiti, Annabella stava per tornarsene da dove era venuta, quando intravide Eva, la cameriera della Palermitana, che se ne stava seduta al bar insieme a una donna dai capelli bianchissimi. Annabella la riconobbe subito: era quella raffigurata nella foto caduta dalla cartellina dell'investigatore.

Una curiosità morbosa si impossessò della giudice, impedendole di muovere un passo. Purtroppo le due donne erano troppo lontane perché potesse afferrare il discorso e capire di cosa stessero parlando, ma la conversazione sembrava piuttosto seria. Non si trattava di un incontro amichevole, questo era certo. Eva le dava le spalle, Annabella non poteva vedere la sua espressione, ma riuscì a osservare bene la sua interlocutrice. Pallida e smunta, continuava a soffiarsi il naso e asciugarsi gli occhi. All'improvviso Eva si alzò di scatto, gettando i soldi del conto sul tavolino, e si allontanò rapidamente, imboccando la stradina laterale che portava dritto alla Palermitana. La donna se ne rimase invece immobile, con gli occhi persi nel vuoto.

Era un bel mistero, non c'era dubbio, ma Annabella Abbondante decise che per quella sera si era impicciata a sufficienza delle faccende altrui. La stanchezza e il caldo ebbero il sopravvento sulla sua inguaribile curiosità e finalmente riprese la strada verso il parcheggio del tribunale.

Giunta a casa, tirò fuori dal frigo il grande classico delle sue serate estive: l'insalata di finocchi e arance, che si era preparata la mattina. Riempì anche a Serafino la ciotola dei suoi croccantini preferiti. Mise su il vinile che aveva comprato con Nicola la domenica precedente e che non aveva avuto ancora il tempo di ascoltare. Era il momento giusto per Miles Davis.

Lo swing è terapeutico.

Lei e Serafino si sgranocchiarono la cena insieme al ritmo di jazz. E la testa di Annabella iniziò pian piano a svuotarsi dei pensieri molesti della giornata. Decise di pensare solo alle cose belle: ad Alice, che dopo tanti anni aveva realizzato il suo sogno di lavorare in una grande testata giornalistica. Alla perfetta relazione di Nicola e Gabriele, che proprio lei aveva contribuito a far nascere. A Michele, entusiasta di iniziare una nuova avventura con quel nuovo pasticciere. Alle sfogliatelle di Tonino, che avrebbe assaggiato il giorno successivo. No, le sfogliatelle no. Cavolo. Ma l'immagine delle sfogliatelle calde e fragranti persisteva. Non lo aveva fatto mica apposta. La visione le si era materializzata così, senza chiedere il permesso. Si sentì in colpa. Michele non meritava questo tradimento. No. Solo cannoli per Annabella Abbondante. Non se ne parlava nemmeno.

Per distrarsi se ne andò in bagno e aprì il rubinetto della vasca. Faceva ancora caldo, un caldo estivo appiccicoso e sfiancante. Il vestitino a fiori che aveva indossato tutta la giornata le si era incollato addosso, per questo aveva deciso che era la serata giusta per un bagno profumato con tanto di candele. Scartò i sali da bagno che aveva appena acquistato in profumeria e li versò nella vasca. Tornò con la mente alla misteriosa conversazione di Eva con quella donna, ma il pensiero fu ricacciato indietro. Era troppo stanca per le elucubrazioni. Aveva voglia solo di leggerezza.

Prima di entrare in acqua, però, spense il cellulare e staccò il telefono fisso. La lezione di quella volta in cui aveva rischiato l'osso del collo per rispondere al telefono le era bastata. Il mondo avrebbe fatto a meno di lei per una mezz'ora.

Si immerse soddisfatta nell'acqua tiepida, con tutta la testa e le orecchie, e tra le bolle di sapone sentì diluire anche gli ultimi pensieri molesti.

Ma dopo neppure cinque minuti che se ne stava a occhi chiusi ad ascoltare Miles Davis, le parve di sentire il suono del campanello. Attese, nella vana speranza di essersi sbagliata. Ma no, non si era sbagliata. Lo squillo si fece insistente e irritante. Declamando in rima le migliori parolacce del suo repertorio, uscì dall'acqua ancora insaponata, afferrò l'accappatoio e corse ad aprire la porta.

«Oh... mio... Dio... Scusa, splendore. Adesso mi odierai» disse Nicola notando l'accappatoio. Ciononostante, entrò deciso nell'appartamento senza aspettare che lei rispondesse.

Annabella stava per indirizzargli la sequenza di improperi che aveva appena sistemato in rima, ma si rese conto che l'amico aveva gli occhi rossi di pianto e si calmò all'istante.

«Che succede, Nic?»

«Gabriele non mi ama.» Dopo aver pronunciato quella frase lapidaria, il commissario Carnelutti si lasciò cadere sul divanetto della sua amica e rimase in silenzio a guardare il camino vuoto.

Annabella si andò a sedere accanto a lui, carezzandogli i capelli. Quando Nicola appoggiò la testa sulla sua spalla, cercò di scoprire cosa fosse accaduto. A quanto pareva Gabriele si assentava spesso senza dare spiegazioni. E, contrariamente al solito, aveva inserito il codice privato sul cellulare.

«Era troppo bello per essere vero, perfida. Ha un altro, me lo sento.»

«Io non salterei subito alle conclusioni, Nic. Ci possono essere tante spiegazioni per questo comportamento. Lasciami parlare con Gabriele, magari...»

«No, Abbondante. Non iniziare con le tue investigazioni private. Questa è una cosa che devo sbrigarmi da solo.»

«Hai ragione, perfido» e gli diede un bacio sulla fronte. «Vuoi cenare qui?»

«Ma non hai già cenato?»

Annabella gettò un'occhiata all'insalata di finocchi rimasta a metà sul tavolo e rispose: «Non in senso tecnico».

Mentre Annabella armeggiava in cucina, Nicola tirò fuori il loro disco preferito tra i vinili e scelse di aprire una bottiglia di rosso che avevano conservato per un'occasione speciale. Annabella sorrise nel notare quale vino avesse stappato, e pensò che non ci fosse un'occasione più speciale di quella. Due amici che trovano conforto l'uno nell'altra.

«Guarda cosa ti faccio mangiare: le mie favolose polpette. Rimettono in piedi pure Lazzaro» annunciò trionfante Annabella.

Nicola le guardò diffidente. «Ma non sono mica quelle che hai fatto con Lorenzo? No perché mi farebbero un po' impressione.»

«Sei un vero idiota.»

Si guardarono. Risero. E poi risero ancora. Finché le mascelle non iniziarono a fare male, e altre lacrime spuntarono negli occhi di Nicola, portandosi via i cattivi pensieri.

«Ti spiace se resto a dormire qui stanotte?»

«L'importante è che non mi tocchi con quei piedi bollenti, come l'altra volta. Fa caldo e tu sei peggio di un termosifone.»

«Perfida.»

4

Rapporti conflittuali

Due giorni dopo il campanello di casa era indemoniato. Almeno questa fu l'impressione di Annabella Abbondante, forse accresciuta dalla circostanza che erano le sei del mattino e che in quel momento stava dormendo a sonno pieno.

Andò verso l'ingresso in stato di trance da dormiveglia. Aprì la porta e ci mancò poco che non cacciasse un urlo per lo spavento. Davanti a lei riconobbe a stento la sua vicina Luigia Settemprini, di professione esperta rompipalle. La versione mattutina della Gina non era adatta per le persone impressionabili. Faccia blu e occhiaie nere, accompagnate da vestagliona di flanella verde acido, anche un pelino fuori stagione.

«Carissima Gina, a cosa devo il piacere di una visita così di buon mattino?» biascicò Annabella, dopo essersi ripresa dallo spavento. La Gina non rispose, limitandosi a piazzarle in mano un sacco di tela che Annabella non aveva ancora notato. Sembrava dotato di vita propria e dal suo interno proveniva un suono soffocato. Solo in quel momento la Abbondante realizzò che il nemico aveva fatto un prigioniero.

«Il tuo gattaccio ha di nuovo orinato sul mio tappetino di benvenuto. Pare proprio che lo faccia apposta per farmi dispetto. Sembra quasi che quella bestia infernale mi detesti. Ma chi ti porta i croccantini quando mamma non c'è? Non rispondi, eh, bestiaccia» gracchiò la vicina, che con i capelli grigi ancora più spettinati del solito a farle corona sulla testa le ricordò in modo impressionante la Medusa del Caravaggio, occhio spiritato e bocca deformata compresi.

«Azzarderei che il fatto che tu continui a richiuderlo nel sacco ogni volta che ne hai l'occasione possa avere il suo peso in questo suo malanimo nei tuoi confronti» replicò Annabella mentre liberava il felino dalla reclusione.

La Gina non si degnò di rispondere, limitandosi a sollevare le sopracciglia e incrociare le braccia. Dopodiché girò le spalle e se ne andò, scalpicciando le ciabatte per le scale e borbottando in una lingua incomprensibile improperi e offese non difficili da intuire.

Serafino barcollò verso la sua cuccia con l'espressione allucinata del *desaparecido* sopravvissuto alla reclusione. Annabella lo indennizzò con doppia razione di croccantini e molte coccole, che il felino parve accettare di buon grado, ma senza darle troppa soddisfazione.

Quando lei uscì di casa per andare in tribunale, il vecchio gatto si era addormentato pacioso sulla sua poltrona preferita, dimentico di tutto.

Avere la memoria corta come un pesce rosso non è tanto male, dopotutto, pensò Annabella mentre entrava nella sua ridicola automobile arancione, o meglio, secondo la personale interpretazione di sua sorella Maria Fortuna, color rosso corallo. L'aspettava una lunga giornata di lavoro.

Giunta al parcheggio del tribunale, Annabella Abbondante si precipitò ad aprire il portabagagli dell'auto per tirare fuori il suo trolley carico di documenti. Per la fretta di chiudere il cofano, non prestò attenzione e se lo tirò, con un colpo secco, proprio sulla fronte. La sua mente produsse fuochi d'artificio che neppure a Napoli per la festa di Piedigrotta.

Si avviò verso l'ascensore, con la testa dolorante e un grosso bernoccolo in bella mostra. Era in attesa che si aprissero le porte quando una voce a lei ben nota la fece sobbalzare.

«Abbiamo ficcato un po' troppo il naso, Abbondante? Che ti è successo alla fronte? Qualche PM meno paziente di me ti ha sbattuto la porta in faccia?» domandò sfottente il collega Sergio Massi delle Case.

«Siamo spiritosi stamattina, caro Massi. Che aria tira in procura? Sempre a girarvi i pollici o avete qualche indagine da fare?» replicò pronta lei, mentre lo precedeva dentro l'ascensore e premeva il tasto del piano terra.

«Ti piacerebbe saperlo, cara Ficcanaso Abbondante. Segreto istruttorio, ma temo tu non abbia idea di cosa io stia parlando. Ti basti sapere che lavoriamo molto più di voi giudici scansafatiche» la pungolò il procuratore prenotando a sua volta il secondo piano, dove si trovavano gli uffici della procura.

Quella con Sergio Massi era una schermaglia che durava dai tempi del liceo classico. Erano affetti da una forma grave e incurabile di antipatia fulminante reciproca. Tuttavia da qualche mese Annabella Abbondante si sentiva legata a un vincolo di riconoscenza nei confronti dell'odioso collega. Costui, infatti, le aveva salvato la vita in una rocambolesca circostanza in cui una ricercata aveva cercato di strangolarla.

«Non ti approfittare troppo della gratitudine che ti porto, Massi. Non vedo l'ora di ricambiare il gesto salvando il tuo pregiatissimo posteriore e pareggiare i conti. Così potrò riprendere a mandarti a quel paese senza sentirmi in colpa» ribatté pronta Annabella, e subito uscì dall'ascensore, che nel frattempo era giunto al suo piano, senza dare al collega il tempo di replicare.

«Giudice, gli chieda in quale banca ha aperto il conto corrente! Glielo chieda. Si faccia dire dove ha messo tutti i soldi che guadagna al nero, questo avaro egoista. Se lo faccia dire» strillò la signora Santinelli, alzandosi in piedi di scatto. Poi, dopo essersi avventata verso il banco dove era seduto suo marito, iniziò a inveire contro quest'ultimo, a stento trattenuta dal suo avvocato: «Con tutti i soldi che hai. Senza riscaldamento in pieno inverno me lo hai fatto dormire, il ragazzino. Vergognati. Spilorcio!».

La Nitrato, avvocato della Santinelli, gettò alla giudice uno sguardo implorante.

Il signor Santinelli per tutta risposta rimase in piedi di fianco al suo difensore senza accennare alcuna reazione. Continuava a guardare sua moglie con uno sguardo beffardo e strafottente. Una faccia da schiaffi, come poche altre se ne erano viste in quell'aula, che pure aveva ospitato, in trent'anni, migliaia di udienze di separazione tra coniugi.

«Signora Giudice, le chiedo la cortesia di invitare la controparte a tenere un comportamento più consono in aula. Non vorrei dover procedere con una denuncia per violenza privata» commentò l'avvocato di controparte, Pietro Ammonio.

Alla giudice apparve chiaro che costui non aveva nessuna intenzione di collaborare a sedare la rissa. Anzi, sembrava molto soddisfatto di aver alla fine ottenuto lo scopo che, a quanto pareva, si era prefisso sin dall'inizio: far saltare i nervi alla futura ex moglie del suo cliente.

«Giudice, non sono tollerabili simili affermazioni che suonano come minacce e che hanno l'unico scopo di surriscaldare ancora di più gli animi» replicò la Nitrato, rossa in viso e con la voce strozzata. Dalla stizza o dal pianto, non era possibile stabilirlo con certezza.

In effetti la povera Nitrato non aveva tutti i torti: l'atmosfera in aula si stava facendo esplosiva, rischiava di precipitare da un momento all'altro. La giudice Abbondante iniziò a temere di non riuscire più a tenerli a bada. I coniugi Santinelli si stavano rivelando un caso più complesso del previsto.

«Avvocato Ammonio, da questo momento in poi le chiedo di valutare con migliore attenzione le parole che utilizzerà nella mia aula, se non vuole trovarsi una bella segnalazione disciplinare al consiglio dell'ordine. E se questa affermazione le suona come una minaccia, le posso assicurare che non si sbaglia. E a lei, signora Santinelli, suggerisco di ascoltare i consigli del suo avvocato, prima di compromettere la sua posizione in modo irreversibile. È qui per suo figlio, giusto? Allora pensi al ragazzo e recuperi la calma.»

Fu come una secchiata d'acqua gelata. L'atmosfera dell'aula si calmò all'istante. Annabella Abbondante soffiò via il ricciolo cascatole sull'occhio: «Bene, proseguiamo con la prova testimoniale. Facciamo entrare il ragazzo. Ma, siete avvertiti, il primo di voi che emette un fiato lo caccio dall'aula senza pensarci un momento. È chiaro?».

La giudice aveva parlato con tono tagliente e utilizzato tutti i tipi di sguardi severi che conosceva. Aveva perfino sbattuto la mano sul tavolo e inarcato le sopracciglia. Insomma, aveva dato fondo a tutto il repertorio standard per apparire inflessibile e determinata a imporre la disciplina nella sua aula.

La cosa parve funzionare. I due coniugi, ormai calmi, se ne stettero in silenzio mentre lei faceva entrare il figlio sedicenne, lo faceva giurare e iniziava la prova testimoniale per cui era stata fissata quell'udienza.

«Dunque, Giosuè, è vero che tuo padre, ogni volta che vai a dormire a casa sua, ti impedisce di fare la doccia perché sostiene che sprechi troppa acqua calda?»

Il ragazzino guardò prima la madre e poi il padre, arrossì e abbassò lo sguardo mordendosi il labbro.

«So che sei imbarazzato e combattuto, Giosuè. L'unica strada da percorrere in questi casi è la verità. Non devi proteggere tuo padre, né compiacere tua madre. Devi solo dire le cose come stanno. Nessuno potrà giudicarti male per aver detto il vero» lo incoraggiò la giudice, cercando di imprimere alla sua voce il tono più fermo e rassicurante che conoscesse. Provava molta pena per quel ragazzo costretto a fare da ago della bilancia in una contesa che non aveva voluto, né tanto meno causato, ma che rischiava di far ricadere proprio su di lui le conseguenze più gravi.

«Sì è vero, è così» disse alla fine Giosuè, tenendo gli occhi bassi e con le guance in fiamme. «Anche quando rientro sudato dalla palestra, mi dice che poi tanto la doccia posso farla a casa di mamma, il giorno successivo.»

«E il riscaldamento? È vero che resta spento anche d'inverno?»

«È vero. Non lo accende, perché dice che fa venire il mal di testa. Io dormo con il pile e il pullover.»

«E come cenate?»

«Di solito il babbo cucina uova al tegamino con il pane. Ma io non lo mangio perché è sempre vecchio e duro.»

«Ma giudice, mi scusi, questi sono particolari irrilevanti. Sarò libero di educare mio figlio come mi pare? Non voglio che cresca come un rammollito, cosa c'è di male?» insorse il signor Santinelli, balzando in piedi. «La mia ex moglie vorrebbe farlo vivere nella bambagia. Lo sta tirando su viziato e sprecone come lei» aggiunse puntando il dito verso la moglie.

A quel punto l'esasperazione della donna prese il sopravvento e non riuscì più a trattenersi. «E basta!» strepitò. «Adesso mi hai proprio stufato! Sei un pazzo e sei pure un meschino senza ritegno. Sono felice solo pensando che il ragazzo non ti somiglierà mai» sbottò alla fine la Santinelli.

«E perché mai non mi dovrebbe somigliare, scusa?» si informò lui, con le braccia incrociate sul petto e il mento sollevato in segno di sfida.

«Perché Giosuè non è figlio a te, Giorgio. Sei contento adesso?» vomitò lei, senza più alcun freno. Un attimo dopo averlo detto, Gloria Santinelli si morse un labbro, ma era troppo tardi.

Un silenzio di tomba piombò tutto a un tratto nell'aula. Rotto solo dal tonfo del marito che si accasciava sulla panca di legno per non svenire. Chissà se era più forte la delusione di scoprire di aver cresciuto il figlio di un altro oppure la disperazione per averlo mantenuto con i propri soldi per sedici lunghi anni.

Sta di fatto che l'udienza si concluse senza che nessuno dei due coniugi avesse più nulla da dire, sconfitti entrambi.

L'unico che appariva sollevato era, contro ogni pronostico, Giosuè. Il quale raccolse il suo giubbetto e, senza degnare i genitori di uno sguardo, si allontanò con uno strano sorriso dipinto sul volto.

Era appena terminata l'udienza e la giudice stava recuperando le sue cose dal banco dell'aula per tornare nel suo studio, quando entrò Maria, la cancelliera del civile. Nel vederla Annabella si preoccupò. Per essersi scomodata lei doveva essere accaduto qualcosa di molto grave.

«Dottoressa, dovrebbe venire un secondino in cancelleria, che la cercano dalla Scuola Superiore della Magistratura.»

«E perché non hanno chiamato subito me?» si meravigliò Annabella.

«Ah, non so che dirle, dottoressa. Ma mi hanno detto che lei non risponde mai al telefono...» disse distratta Maria, mentre si sistemava i capelli nel riflesso della porta a vetri. «Che fa, viene?» insistette.

Annabella si ricordò del telefono dell'ufficio, a cui aveva tirato il collo qualche giorno prima. Si fece condurre, docile, in cancelleria.

«Sono la dottoressa Abbondante, mi dica» comunicò alla cornetta.

«Dottoressa, meno male che riesco a parlarle! Sono Enrica Macchiavelli e la chiamo dalla segreteria di Castelpulci. Volevo solo ricordarle che la prima settimana di corso inizia lunedì pomeriggio, e non lunedì mattina come precedentemente comunicato. È riuscita poi a leggere le nostre mail?»

«Sì, ne sono informata, stia tranquilla. È tutto sotto controllo e sarò lì per le due e mezzo come previsto. Visto che la sento, le posso chiedere come funziona quest'anno con le settimane di corso?»

«Sì, certo, dottoressa. Avrà questa prima settimana dal 27 al 30 settembre. Poi una seconda dal 10 al 14 ottobre, ma voi tutor dovrete venire il 12 ottobre perché il lunedì c'è l'incontro dei magistrati in tirocinio con i giudici di Strasburgo. E l'ultima dovrebbe essere dall'8 al 12 di novembre, glielo confermo lunedì quando arriva.»

«La ringrazio, Enrica. E i colleghi in tirocinio dovranno sostenere la prova finale il venerdì, come lo scorso anno?»

«Sì, esatto, dottoressa. I MOT sosterranno la prova finale che poi andrà nella loro scheda di valutazione per l'idoneità ad assumere le funzioni. Proprio come lo scorso anno. Eh, oramai lei è una vera esperta. È la terza volta che fa la tutor, vero?»

«La quinta, per la precisione» sottolineò Annabella, non senza una sottile vena polemica, che le venne fuori suo malgrado.

5

Sfogliatelle, cannoli e altre complicazioni

«Dolly, volevo avvisarti di non stare in pensiero, sto andando via. Sono le sei, oggi esco prima: ho appuntamento con Carnelutti e gli altri alla Palermitana. E questa volta voglio arrivare presto.»

«Dottoré, avete fatto benissimo a chiamare. Mi sarei preso troppo uno spavento se salivo e non vi trovavo in stanza a quest'ora.»

Dopo i cannoli alla siciliana, il caffè al pepe era la ragione del successo del bar La Palermitana. Anche se Annabella sospettava, non senza un certo fondamento, che il carisma di Michele Sinatra avesse una parte importante in quel continuo viavai di turisti, ma soprattutto di turiste, nel suo locale. Del resto il proprietario della Palermitana era un personaggio non privo di fascino, bisognava riconoscerlo. Con quell'aria sempre un po' stropicciata e l'accenno di barba incolta, comunicava una certa noncuranza del suo aspetto, come un distacco dalla sua bellezza che lo rendeva ancora più interessante. Se poi si aggiungeva l'accento da nobile siciliano e lo sguardo sempre un po' perso nei suoi pensieri, il gioco era fatto.

Quel pomeriggio però al bancone c'era Eva. Fatto alquanto inconsueto. Michele se ne stava sul piccolo palco della musica dal vivo a suonare la chitarra elettrica. Seduta al banco Alice chiacchierava allegra. Parlava con vivacità, raccontando a Eva il colloquio con il suo futuro capo, di come avesse letto alcuni suoi articoli, l'avesse convocata in redazione e poi fatta assumere nel giro di poche settimane. Aveva una bellissima luce negli occhi, e le guance colorite. Annabella se ne stette qualche secondo ad ascoltarla senza farsi vedere. Era così felice per la sua amica. Si nutrì in quel breve momento del suo entusiasmo, di quel particolare slancio vitale tipico di chi sta per intraprendere una nuova avventura.

Alice si accorse che lei era entrata solo quando le sedette accanto.

«Annabella! Sei arrivata proprio al momento giusto. Stavo raccontando a Eva di Gualberto Moscati, il direttore di redazione. Un mostro di bravura, credimi. Non ho mai lavorato con un giornalista acuto e intraprendente come lui, mi ha trasmesso una carica e un entusiasmo che non provavo da tempo. Sono al settimo cielo! Vuoi una sfogliatella? Tonino le ha appena sfornate. Sono un'autentica meraviglia» disse Alice, ma senza aspettare risposta addentò con voluttà la piccola sfogliatella riccia che le aveva appena offerto. Il morso sulla pasta sfoglia ancora fragrante produsse un suono, come uno scrocchio, che era una sinfonia per le orecchie di Annabella Abbondante. Subito dopo le arrivò alle narici il profumo di vaniglia e di fiori di arancio. Proveniva dal piccolo vassoietto che Eva, con prontezza, le aveva piazzato sotto il naso. Il desiderio di afferrarne una si fece impellente e difficile da controllare.

In quello stesso momento, però, Annabella incrociò lo sguardo un po' torvo di Michele, che strapazzava la sua povera chitarra con una sorta di violenza contenuta. Era chiaro che il suo amico barista era arrabbiato. Cosa che accadeva molto di rado: doveva esserci qualche ragione seria. Non se la sentì di aggravare la situazione.

«Grazie, Eva, ma preferisco il solito caffè al pepe» rispose, resistendo con eroico autocontrollo alle insistenze della cameriera, che continuava a indicare le sfogliatelle alzando gli occhi al cielo in segno di intensa goduria.

«Santo cielo, ma quanto è tardi! Devo scappare: Gualberto mi ha trattenuto fino all'ultimo in redazione e devo ancora passare a cambiarmi. Annabella, mi dispiace piantarti così. Tanto ci rivediamo alle nove per la cena con gli altri. È confermato, vero?» disse Alice tutto d'un fiato, assestando poi un sonoro bacio sulla guancia dell'amica. «Ciao, Michele, ci vediamo più tardi!» strillò poi, rivolgendosi al barista, che non alzò neppure lo sguardo dalla chitarra, limitandosi a fare un cenno di saluto con la mano.

Se ne andò in tre balzi, con i capelli rossi incendiati dalla gioia e la borsa di stoffa colorata sulla spalla. Annabella Abbondante la seguì con lo sguardo e sorrise. Sì, era proprio felice di vederla così entusiasta. Poi però spostò lo sguardo su Michele, che si era ancora più incupito, e il sorriso le si spense sulla faccia. Lo vide posare la chitarra sul cavalletto, voltare le spalle e andarsene in giardino a fumare una sigaretta senza neppure salutare.

Fu allora che Annabella ebbe la certezza che i sospetti sul suo amico fossero fondati. Decise che era giunto il momento di scoprire come stavano davvero le cose. Occorreva investigare: iniziò dalla persona più a portata di mano.

«Eva, dimmi un po'. Ma è da molto che Michele sta così?»

«Incazzato nero, intendi? Direi più o meno da quando Alice ha iniziato a parlare del suo capo» rispose pronta la donna con un sorriso, mentre le porgeva il caffè al pepe e il cannolo mignon.

Il suo giudizio su Eva, che aveva sempre considerato una donna in gamba, migliorò ancora. Annabella ricambiò lo sguardo di intesa che le aveva lanciato e si perse per un attimo nella profondità di quegli occhi, che avevano dentro il mare d'inverno ma non sorridevano mai.

«Vedi un po' *se te piace er caffè mio. Nun so' brava* come Michele, *ce lo so*, ma *me sto a'mparà*. Dice che *st'anno me vo dà* più spazio qui *ar* bancone, *vole esse padrone de sonà co chi je pare*. E dice pure che *te sei 'a cliente* sua più tignosa. Perciò *damme 'sto voto, và.*»

Annabella Abbondante assaggiò il caffè. Cercò di mascherare l'espressione di disgusto e delusione che il saporaccio di quel piccolo sorso le aveva provocato. Avrebbe voluto incoraggiare Eva con una pietosa bugia, ma la cameriera era troppo in gamba e capì al volo.

«*Daje*, ho capito, *ce devo lavorà* su...» Sospirò e si allontanò per andare a sistemare i tavoli della seconda sala.

Attraverso la porta a vetri che separava la sala principale della Palermitana dal giardino Annabella poteva vedere Michele che se ne stava seduto sotto il mandorlo con lo sguardo fisso. Restò indecisa per qualche istante se fosse il caso di intervenire nella faccenda oppure provare a farsi per una volta i fatti suoi. Ma poteva rischiare che il malumore e la tristezza compromettessero l'arte pasticciera di Michele?

I cannoli innanzitutto, pensò la giudice Abbondante, e si diresse verso il giardino come un fante alla pugna.

Si avvicinò con discrezione e restò in piedi dietro il suo amico, intento a osservare la vendemmia che si stava svolgendo nella vigna sul poggio di fronte.

«Posso chiederti una cosa, Michele?» sondò.

«Certo che puoi. Lo sai» mormorò lui senza distogliere lo sguardo dai ragazzi che svuotavano nel mastello i cestini di vimini ricolmi di grappoli scuri.

Annabella posò le mani sulle spalle dell'amico.

«E tu lo sai che ti voglio bene, vero?» procedette lei, con molta cautela.

«Certo» sussurrò Michele, sempre senza girarsi e continuando a fumare.

«Siamo amici ormai da più di quindici anni» proseguì Annabella, continuando a tenere le mani sulle spalle dell'amico.

«Dottoressa Abbondante, vieni al sodo» la esortò lui.

«Se, mettiamo il caso, ti fossi preso una sbandata per Alice, me lo diresti, vero?»

Michele si girò di scatto per guardarla. «Ma come...? Lasciamo perdere. Non voglio saperlo. A volte penso che tu sia una mezza strega, signora giudice. Sembri mia nonna, sembri.» Si grattò la barba incolta e la guardò da sotto le palpebre socchiuse per i raggi obliqui del tramonto. All'idea di Annabella con la palla di vetro tra le mani, i suoi occhi da felino lanciarono un guizzo furbo.

«Saranno stati tutti quei cannoli che mi hai fatto mangiare in questi anni» replicò lei senza battere ciglio. Michele la guardò interrogativo. Lei aggiunse: «La ricetta dei cannoli non te la passò tua nonna?».

Michele scoppiò a ridere e l'abbracciò. «Dottoressa Abbondante, cosa farei senza di te?»

«Andresti in fallimento, Michè.» E rise pure lei.

Se ne stettero ancora qualche minuto seduti sul divanetto di vimini a guardare la festa dei vendemmianti al tramonto. Annabella taceva in attesa del momento giusto per ritornare all'attacco, ma non ne ebbe l'occasione perché arrivò Eva con un vassoietto di cannoli e la Malvasia riserva speciale della casa. «Michele, devi venire dentro, sono arrivati i clienti di Milano» disse, portandosi via il principale.

Annabella Abbondante rimase sola con i dolci.

La sua resistenza alle tentazioni stava proprio "come d'autunno sugli alberi le foglie". Bastò una leggera brezza a portarsela via. La stessa lieve folata di vento che le regalò il delizioso profumo dei cannoli appena sfornati. E la dieta, anche quel giorno, se ne andò a farsi benedire.

Mentre si gustava quei deliziosi capolavori contemplando il tramonto, vide Eva uscire con il cellulare e appartarsi per parlare con il suo interlocutore, ma la voce era alta e concitata.

«La deve *fa'* finita *de chiamamme*, *nun* serve a niente. Lei, signora mia, è l'ultima persona che *me po' dì* quello che devo o *nun* devo *fa'*. 'Sto ragazzo *c'ha* tutto il diritto *de sapè* come stanno le cose.»

Annabella Abbondante smise di masticare all'istante e restò immobile ad ascoltare il prosieguo di una conversazione che il suo intuito classificò come di estremo interesse.

Per un breve attimo si sentì in colpa perché stava origliando. Ma scacciò subito quel pensiero molesto: non era tecnicamente responsabile se il tono di voce di Eva era così alto da non consentire alcuna discrezione da parte sua. Se lo disse con una certa convinzione, al punto che finì per convincersi che fosse proprio vero.

Nel frattempo Eva stava ancora ascoltando il suo interlocutore con la faccia scura e si muoveva da una parte all'altra del giardino senza badare alla presenza di Annabella, che del resto se ne stava così immobile da far concorrenza al mandorlo sopra di lei.

Alla fine della conversazione la cameriera sbottò: «Ho afferrato, certo che ho afferrato, non si preoccupi. Ma io *nun me faccio spaventà* dalle minacce sue, se lo ficchi in testa. Anzi è lei che *ce deve avè* paura, perché se mi girano i cosiddetti, racconto tutto quello che so e poi vediamo chi finisce nei guai. Adesso la saluto, perché devo *lavorà pe' vive*, io».

Solo in quel momento Eva si ricordò della presenza della giudice Abbondante e la osservò in silenzio per un istante con una luce indecifrabile nello sguardo.

Annabella si alzò e mosse un passo verso di lei. «Eva, se dovessi avere bisogno di confidarti, se ti servisse qualcosa, qualsiasi cosa, sappi che di me ti puoi fidare.»

Eva le rivolse un sorriso enigmatico e tornò dentro senza dire nulla. Annabella avvertì una specie di scossa attraversarle la nuca e poi giù lungo la schiena.

Rimase lì a osservare le colline incendiate di rosso virare lentamente al bruno finché non iniziarono ad arrivare gli altri.

Quel venerdì di fine settembre prometteva solo cose belle. L'aria era tiepida e profumava di mosto, la brezza del tramonto spirava ancora, accarezzando le fronde del mandorlo. Le luci delle lampade sistemate sul tavolo e la luna illuminavano la scena. Annabella Abbondante sospirò. Si fermò un istante a osservare i suoi amici riuniti, le loro risate, gli sguardi complici, le pacche sulle spalle, il tintinnio dei bicchieri. Percepì la leggerezza di quell'istante. Decise che questa era la felicità: una sera semplice vissuta con il cuore sgombro. No, non aveva bisogno di altro. Non aveva bisogno di nessun altro per essere felice.

«Annabella, ma che ci fai lì impalata? Vieni a mangiare che si fredda tutto, ve'» il suo collega Vanni le fece cenno di sedersi vicino a lui.

«Non me lo faccio ripetere, Sceriffo» lo punzecchiò Annabella, utilizzando il soprannome che il giudice Soldatini si era guadagnato negli anni di onorato servizio come pubblico ministero a Reggio Emilia.

«Ecco la nostra Bellabbondante!» la prese in giro Michele, continuando a servire gli anelletti al forno alla tavolata.

Annabella non raccolse, ma andò a sedersi tra lo Sceriffo e Valeria Mancinelli, la sua amica biologa, che lavorava per la Scientifica di Firenze. Non si vedevano da tre mesi e avrebbero avuto molte cose da raccontarsi.

«E Lorenzo non è venuto?» si informò Valeria. La domanda a bruciapelo della vecchia amica le calò addosso come un velo di malinconia.

«Lorenzo è un capitolo chiuso per adesso. Abbiamo deciso di comune accordo che fosse meglio lasciar perdere» rispose neutra.

«Mi dispiace molto, ti va di raccontarmi?»

«Non c'è granché da raccontare» le rispose Annabella. «È tutto molto semplice. Lui è partito di nuovo, per il Sudan, con una missione internazionale, una cosa tipo WFP, UNICEF o FAO, non mi ricordo. Lorenzo non ci sa stare con le mani in mano qui in Italia. Starà via minimo sei mesi, ma saranno molti di più, ne siamo certi. In pratica non ci vedremo per almeno un anno. Abbiamo deciso che è molto più adulto, razionale e semplice evitare l'agonia di un rapporto a distanza. Ci siamo salutati come amici. Tutto qui.»

«Mi stai dicendo che neppure vi sentirete al telefono?» si stupì Valeria.

«Non abbiamo stabilito delle linee guida così precise. C'è stata una semplice conversazione tra due persone che si rispettano, si piacciono anche molto, ma sanno di non essere tagliate per le relazioni a distanza. Nessuno dei due.»

«Però eravate una coppia che funzionava. Almeno così mi è parso. Quanto tempo siete stati insieme?»

«Tre mesi. E sono stati intensi e indimenticabili, se me lo stai per chiedere» ribatté Annabella, soffiando via insofferente il ricciolo ostinato caduto sulla fronte, e un po' innervosita da quel fuoco di fila.

Non aveva voglia di spiegare a nessuno, neppure ai suoi amici più cari, le ragioni di quella decisione. Anche perché non erano del tutto chiare neppure a lei. Sapeva solo che era stato tutto molto semplice. Stare con Lorenzo e anche separarsi da lui. Forse *troppo* semplice. Non lo capiva e non voleva pensarci, per il momento.

«Capisco, le relazioni a distanza non sono mai una buona idea. Stai bene?» commentò la Mancinelli posandole un braccio sulle spalle.

«Sto meglio di quanto mi sarei aspettata. Sì, direi che sono serena» mormorò Annabella quasi fra sé.

Nicola, che era seduto di fronte alle due e aveva seguito la conversazione, cogliendo la lieve incrinatura della voce della sua migliore amica intervenne per deviare il discorso: «Allora, per quelli che ieri non erano presenti all'annuncio ufficiale, levate i calici per la nuova corrispondente della redazione fiorentina della *Nazione*, la signorina Alice Villani di Altamura, meglio nota come Ginger!».

Valeria Mancinelli si alzò per abbracciare la sua ex compagna di liceo: «Tutti cavalli di razza, noi della terza B del Parini. Complimenti, tesoro mio».

«Tutti cavalli di razza e un brocco, per essere precisi» intervenne Annabella.

Nicola, Alice e Valeria risero, cogliendo l'allusione. Vanni Soldatini invece insorse: «Eh no, scusate, fate ridere anche me!».

«Sergio Massi delle Case è stato anche lui al liceo classico di Pianveggio insieme a noi» chiarì Nicola, che gli stava di fronte. «Lo sapevi che Annabella lo chiama "delle Case Chiuse"?»

«Soprannome azzeccatissimo, vista la nota predilezione del soggetto in questione per un certo tipo di genere femminile» mise in chiaro la Mancinelli.

«Ed eccolo là il brocco, ve'. Capperi, non lo sapevo. E com'era da ragazzo?» si informò lo Sceriffo arraffando una panella ancora calda dal vassoio.

«Identico a ora: poco sveglio e molto presuntuoso» sentenziò Annabella Abbondante. «Ma, come tutti sapete, mi ha salvato la vita. E allora un brindisi anche alla salute di Case Chiuse!»

«A Case Chiuse» si aggregò Alice, tracannandosi un calice di Brunello tutto d'un fiato.

Continuarono la cena in allegria, con Eva che ogni tanto si affacciava per portare cibo e unirsi alla combriccola, finché non furono così pieni da non avere più la forza di parlare.

Fu Alice a interrompere il silenzio della digestione, rivolgendosi alla Mancinelli.

«Vale, domani potrei passare da te in ufficio? Sono anche io a Firenze e vorrei farti qualche domanda sul caso del tedesco morto al ristorante dietro Santa Croce. È il primo caso che mi affida Gualberto e vorrei fare bella figura.»

«Certo, Alice. Passa pure quando vuoi. Cercherò di dirti tutto quello che posso. Ma tieni conto che l'autopsia è programmata per dopodomani, sicché al momento potrò dirti solo gli esiti dell'esame esterno» rispose la Mancinelli.

«Perché ti interessi della morte di questo turista tedesco?» domandò il capitano Gualtieri, più per deformazione professionale che per reale curiosità.

«Pare sia morto accasciandosi di colpo su un piatto di spaghetti e Gualberto pensa che potrebbe uscirne fuori un articolo interessante» chiarì Alice.

Michele, che al sentire nominare Gualberto Moscati si era incupito all'istante, si inserì: «Ma vedrai che alla fine si scopre che è morto di un banale infarto proprio come il Coriandoli».

«Chi è questo Coriandoli?» a informarsi stavolta fu lo Sceriffo.

Gli spiegarono che un paio di mesi prima alla Palermitana un vecchio cliente, un tale Gino Coriandoli, mentre giocava a biliardo sul retro, all'improvviso aveva avuto una crisi respiratoria. Sul momento si era pensato che si stesse strozzando con un'oliva, ma a nulla era servita la manovra di pronto soccorso che gli avevano praticato. Gli infermieri dell'ambulanza, invece, avevano pensato a una crisi anafilattica. E il povero Michele si era parecchio preoccupato per il fatto che nel suo menù non fossero indicati gli allergeni. Ma a quanto pareva il tizio era morto di un banale infarto, come aveva accertato l'autopsia di routine disposta dal pubblico ministero. E tutto era stato archiviato come morte naturale.

«Vedrai che il tuo tedesco sarà morto di infarto e non ci sarà proprio nessuno scoop» concluse Michele, senza riuscire a nascondere una punta di soddisfazione.

Alice non disse nulla, ma i capelli le si arruffarono come i peli di un gatto spaventato.

La rievocazione della dipartita del Coriandoli, morto stecchito sul tavolo da biliardo, gettò sulla serata un tono cupo e sinistro, che neppure la riserva personale di passito della cantina di Michele riuscì a risollevare.

6

Incontri provvidenziali

La libertà non è star sopra un albero...

La voce di Giorgio Gaber proveniva da qualche parte al centro del piccolo soggiorno. Il problema era capire dove.

Non è neanche il volo di un moscone...

Annabella buttò all'aria tutti i cuscini del divano, ma nulla.

La libertà non è uno spazio libero...

Si sdraiò sul tappeto, a pancia sotto, per controllare sotto il tavolino, neppure.

Libertà è partecipazione...

Guardò Serafino, che dormiva placido sulla poltrona, beato lui.

Serafino...

Non può essere... pensò. Ma il tentativo andava fatto, non tanto per ritrovare il cellulare, quanto per porre fine all'agonia del povero Gaber.

La libertà non è star sopra un albero...

Si avvicinò con cautela al gatto assopito.

Non è neanche avere un'opinione...

Sollevò con delicatezza il didietro del felino, che non si mosse.

La libertà non è uno spazio libero...

Rimestò sotto la pancia, Serafino sollevò una palpebra infastidito, ma non mostrò la minima intenzione di scollarsi dalla poltrona. Alla fine riuscì a sentire la superficie liscia sotto le dita. Afferrò l'oggetto malefico sotto lo sguardo di severo biasimo che le aveva riservato Serafino, ormai del tutto sveglio e piuttosto incazzato.

Libertà è partecipazione!

«Pronto! Eccomi» rispose trionfante.

«*Piccerè, a' zzia*, ma che è successo? Mi stavo iniziando a preoccupare, ho pensato che ti fossi sentita male e che non potevi chiedere aiuto. Lo vedi? Questi sono gli inconvenienti di vivere da sola alla tua età... Forse è arrivato proprio il momento che ti decidi a farti una famiglia, *figlia'bbella*.»

Annabella riconobbe la voce di una delle sue zie di Piano di Sorrento e rispose: «Zia Prudenza, buongiorno. Grazie del consiglio, ci rifletterò... come tutte le altre volte che me lo hai dato. E comunque anche tu vivi sola, e mi pare che te la cavi benissimo».

«Che c'entra? *Nunn'è a stessa cosa*. Qui nel palazzetto Abbondante è come se abitassimo tutti insieme, lo sai benissimo. Ho le mie sorelle ai piani di sopra e nipoti che vanno e vengono. A proposito: ma quando vieni a trovarci a Piano di Sorrento? È da Pasqua che non ti fai vedere.»

«Non lo so, zia, adesso vediamo. Ma dovevi dirmi qualcosa o mi hai chiamato solo per ricordarmi che vivo sola?» punzecchiò Annabella.

«Ma quando mai! Volevo fare le felicitazioni *pur' a tte*: abbiamo saputo la lieta novella e non vediamo l'ora. Zia Speranza per la contentezza ha deciso di pittare la cucina tutta color pesca.»

«Di che notizia parli? Non ho capito niente.»

«Uhhh, Gesù, allora *nun sai nient*?»

«Ma cosa dovrei sapere, me lo dici?» replicò soffiando via con stizza il povero ricciolo malcapitato che le si era piazzato sul naso.

«No, no, no! Figlia mia, non mi mettere in mezzo a questioni vostre di famiglia. Chiedi a tua sorella, è meglio. Adesso ti saluto, che zia Speranza mi sta chiamando dal balcone» fu la risposta frettolosa di Prudenza Abbondante. Dopodiché interruppe la comunicazione.

Annabella si disse che doveva proprio parlare con sua sorella.

Prima di partire per Castelpulci, Annabella decise di dare un'ultima innaffiata alle piante del terrazzino, o meglio, a quello che ne restava alla fine dell'estate. Anche stavolta infatti l'acquisto estivo di piante fiorite si era trasformato in un'autentica carneficina.

Era preoccupata per le poche sopravvissute: la sua assenza per un'intera settimana avrebbe dato loro il colpo di grazia. Mentre si aggirava con l'innaffiatoio e la cesoia tra le pianticelle rachitiche della loggia, il suo sguardo si soffermò sul meraviglioso terrazzo fiorito della nuova dirimpettaia, che faceva concorrenza al tripudio di piante lussureggianti nel giardino della Gina, sotto di lei. L'anziana signora si aggirava canticchiando tra i suoi fiori, vestita con una specie di turbante a fermare i lunghi capelli grigi e una gonna colorata svolazzante.

«Calpurnia! Ma certo! Come ho fatto a non pensarci prima?» disse tra sé Annabella Abbondante.

La nuova vicina si era trasferita da poche settimane ed era una persona molto particolare e piuttosto misteriosa, il che aveva colpito Annabella sin dalla prima volta che l'aveva vista, una mattina di fine agosto. Con quell'abbigliamento stravagante e l'andatura leggera tra le piante, le aveva ricordato subito zia Speranza, l'artista di famiglia.

Quel pomeriggio stesso, morsa dalla curiosità, Annabella aveva cercato il suo nome sul citofono e poi aveva preso informazioni su Internet, scoprendo che la donna si chiamava Calpurnia Oltremare, era una psicologa in pensione, ma soprattutto "una poeta", come si definiva sul suo blog di poesie "emozionali". Nelle note l'autrice sosteneva che "poetessa" fosse un nome cacofonico, aggressivo e sgraziato, e che invece "poeta", per il suono dolce e flautato, si addicesse meglio al suo canto.

Tutto questo aveva incantato Annabella a tal punto che, con un gesto impulsivo in perfetto stile Abbondante, aveva deciso di soddisfare subito la sua pressante curiosità di incontrarla. Così si era precipitata per le scale della sua loggia, aveva attraversato la strada e bussato alla porta. La "poeta" l'aveva accolta in casa sua allargando le braccia con gesto ecumenico: «Accomodati, cara. Tu sei la mia giovane e florida vicina, non è vero? La giunonica fanciulla del terrazzo di fronte, ma certo!».

Calpurnia Oltremare, in caftano verde, treccia grigia sulla spalla e lunghissimi orecchini pendenti, sembrava uscita da un romanzo di Agatha Christie. Forse anche solo per quello Annabella aveva provato verso di lei un istintivo moto di simpatia.

«Abbondante» aveva detto Annabella tendendo la mano.

«Ma certo, cara, abbondante è una bella definizione» aveva equivocato la "poeta" stringendo la mano di Annabella tra le sue. «Vieni, entra pure. Stavo per farmi una tisana, gradisci?»

«Abbondante è il mio cognome, mi chiamo Annabella Abbondante e detesto le tisane, mi scusi.» Annabella le aveva risposto di impulso, senza riuscire a trattenersi, come al solito. E l'aveva seguita dentro casa.

«*Nomen omen*! È perfetto per te, mia cara. Ti dona moltissimo» aveva commentato Calpurnia mentre si introduceva in una meravigliosa, enorme cucina, facendo cenno di seguirla. «Mi piace la tua schiettezza, ragazza mia. Credo che tu sia più tipo da caffè... È così?» le aveva domandato la donna, mentre iniziava a trafficare dentro l'antica credenza di noce posta al centro di una delle pareti piastrellate della cucina.

A sentire parlare di caffè il volto della giudice già si era illuminato. Ma le ultime resistenze erano cadute e Annabella aveva deciso di adorare senza riserve la sua dirimpettaia allorché questa aveva tirato fuori una stupenda caffettiera napoletana perfettamente funzionante.

L'amicizia di Calpurnia era stato il regalo inaspettato di quell'estate.

Anche quella mattina la poetessa fu ospitale come sempre e la invitò a fermarsi almeno per il tempo di un caffè. Annabella fu felice che Calpurnia la facesse accomodare al tavolo di marmo della cucina, mentre lei trafficava tra i fornelli. Non c'era un posto migliore dove trascorrere un po' di tempo in compagnia. La stanza era ricoperta da meravigliose maioliche e pentole di rame in bella mostra, la luce filtrava attraverso le piante del pergolato, dove si intravedevano dei pomodorini appesi tra l'aglio intrecciato e i peperoncini essiccati.

I minuti con la sua nuova amica passarono anche troppo veloci, tra chiacchiere su poesia, gialli, musica e pittura, condite dalla trepidante attesa per il caffè distillato dalla napoletana.

Si salutarono con la promessa da parte della "poeta" di prendersi cura delle piante della sua "giunonica vicina" nelle tre settimane in cui sarebbe stata a Scandicci per il corso della Scuola Superiore della Magistratura.

Così Annabella si mise alla guida della sua famigerata Ypsilon rosso corallo con il cuore più leggero.

A pochi chilometri da Villa Castelpulci sentì l'inconfondibile rumore. Subito dopo la macchina sterzò con violenza verso sinistra, invadendo la carreggiata opposta. Per fortuna in quel momento non stava sopraggiungendo nessuno e Annabella riuscì a riportare la Ypsilon sulla destra, dopo aver evitato il guardrail per un soffio. Rimase per qualche secondo paralizzata per lo spavento, con la testa sul volante e il cuore che le scoppiava nel petto. Aveva forato, porca miseria.

L'hai scampata bella, Abbondante, pensò, mentre usciva dall'auto e andava a recuperare gli attrezzi per sostituire la ruota.

Venti minuti dopo non aveva ancora concluso nulla. La ruota di ricambio giaceva a terra tra gli attrezzi sparsi. In compenso aveva rimediato due sbucciature sulle ginocchia, un pollice schiacciato, una bella macchia di grasso sul vestitino nuovo a margheritine bianche e due strisce di unto sul viso, modello Rambo.

Stava quasi per abbandonarsi alla disperazione quando un'auto blu con i vetri oscurati si accostò dietro la sua Ypsilon. Annabella ipotizzò che si trattasse di un'auto di servizio, e già si allarmò. Quando poi, avvicinandosi, vide il simbolo della Procura della Repubblica di Firenze sul cruscotto, desiderò sprofondare nel sottosuolo.

Si aprirono gli sportelli, entrambi gli sportelli. Ad Annabella sfuggì un singulto di disperazione: significava che l'auto di servizio era piena, con un magistrato a bordo.

Il collega in questione era lo stereotipo del pubblico ministero. Vestito sportivo elegante, barba appena accennata, capelli tagliati di fresco, sguardo intenso e aria spavalda.

Annabella decise che la migliore strategia di approccio fosse giocare di anticipo. Partì in quarta verso il PM e afferrò la mano che questi aveva proteso.

«Sono proprio felice di conoscerti, collega. Mi chiamo Annabella Abbondante, magistrato in servizio presso il tribunale di Pianveggio, stavo andando a Villa Castelpulci per un corso MOT, come tutor. Per fortuna ti sei fermato, ti ringrazio moltissimo. Non so come avrei fatto senza di te. Che coincidenza che tu sia passato proprio adesso!» disse Annabella, in un'unica emissione di fiato, mentre per tutto il tempo aveva continuato a scuotere il braccio del suo interlocutore. Si rese conto troppo tardi di avere le dita sporche di grasso e che in tal modo aveva appena lordato anche il palmo del collega.

L'uomo mutò la sua espressione in progressione dal preoccupato allo stizzito e al disgustato, per terminare con un sorriso ironico che non prometteva niente di buono.

«Mi chiamo Landi. Ferruccio Landi» rispose James Bond. Poi con lentezza esasperante estrasse un fazzoletto di cotone dall'interno della giacca e iniziò a ripulirsi dallo sporco di grasso. «Abbondante… Mi sa che tu sei la collega di cui mi ha parlato il mio amico Sergio» aggiunse, mentre le porgeva una confezione di salviette umidificate che l'autista gli aveva passato.

L'uomo ne approfittò per chiedere se poteva procedere a sostituire la ruota dell'auto della dottoressa, e Landi lo esortò a farlo senz'altro.

Il tutto senza staccare lo sguardo dagli occhi di Annabella. Uno sguardo da incantatore di serpenti. O da serial killer. La giudice non aveva ancora deciso.

«Sei amico di Sergio Massi delle Case?» si informò, preoccupata.

«Lo conosco perché siamo entrati in magistratura nello stesso anno e abbiamo fatto insieme il tirocinio. Proprio amici non direi. Però ogni tanto ci sentiamo.»

«Capisco. E che ti ha raccontato di me?» sondò Annabella.

«Abbastanza, credimi» rispose Ferruccio Landi, e sorrise divertito. Gli occhi si accesero di un particolare riflesso dorato.

Annabella arrossì e all'istante progettò di strangolare a mani nude Sergio Massi delle Case, la prossima volta che lo avrebbe avuto a portata di mano. Lei e Ferruccio Landi scambiarono ancora qualche frase di circostanza, mentre l'autista terminava il suo lavoro. Alla fine Annabella lo ringraziò ancora per il suo aiuto e poi si salutarono con la speranza, forse reciproca, di non doversi più incontrare in futuro.

Pochi minuti dopo Annabella Abbondante varcava l'ingresso della Scuola Superiore della Magistratura diretta all'ufficio di segreteria, per la registrazione dei docenti al corso MOT.

Villa Castelpulci era un posto che lei amava molto. I giardini curati, gli ampi corridoi, le volte a vela tutte affrescate, la scalinata di accesso, il meraviglioso panorama che ti sorprendeva ogni volta che guardavi una finestra: le piaceva tutto. Era sempre come entrare in un mondo a parte, lasciando fuori da quel cancello gli affanni e le preoccupazioni della vita di tutti i giorni. Fare una pausa, resettarsi qualche giorno per ripartire più carichi e rinforzati nelle proprie convinzioni.

In quel posto meraviglioso sembrava che nulla di brutto potesse mai accadere...

7

L'opera del maestro

«Castelpulci, il cui nucleo originario risale al XIII secolo, domina imponente tutta la vallata dell'Arno tra Scandicci e Lastra a Signa: da sempre ha rappresentato un punto di riferimento per coloro che recavano a Firenze, insieme alla millenaria abbazia di Badia a Settimo, che si trova nelle vicinanze.»

La guida stava facendo fare il solito giro turistico ai nuovi magistrati in tirocinio, o meglio ai MOT, secondo la pessima sigla utilizzata per designare i colleghi appena entrati in magistratura. Era una consuetudine programmata per gli allievi della Scuola, che di solito si svolgeva il primo giorno di lezioni. Quella volta invece era stata spostata al giovedì, per un'indisposizione della guida.

Gli altri due tutor, Alessio Stanzetta e Alfonso Rinaldi, li seguivano di poco distanziati, chiacchierando tra loro a bassa voce. Annabella invece camminava con il gruppo dei ragazzi, prestando attenzione alla spiegazione solo a metà, più interessata a studiare, senza essere notata, i volti dei giovani magistrati. Cercava di cogliere nello sguardo di ciascuno di loro una scintilla di entusiasmo, per accendere in loro la fiamma della passione per quel duro mestiere che avevano scelto e che ora si apprestavano a iniziare. Mestiere che richiedeva molto più sacrificio e abnegazione di quanto si capisse dall'esterno, e di quanto loro potessero immaginare.

«Sorto come nucleo fortificato in epoca medievale e ampliatosi nei secoli successivi, il complesso oggi comprende la villa settecentesca e l'Oratorio di San Jacopo con i preziosi affreschi di Grifo di Tancredi. Il passaggio da "palatium" a "villa" avvenne nella prima metà del XVI secolo, sotto il vescovo di Volterra, il cardinale Francesco Soderini, che fece eseguire un primo ampliamento, con ogni probabilità all'artista fiorentino Benedetto da Rovezzano» proseguì la guida, mentre li conduceva nella parte posteriore della villa.

Durante il tragitto Annabella ricevette un messaggio di Nicola, che diceva di chiamarlo al più presto per una questione molto grave. Si ripromise di farlo appena conclusa l'interminabile visita turistica.

«Fu però solo dopo il passaggio della proprietà alla famiglia Riccardi, nel 1590, che la villa acquistò l'aspetto e le dimensioni attuali. Sono di quel periodo, infatti, la realizzazione dello scenografico viale di cipressi, detto il "Viottolone", da cui la località prende il nome, e la costruzione dell'attuale grande villa barocca.»

Annabella contemplò la facciata della villa barocca con i suoi terrazzi a precipizio sulla vallata, le balaustre che ornavano tutta la facciata, la maestosa scala esterna, e si sentì contenta di essere tornata in quel posto in cui sentiva di svolgere un compito delicato ma fondamentale. Non c'era niente di più entusiasmante, secondo lei.

«Nel 1847, con l'estinzione della famiglia Riccardi, Castelpulci, ormai priva di ogni arredo e ornamento, divenne proprietà del demanio pubblico. Per la salubrità del luogo e la ricchezza d'acque fu data in affitto all'Istituto fiorentino della Santissima Annunziata e destinata a "ricovero dei dementi", per risolvere i problemi di spazio dell'Ospedale di Santa Maria Nuova. Castelpulci rimase con tale destinazione fino al 1973.»

Ogni volta che arrivavano a quel punto della spiegazione Annabella si divertiva moltissimo a intercettare gli sguardi perplessi e meravigliati dei ragazzi nell'apprendere che la sede per la scuola di formazione dei futuri magistrati italiani fosse in realtà un ex manicomio. La scelta di quella *location*, operata dal Ministero della Giustizia, si prestava in effetti a prevedibili battute e facile sarcasmo, che difatti giunse anche quella volta dalle retrovie del gruppetto di MOT. Il più scatenato di tutti era Giorgio de' Nittis Fabbri, un giovane collega di Firenze, che Annabella aveva già individuato come uno tra i più brillanti del suo corso. Era singolare osservare come i più svegli e intelligenti tra gli allievi fossero sempre anche quelli più indisciplinati e irrequieti. Cercò di ricordarsi come si comportasse lei ai corsi di formazione quando era ancora in tirocinio, e con grande sollievo le parve di ricordare di essere stata un'autentica spina nel fianco dei relatori per le sue continue interruzioni e domande fuori tema.

«*Fra i suoi ospiti vi fu anche il poeta dei Canti Orfici, Dino Campana*» proseguì la guida, ignorando i motti e i lazzi dei ragazzi, che avevano ormai perso ogni interesse per la visita guidata, «*ricoverato qui per quattordici anni, dal 1918 fino alla morte, avvenuta il 1° marzo 1932. Dopo oltre trent'anni di chiusura e le alterne vicende che si sono susseguite per definirne una nuova destinazione d'uso, Villa Castelpulci è stata restaurata e dal 2012 è sede della Scuola Superiore della Magistratura. E con questo la visita è terminata. Vi lascio al prosieguo del vostro seminario.*»

Amen. Un applauso liberatorio nacque spontaneo tra gli astanti. La guida si fermò a fare due chiacchiere con i tutor, ma fu catturata dal consigliere della Scuola Superiore responsabile della formazione dei MOT, un collega piuttosto noioso e innamorato della sua voce. Due caratteristiche che mettevano a dura prova la pazienza dei suoi interlocutori.

Annabella, che ormai aveva imparato sulla sua pelle quanto pericoloso fosse restare nei paraggi quando il collega aveva voglia di conversare, si allontanò con il pretesto di fare una telefonata.

Fu intercettata da Giorgio de' Nittis e la sua collega, Veronica Scalfati, che si erano avvicinati per chiederle se quella sera avesse voglia di unirsi a loro per una cena a Firenze. Accettò con grande piacere, pensando che una serata con i ragazzi sarebbe stata di gran lunga più piacevole di una lunga cena con il consigliere Arpaia, che avrebbe tenuto banco tutto il tempo, rendendo indigesta a tutti persino l'ottima bistecca alla fiorentina dell'Antica Osteria del Borgo.

La libertà non è star sopra un albero...

I ragazzi tacquero mentre la suoneria con la canzone di Gaber risuonava nella vallata, con grande imbarazzo della proprietaria del cellulare, che anche quella volta aveva dimenticato di inserire la vibrazione.

«Nicola, non potevi aspettare che ti chiamassi io?» esordì Annabella, stizzita per lo sguardo di muto rimprovero riservatole dal consigliere Arpaia.

Ma Nicola la ignorò e rispose: «Ieri Gabriele mi ha mentito. Ha detto che sarebbe rimasto a dormire in caserma, invece non ci è mai arrivato. E da ieri pomeriggio non è ancora rientrato».

Annabella si allontanò con discrezione dal gruppetto avviandosi verso lo scalone di ingresso della villa. «Sei sicuro di quello che dici? Come hai fatto a scoprire che non è andato in caserma?»

«Annabella, ti devo ricordare che mestiere faccio?» la voce stridula di Nicola le perforò il timpano.

«Non mi dire che ti sei messo a fare gli appostamenti al capitano!» trasecolò Annabella.

Un silenzio eloquente fu la sola risposta che ricevette.

«Ho l'impressione che tu stia iniziando a esagerare. Sono certa che Gualtieri avrà una valida motivazione per comportarsi così. Non farti consumare dalla gelosia. Non è da te. Viviti questa storia con intensità ma anche con la giusta leggerezza. Promettimi che non gli farai una stupida scenata appena rientra.»

Silenzio.

«Nic, promettilo.»

«E va beeeeene, lo prometto. Proverò a sentire le sue spiegazioni, prima di ucciderlo» e con questo il commissario interruppe la comunicazione.

Annabella si ripromise di fare due chiacchiere con il capitano Gualtieri alla prima occasione, per capire cosa si nascondesse dietro quegli strani comportamenti.

«In sintesi la consulenza tecnica di ufficio non può essere un mezzo per supplire alle carenze di allegazione della parte attrice» osservò Giorgio de' Nittis puntando la Montblanc verso lo schermo del portatile, dove apparivano le slides della lezione in corso.

«Esatto, Giorgio: hai colto il punto!» Annabella si voltò nella sua direzione, dopo aver interrotto la marcia militare con cui stava passando in rivista i primi banchi dell'aula, avanti e indietro, da almeno venti minuti. Poi diede un rapido sguardo all'orologio digitale dello schermo proiettore e si rese conto che il termine delle lezioni era passato da più di un quarto d'ora. «Adesso però vi libero» aggiunse «altrimenti si configurano gli estremi per il sequestro di persona» concluse, e aprì la porta facendo cenno a tutti di sgomberare l'aula.

«Annabella, se vuoi lasciare l'auto qui a Castelpulci, ti si riporta noi a Firenze, e domattina ti si riprende, tanto il tuo albergo m'è di strada. Non ti facciamo guidare stasera, che sei bella cotta» sorrise Giorgio, che si era attardato per aspettarla, accompagnato dall'inseparabile Veronica.

«Ragazzi, siete molto carini.» Annabella non se lo fece ripetere due volte e accettò il passaggio senza indugio: la Ypsilon aveva ancora la ruota di scorta montata e non voleva sottoporla a inutili spostamenti. «Se mi attendete solo un momento, saluto i colleghi tutor e comunico loro che stasera, mio malgrado, ho dovuto accettare l'invito dei MOT per la cena» concluse facendo l'occhiolino.

Poco più tardi erano a bordo della Golf di Giorgio diretti verso Firenze. Annabella si era piazzata sul sedile posteriore, non sapeva bene il motivo ma era stata risoluta, nonostante le insistenze dei ragazzi. Aveva giustificato la sua decisione raccontando che non le era mai piaciuto il posto al lato del guidatore: al suo paese, Piano di Sorrento, lo chiamavano "il posto della suocera", perché quello più pericoloso in caso di incidente stradale, stando alle statistiche.

Il suo proverbiale istinto si stava rivelando provvidenziale: Giorgio de' Nittis affrontava le curve come se fosse sulla pista di Le Mans. Dopo circa venti minuti di tragitto, durante i quali Annabella si era sforzata di restare dritta nelle svolte affrontate a cento all'ora e di non spiaccicarsi sul poggiatesta del sedile anteriore a ogni frenata brusca, all'ennesima accelerazione improvvisa un libro partì in volo dal lunotto posteriore della vettura e le atterrò sulle ginocchia, dopo averle affettato un orecchio.

«Giorgio!» strillò Veronica. «Non mi dire che è sempre il libro che ti ha dato quella donna! È una vita che sta sul tuo lunotto.»

«Scusa, Annabella, mi dispiace moltissimo. Sono giorni che dico che devo portare questo benedetto libro a casa, ma lo dimentico sempre.»

Annabella diede un'occhiata alla copertina dove campeggiavano un pianeta, una rosa e l'inconfondibile figura di un ragazzino biondo con la sciarpa gialla. «Non sei un po' troppo grande per *Il Piccolo Principe*?» domandò Annabella sorridendo.

«Non si è mai abbastanza grandi per non apprezzare questo libro» rispose Giorgio «ma a dirti la verità non l'ho comprato. Mi è stato regalato. Anzi si è trattato di un episodio abbastanza imbarazzante. Una donna, in libreria, ha insistito per regalarmelo. Io ero davvero molto confuso, ma lei è stata così determinata che non sono riuscito a dirle di no.»

«Sarà stato un colpo di fulmine!» osservò Veronica, ridacchiando.

«Ti ripeto di no! Era una donna di una certa età. Mi ha detto che le ricordavo una persona a cui era molto affezionata e mi ha piazzato in mano *Il Piccolo Principe*.»

«E tu come hai reagito?» si incuriosì Annabella.

«La verità è che non ho reagito. Sono rimasto imbambolato con il libro tra le mani, mentre la donna mi fissava senza parlare. Ricordo che ho pensato che avesse gli stessi occhi del Piccolo Principe. Non è idiota?»

«Sì, Gio. Abbastanza» si intromise ancora Veronica.

«In ogni caso, prima che la cosa si facesse troppo inquietante, ho preso il libro e sono scappato via. Mi è sembrato il modo più semplice per venir fuori da quella situazione.»

«Un modo vigliacco, ma semplice» lo stuzzicò la collega.

«Forse hai ragione. Annabella, tu che avresti fatto al mio posto?» domandò il ragazzo, un po' imbarazzato.

«No, caro. Non posso aiutarti. Come dicono i miei amici, io sono un'inguaribile ficcanaso. Credo che l'avrei tormentata di domande fino allo sfinimento. Non penso che la tizia sarebbe uscita dalla libreria senza che io ne avessi prima conosciuto vita, morte e miracoli.»

I due ragazzi risero. Avevano già imparato a conoscere Annabella Abbondante in quei primi giorni di corso, e si rendevano conto che quello che stava dicendo non era troppo lontano dalla verità.

«Magari ti ha riconosciuto...» ipotizzò Veronica «avrà visto la famosa foto su qualche giornale. Che ne puoi sapere...»

«Perché c'era la tua foto sul giornale? Hai rapinato una banca prima di vincere il concorso?» scherzò Annabella.

«Era una foto di famiglia. Ero ritratto con mio padre. È lui quello famoso.»

«Perché tuo padre è un cantante rock e non me lo hai ancora detto?!» ribatté Annabella, sempre più curiosa.

«Magari, magari!» replicò Giorgio sorridendo. «Mio padre è stato per alcuni anni ambasciatore di uno Stato africano. Di recente ha condotto alcune trattative di pace in Libano. E questo ci ha dato per qualche mese un po' di notorietà sui giornali.»

«Accidenti» commentò Annabella. «Alla Farnesina devono proprio avere un'immensa fiducia in tuo padre per affidargli un simile incarico.»

«Mio padre conosce molto bene quell'area e le sue problematiche. Dopo la laurea, negli anni Ottanta entrò nell'esercito con il grado di ufficiale e fu destinato appunto in Libano, con la prima missione delle Nazioni Unite» continuò il ragazzo.

«L'ambasciatore è davvero molto in gamba» concluse Veronica.

Dopodiché Giorgio sterzò senza troppo preavviso a sinistra, sorpassando in curva un'automobile sportiva, e rientrò in carreggiata appena prima di entrare in collisione con un tir che sopraggiungeva dalla parte opposta.

Quando si fu riavuta dallo spavento ed ebbe completato la preghiera per grazia ricevuta, Annabella riprese il discorso, che le sembrava interessante. Rivolgendosi al ragazzo, disse: «Ecco perché sei stato scelto per il programma internazionale a Bruxelles. Devi conoscere molto bene le lingue».

«Giorgio ha frequentato le elementari e le medie in una scuola internazionale in Africa» rispose per lui Veronica.

«Siete amici da molto, voi due…» dedusse Annabella.

«Ci conosciamo da molti anni. Abbiamo frequentato gli stessi corsi all'università e preparato il concorso insieme» rispose Veronica con un certo compiacimento nella voce, che non sfuggì al radar sempre attivo della dottoressa Abbondante.

«Il complesso monumentale delle Murate si trova nel cuore dello storico quartiere di Santa Croce a Firenze, in un quadrilatero compreso tra via Ghibellina, via dell'Agnolo e viale della Giovine Italia» iniziò Giorgio a voce altissima, imitando il tono impostato della guida di Castelpulci.

La serata era andata secondo le previsioni: i ragazzi si erano scatenati e avevano bevuto troppo. Molte risate e uno scampolo di giovinezza rubata per Annabella. La cena alle Carceri era stata una vera scoperta per lei che non era mai stata in quel punto di Firenze, nonostante la sua lunga esperienza come docente alla Scuola Superiore della Magistratura.

«Il complesso quattrocentesco che vedete lì di fronte era il monastero intitolato alla Santissima Annunziata e a Santa Caterina, dove abitavano le monache di clausura dette "murate"» riprese Giorgio, accompagnando le parole con ampi e armoniosi movimenti delle braccia, come un giullare di corte.

«Giorgio, piantala, dài. Finirai per prenderti una secchiata d'acqua in testa. È tardissimo» intervenne Veronica.

Ma De' Nittis era lanciato, e sembrava risoluto a completare quel suo spettacolino improvvisato: «Poi, per circa cento anni, è stato il carcere di Firenze. Lo sapevi, dottoressa Abbondante? Adesso grazie a un eccellente progetto di riqualificazione voluto dal Comune di Firenze e realizzato con la geniale collaborazione di nientepopodimeno che l'architetto Renzo Piano, le Murate sono un importante polo espositivo della cultura contemporanea fiorentina che attrae talenti creativi da tutta Italia». Giorgio concluse la *boutade* con un inchino in direzione di Annabella.

Applauso fragoroso dei compagni, che nel frattempo avevano stappato l'ultima bottiglia di spumante e stavano sollevando i bicchieri.

«Dài, De' Nittis. Facci l'ultimo brindisi» lo incitò il collega Sebastiani, con voce impastata e palpebra calante.

Giorgio non se lo fece ripetere due volte, salì sulla sedia e con voce limpida e stentorea declamò, rivolgendo sguardo e bottiglia in direzione della tutor: «"L'opera del maestro non deve consistere nel riempire il sacco, ma nell'accendere la fiamma", Plutarco. Alla nostra "maestra di diritto e di vita", che ci sta regalando il suo entusiasmo e la sua esperienza, sempre a servizio del bene superiore della giustizia».

Detto questo, il ragazzo si accasciò sulla sedia, appagato e del tutto sbronzo. Tutti i MOT applaudirono, rivolgendo ad Annabella i loro sguardi carichi di entusiasmo e sincero apprezzamento. La giudice dovette soffiarsi il naso almeno due volte e dare la colpa al polline degli aceri piantumati di fresco nella piazza.

Un ronzio molesto, poi la voce di Gaber che la invocava dalle profondità degli abissi. Anzi no. Da dietro l'anta. Il cellulare era rimasto nella borsa, riposta nell'armadio.

«Pronto, Annabella? Sei tornata in albergo?»

«Certo, Alice... Anzi, tecnicamente dormivo» rispose lei sbadigliando per sottolineare il concetto.

«Scusami, ma avevo bisogno di parlarti. C'è una cosa che mi tengo dentro da parecchio.»

«E hai deciso di farla venire fuori proprio alle due del mattino di un giorno infrasettimanale?»

«Ho capito. Preferisci che ne parliamo quando torni a Pianveggio?»

«Credo di avere un'idea di cosa si tratti. E sì, preferisco parlarne quando sono sveglia e cosciente, se non ti dispiace.»

«Nessuno mi capisce più di te, amica mia. Ti lascio dormire. Ma poi ne riparliamo, promesso?»

«Promes... so» fece appena in tempo a rispondere Annabella. Poi si riaddormentò, in un nano secondo.

Afferrò il telefono a tentoni, nel buio pesto della stanza: «Nicola? Ma che avete tutti stanotte? È uno scherzo?».

«Annabella, ragiona. Ti sembra che ti chiamerei alle tre del mattino per farti uno scherzo?»

«Mi conforta che tu ne sia consapevole.»

«Di cosa?»

«Che sono le tre del mattino, porca miseria!»

«Non mi pare che tu ti sia mai fatta questi problemi, quando hai avuto necessità di parlarmi, perfida.»

«Fammi indovinare, Gabriele non è ancora rientrato. E tu hai verificato che non si trova in caserma. E stai pensando che possa essere uscito con un altro, perché ha il telefono staccato. Il che è probabile sia dovuto al fatto che il poveretto sta solo lavorando e tu ti stai agitando come al solito senza motivo... Nicola? Nic?»

Annabella era troppo stanca per richiamarlo. Avrebbe sistemato le cose con l'amico il giorno dopo. Adesso doveva dormire almeno quelle tre ore prima che la sveglia suonasse. Spense la luce e amen.

«Michele? Che succede? È andata a fuoco la Palermitana?»

«Sì, scusa, hai ragione. Sono le quattro del mattino e sono imperdonabile. Ma sono due ore che mi rigiro nel letto. Non riesco a smettere di pensare a quello che mi hai detto. In effetti potrebbe esserci qualcosa di vero. Ma non so come gestire la cosa. Questa è un'esperienza del tutto nuova per me, capisci?»

«Sì, Michele. Capisco. Non è facile mettersi in gioco. Ma era anche ora, dopotutto. Senti... Non voglio essere scortese, credimi. Ma...»

«Sì, hai ragione. Ne parliamo quando ritorni a Pianveggio. Magari davanti al mio miglior caffè...»

«Sei un angelo, Michele. Ti voglio bene.»

«Sono sempre un arcangelo, dottoressa Abbondante. Rimettiti a dormire. Anche io ti voglio bene.»

8

Che parola è Verità?

Che parola è Ascoltare?
Vicinanza discreta, contatto di mani,
calore di seni, profumo di pane.
Terra che, in attesa, germoglia ai primi tepori
di limpida primavera.
Che parola è Verità?
Scosceso sentiero verso l'estate,
strada battuta dal vento,
infinita,
lume che illumina i passi nel buio,
fioco,
fiume che scava la roccia senza sosta,
paziente.
Mi piace chi sa ascoltare
il lamento, il dolore, la speranza, lo scintillio della fiamma
che arde nei cuori
di anime perse che alle parole affidano il ricordo
di un viaggio mortale.

Calpurnia tacque e rimase ancora qualche istante immobile, come in sospeso, con lo sguardo rivolto verso il finestrone della sua cucina.

Annabella la guardava, anche lei in attesa, rapita da quell'immagine così suggestiva. Così in controluce, con i raggi del primo mattino che le incendiavano il grigio dei capelli intrecciati sulla testa, la poetessa le ricordava una regina maya, con lo sguardo fiero, gli orecchini di lapislazzuli, la veste variopinta e la sua splendida corona d'argento.

Poi, con un sospiro, Calpurnia rivolse di nuovo l'attenzione alla sua ospite. «Che ne pensi allora, mia giovane dea dell'abbondanza? Non credi che queste parole siano proprio lo specchio della tua anima assetata di verità?»

Annabella Abbondante prese ancora un piccolo sorso dalla tazzina che aveva tra le mani, portò il solito ricciolo ribelle dietro l'orecchio e le sorrise.

«È perfetta, Calpurnia. Come se fosse venuta fuori dalla mia testa. Non vedo l'ora di partecipare alla presentazione. Dove la farai?»

«Non so ancora. A Firenze, di sicuro. Te l'ho già detto che ho recitato alcune mie poesie proprio a Villa Castelpulci?»

«No, non me lo avevi detto. E quando?»

«Nel 2018. In occasione della rassegna Open Villas di Scandicci. Il Parco Culturale Dino Campana aveva organizzato una conferenza concerto su Dino Campana a Castelpulci. Fu un recital meraviglioso. Lettura di poesie del grande poeta matto e di altri artisti, musica, racconti. Un raro caso di intelligenza emotiva e cultura prestata all'elevazione dello spirito, mia cara. Mi piacerebbe ritornare a visitare la villa uno di questi giorni.»

«Puoi venirci la prossima settimana! Approfittiamo del fatto che io sarò di nuovo lì per la seconda parte del corso. Che ne dici? Potrei chiedere all'organizzazione della Scuola di fare un'eccezione per te. Dopotutto, chi potrebbe negare l'ingresso a una così illustre ospite?»

«Non prenderti gioco di un'anziana signora un po' svampita, mia generosa creatura.»

«Non scherzo. Devi venire sul serio. Adesso ti lascio, devo correre in tribunale...» Annabella non ebbe modo di completare la frase, perché la tasca del suo pantalone iniziò a vibrare con una certa insistenza.

La libertà non è uno spazio libero...

«Sei felice per la bella notizia?» la voce roca e suadente di sua cugina mise fine alla performance canora di Gaber.

«Oddio, Gioia, anche tu? Ma di quale notizia parlate tutti? Devo essere proprio come il marito cornuto. L'ultima a saperlo. Forza, illuminami! Di che si tratta?» rispose Annabella mentre accarezzava invidiosa i petali della spettacolare clematide rampicante sul terrazzo di Calpurnia.

«Ah no! Annabella, sai benissimo quanto ti voglio bene, ma non intendo per nulla al mondo far irritare tua sorella. Sono certa che lei ci tenga a dirtelo di persona. Non vorrai farmi entrare in disgrazia anche con Maria Fortuna, vero?»

«D'accordo, cugina. Alzo le mani. Ma trovo tutta questa faccenda piuttosto ridicola, sappilo» e concluse la conversazione. Era un tantino risentita con Gioia Abbondante, che aveva sempre considerato una fedele alleata in tutte le complesse e delicate dinamiche della loro numerosa famiglia sorrentina.

Rimase qualche istante a osservare la bellezza di quel terrazzo, i vasi di coccio traboccanti di zinnie gialle e arancioni, gli astri settembrini dell'aiuola che esplodevano di fiorellini azzurri, indaco e violetto, le piante grasse tra le mille sfumature di verde.

Finché la sua attenzione non fu attratta dal tono di Calpurnia, che a sua volta doveva aver ricevuto una telefonata. Non aveva mai sentito, fino a quel momento, delle note aspre in quella voce calda e carezzevole. Si accostò con cautela alla portafinestra da cui era uscita per parlare con Gioia: Calpurnia era ancora seduta al tavolo della cucina, fumava un sigaro e ascoltava.

«Non puoi dirmi ogni volta la stessa cosa! Non intendo desistere, punto e basta. Si tratta di mio figlio, ti rendi conto? Come puoi chiedermi di rinunciare a lui? Continuerò a combattere per la verità. E tu mi aiuterai. Perché me lo devi. Punto.» Calpurnia terminò la chiamata, si soffiò il naso e si asciugò gli occhi. Poi si versò un altro po' di caffè e rimase in silenzio a fumare.

Annabella si allontanò con discrezione dalla portafinestra, per dare alla sua amica il tempo di riprendersi, poi rientrò in cucina. Quando Calpurnia si girò, non c'era più traccia di risentimento o tristezza sul suo viso.

In quel preciso istante l'orologio a pendolo iniziò i suoi rintocchi. Annabella diede uno sguardo al display del cellulare. Porca miseria quanto era tardi, doveva affrettarsi ad andare in ufficio. Aveva quel faldone formato gigante ancora da districare, i cui termini per il deposito del provvedimento stavano per scadere. Salutò Calpurnia in tutta fretta, caricò i fascicoli da depositare in macchina e partì a razzo verso Pianveggio.

La giudice Abbondante entrò spedita in cancelleria per riprendere l'agenda e il thermos che, come al solito, aveva dimenticato nell'aula di udienza il giorno prima. Paolo stava al bancone del ricevimento atti e sbrigava la fila interminabile di avvocati che aspettavano il loro turno, alternando rassegnazione e impazienza. Su tutti spiccava la voce stentorea dell'avvocato Malfatti, il quale era al telefono con un cliente e si scaldava sui particolari di una causa da intraprendere, del tutto incurante del fatto di trovarsi in un luogo pubblico.

Dolly non si accorse neppure che lei era entrata, sommerso com'era dalle mille incombenze e pressato dalla folla ruggente.

Maria non era al suo posto, ma la cosa non suscitò nella giudice particolare meraviglia. Statisticamente le probabilità di trovare la cancelliera Valente alla sua scrivania erano pari a quelle di incontrare un temporale sorvolando il deserto del Gobi. Aveva ripreso le sue cose e stava per tornarsene in ufficio, quando con la coda dell'occhio notò un particolare stonato. Lo sgabuzzino, di solito adibito a deposito delle scorte di cancelleria, era stato sgombrato. Ci avevano collocato una scrivania con una postazione di lavoro. E dentro, intento a lavorare, con lo sguardo sgomento fisso sul monitor, c'era Albino Diomaiuti.

L'animo da sindacalista che albergava nella dottoressa Abbondante ebbe un sussulto di sdegno. Entrò senza bussare e si piazzò davanti al giovane assistente, il quale nel vederla così infuriata, le mani sui fianchi e il ricciolo ribelle piazzato sulle ventitré, si paralizzò con le mani bloccate sulla tastiera e lo sguardo vitreo.

«Si può sapere chi l'ha piazzata in questo sgabuzzino?» si informò la giudice con la voce sibilante e lo sguardo a fessura.

«Mi perdoni, dottoressa, non sapevo che non si potesse. Mi ha autorizzato Paolo a sistemarmi qui dentro. Mi sposto subito, se la cosa le crea problemi» balbettò Diomaiuti, che nel frattempo si era abbandonato sulla sedia girevole come un budino tremolante.

Annabella girò i tacchi e uscì dal piccolo stanzino senza aggiungere altro, lasciando il povero Albino nell'incertezza più assoluta circa il suo immediato futuro. La Erinni Abbondante si appostò alle spalle di Dolly, il quale la avvistò con la coda dell'occhio e afferrò al volo che uno tsunami era in arrivo. Decise di giocare di anticipo. «Dottoré, mo' non tengo tempo. Passo da voi più tardi e ne parliamo. Va bene?» azzardò.

Il silenzio risentito alle sue spalle iniziò a pesargli sulla nuca... Era evidente che il tentativo di svicolare era andato a vuoto. Paolo capì che rischiava la gogna sulla pubblica piazza. Allora scelse di prendere il toro per le corna: bloccò l'avvocato Malfatti, che era il prossimo della fila, con un perentorio gesto del braccio e si allontanò rapido dal banco, trascinandosi dietro la giudice Abbondante.

«*Iamm*, dottoré, vuotate il sacco. *C'aggio fatto*?» pressò Dolly, non senza una certa preoccupazione, resa esplicita dalla immancabile "cerimonia" della pulitura delle lenti con la pezzuola.

«Lo sai benissimo» replicò la Abbondante con lo sguardo inferocito da toro preso per le corna.

«Dottoré, non fate pure voi come mia moglie, *faciteme o' piacere*. Se ho fatto qualcosa di sbagliato vi chiedo scusa, ma non mi costringete a indovinare, che a questo gioco perdo sempre» supplicò Paolo, mentre con un fazzolettino di carta si asciugava la fronte imperlata di sudore.

«Perché hai rinchiuso il povero Diomaiuti nello sgabuzzino?» si decise a vuotare il sacco lei, puntandogli il solito dito in faccia.

Paolo dilatò le pupille e iniziò a sudare freddo. Si era reso conto dell'equivoco in cui era incorsa la dottoressa, ma non aveva la più pallida idea di come chiarirle la circostanza senza farla innervosire ancora di più. Stava già per rassegnarsi al martirio, quando una voce alle sue spalle gli venne in soccorso. «Dottoressa, non se la prenda con il cancelliere Sarracino» intervenne a sorpresa proprio Diomaiuti. «Sono stato io a chiedergli il favore di trovarmi uno spazio chiuso dove potermi concentrare in pace. Sono abituato al silenzio del seminario e tutto questo frastuono mi impedisce di lavorare come dovrei. Lo sgabuzzino è perfetto per me.»

«In seminario?» trasecolò la giudice, accorgendosi troppo tardi di Paolo, che alle spalle del suo assistente le stava facendo segno di tacere e roteava il dito indice per farle intendere che le avrebbe spiegato tutto dopo.

«Oh cielo! Si è fatta già quest'ora!» se ne uscì allora Annabella Abbondante, guardando all'improvviso l'orologio e battendosi la fronte. «Ho quel... quel concordato da studiare.»

«Allora buon lavoro, dottoressa» le augurò Diomaiuti, con un sorriso da cherubino.

«Grazie caro, e... pace e bene» rispose Annabella senza riuscire a trattenersi. E, come era prevedibile, si beccò un'occhiata di traverso dal suo cancelliere, il quale mormorò, alzando gli occhi al cielo: «Santa pazienza!», e si rimise al lavoro sull'atto dell'avvocato Malfatti, ormai itterico per l'attesa.

Un paio d'ore e parecchi provvedimenti più tardi fu il cancelliere Sarracino, in arte Dolly, a presentarsi nello studio della giudice. Entrò e chiuse la porta con quell'aria complice che la Abbondante conosceva molto bene. Ma lei non disse nulla, continuando a leggere l'atto che aveva sullo schermo come se nulla fosse. Tanto era certa che Dolly non avrebbe resistito troppo a lungo.

Il cancelliere in effetti bazzicò qualche minuto sistemando fascicoli e faldoni sugli scaffali, poi fece la sua mossa: «Dottoré, che dite, ce lo facciamo un bel caffè?».

«Dolly, lo sai che non potrei. Ma se insisti, ne prendo solo un goccino.» Si tolse gli occhiali e chiuse il portatile. Paolo era venuto per riferire un pettegolezzo, glielo leggeva in faccia, il caffè era indispensabile in questi casi.

«Però, se non vi dispiace...»

«Sì, lo so. Lo fai tu, che il mio viene sempre una schifezza» concluse rassegnata la giudice.

Qualche minuto dopo si stavano gustando il caffè di Paolo in devoto silenzio. La Abbondante a quel punto però si era incuriosita e decise di prendere l'iniziativa.

«Che cosa eri venuto a dirmi?»

«Niente di importante, dottoré. Se tenete da fare ne possiamo parlare pure un'altra volta» la provocò il cancelliere. Lo sguardo assassino ricevuto in risposta gli suggerì cosa fare. «Oppure ne possiamo parlare subito.»

«Bravo, procedi.»

«Ieri mia sorella è andata a farsi la tinta.»

«Notizia bomba, Dolly! E qua, altro che caffè, lo champagne ci voleva, con una notizia così clamorosa!»

«Giudice, non vi incazzate, adesso mi spiego meglio. Dicevo... Ieri mia sorella, mentre era nel negozio con il colore in posa, ha sentito la parrucchiera Wanda parlare con la segretaria del notaio Piccioni. Pare che il Coriandoli avesse fatto testamento. Quello che non aveva parenti e viveva solo nel grande casolare in località Sette campi. Non so se vi ricordate.»

Paolo si fermò un attimo a verificare che lo sguardo della Abbondante non fosse perso nel vuoto.

«Me lo ricordo chi era, Dolly. È quello che è morto nel locale di Michele un paio di mesi fa.»

«Esatto, proprio lui. Ma la segretaria non ha saputo dire a chi avesse lasciato la casa, perché si tratterebbe nientemeno che di un testamento olografo in busta sigillata. Cosa mai vista a Pianveggio. Pare che lo apriranno dopodomani alle cinque. Sembra che il notaio abbia avuto un po' di difficoltà a trovare l'erede, perché era stato in prigione e dopo se ne erano perse le tracce. In paese sono tutti curiosi di scoprire a chi il Coriandoli abbia lasciato il casolare, anche perché quella è proprio una bella proprietà, dottoré...»

E si versò un altro goccino di caffè. Poi si fermò, si pulì gli occhiali con la pezzuola che aveva in tasca e riprese: «Che poi dice mia moglie, che glielo ha detto sua cugina che è fidanzata con il direttore della Banca Cooperativa, che il Coriandoli aveva solo la casa e ci stava pure l'ipoteca sopra».

«E allora non è un grande affare per l'erede. Senti a me.»

«E gliel'ho detto pure io a mia sorella. E poi, dottoré, lo sanno tutti che il buon Gino si era fatto debiti per tutta Lucca e dintorni, con il vizietto che teneva.»

«Che vizietto?»

«Poker, dottoré. Giocava forte, e perdeva spesso.»

«Il quadro mi è chiaro. Paolo, io avrei finito di studiare i fascicoli, ma devo ancora preparare i provvedimenti. Per favore sistemali tu al solito posto, che ho bisogno di fare una passeggiata.»

«Vabbè, vabbè, una passeggiata. Ho capito tutto, dottoré...» il cancelliere ridacchiò e poi diede un colpetto sulla spalla della giudice.

«E che avresti capito, fammi sentire» rispose, soffiando indispettita il ricciolo ribelle.

«Ho capito che dovete correre dal vostro amico commissario per indagare sul fatto di Coriandoli. Vi conosco troppo bene» ammiccò Dolly, ma l'occhiolino si trasformò in una smorfia di terrore quando incrociò lo sguardo della giudice.

Entrando Annabella vide subito Michele e Alice che discutevano vicino all'amplificatore, sul piccolo palco del locale.

«È inutile, Michele, non mi convincerai mai. I Guns N' Roses erano dei veri artisti rock, incarnazione dello street sound. I Nirvana non sono altro che la metodica riproduzione di uno stile di vita snob, progressista e vicino a posizioni culturali di tradizione.»

«Ma per carità, Ali. Rock and roll semplicistico e modaiolo, un cliché pasticciato, buono solo per scalare le classifiche. Kurt Cobain aveva ragione: i Guns N' Roses non avevano niente da dire.»

Annabella si sedette sullo sgabello del bancone e mimò il gesto del caffè rivolgendosi a Eva. Michele era troppo preso dalla discussione con Alice per accorgersi della sua presenza, mentre Nicola, che era arrivato prima di lei, l'aveva ignorata di proposito, ruotando perfino il sediolino per darle le spalle.

Da quando era tornata da Scandicci, un paio di giorni prima, Nicola non si era fatto vedere né sentire. Di certo perché era ancora offeso con lei per la storia della telefonata notturna. Era la prima volta che si rivedevano.

«Da quanto tempo va avanti la dissertazione musicale?» Annabella provò a far leva sull'animo pettegolo del commissario Carnelutti, per rompere il ghiaccio. Ma la provocazione cadde nel vuoto.

Eva le fece segno con la mano, per farle intendere che Nicola era proprio incazzato, e rispose al suo posto: «Saranno almeno venti minuti. Quei due avrebbero bisogno di chiarirsi una volta *pe'* tutte. Tutta questa tensione fa male. E *nun ve' devo di' io de* che tensione parlo».

«Infatti» risposero in coro Annabella e Nicola.

Si guardarono. Annabella sollevò le sopracciglia e sistemò il ricciolo tenace. E Nicola allora sbottò: «Che c'è? Guarda che lo abbiamo capito tutti che tra quei due c'è qualcosa. Credevi di essere l'unica qui ad avere intuito ed empatia? Ti ricordo che io faccio il poliziotto per vivere, mica vendo pizza e fichi».

«Magari...» intervenne Eva. E poiché entrambi i contendenti si voltarono verso di lei con aria interrogativa, aggiunse: «*So'* boni! Pizza e fichi, dico... L'avete mai provati?».

Scoppiarono entrambi a ridere, e la tensione si abbassò.

«Scusa per l'altra notte, Nic. Ma ero esausta. Come è andata con Gabriele?»

«No, scusa tu. Era davvero troppo tardi per chiamarti. E poi avevi ragione, come sempre. Mi ero agitato senza motivo.» Nicola rassicurò l'amica che il compagno era tornato a casa e aveva anche chiesto scusa per essere sparito. A quanto pareva gli si era scaricato il cellulare ed era rimasto senza benzina in aperta campagna. Nicola era più tranquillo: il racconto gli era sembrato sincero e l'atmosfera a casa si era rasserenata.

Annabella in cuor suo pensò che il racconto di Gualtieri puzzava di bufala a distanza di chilometri, ma si guardò bene dall'esprimere la sua opinione ad alta voce.

Nel frattempo la diatriba musicale era stata accantonata e i due si erano riuniti al gruppetto. Alice lanciò uno sguardo significativo all'amica, ma l'occhiata fu intercettata da Nicola, il quale si intromise e sottovoce, mentre Michele era rientrato nel retrobottega, disse: «Non esiste, carine. Non vi farete questa conversazione senza di me. Altrimenti tra noi tre è tutto finito».

«D'accordo. A cena a casa di Annabella, lunedì sera? Prima non posso. Domani mattina devo partire per Milano per il giornale e rientro lunedì pomeriggio» propose Alice.

«Va bene, ma non dobbiamo fare tardi, il giorno dopo devo partire per Scandicci. E voglio andarci con calma. Sentito, Nic?»

«Certo, perfida. Non sono mica sordo» protestò il commissario, sistemandosi i capelli.

«Allora è deciso, ci vediamo da te lunedì sera. Oddio quanto è tardi! Io corro a Firenze che Gualberto mi aspetta» concluse Alice, e se ne andò di corsa senza salutare nessuno.

Rimasta sola con Nicola, Annabella ritenne giunto il momento di soddisfare la sua inesauribile curiosità.

«Visto che ci troviamo, volevo chiederti una cosa a proposito della morte di Coriandoli» iniziò Annabella. E senza aspettare risposta proseguì: «Tu lo sapevi che aveva fatto testamento? A quanto pare si tratta di un testamento olografo in busta sigillata. Pare che l'erede sia una persona che è stata parecchi anni in prigione. Sai di chi si tratta?».

«Me lo stai chiedendo in qualità di commissario di polizia oppure come esperto in pettegolezzi locali?» ironizzò Nicola.

Annabella non fece in tempo a rispondere: un rumore di piatti infranti li fece sussultare.

«Scusatemi tanto» fece Eva. «Sono inciampata» disse con il viso tutto rosso.

«Ma non ti preoccupare. I piatti si ricomprano» intervenne Michele, che nel frattempo era rientrato al bancone.

Nicola il Commissario approfittò del trambusto per avere la meglio su Nicola il Pettegolo, pagò il conto e scappò via, con la scusa di un arresto per spaccio che andava subito convalidato.

9

Le cose che cambiano

La libertà non è star sopra un albero...

«Paolo, sono per strada. Tra un quarto d'ora al massimo sarò lì. Ma è successo qualcosa in ufficio?»

«In un certo senso. Dovete spicciarvi. La Severini si è sentita poco bene, e il presidente vi prega...»

«Non dirmelo... Il presidente mi prega di sostituirla in udienza, perché non sa a chi altro chiedere. Ho indovinato?»

«Dottoré, col vostro permesso, preferirei non rispondere.»

«Sto arrivando, porca miseria.»

Giunta nel suo studio, Annabella afferrò la toga dall'armadio, il Codice di procedura penale e, dopo aver dribblato un paio di curatori in attesa di parlarle, corse nell'aula 2, al primo piano. All'ingresso la aspettava Paolo con una faccia scura.

La giudice si fermò con una mano sul fianco, per riprendere fiato. «Oddio, e adesso che altro è successo?» domandò.

«Il PM di udienza...»

«Perché, non è la Migliorino?»

«In maternità da ieri mattina.»

«Non lo sapevo. E quindi...»

Paolo si guardava le scarpe e non rispondeva. Ma quando tirò fuori la pezzuola per pulire gli occhiali, tutto divenne chiaro per la giudice Abbondante.

«No! Ma perché lui? È il sostituto procuratore anziano, non ci vanno mai in udienza monocratica, fanno solo i processi più importanti! Dove sta la Bonelli?»

«La Bonelli sta a Scandicci per il corso di aggiornamento. Solo lui poteva venire, dottoré.»

Al suo ingresso in aula tutti si alzarono, come di rito nelle udienze penali. Perché poi accadesse solo nelle udienze penali, Annabella Abbondante se lo chiedeva ogni volta. La giudice li fece accomodare, mentre in cuor suo sperava davvero di ricordarsi cosa fare. Era parecchio che non celebrava un'udienza penale monocratica: non era la stessa cosa che fare il terzo componente di un collegio penale, lì è il presidente che si occupa di gestire il processo, invece qui si trattava di portare avanti l'udienza e decidere da sola, come giudice unico, e aveva la sensazione che, a parte il «Buongiorno, avvocati, accomodatevi pure», non le venisse in mente proprio nient'altro da dire.

Massi, seduto al banco del pubblico ministero, sembrava felice almeno quanto lei di essere stato assegnato a quell'udienza. Toga buttata all'indietro sulle spalle, braccia incrociate al petto, sguardo torvo e palpebra tremolante.

Cominciamo bene, pensò Annabella.

«Cancelliere, iniziamo a trattare il procedimento contro Anguilla Amedeo, fissato per le ore nove e trenta. Mi pare che sia il primo sul ruolo, me lo conferma?»

«Sì, giudice. Affermativo» rispose Paolo, con un accenno di saluto militare.

La Abbondante lo fulminò con la coda dell'occhio. Operazione non semplice, ma lei era una specialista del campo.

«Bene. Allora procediamo. È aperto il procedimento a carico di Anguilla Amedeo, nato a Ronciglione il 15 maggio 1986. Libero, assente. Difeso dall'avvocato Sperandio. Imputato per spaccio di stupefacenti. Se non vi sono questioni preliminari, il cancelliere procederà alla lettura del capo di imputazione.»

«Signora Giudice, mi perdoni, ma invero Anguilla è presente. Si era allontanato un momento, per motivi… fisiologici. Sta arrivando.»

«D'accordo, avvocato. Cancelliere, modifichi il verbale, revochi la dichiarazione di assenza e scriva: "libero, presente".»

Proprio in quel momento l'imputato entrò in aula in tutta fretta. Con grande meraviglia di Annabella Abbondante, Anguilla indossava una maglietta bianca a mezza manica con la stampa di una gigantesca e inconfondibile foglia di marijuana. Gigantesca e di uno sfacciato verde brillante.

La giudice Abbondante non riuscì a trattenersi dal dire: «Avvocato Sperandio, vedo che il suo cliente è venuto in udienza con la divisa di ordinanza».

A quelle parole Massi si girò a guardare l'imputato. Alla vista della maglietta spalancò gli occhi e si fece tutto rosso.

Adesso se lo mangia, pensò la Abbondante.

E invece si verificò un fatto che Annabella non si sarebbe certo aspettata, neppure nelle sue fantasie più sfrenate. Un avvenimento mai accaduto in quell'aula.

Si iniziò a sentire uno strano suono provenire dal sostituto procuratore, come un cavernoso grugnito. Poi occhi che lacrimavano, spalle che sussultavano. Annabella non poteva crederci: Sergio Massi delle Case stava ridendo, e non riusciva a contenersi.

A quel punto anche il pubblico dei pochi avvocati presenti iniziò a sghignazzare.

La cosa si stava facendo sconveniente per Massi, Annabella gli venne in soccorso: «Sospendiamo cinque minuti il processo, ho necessità di verificare una notifica con la cancelleria penale».

Detto questo, la giudice si allontanò a passo militare, ricci e toga svolazzanti, in una nuvola di fogli che la enorme borsa, al suo passaggio, spazzava via dai banchi laterali.

Dieci minuti più tardi, al suo rientro in aula, la calma era stata ripristinata e Sergio Massi delle Case appariva di nuovo del tutto padrone di sé. La palpebra ballerina e lo sguardo minaccioso del collega, tuttavia, non promettevano nulla di buono per Annabella.

L'udienza in ogni caso proseguì senza particolari difficoltà. La giudice scoprì di non aver dimenticato del tutto la procedura penale e, con l'aiuto di Paolo e del codice, riuscì a condurre l'udienza in modo dignitoso. Anguilla fu condannato, come era prevedibile. Non per la maglietta, ma per le prove raccolte contro di lui.

A fine udienza, quando l'aula si fu svuotata degli ultimi avvocati ritardatari, come Annabella si aspettava, Massi si avvicinò glaciale al banco: «È tutta colpa tua. Mi sono reso ridicolo in pubblica udienza, ed è tutta colpa tua. Sei una peste, Abbondante. Questa non te la perdono».

«Scusami, Sergio. Non avrei mai creduto che tu fossi in grado di ridere» fu la replica di Annabella Abbondante. Massi non disse nulla, mentre la sua palpebra era ormai un sismografo impazzito. Le voltò le spalle senza salutare.

Eppure qualcosa era cambiato, per sempre. Sergio Massi delle Case aveva il senso dell'umorismo! Soffocato, certo, in un mare di boria, ma ce l'aveva. Da quel momento lo avrebbe guardato con occhio diverso, nulla tra loro sarebbe stato più lo stesso.

Mentre si avviava all'ascensore diretta al garage, il vagito di un neonato affamato e incazzato riecheggiò nel corridoio del tribunale, attirando l'attenzione del collega Merletti, che stava uscendo dalla sua stanza proprio in quel momento e che si guardò intorno per comprendere da chi potesse provenire una suoneria così poco consona all'ambiente in cui si trovavano. Quando si voltò e vide Annabella, l'espressione interrogativa si trasformò in palese disappunto. Annabella si infilò nell'ascensore a testa bassa. Rimasta sola lesse il messaggio che aveva ricevuto:

> Non dimenticarti della cena di stasera a casa tua. Io e Alice saremo lì per le nove. Nic

Sally: Ti odio.
Harry: È un tuo problema.
Sally: Penso di amarti.
Harry: Potrei amarti.
Sally: Ti odio.
Harry: Per favore, non odiarmi.
Sally: Ti amo.
Harry: Ti amo anch'io.

«Non ci posso credere! Nicola... Stai piangendo» commentò Alice spalancando gli occhi.

Annabella spense il televisore, si alzò con la ciotola dei popcorn e, dopo aver dato un'occhiata all'amico, scosse la chioma riccioluta e disse: «Ma come è possibile? Lo avremo visto quindici volte *Harry ti presento Sally*. Come fai a commuoverti ogni volta sullo stesso finale?».

Alice la seguì in cucina con le bottiglie di birra vuote.

Nicola rimase sul divano, mentre continuava ad asciugarsi gli occhi. «Perfide» protestò a voce alta per farsi sentire dal salotto in cucina. «Non vedrò più nessun film con voi. Neppure se me lo chiederete in ginocchio. Che si mangia stasera?»

«Vi ho fatto la parmigiana, ricetta di zia Prudenza. E ho preso il gelato alla nocciola, quello che piace a Nicola. Vieni o no?» gli gridò di rimando Annabella, con quel suo tono che non accettava un no come risposta.

«E va beeeene.» Fu il segno della resa. Nicola prese Serafino, che dormiva sulle sue ginocchia, lo depose senza svegliarlo sulla poltrona di Annabella e raggiunse in cucina le sue due amiche.

Dieci minuti più tardi, a tavola regnava un religioso silenzio. La parmigiana aveva acquietato gli animi e messo a dormire perfino i bollenti spiriti di Nicola. Ma dopo il gelato l'atmosfera rilassata e il limoncello di nonno Prospero della famosa fabbrica Abbondante iniziarono a dare i loro frutti.

Alice ruppe il silenzio e iniziò: «Ragazzi, c'è una cosa che devo dirvi. È un malloppo che mi pesa in petto, me lo tengo dentro da un po'. In realtà io stessa non avevo focalizzato quello che mi stava accadendo, finché non mi è stato evidente che si trattava di un'emozione ricambiata. E allora la faccenda si è fatta più complicata. Perché sai, una cosa è l'attrazione, una cosa sono i sentimenti. E sebbene avessimo già avuto in passato un paio di notti molto interessanti...».

Bocca aperta e mano sul petto di Nicola.

Alice colse lo stupore e continuò: «Eh... anche questo a dire la verità non ve l'avevo detto... perché non si voleva guastare quel bel clima di semplice amicizia che c'è tra noi. Ma adesso la situazione è diversa. Io non riesco a stargli vicino senza emozionarmi e temo che per lui sia lo stesso. E sono così terrorizzata che finisco per trattarlo male, e lui si offende da morire. Insomma, sta diventando una cosa ingestibile. Ma forse dovrei dirvi di chi parlo». Alice si fermò di nuovo in attesa di un segno da parte degli amici, i capelli rossi da gatta selvatica ancora più arruffati del solito, gli occhi di miele accesi come lava.

«Di Michele» dissero i due, quasi nello stesso momento.

Stavolta fu Alice a sgranare gli occhi. «Vedo che sono proprio un libro aperto per voi. Che Annabella avesse capito me lo aspettavo. Ma anche tu, Nic... Allora la cosa è piuttosto evidente...»

«Ma in che senso, scusa? Mica sono lo scemo del villaggio. Vi ricordo, ancora una volta, che sono un poliziotto e anche piuttosto bravo» protestò lui, strapazzandosi con furia i capelli sulla nuca.

«D'accordo, Nicola, sei il principe degli investigatori, ma adesso lascia continuare Alice» lo rintuzzò Annabella. E gli strinse la coscia in una morsa, per fargli intendere che non era il momento di polemizzare, che bisognava capire dove l'amica stesse andando a parare.

Nicola tacque all'istante, un po' perché aveva capito il messaggio di Annabella, un po' per il dolore alla coscia, che gli aveva mozzato il respiro.

«Il problema è che non posso affrontare una relazione adesso. Ho il mio nuovo lavoro, dopo anni di gavetta. Devo essere libera, poter disporre del mio tempo. Ho bisogno del cervello sgombro per rendere al massimo. Mi capite?»

«Alice, non me la conti giusta» la stoppò Annabella. «Non ci stai dicendo tutto. Veloce, vuota il sacco, che domani mattina mi devo svegliare presto. Vai avanti: poi...?»

«D'accordo, strega. E poi c'è anche Gualtiero che mi attira, non posso negarlo. E che mi ha fatto capire in modo esplicito che gli piaccio. E chissà che cosa potrebbe accadere tra noi, è tutto ancora da scoprire. Insomma, io non so se ho voglia di...»

«Impegnarti» conclusero in coro gli altri due.

«E che palle!» sbraitò Alice.

Scoppiarono a ridere tutti e tre.

«Dài, un ultimo giro di limoncello per festeggiare la mia trasparenza. E poi lasciamo dormire Annabella, che altrimenti mi lincia» propose Alice.

Al quarto "ultimo giro di limoncello" gli amici ripartirono per Pianveggio, lasciando Annabella in stato semi vegetativo sul divano.

Un grosso moscone. Stava entrando nel suo orecchio, ma non riusciva a scacciarlo, aveva il braccio intorpidito, bloccato. Un canto di libertà… una voce amica, amata. Il cellulare, porca miseria…

Annabella aprì gli occhi, si liberò di Serafino, che ronfava in coma sul suo braccio, e afferrò il telefono che ruggiva sotto il cuscino.

Libertà è partecipazio…

«Chi sei?» biascicò senza guardare lo schermo.

«Alla buon'ora! Riesco a parlare con te! Che onore…»

«Ciao, Fortuna, ammiro molto come riesci a trovare sempre l'esordio adatto per ogni nostra conversazione. Come stai?»

«Ecco appunto, come sto. Ho questa cosa molto importante da dirti e ci terrei moltissimo a comunicartela di persona, guardandoti negli occhi. Pensi sia possibile trovare un piccolo momento da dedicare alla tua sorella maggiore?»

Annabella si raddrizzò a sedere e recuperò in un istante la lucidità. Che sua sorella potesse star male non le era passato per il cervello fino a quel momento. Maria Fortuna era di una razza superiore, indistruttibile. L'unica bambina a non aver contratto nessuna malattia esantematica. Aveva superato l'adolescenza senza l'acne giovanile, e da adulta mai neppure un raffreddore.

Ma il destino a volte può essere crudele anche con le persone come lei, pensò.

«Maria Fortuna, ma mi devo preoccupare? Stai male? Vengo adesso a casa tua e mi dici tutto.»

«Impossibile. Ti ricordo che oggi è lunedì e sono già a letto. Domani mattina ho il turno alla Casa dell'anziano di Castel Maggio.»

«Ah già. Il problema è che io parto per Scandicci domani. Te l'ha detto mamma? Alla Scuola Superiore della Magistratura. Per la seconda settimana di corso per i MOT.»

«Eh, certo! Ti sei fatta incastrare anche questa volta. Figuriamoci…»

«Maria Fortuna, se devi alzarti presto domani mattina, forse è il caso che tagliamo corto. Dimmi che cosa c'è. Adesso.»

«Non esiste. Voglio fare questa cosa come ho deciso. Vorrà dire che ci vediamo appena ritorni a Lucca. Aspetterò quest'altra settimana. Ma non oltre!»

«Ma se hai un brutto male una settimana potrebbe essere troppo tardi» protestò Annabella.

«Non dire sciocchezze! Sto benissimo. Non è questa la cosa che devo dirti. Allora siamo intese. Mi chiami venerdì appena rientri, mi raccomando» ordinò perentoria sua sorella.

«Promesso. Ti chiamo "venerdìappenarientromiraccomando".»

«Avresti dovuto fare l'attrice comica. Non c'è alcun dubbio.»

«Notte, Fortuna, è stato bello.»

Stava per mettere in carica il cellulare quando una notifica attirò la sua attenzione. Una piccola busta annunciava una mail arrivata proprio in quel momento.

Aprì le conversazioni su Gmail. Con sua grande sorpresa il messaggio proveniva da tano.brandi@gmail.com.

Tano era un vecchio amico di infanzia, poi diventato negli anni anche qualcosa di più. Al contrario di lei, dopo gli studi era tornato a Piano di Sorrento e aveva aperto il bar Capatosta. Per quanto si volessero sempre un gran bene, non avevano l'abitudine di scriversi. Si vedevano solo di rado, quando lei tornava giù a Sorrento.

da **tano.brandi**
a **annabellabbondante**

Ciao Annabella. Non ti stupire. È che ti ho pensato un po' troppo spesso negli ultimi tempi. Volevo dirtelo. Come stai?

da **annabellabbondante**
a **tano.brandi**

Tano, tutto bene? Non mi far preoccupare. E comunque, c'è una parte del mio cervello che non smette mai di pensare a te. Lo sai benissimo.

da **tano.brandi**
a **annabellabbondante**

Non devi preoccuparti. Non è successo niente. Mi andava di scriverti. Lo so che non l'ho mai fatto. Ma le cose cambiano. Possono cambiare, almeno.
Bella questa cosa del tuo cervello. Mi fa piacere. Ma perché mi pensa?

da **annabellabbondante**
a **tano.brandi**

Perché Tano resterà sempre Tano. Ti basta?

da **tano.brandi**
a **annabellabbondante**

Mi basta Annabbè. Mi è sempre bastato.

da **annabellabbondante**
a **tano.brandi**

Notte, Tano.

da **tano.brandi**
a **annabellabbondante**

Notte.

10

Errori di distrazione

Per essere ottobre, faceva uno strano caldo afoso. L'ascensore era bloccato e così la giudice Abbondante si fece le scale a piedi, sbuffando come un mantice. Giunta al primo piano vide Paolo, appostato dietro l'angolo nel punto in cui il corridoio svoltava a sinistra, abbracciato a un fascicolo, che sbirciava qualcosa oltre la fine del muro, cercando di non farsi vedere.

Annabella gli arrivò alle spalle di soppiatto, con passo felpato. Si accostò all'orecchio del cancelliere Sarracino, senza che questi se ne accorgesse, e gli sussurrò: «Cosa stai guardando?».

«*Mamma 'ro Carmine*!» gridò il povero Dolly, non prima di aver sparpagliato sul pavimento tutto il contenuto del fascicolo che aveva tra le mani. «Dottoré… Mi avete fatto venire un infarto! Ma che capa fresca che tenete!» si lamentò il poveretto.

«Ma si può sapere che stavi facendo?» insistette implacabile la giudice, ignorando le proteste del cancelliere.

«Eh… Volete sapere che stavo facendo? Guardate voi stessa, guardate» replicò lui con un vago gesto a indicare il corridoio di sinistra.

Annabella Abbondante si sporse oltre l'angolo con una certa cautela, non sapendo che cosa l'aspettasse dall'altra parte. Quello che vide la impressionò. Il corridoio era zeppo di decine e decine di persone assiepate davanti all'aula C.

«Ma che succede? Chi sono?» si stupì la giudice, soffiando via il ricciolo che si era affacciato a guardare insieme a lei.

«Sono i testimoni del processo Battista + 13. Quello sulla truffa della RCA auto.»

«E devono essere sentiti tutti quanti oggi? La Severini è impazzita? Non ha fatto un calendario per scaglionarli?»

«Dottoré, la Severini non c'entra, perché è stata la procura che ha sbagliato le citazioni dei testimoni. Rinetti invece di mandarla solo ai primi dieci, come aveva ordinato la Severini, per un errore di distrazione l'ha mandata a tutti quelli della lista del PM. E sono centocinquanta. Questi vengono da tutte le parti d'Italia. Hanno fatto un viaggio, speso soldi. Adesso noi gli dobbiamo spiegare che la procura si è sbagliata. Stiamo inguaiati, stiamo. Quelli ci linciano a noi, non al caro Rinetti, che ha sbagliato. Guardate le facce. Sono idrofobi. E hanno pure ragione.»

L'atroce sospetto iniziò a farsi strada nel cervello di Annabella Abbondante. L'idea si concretizzava con lentezza, subendo l'inerzia dell'incredulità. Ma alla fine il pensiero si formulò nitido nella sua mente e domandò: «Paolo, ma perché dici "noi"? Noi chi?».

Paolo tirò fuori la pezzuola degli occhiali e iniziò a ispezionare le lenti. E non era un buon segno. La giudice iniziò ad allarmarsi sul serio. «Paolo, ma la Severini come sta? È tornata in servizio stamattina, vero?» si informò lei, attaccandosi a un filo di speranza.

Pulitina furiosa di occhiali. «Dottoré, ha preso due giorni. C'era scritto sul decreto di ieri. Soltanto che voi non vi leggete mai niente. La sostituite pure oggi. C'era scritto.»

Annabella Abbondante non disse più nulla, raddrizzò le spalle, soffiò via il ricciolo, alzò il mento e andò incontro al suo destino, un passo dietro l'altro. Paolo la seguì sospirando, le braccia strette intorno al fascicolo del processo, che aveva ricomposto.

«Allora ascoltatemi tutti. Io sono la dottoressa Annabella Abbondante, sono il giudice di questa udienza. Ho una comunicazione molto ingrata da fare a tutti voi.»

Brusio di disapprovazione tra i presenti. «Come potrete comprendere, è impossibile che voi possiate essere sentiti tutti oggi. C'è stato un errore da parte dell'ufficio incaricato delle notifiche. Questo significa che la maggior parte di voi dovrà tornare in un'altra data per rendere la propria testimonianza.»

Un sordo boato di voci alterate invase l'aula C. Sembrava di stare al Colosseo al momento dell'ingresso dei leoni. Dolly aveva la fronte imperlata di sudore, le spalle curve e gli occhi bassi, la mano sul foglio pronta a verbalizzare le parole della giudice. Annabella Abbondante invece sedeva rigida sulla sedia, tutta la tensione del momento convogliata nella forza delle mani, che teneva strette, intrecciate davanti a sé, appoggiate sul banco di legno.

«Capisco il vostro disappunto. Non posso cancellare l'errore che è stato fatto, ma posso oggi investire tutto il tempo necessario affinché voi torniate a casa certi che questo errore non si ripeterà una seconda volta. Adesso io e il cancelliere vi chiameremo uno per uno, faremo un elenco dei presenti, poi redigerò un calendario delle prossime udienze, indicherò sul verbale la data in cui ciascuno di voi dovrà ritornare, senza ulteriore convocazione. Questo impedirà che possano esserci altri disservizi.»

La giudice aveva parlato con tono pacato ma accorato. Aveva cercato di trasmettere quanto avesse a cuore la situazione di quelle persone. E funzionò. La folla si placò. Gli animi si sedarono. E in quaranta minuti l'intera udienza con centocinquanta testimoni e quindici imputati fu rinviata senza incidenti. Annabella pensò che quella mattina non aveva reso giustizia, ma quanto meno aveva rispettato la dignità di quelle persone. E quello la consolò un po'. Diede un'occhiata distratta all'orologio. Quanto era tardi! Doveva correre a casa a cambiarsi, prendere il bagaglio e andare di filato a Scandicci, se non voleva arrivare tardi per l'inizio delle lezioni alla Scuola.

Annabella si sventolava furiosamente per il caldo, mentre completava con Dolly le ultime incombenze del processo, quando si avvicinò al banco del giudice l'avvocato Occhipinti, il difensore di Battista e degli altri imputati del processo.

«Signor giudice, volevo farle i complimenti per l'ottima gestione dell'udienza. Volevo sapere se il processo è stato assegnato in via definitiva a lei oppure...»

«Oppure, avvocato. Oppure» rispose distratta la giudice, mentre continuava a firmare.

«Peccato, mi avrebbe fatto piacere continuare il processo con lei» insistette Occhipinti.

Con la coda dell'occhio Annabella Abbondante notò che il giovane avvocato aveva gli occhi puntati in una direzione alquanto sconveniente: dritto al centro della sua scollatura, che a causa della posizione di scrittura aveva iniziato a mostrare un tantino più del consentito.

«La ringrazio, avvocato. È molto cortese. Adesso la saluto perché dobbiamo terminare in fretta il verbale» replicò Annabella mentre raddrizzava il busto e sistemava il vestito. Ma lo sguardo dell'avvocato non si spostò, anzi sembrava avvinto al suo torace, quasi ipnotizzato dal movimento provocato dal sollevamento del seno.

«Occhipinti, a me gli occhi!» sbottò a quel punto Annabella Abbonante, ordinando con due dita di sollevare lo sguardo all'altezza del volto. La giovane praticante che stava di fianco all'avvocato, avendo colto la scena, sorrise divertita e quasi complice.

Solidarietà femminile, pensò Annabella Abbondante.

Solo a quel punto l'avvocato si riscosse dallo stato catatonico e la guardò in volto. Ad Annabella parve che, sotto il pizzetto, fosse arrossito, ma non poteva giurarci. In ogni caso Occhipinti si limitò a sorridere e si dileguò senza aggiungere altro.

Tornò a Lucca come una tarantolata. Nel giro di un'ora e mezza aveva già fatto i bagagli, preparato gli appunti per il corso, cambiato borsa con una più capiente, dato da mangiare a Serafino, chiamato la Gina per ricordarle che dal giorno successivo doveva pensarci lei, ascoltato le lamentele della vicina sui rumori provenienti di notte dal suo appartamento, portato le chiavi di casa a Calpurnia per le piante interne, preso un goccino di caffè che lei le aveva offerto, che proprio non si poteva rifiutare...

Guardò con un velo di scoramento la camera da letto: era il solito campo di battaglia delle grandi occasioni. Oppure dei ritardi irrecuperabili, come quello in corso. Avrebbe sistemato gli effetti del ciclone al suo ritorno, faceva troppo caldo e non poteva sprecare un minuto di più, altrimenti sarebbe arrivata oltre l'orario indicato e poi si sarebbe dovuta sorbire le lamentele del collega Arpaia, il consigliere responsabile del corso. L'uomo più noioso mai entrato in magistratura. E sì che la concorrenza era spietata.

Si mise in auto che era l'una e mezzo. Calcolò che in circa quaranta minuti sarebbe arrivata a Castelpulci in perfetto orario. Tuttavia, giunta a pochi chilometri dalla meta, quando oramai aveva dato fondo a tutto il suo repertorio di "canzoni da cantare a squarciagola mentre si guida" ed era tornata di nuovo a *Margherita* di Cocciante, vide in lontananza il posto di blocco dei carabinieri. Sperò con tutte le sue forze che non venisse loro in mente di fermare proprio lei. Speranza vana, ecco alzarsi la paletta del giovane carabiniere: la sua sgargiante auto arancione attirava troppo l'attenzione...

Come sempre in quei casi, si allarmò e assunse un'aria colpevole. Era più forte di lei, ma i controlli delle forze dell'ordine le generavano un inspiegabile, automatico senso di colpa. Tirò fuori il libretto dal cruscotto e prese la borsa in cerca della patente, che di sicuro le avrebbero richiesto. Iniziò a rimestare nella borsa in un furioso crescendo, ma della patente di guida, come di tutto il portafoglio, neanche l'ombra.

«Favorisca patente e libretto, per cortesia, e scenda dall'autovettura, signorina.»

«Buongiorno, appuntato. La sto "appunto" cercando, ma non riesco a trovare il portafoglio nella borsa.»

«Sono vice brigadiere, iniziamo a scendere dall'auto, per cortesia» ribadì il carabiniere aprendo lo sportello.

Annabella Abbondante uscì, e i più svariati oggetti rimasti in grembo mentre svuotava la borsa in cerca del portafoglio le caddero a terra. «Oddio, guarda che pasticcio. Mi deve scusare, brigadiere, ma ho cambiato borsa. Tutto a causa della truffa di stamattina. Che poi non dovevo nemmeno farla io. E Dolly aveva ragione ad aver paura, quelli a momenti ci ammazzavano. E così sono scappata da casa in fretta e furia, non so bene neppure che ho messo in valigia... Niente, non la trovo questa patente. Un errore di distrazione. Che facciamo?»

«Dobbiamo portarla in stazione per accertamenti, signora» rispose il secondo carabiniere, dopo averla squadrata dalla testa ai piedi. Fece un cenno d'intesa con il collega, il quale compose un numero sul telefono di ordinanza.

«Centrale, abbiamo una sospettata alla guida, senza patente, di una Ypsilon 10 targata XZ 459045, di colore arancione...»

«Rosso corallo» interruppe Annabella, beccandosi uno sguardo severo dal primo carabiniere. «Era per precisare» si giustificò.

«Senza patente, confermo. Non ha documenti con sé. Che faccio, procedo?» continuò il vice brigadiere.

«Procede? Procede a cosa, mi scusi? Ma guardi che io la patente ce l'ho. Senta, è ridicolo. Per favore, chiamate il vice questore Carnelutti del commissariato di Pianveggio. Vi confermerà che io sono una giudice di quel tribunale. Vi posso far avere la patente anche in giornata, credetemi. La prego, maresciallo...»

«Vice brigadiere» insistette il carabiniere.

«Sì, scusi. Comunque le chiedo la cortesia di lasciarmi andare, mi attendono alla Scuola Superiore della Magistratura per iniziare il corso. Le prometto che vi faccio recapitare la fotocopia della patente entro oggi pomeriggio» supplicò lei, senza smettere di sventolarsi furiosamente con il libretto di circolazione.

Si consultarono tra loro. Poi il secondo carabiniere si fece passare il commissariato di Pianveggio. Ma Carnelutti era fuori sede per un'indagine e non poteva essere rintracciato.

«Allora provate con il capitano Gualtieri, della stazione di Pianveggio. Anche lui è un mio caro amico e potrà...»

Il vice brigadiere si tolse il cappello e lo appoggiò nell'auto di servizio. Il caldo si stava facendo sentire, nonostante fossero all'ombra. E la situazione stava diventando piuttosto imbarazzante. Prese di nuovo il telefono di servizio e si fece passare la stazione di Pianveggio. Ma pure stavolta la fortuna non fu dalla parte di Annabella Abbondante. Anche Gualtieri non poteva essere disturbato: era in riunione con i suoi superiori a Lucca.

«Signora, mi dispiace, ma noi dobbiamo procedere. Ci segua in stazione.»

Un lampo attraversò il cervello di Annabella, l'ultima spiaggia per cavarsi di impaccio. Una soluzione non priva di insidie, a dire la verità. E di certo imbarazzante. Ma sempre meglio di farsi portare come una delinquente alla stazione dei carabinieri di Scandicci.

«Senta, lei conosce di certo il dottor Ferruccio Landi, il sostituto procuratore di Firenze.»

«Certo, signora. Il dottor Landi ci delega spesso per le indagini in zona.»

Annabella si produsse in uno sguardo da Oscar, a metà strada tra Oliver Twist e Shirley Temple in *La piccola principessa*.

Il brigadiere dovette valutare lo sforzo che gli sarebbe costato convincere quell'impiastro di donna a seguirli in stazione, quanto tempo e sudore avrebbe ancora dovuto sprecare prima di poter chiudere quell'incresciosa faccenda. Sta di fatto che decise che fare quella terza telefonata era la scelta meno faticosa.

«Dottor Landi, buongiorno, sono il vice brigadiere Gisonni. Mi scusi se la disturbiamo, ma qui abbiamo il caso di una donna fermata senza patente... No, lo so che non è di sua competenza, dottore. Scusi infatti per averla interrotta durante il pranzo, ma la signora qui presente, piuttosto insistente e agitata, sostiene che lei può garantire sulla sua identità. Sì, esatto. Dice di conoscerla, sostiene di essere una sua collega del tribunale di Pianveggio...»

«La ruota forata!» interruppe Annabella.

«Ruota forata? Ma che sta... Ah, dice che forse ha capito... Descrizione? Dunque, altezza un metro e sessanta circa.»

«Sessantacinque!» si inserì Annabella, soffiando fiera il suo ricciolo fuori posto.

«Sì, dottore. Esatto: capelli ricci e fisico abbondante» continuò il carabiniere dopo aver dato un'occhiata competente.

«Cognome?» chiese il carabiniere, rivolgendosi ad Annabella.

«Abbondante» rispose lei.

«Sì, questo gliel'ho già detto, le ho chiesto il cognome.»

«Abbondante è il cognome» rispose glaciale Annabella, incrociando le braccia.

Il vice brigadiere non rispose, ma spalancò la bocca da tonno, mentre il suo collega teneva gli occhi puntati sulle scarpe lucidate di fresco.

Dopo che i due carabinieri l'ebbero lasciata andare, grazie all'intercessione del collega Landi e soprattutto alla promessa di trasmettere la fotocopia della patente non appena giunta alla Scuola Superiore, Annabella, sollevata per lo scampato pericolo, si avviò alla volta di Villa Castelpulci. Mentre attraversava il cancello d'ingresso, ripensò al collega Ferruccio Landi. Doveva essersela proprio spassata alle sue spalle, si disse. E suo malgrado, al pensiero dell'accaduto, iniziò a ridere da sola.

11

Conosco quella donna

«Bene, ragazzi. Vedo che le slides che vi ho passato sulla causa del contratto e il collegamento negoziale vi sono servite. Avete fatto tutti un ottimo lavoro. I due provvedimenti meglio motivati, tuttavia, sono quelli di Dino Colasanti e Giorgio de' Nittis. Complimenti a entrambi. Avete centrato la questione dirimente e argomentato in modo ineccepibile.»

«Semplice fortuna, Annabella. Credimi!» disse Giorgio.

«Intendi contraddire il tuo tutor?» chiese Annabella con tono perentorio e sguardo minaccioso da sopra gli occhiali.

Giorgio alzò le mani. «Okay. Mi arrendo, capo.» E poi indicando l'orologio supplicò: «Andiamo a mangiare, che ci hai fatto sforare di quindici minuti?».

La piccola folla di ragazzi dal piano terreno si diresse con calma verso lo scalone che portava al primo piano, dove era allestita la sala pranzo. Annabella li seguì poco dopo, ma mentre stava per dirigersi verso le scale si sentì chiamare da una voce familiare.

«Mia cara, eccomi qui!» disse Calpurnia Oltremare. Annabella si girò e rimase un tantino interdetta nel vederla vestita con un impeccabile completo blu e i capelli raccolti in un elegante chignon: era irriconoscibile. Quella donna non smetteva mai di disorientarla.

«Calpurnia, che piacere! Sei venuta sul serio. Sono proprio felice. Vieni che andiamo a farti dare l'autorizzazione per visitare la villa e poi ce ne andiamo a pranzo, che muoio di fame.»

Appena usciti dalla segreteria della Scuola, che aveva rilasciato il permesso senza difficoltà, Calpurnia ricevette un messaggio sul cellulare. L'espressione cordiale si trasformò in una smorfia di disappunto.

«Scusami, mia cara Annabella, un mio amico mi scrive che è proprio qui nei paraggi e vuole farmi un rapido saluto, vado da lui all'ingresso della villa e poi inizio il giro fotografico. Tu non far caso a me, hai il tuo daffare qui. Non devi prenderti cura di una vecchia brontolona...»

«Non dirlo nemmeno, sono così felice che tu sia venuta... E sarei stata felice di pranzare con te! Se però devi incontrare questa persona, non ti trattengo. Ci vediamo per la fine delle lezioni?»

«Naturale, mia cara. Prima che io rientri a Lucca per prendermi cura delle nostre amiche» strizzò l'occhio Calpurnia. Dopodiché voltò le spalle e con passo elegante si diresse all'uscita.

«Annabella, ma come? Con tutte le cose buone che ci sono al buffet tu mangi solo broccoli lessi?» Alessio Stanzetta si sedette al suo fianco con due piatti ricolmi di pasta e dolci di ogni tipo. Annabella Abbondante lo odiò in modo viscerale per circa venti minuti, il tempo che fu necessario al collega per spazzolarsi tutto con voracità. Poi lo perdonò, sentendosi meschina. Ma poco dopo li raggiunse Alfonso Rinaldi, il quale, da perfetto gentleman, portò due vassoietti di cannoli piazzandone uno sotto il naso della collega Abbondante.

Dannato Oscar Wilde. Hai sempre avuto ragione tu sulle tentazioni, pensò Annabella, e si tuffò rassegnata sul piattino di cannoli.

La libertà non è uno spazio libero...

«Scusami, mamma, ma adesso non mi posso trattenere al telefono. Sto andando in aula per riprendere la lezione, i ragazzi sono già lì che mi aspettano.»

«Non voglio disturbarti, amore mio. Volevo solo sapere se hai parlato con Maria Fortuna.»

Annabella uscì dal portone monumentale di Villa Castelpulci e si affacciò alla balaustra dello spiazzo da cui partiva il lungo scalone esterno, quello che portava al giardino e ai parcheggi in brecciolino. Da quel punto si godeva la vista di tutta la vallata. Si distrasse per un attimo a osservare il panorama: la villa era in posizione dominante su un poggio, circondata da un terreno in discesa ricoperto di fitta boscaglia. Era sempre meraviglioso perdere lo sguardo tra quelle dolci colline...

«Tesoro, mi senti?»

«Sì, scusami, mamma. Abbiamo stabilito di vederci al mio rientro da Scandicci. Ma che succede, mamma? Tu lo sai di certo. Me lo dici?»

«Mi dispiace, bambina mia. È una cosa che non ti posso confidare. Maria Fortuna ci tiene a parlartene di persona. Per favore, quando rientri a Lucca, chiamala. Promettimelo.»

«Promesso, mamma. Adesso ti bacio e ti saluto.» E così dicendo rientrò, affrettandosi verso l'aula principale, dove l'aspettavano i suoi allievi.

Erano da poco iniziate le lezioni del pomeriggio quando un urlo proveniente dal cortile riecheggiò nell'aula Soderini. Poi un tonfo.

Nella classe si scatenò il panico. La dottoressa Abbondante fu la prima a uscire. Si fermò un istante sotto il porticato che circondava il cortile su tre lati: da quella prospettiva non vedeva nulla di strano. Quando però alzò gli occhi, si rese subito conto da dove potesse essere arrivato il grido. C'erano delle finestre aperte ai piani superiori che affacciavano sulla vallata: la caduta da lassù non poteva che essere fatale. Attraversò il cortile di corsa per raggiungere gli archi che chiudevano il quarto lato del cortile e sormontavano un'antica balaustra malandata, si sporse a guardare in basso, oltre l'inferriata. E proprio lì sotto, quasi nascosto alla vista, c'era il corpo.

Dalle forme sembrava una donna, ma per vedere meglio doveva scendere di sotto. Mentre i ragazzi sconvolti piangevano e urlavano, si precipitò verso l'ingresso principale della Scuola e seguì il perimetro dell'edificio per arrivare sul retro, dove affacciava la balaustra. Svoltò l'ultimo angolo e finalmente, poco prima della boscaglia, la vide riversa a terra.

Si avvicinò con passi incerti. Gli occhi della donna erano azzurri, vuoti, sbarrati.

Due lacrime di dolore allora le rigarono il volto, il cuore le si strinse in una morsa serrata. Perché l'aveva riconosciuta.

«Calpurnia!» gridò. «Non può essere vero.»

L'amica, che era accorsa proprio in quel momento attirata dalle grida, le andò incontro e l'abbracciò stretta. «Piangi, Annabella, fa bene piangere» la esortò, mentre le carezzava la testa appoggiata sulla sua spalla.

«Calpurnia, la conosco. Conosco quella donna, capisci?»

«Sì, mia cara. Capisco. Adesso ti porto via da qui.»

«No, Calpurnia, voglio restare ancora un po' qui con lei.»

«Sei sicura? Mi pare che tu abbia già messo a dura prova il tuo coraggio, per oggi, mia giovane amica» si preoccupò la "poeta".

«Eva ha bisogno di avere qualcuno vicino che le abbia voluto bene. E che le faccia compagnia. Ci sono io. Sono io quella persona» rispose risoluta la dottoressa Abbondante.

Annabella tremava, Calpurnia le prese la mano. Si sedette vicino al cadavere, vincendo la repulsione che la vista le procurava.

«Ha un'espressione serena. Non trovi, Calpurnia?» domandò, senza distogliere lo sguardo da quel volto deturpato.

«*Al cielo il mio passo s'avanza, come una danza, di amore e di pace. E il pensier mio, nella luce, tace*» disse la poetessa, che si era seduta di fianco a lei.

Annabella pensò che la sua amica avesse ragione. Eva era in pace. Lei invece sarebbe stata tormentata dal demone della verità. Non avrebbe avuto sollievo, né si sarebbe fermata, finché non avesse scoperto come mai Eva Cantelli si trovava lì quel giorno e che cosa le fosse successo.

Annabella si chiese da dove fosse caduta di preciso. Individuò una finestra che doveva corrispondere all'ultima sala della mensa. Quella che veniva usata solo in caso di necessità.

«Adesso è proprio il momento di andarcene, mia cara. Ti porto via. Hai bisogno di un bicchiere d'acqua per riprenderti.»

Mentre risaliva lo scalone principale per rientrare all'interno, Annabella incontrò molti suoi allievi seduti sulle scale, immobili, con lo sguardo incredulo e smarrito. Era quasi arrivata in cima quando incrociò Giorgio, anche lui stravolto, che scendeva come un automa. All'improvviso il ragazzo si bloccò, come impietrito alla vista di qualcosa. Annabella seguì la direzione del suo sguardo. In basso, in direzione del parcheggio, appoggiata allo sportello della sua automobile, c'era quella donna dai capelli bianchissimi. Di nuovo lei.

Si voltò per chiedere a Giorgio se la conoscesse, ma lui aveva ripreso a scendere velocemente le scale ed era già lontano.

Annabella provò a imitarlo con l'intenzione di raggiungere quella donna e parlarle, ma la vista le si annebbiò e cadde semisvenuta tra le braccia di Calpurnia Oltremare.

Una decina di minuti e due caffè più tardi, recuperate le forze, Annabella chiamò Alice in redazione e le comunicò che Eva Cantelli, la cameriera del bar La Palermitana, era morta cadendo da una delle finestre di Villa Castelpulci pochi minuti prima.

«Arrivo. Faccio prima che posso» fu l'unica cosa che riuscì a dire la giornalista, la voce rotta da un pianto soffocato.

Nel frattempo la Scuola si era riempita di agenti di polizia, e poco dopo sul posto arrivò anche la Scientifica di Firenze con il medico legale. Rotunno, un agente della polizia giudiziaria, si presentò alla dottoressa Abbondante e le chiese di seguirlo sulla scena del crimine per procedere all'identificazione del cadavere. A quanto pareva il PM incaricato delle indagini era stato informato che lei era a conoscenza dell'identità della vittima e aveva disposto che si verbalizzasse il riconoscimento.

Annabella e Rotunno si fecero largo tra gli agenti della Scientifica, i primi fotografi e gli assistenti del medico legale, fino al luogo dove ancora giaceva Eva Cantelli. Il medico legale stava eseguendo il primo esame esterno e l'assistente scattava foto del cadavere da ogni angolazione. Per procedere all'identificazione formale Annabella dovette accostarsi di nuovo al cadavere. Fu allora che la giudice notò dei segni rossi alla base del collo e sul braccio sinistro di Eva.

Dopo la verbalizzazione del riconoscimento Rotunno le disse di aspettare, perché il pubblico ministero, che era appena arrivato a Villa Castelpulci, voleva sentirla come persona informata dei fatti. L'agente non fece in tempo a terminare la frase che il magistrato in questione spuntò alle sue spalle. Fu allora che Annabella incrociò lo sguardo stupefatto di Ferruccio Landi, il collega PM che aveva sperato di non dover mai più incontrare in vita sua.

12

Eva Cantelli, si chiamava così

«Come stai?» le chiese Ferruccio Landi.

Annabella scosse la testa, e i riccioli le ricaddero scomposti sulla fronte. «Come immagini» rispose desolata, gli occhi arrossati e ancora umidi di lacrime. Fece un cenno vago in direzione del cadavere e si riavviò i capelli. Poi lo guardò, in attesa della domanda successiva.

«Mi dicono che hai identificato tu la vittima, è così?» proseguì il collega, cogliendo il suggerimento.

«Sì, la conoscevo. Lavorava al bar La Palermitana, che sta nei pressi del tribunale di Pianveggio. Ci vado spesso. La conoscevo bene. Quasi un'amica, insomma.» Distolse lo sguardo e si morse un labbro. Non era riuscita a dire altro, la voce le si era strozzata in gola.

«Mi dispiace, posso capire cosa provi» intervenne Landi. «È capitata anche a me una cosa simile qualche anno fa. Te la senti di rispondere a qualche domanda adesso? O preferisci rimandare?»

Lei puntò su di lui il suo sguardo liquido color caffè. Pensò che Ferruccio Landi non assomigliasse neanche un po' al suo amico Massi. Il tono amichevole, comprensivo. Il tatto che usava. No, non avevano nulla in comune. E, per la prima volta da quando aveva sentito l'urlo straziante di Eva, sorrise.

Poi si rivolse al PM e rispose: «Me la sento».

Anche Ferruccio sorrise. E con sua sorpresa le porse la mano dicendo: «Vieni, ti porto a prendere un caffè lontano da qui. E mi racconti quello che sai su questa donna».

«Eva Cantelli, si chiamava così» sentì il bisogno di precisare lei, mentre afferrava la mano di Ferruccio e si faceva portare via da lì.

Prima di andare salutò con la mano Calpurnia, che stava rilasciando le sue dichiarazioni a un agente di polizia. Le fece cenno che si sarebbero sentite più tardi. Calpurnia le sorrise, incoraggiante.

«Scusami un momento, porto questo caffè all'autista e torno.» Landi si allontanò con il bicchierino monouso verso l'auto parcheggiata poco distante.

«È dalle undici che sta in giro insieme a me. Un caffè se lo meritava» spiegò quando tornò al tavolino del bar Scandicci Social Club, dove si erano seduti per parlare in tranquillità. «A che punto eravamo rimasti?» riprese il PM dopo aver bevuto il suo ristretto in un sorso.

«Stavamo dicendo da quanto tempo conoscevo Eva» suggerì Annabella.

«Giusto. Quindi la Cantelli si era trasferita a Pianveggio da un paio d'anni circa. E dove viveva prima? Che cosa sai del suo passato?» proseguì Landi.

«So che era romana. Ma non parlava molto della sua vita privata. Forse il proprietario del bar, Michele Sinatra, potrà darti qualche informazione in più» rispose Annabella, continuando a girare e rigirare il cucchiaino nella tazza.

«Come mai si era trasferita da Roma a un piccolo centro della Toscana?» insistette il PM.

«E chi lo sa? Non me ne ha mai parlato. Forse le piaceva l'aria buona o il vino» scherzò lei. Poi aggiunse: «Scusami, è che sono esausta e non credo di essere di grande utilità in questo momento».

«D'accordo, ti chiedo un'ultima cosa» la rassicurò lui, facendo cenno al cameriere di portare il conto. «Cerca di far mente locale sul momento dell'urlo, gli allievi del tuo corso erano tutti in classe? È un particolare importante, chiederò a tutti i docenti. Devo accertare dove fossero in quel momento tutte le persone presenti questa mattina a Castelpulci. Sai, per stabilire chi può aver visto qualcosa o…»

«O aver avuto una colluttazione con la vittima» concluse Annabella per lui.

«Perché tu pensi che l'abbiano buttata di sotto?» chiese Landi.

«Perché tu pensi che si sia buttata da sola?» cercò di capire Annabella.

Landi non ebbe modo di rispondere, perché nel frattempo era arrivato il cameriere con il conto. Pagò e si diressero verso l'automobile. Il centro di Scandicci, dove si trovava il piccolo bar, non era lontano da Villa Castelpulci, e in breve tempo sarebbero tornati indietro.

Dopo poco che erano saliti in auto, ciascuno assorto nei propri pensieri, Annabella Abbondante si girò di scatto come presa da un'illuminazione: «Posso farti anche io una domanda, se non sono invadente?».

Landi socchiuse gli occhi e sorrise. «Aspettavo questo momento con ansia.»

La Abbondante soffiò via il suo ricciolo onnipresente: «Suppongo che Massi ti abbia decantato le mie considerevoli doti investigative. Comunque volevo chiederti perché mi hai chiesto di confermare l'identità della vittima. Non avete trovato i suoi documenti?».

Landi alzò le sopracciglia, la guardò per qualche secondo senza rispondere, poi disse: «In effetti è così… Addosso al cadavere non c'erano documenti e nel luogo da cui è caduta non abbiamo trovato nulla».

«Niente borsa, cellulare o altro?»

«Esatto, proprio niente.»

Dopo qualche istante Annabella continuò: «Tra le persone che avete identificato c'era una donna sulla cinquantina con i capelli completamente bianchi?».

«Non mi pare, no. Ma perché mi fai questa domanda?»

«Era a Villa Castelpulci al momento del fatto, e non era la prima volta che la incontravo da queste parti. Non posso esserne certa, ma credo abbia a che fare in qualche modo con Eva Cantelli. L'ho vista parlare con lei qualche sera fa. Sembrava che ci fosse molta tensione tra loro.»

«Ma non sai chi fosse?»

«No, era la prima volta che la vedevo. Ma Eva aveva fatto indagare su di lei da un investigatore privato. Si è presentato al bar La Palermitana qualche giorno fa, e aveva un dossier con le foto di quella donna.»

«Accidenti, Abbondante. Sei una miniera d'oro di informazioni.»

Entrambi rimasero in silenzio a riflettere su questo elemento. All'improvviso Annabella si riscosse e riprese a parlare: «C'erano dei graffi sul suo collo. Chiedi che il medico legale verifichi se ci sono altre tracce di una colluttazione».

Ferruccio Landi la guardò ancora più meravigliato: «Massi aveva ragione. Sei proprio una PM mancata. Ma perché…».

«Perché non chiedo il trasferimento in procura? Perché mi piace tanto fare il giudice civile. Sono una che sa ascoltare. E i cittadini che si rivolgono al giudice per una lite di solito ne hanno parecchio bisogno» si fermò un secondo per osservare la reazione del collega alle sue parole. E poiché non trovò traccia di ironia o aria di sufficienza, proseguì: «Pensa a quei giovani colleghi, lì alla Scuola. È importante che capiscano che essere un bravo giudice civile è soprattutto questo. Saper ascoltare, andare al cuore della controversia. Rendere giustizia e cercare di mettere pace ogni volta che è possibile».

«Pensi che sia diverso per i pubblici ministeri? Anche per noi è importante ascoltare. E il nostro scopo è quello di far emergere la verità perché sia resa giustizia. Non credi?»

«Credo che dovrebbe essere proprio così, che sia così per molti, ma non per tutti. Però è confortante sentirlo dire da te» rispose lei di rimando. Ferruccio Landi le stava sempre più simpatico. «Devo farti una confessione» aggiunse Annabella. «Avevo un pregiudizio su di te.»

«Perché sono un sostituto procuratore?» scherzò Landi.

«Perché sei amico di Massi» replicò lei, senza giri di parole.

«Allora anche io devo confessarti che ti avevo giudicata male. Pensavo fossi un po' fuori di testa» disse lui, sorridendo.

Annabella rise. «Diciamo che ho fatto del mio meglio per darti quell'impressione.»

Nel frattempo erano arrivati a Villa Castelpulci. Uscendo dall'auto della procura, Annabella riconobbe l'inconfondibile caschetto rosso della sua amica che attraversava il parcheggio: anche lei doveva essere appena arrivata.

«Alice!» gridò.

La giornalista si voltò e nel vedere la sua amica in quello stato, pallida, stanca, sporca e stropicciata, le vennero gli occhi lucidi. Le corse incontro e la strinse forte in un abbraccio che diceva tutto.

Dopo aver salutato Landi, Annabella si diresse con Alice verso l'aula di lezione per riprendere le sue cose, abbandonate nel caos degli avvenimenti di quel pomeriggio.

All'ingresso dell'aula Soderini incrociarono Veronica Scalfati e Dino Colasanti, che erano lì per recuperare il loro portatile. Annabella ripensò alle parole di Ferruccio Landi sugli allievi assenti al momento della morte di Eva. Realizzò che quei due non erano rientrati in classe dopo la pausa pranzo. E neppure De' Nittis, a pensarci. Sì, loro tre erano gli unici che mancavano.

«Alice, non ti sembra assurdo che Eva fosse qui stamattina?» domandò Annabella mentre sistemava il portatile nel fodero.

«È la prima cosa che ho pensato, in effetti. Che cosa c'entrava lei con questo posto?»

«Tu cosa pensi di questa storia, Ali?»

«Non ne ho idea. Ma so cosa intendo fare.»

«Cosa?» chiese Annabella Abbondante, mentre in cuor suo sperava che la risposta fosse quella che lei desiderava.

«Non fare finta di non averlo capito. Eva se lo merita. Da domani mi metto al lavoro sul caso. Lo dico anche a Gualberto. Sono certa che mi darà carta bianca per indagare. Vuoi darmi una mano?»

«Io?» rispose Annabella, ostentando un finto stupore da attrice consumata.

Alice alzò gli occhi al cielo, si mise le mani in tasca e girò i tacchi. «Sì, vabbè. Ti ricordo che ti conosco da quando avevamo tredici anni, Annabella Abbondante. A me non la dai a bere. Dài, andiamo a casa. Stasera dormi da me.»

13

A cena con delitto

Annabella era arrivata a Castelpulci molto presto accompagnata da Alice, che poi se ne era andata in redazione per iniziare a lavorare sul caso.

Quella mattina le lezioni erano iniziate in ritardo, perché molti ragazzi dovevano ancora essere sentiti dalla polizia. Ferruccio Landi aveva dato ordine che fossero interrogati, come persone informate sui fatti, tutti coloro che non si trovavano in aula al momento della morte della Cantelli. Lui e Annabella si erano incrociati nel corridoio e avevano parlato per pochi minuti. Le aveva riferito di aver fatto verificare il nominativo dell'agenzia di investigazioni che lei gli aveva dato. Purtroppo si trattava di un binario morto, perché l'agenzia risultava chiusa dal 2006 e il suo titolare in pensione da parecchi anni.

Durante la lezione si era combinato ben poco. I ragazzi avevano fatto fatica a concentrarsi sugli argomenti del corso. Del resto Annabella non si sarebbe aspettata nulla di diverso. *Diciamocelo*, pensava tra sé, *con quello che è successo ieri è già tanto che siamo di nuovo tutti qui a proiettare slides e prendere appunti.*

Era dispiaciuta per quei ragazzi, che avevano subìto uno shock così terribile. Più di tutti la preoccupava il comportamento di Giorgio, che appariva molto provato e destabilizzato dalla vicenda del giorno precedente. Il ragazzo perspicace, divertente e spiritoso che aveva imparato ad apprezzare nella prima settimana di corso, quella mattina era rimasto trincerato dietro un muro di silenzio. Avrebbe parlato con lui non appena se ne fosse presentata l'occasione.

«Sindrome da stress post traumatico. Devi suggerirgli di rivolgersi a qualche mio collega, mia cara» sentenziò Calpurnia quando Annabella, terminata la lezione, la chiamò al telefono per chiederle un consiglio professionale. «Ne ho visti tanti di casi così, si assomigliano tutti. Prima si interviene e meglio è. Credimi.»

Annabella pensò a Michele, a come poteva aver preso la notizia della morte di Eva. Sapeva quanto lui le fosse affezionato. Era certa che stesse malissimo, ma purtroppo non era capace di dare conforto al telefono. Sarebbe andata da lui appena rientrata da Scandicci. Però sapeva a chi chiedere notizie di prima mano.

«Nicola, sono io. Sei stato alla Palermitana? Come sta Michele?»

«Non l'ho incontrato, Annabella. Stamattina alle undici, quando ci sono passato, la Palermitana era chiusa. Michele a quanto pare ha deciso di osservare un giorno di chiusura per lutto. Ho provato a chiamarlo ma non mi ha risposto… Le voleva molto bene.»

«Lo so. Per questo sono in pensiero per lui. Mi dispiace saperlo a casa tutto solo.»

«Non è solo.»

«Non mi dire che…»

«Sì, Alice è da lui.»

«Come lo sai?»

«Ci è andata subito dopo aver riaccompagnato te a Castelpulci. Ha detto che Michele non doveva saperlo dai giornali né dalla polizia.»

«E il lavoro? Gualberto non si incazza?»

«Fanculo Gualberto» disse Nicola.
«Dài, Nicola, non esagerare!»
«Ma non l'ho detto io, sono parole di Alice. Mi ha risposto proprio così.»
«Nicola, posso chiederti una cosa?»
«Riguarda Eva, vero?»
«Sì.»
«Allora parliamone a pranzo, che sto morendo di fame.»
«Ma sei svaporato del tutto! Sono a Scandicci, ricordi?»
«Anche io, bischera. Sono arrivato adesso. Scendi!»

«Le patate non le finisci?» domandò Nicola, ma senza aspettare la risposta prese il piatto dell'amica e si servì. «Me le mangio io, è un peccato lasciarle, sono paradisiache.»

Annabella lo lasciò fare, mentre continuava a sorseggiare il suo bicchiere di Chianti. «E allora vedi che ho ragione? La presenza di Eva alla Scuola è davvero un mistero. L'unica persona che conosceva lì sono io. Ti ho raccontato che le avevo detto che, se avesse avuto bisogno di aiuto, avrebbe potuto rivolgersi a me? Ma, come hai sottolineato tu, lei non mi ha cercato, né mi ha avvisato che sarebbe venuta...»

«A meno che non *avescie* qualcosa da *dirfti*, ma non ha fatto in *tempfo* a...» Nicola non concluse la frase, perché si era ingozzato con l'ultimo boccone di patate.

«A parlare con me. Sì, certo, l'ho pensato anche io» Annabella scosse la testa e alzò gli occhi al cielo, mentre Nicola tossiva e si batteva il petto per liberarsi della patata assassina. «La mamma non ti ha insegnato a ingoiare prima di parlare?» commentò lei. Rimase per qualche secondo in silenzio, a osservare il liquido rosso nel suo calice. Poi riprese a parlare. «Nicola, e se c'entrasse quella donna con i capelli bianchi?»

«Quella della foto dell'investigatore privato? Non posso aiutarti purtroppo, ero fuori a telefonare, ricordi? Sei certa che si tratti della stessa donna?»

«Ne sono certa. È lei. Ed è anche la persona che Eva ha incontrato al bar di piazza Grande. La cosa incredibile è che l'avevo anche già incontrata qui a Castelpulci. Mi ha sorpassato con la sua auto, qualche centinaio di metri prima che arrivassi al cancello della villa.»

«Se sei così sicura che si tratti della stessa persona, potrebbe essere importante. Ne hai parlato con il PM?»

«Sì, certo. Ma a quanto ho capito non esiste nessuna docente o impiegata della Scuola che risponda a quelle caratteristiche. Nessuno l'ha vista entrare o uscire dalla Scuola, nessuno l'ha notata tranne me. Sto cominciando a pensare di essermela immaginata.»

Nicola spezzò una fetta di pane e la intinse nell'olio delle patate. «E l'investigatore?»

«Irrintracciabile. A quanto pare l'agenzia di investigazioni private Il Segugio è chiusa da quindici anni. E il suo titolare ora è un simpatico vecchietto ottantenne.»

«Forse l'uomo del bar aveva lavorato per quell'agenzia in passato. Vale la pena approfondire.»

«Landi lo farà di certo» disse lei, distogliendo lo sguardo.

Nicola fece cenno al cameriere per chiedere due caffè e non disse più nulla. Restò in silenzio a osservare la sua amica: aveva appoggiato la mano sul mento e corrugato la fronte, come era solita fare quando era sovrappensiero. «E tu come stai? La verità, non la risposta rassicurante per gli estranei.»

«È stata una delle esperienze più tragiche della mia vita. Sai quanto è stata dura per me con il suicidio di Santangelo... Non posso credere che mi sia capitato una seconda volta in così breve tempo. Non credo che potrò mai più dimenticare quell'urlo. Mi rimbomba nella testa di continuo. Ecco come sto, Nic. Dobbiamo trovare chi è stato. Dobbiamo trovare chi l'ha spinta di sotto.»

Questa volta Nicola Carnelutti non intervenne, come sua abitudine, per contraddire l'amica. Non le ricordò che le indagini sul caso erano affare della procura di Firenze e che doveva astenersi dal ficcarci il naso. Si rese conto di quanto fosse importante per lei contribuire alla ricerca della verità sulla morte di Eva Cantelli. Perciò non disse nulla, le strinse solo la mano tra le sue, mentre Annabella piangeva in silenzio. Poi il commissario, con grande spirito di sacrificio, tirò fuori il suo prezioso fazzoletto di cotone sangallo con tanto di iniziali ricamate a mano e lo porse all'amica, la quale ci soffiò il naso fragorosamente e con una certa soddisfazione.

La libertà non è star sopra un albero...

Gaber cominciò a sgolarsi a tutto volume nel bel mezzo del tranquillo ristorante, ma Annabella Abbondante sembrava imbalsamata.

«Annabella... il telefono» la sollecitò Carnelutti, puntando il dito in direzione della enorme borsa rossa che giaceva a terra sotto il tavolo. Niente, Annabella sembrava in stato catatonico.

Non è neanche il volo di un moscone...

«Anna... sta squillando» insistette lui. Ma Annabella non si decideva a reagire.

La libertà non è uno spazio libero...

«Sono abbastanza convinto che Giorgio Gaber non intercederà per te, quando arriverà la tua ora» borbottò Nicola, mentre si immergeva sotto il tavolino con la faccia nella borsa, alla disperata ricerca del cellulare della sua amica, nascosto in mezzo a un quantitativo impressionante di cose inutili. «Le mie cuffiette! Ecco dove erano finite, perfida.» Con la testa tra le ginocchia, la voce strozzata di Nicola sembrava provenire dagli inferi.

Libertà è partecipazione...

«Pronto! No, non ha sbagliato numero, questo è il cellulare della dottoressa Abbondante. Con chi ho il piacere di parlare?» Nicola emerse da sotto al tavolo giusto in tempo per scoccare un'occhiata allusiva in direzione di Annabella. «Ferruccio Landi, certo. Gliela passo subito.»

Lei rispose allo sguardo indisponente di Nicola con un'elegante soffiata di ricciolo e si produsse in un'espressione di sorpresa che neanche Bruce Willis nel finale del *Sesto senso*.

«Pronto, Ferruccio, cosa posso fare per te?» disse arraffando il cellulare dalle mani di Nicola. «A cena stasera? Ma non lo so... Sono davvero stravolta e vorrei solo andarmene a... Per parlare del caso? Io e te?» Annabella Abbondante si raddrizzò sulla sedia dove se ne stava afflosciata un secondo prima. «Be', se pensi che io possa esserti utile in qualche modo, va bene. Mandami l'indirizzo del ristorante. Alle otto e mezza. Sì, a stasera.»

«Siamo già all'invito a cena!» miagolò Nicola mentre tuffava un'intera zolletta di zucchero nel caffè che il cameriere aveva appena portato.

«Sei disgustoso» commentò Annabella.

«Perché mi tratti male? Cosa ho detto? Mi pare che l'invito a cena sia una considerazione oggettiva.»

«Mi riferivo a tutto quello zucchero nel caffè. È un sacrilegio» commentò Annabella Abbondante arricciando il naso.

Quando anche l'ultimo dei ragazzi ebbe consegnato il test di verifica finale, li lasciò andare senza trattenersi a parlare con loro. Del resto nessuno aveva molta voglia di commentare l'accaduto:

si limitarono a darsi appuntamento per la terza settimana di corso e scapparono via. Annabella raccolse tutti i fogli, li inserì nella busta che le aveva fornito la Scuola Superiore e andò a portarli in segreteria.

Al suo rientro in sala tutor non trovò nessuno, ma si accorse che qualcuno aveva lasciato un giubbetto appeso all'attaccapanni. Per scoprire a chi potesse appartenere frugò nelle tasche, ma non trovò nulla tranne un post-it con un numero di cellulare. Stava per riporlo nella tasca quando fu attratta dal nominativo appuntato sopra il numero: Philip Marlowe. Annabella sapeva bene chi fosse. Era l'investigatore protagonista dei romanzi gialli di Raymond Chandler. Chi poteva essere quel tizio dal soprannome così stravagante?

Per un attimo fu tentata di copiare il numero per soddisfare le sue curiosità. Ma poi desistette e ripose il biglietto nel giubbetto. Lo ripiegò e andò a consegnarlo in segreteria, perché lo custodisse nella stanza degli oggetti smarriti.

Landi la aspettava all'ingresso del ristorante, vicino a Porta San Frediano. Entrarono in una sala arredata con grande semplicità, mattoncini bianchi e travi di legno scuro a vista, tavoli affiancati e nient'altro a parte delle lavagne appese alle pareti. Ferruccio le disse che si trattava di una ex salumeria, adattata a ristorante da un suo amico, un giovane chef che amava proporre una cucina creativa e contemporanea.

«Spero che ti piaccia sperimentare» si informò.

«Credimi, sono la curiosità fatta persona. E non sempre lo considero un pregio» replicò Annabella, avanzando decisa verso il tavolo che stavano preparando per loro.

«Posso tentarvi con i nostri antipasti dello chef?» esordì il cameriere.

«Ci facciamo tentare?» Ferruccio le girò la domanda piantandole uno sguardo penetrante al centro del terzo occhio. Mossa da investigatore di vecchio corso.

«Ma certo. Io sono della scuola filosofica di Oscar Wilde» rispose Annabella, e non poté fare a meno di notare che gli occhi nocciola di Ferruccio avevano delle incredibili pagliuzze dorate che davano calore allo sguardo. A proposito di calore, il locale le parve surriscaldato. Tutt'a un tratto.

«E come piatto principale cosa desiderate?» insistette il cameriere, implacabile.

«Annabella, se mi posso permettere, ti consiglierei di assaggiare questo: baccalà cotto e crudo con mela verde, crema e gelato di topinambur.»

«Andata!» si entusiasmò Annabella. E in quel momento iniziò a sentirsi più leggera. Come se un grosso mattone le fosse caduto dal petto.

Mentre aspettavano gli antipasti, Ferruccio Landi tirò fuori dalla tasca alcune pagine piegate in quattro e le porse alla collega, senza dire niente. Annabella aprì i fogli di carta, gettò una rapida occhiata e strabuzzò gli occhi. Guardò il PM con la bocca semiaperta. Non le sembrava possibile che Landi le stesse fornendo tutte le informazioni su un piatto d'argento, senza che lei dovesse brigare, insistere e aggirare ostacoli per ottenerle. Il senso del gesto era chiaro: Ferruccio Landi aveva deciso di metterla a parte dei particolari dell'indagine. Voleva la sua opinione. Un fiotto di gratitudine le sbuffò dal cuore e giunse fino ai canali lacrimali. Solo con un considerevole sforzo di autocontrollo riuscì a non commuoversi davanti a lui. Per darsi un contegno professionale, si sistemò per bene il ricciolo, inforcò gli occhiali e iniziò a leggere con voracità.

Ferruccio se ne stava zitto e la osservava sornione con la

coda dell'occhio, sorseggiando tranquillo il suo prosecco, con un mezzo sorriso indecifrabile stampato in volto.

Finché Annabella non diede un pugno sul tavolo, attirando di colpo la sua attenzione e anche quella di tutti gli altri clienti del ristorante. «Lo sapevo! Il corpo presenta ecchimosi e vari altri segni di colluttazione. Hai letto il primo referto del medico legale?» Annabella Abbondante esultò che neanche un tifoso in curva sud dopo il gol del pareggio al novantesimo. «Lo avevo notato subito, te l'avevo detto, ricordi?»

«Sì, lo avevi detto» riconobbe Landi, poi aggiunse: «È per questo che ti ho portato il referto. Perché ti dà ragione in pieno. E difatti abbiamo aperto il fascicolo per omicidio contro ignoti».

In quel momento giunse il cameriere con gli antipasti. Ferruccio riprese i fogli che aveva consegnato alla sua collega e la invitò a dimenticare per qualche minuto l'indagine per concentrarsi su quelle piccole opere d'arte culinaria che lo chef Masini aveva preparato per loro. A malincuore lei acconsentì, ma ben presto le sue papille gustative ebbero il sopravvento e Annabella si gustò la cena come meritava.

«I signori gradiscono un dolce?» domandò il cameriere mentre ritirava i loro piatti.

«Annabella, ti va di provare il paradiso in terra?»

«Mi metto nelle tue mani!» esclamò lei, sollevando le braccia in segno di resa.

«Cioccolato bianco e limone arrostito, gelato alla lavanda con meringa al frutto della passione» recitò sicuro Ferruccio, senza neppure consultare il menù.

«Suona paradisiaco, in effetti.»

Allontanatosi il cameriere, Landi tirò fuori un altro foglio dalla giacca e invitò Annabella a leggerlo. «Questa è la foto che ho scattato a una lettera che abbiamo trovato nella tasca della giacca della vittima. L'originale, come immaginerai, al momento ce l'ha la Scientifica, per le impronte. Visto che tu conoscevi la Cantelli, magari puoi farti un'idea e darmi qualche indicazione utile per dare una direzione alle indagini.»

Annabella lesse ad alta voce: «*Ho in mano tutti i documenti che mi servono per dimostrare quello che avete fatto al bambino. Se non mi paghi quello che ti chiederò, racconterò tutto alla polizia. E lui non vorrà più vederti*». Rimase qualche secondo zitta a rileggere quelle poche righe, poi puntò gli occhi liquidi e incandescenti in quelli del collega e commentò: «Porca miseria!».

«Già. Ti viene in mente qualche idea su chi possa essere stato a inviarle questa lettera?» domandò Landi.

«No, non ne ho idea. La conoscevo bene, è vero, ma non eravamo intime. Le avevo anche offerto il mio aiuto, ma sono convinta che non si sarebbe confidata con me. Era una di quelle persone schive che preferiscono cavarsela sempre da sole. Però giurerei che questa lettera abbia a che fare con quella donna di cui ti ho parlato. Quella della foto, che Eva ha incontrato qualche giorno prima di morire. E con l'investigatore privato che è venuto alla Palermitana… A proposito! Oggi ho trovato uno stranissimo biglietto dentro la tasca di un giubbotto lasciato nella sala tutor della Scuola. C'era segnato il numero di cellulare di "Philip Marlowe". Non è assurdo?»

«Il protagonista dei romanzi di Raymond Chandler? Be', sarebbe bello poterlo incontrare.»

«Ti piacciono i romanzi di Chandler?»

«Molto, anche se preferisco Conan Doyle e soprattutto lei, la meravigliosa Agatha Christie.»

Annabella schiuse la bocca ammirata, e dovette resistere all'impulso di abbracciarlo. Per darsi un contegno riprese il discorso delle indagini: «Mi vengono in mente molte domande a cui sarebbe importante rispondere».

«Sentiamo» la incoraggiò Landi.

«Primo. Non ti sembra strano che una persona negli anni Duemila scriva una lettera per ricattare qualcuno?» suggerì Annabella, sventolando il foglio sotto il naso del PM.

«Forse temeva di essere intercettata. Al giorno d'oggi, sembra paradossale, ma è più sicura la comunicazione in cartaceo» ipotizzò lui.

«Giusto, ma comunque questa tua spiegazione stride con il fatto che la lettera sia scritta a penna. Quale ingenuo lo farebbe, con il rischio che la sua grafia possa essere identificata?»

«Sì, l'ho pensato anche io. È il punto ambiguo di questa ipotesi. Brava Abbondante, hai superato l'esame! Ti prendo a bordo nel team di investigazione su questo caso» scherzò Landi, e la fissò socchiudendo appena le palpebre. Una tempesta di pagliuzze dorate investì Annabella, che abbassò subito lo sguardo sul bicchiere di Vernaccia di San Gimignano.

«Non mi prendere in giro, e soprattutto non sognarti di parlare di questa nostra conversazione con Massi delle Case» minacciò Annabella puntando l'indice, nella speranza di cambiare il tono del discorso.

«Non mi passava neppure per la testa, e comunque dico sul serio. Credo che tu abbia una mente investigativa molto acuta, dottoressa Abbondante» replicò Ferruccio, avvicinandosi oltre il livello di guardia. O almeno questa fu l'impressione di Annabella.

«E dunque, secondo questa ricostruzione, Eva sarebbe andata a Castelpulci per incontrare il suo ricattatore o la sua ricattatrice» riprese lei, con tono professionale. Accavallò le gambe e si scostò di poco dal tavolo.

Landi la guardò serio per un attimo, poi si appoggiò allo schienale della sedia, allontanandosi a sua volta. «Sì, questa sarebbe l'idea: Eva Cantelli ha un appuntamento con la sua ricattatrice, oppure si presenta a sorpresa e la rintraccia. Entrano nella sala mensa deserta per non essere ascoltate, hanno una colluttazione, ed Eva finisce di sotto. Per incidente o per dolo, è tutto da verificare. La finestra di quella sala è molto ampia e ha un davanzale molto basso» disse, con lo sguardo rivolto verso il finestrone del ristorante. «Molto simile a questo» concluse, indicandolo.

«Sì, può darsi» rispose Annabella, distratta. Poi iniziò a tormentarsi il sopracciglio sinistro: qualcosa non la convinceva.

«Pensi che non sia andata così?» Ferruccio si accostò di nuovo per versarsi l'ultimo bicchiere di vino.

In quel momento sopraggiunse il cameriere con i dessert: «Ecco a voi due i due gelati alla lavanda con meringa».

«Ci prepara il conto?» domandò Ferruccio. Il cameriere annuì e si allontanò in direzione della cassa. «Annabella, ti va di tornare a piedi in centro? Così finiamo la nostra discussione e smaltiamo le calorie della cena.»

Annabella accettò la proposta. Anche a lei piaceva passeggiare per le vie di Firenze.

«San Frediano è il quartiere dove sono nati i miei genitori. Per me è il cuore caldo di questa città» disse Ferruccio mentre si incamminavano lungo Borgo San Frediano.

«Piace molto anche a me. Mi piace tutto l'Oltrarno a dire il vero. Lo trovo ancora molto autentico. Sarà perché uno dei miei libri preferiti è...»

«*Cronache di poveri amanti* di Vasco Pratolini» la anticipò Ferruccio.

«Esatto! Ma bravo Landi, sei un lettore anche tu?» si informò lei, senza riuscire a nascondere una certa ammirazione nella voce.

«Non quanto vorrei, cara dottoressa Abbondante. Non quanto vorrei. E detesto quando non posso fare quello che desidero, tu no?»

Landi si fermò per sistemarle un ricciolo anarchico ricaduto sull'occhio. Erano giunti sul lungarno Soderini e passeggiavano verso ponte alla Carraia. Le luci dei lampioni si riflettevano sull'acqua dell'Arno, in lontananza si scorgeva ponte Vecchio. Insomma, l'atmosfera si stava facendo troppo romantica, porca miseria.

Annabella Abbondante pensò che fosse necessario un diversivo. Accelerò il passo e poi riprese il filo del discorso interrotto a cena, per riportare l'attenzione su qualcos'altro che non fosse il desiderio insoddisfatto di Ferruccio Landi: «Tornando alla questione di Eva...».

«Ho già capito, non ti convince la ricostruzione che ti ho prospettato» la interruppe Landi, alzando le mani.

«Non del tutto. Mi domando: perché uccidere la vittima del ricatto? Di solito non accade il contrario?» si domandò lei.

«Non è detto. Supponiamo che Eva avesse minacciato di denunciare la sua ricattatrice. In tal caso si può ipotizzare che lei volesse ucciderla per impedirle di parlare con la polizia» obiettò Landi.

«Ma perché continui a parlare al femminile. Cosa ti fa pensare che si tratti per forza di una...»

«... di una donna? Mi meraviglio di lei, dottoressa Abbondante. Non ha letto il referto del medico legale fino in fondo? Ha ritrovato un frammento di smalto per unghie nel graffio sul braccio della vittima» Landi si girò per vedere l'espressione di sorpresa sul volto della collega, ma fu lui a restare sorpreso, perché si trovò di fronte a un'Annabella Abbondante pietrificata e con gli occhi sbarrati: «Cosa c'è, ti senti male? Che ti succede?».

Lei si girò verso di lui con sguardo febbrile, gli puntò un dito accusatore sotto il naso e strillò: «Ma io *nun me faccio spaventà* dalle minacce sue, se lo ficchi in testa. Anzi è lei che *ce deve avè* paura, perché se mi girano i cosiddetti, racconto tutto quello che so e poi vediamo chi finisce nei guai».

Ferruccio impallidì e indietreggiò d'istinto, ma lei gli afferrò entrambi i polsi e gridò ancora: «Ma come ho fatto a dimenticarmelo! Capisci? È proprio così che aveva detto! Eva Cantelli aveva minacciato di denunciare la sua ricattatrice. Ferruccio Landi, sei un genio, ti adoro!».

Detto questo, Annabella Abbondante afferrò il viso del collega con entrambe le mani e gli piazzò un lungo, intenso e compromettente bacio sulle labbra.

14

Pedalando in bicicletta

Annabella uscì da casa di Ferruccio che erano le sei del mattino. I suoi passi risuonavano sul selciato di via Sdrucciolo de' Pitti. Passò per piazza Santo Spirito e si fermò a prendere il caffè e un cornetto appena sfornato al bar Pitta M'Ingolli. Si sedette a uno dei tavolini sulla piazza e si concesse dieci minuti di riflessione mentre faceva colazione. Com'era successa quella cosa con Landi? Certo, Ferruccio era un uomo attraente e interessante, ma non si era ripromessa di stare alla larga da situazioni complicate e soprattutto di non avere mai e poi mai rapporti con i colleghi? Né stabili né occasionali? Il volto di Lorenzo Di Salvo si affacciò senza preavviso tra i ricordi. Il pensiero di lui non le tornava in mente da molti giorni ormai. E tanto meno l'aveva sfiorata la notte precedente. E tuttavia adesso ci stava pensando. Certo, lei e Lorenzo erano stati molto chiari. Ognuno sarebbe stato libero di vivere la propria vita. La relazione era chiusa. Amici come prima. Ma le faceva molta tristezza constatare con quanta facilità lo avesse messo da parte, dimenticato. Con quanta semplicità avesse scelto di cedere all'attrazione che provava nei confronti di Ferruccio e passare la notte con lui. Certo, era stato l'entusiasmo che l'aveva spinta a baciarlo, ma il resto poi era venuto per scelta.

Riprese a camminare lungo via Maggio e si diresse verso

l'Arno per attraversare il fiume e ritornare al suo albergo, che stava proprio dietro la stazione di Santa Maria Novella.

La verità, cara Annabella Abbondante, è che tu non riesci a creare legami davvero profondi con gli uomini. Forse Alice non è l'unica ad avere paura di impegnarsi. O forse il motivo è un altro, ma tu ti rifiuti di pensarci.

Si sedette solo per un minuto sul parapetto di ponte Santa Trinita a osservare ponte Vecchio che si rifletteva magnifico sull'acqua liscia e immobile dell'Arno. Sua sorella aveva ragione, era un caso disperato. Perfino Maria Fortuna si era arresa con lei: aveva giurato che non le avrebbe più presentato nessun altro, dopo Lorenzo. Senza riflettere cercò il suo numero sul cellulare e riprese a camminare verso l'albergo.

«Ciao, Maria Fortuna. Ti disturbo?»

«Annabella, sono le sette meno un quarto del mattino, sei impazzita?»

«Ma scusa, mi dici sempre che ti svegli alle cinque e mezzo, quindi non vedo dove sia il problema» replicò serafica Annabella.

«Il problema è che oggi è sabato. Il mio unico giorno di riposo. Comunque, cosa dovevi dirmi di così urgente?» ribatté Fortuna.

«Mi hai detto tu di chiamarti quando fossi rientrata a Lucca. Volevo chiederti quando ci vediamo.» Dall'altro capo del filo si udì come un singulto, un suono soffocato come un lamento, e poi una sonora soffiata di naso. «Fortuna, ma stai piangendo? Non ti sarai mica commossa perché ti ho chiesto di vederci?» si stralunò Annabella.

«No, ma figurati! Mi è entrata un po' di polvere in un occhio. Ci vediamo lunedì a mezzogiorno al bar di piazza Grande?»

«Non possiamo vederci alla Palermitana?» rispose Annabella di rimando.

«Se proprio insisti. È che in quel posto stanno cominciando a morire un po' troppe persone, non credi?»

«Maria Fortuna Abbondante, non farmi pentire di averti telefonato» minacciò Annabella.

«D'accordo, ma poi non dire che non ti avevo avvertita» sbottò Fortuna prima di interrompere la comunicazione.

Mentre attraversava la hall dell'albergo per prendere l'ascensore e salire in camera, il portiere di notte non le staccò gli occhi di dosso, scrutandola con aria di muto rimprovero. O almeno quella fu l'impressione di Annabella Abbondante.

Un'ora più tardi la giudice parcheggiò la Ypsilon rosso corallo nel suo garage a Lucca. Prese la bici e, senza rientrare a casa, decise di farsi un giro per il centro. Aveva ancora un bel po' di adrenalina in circolo da smaltire. Di sabato alle otto del mattino avrebbe potuto godersi la città e lasciare fluire i pensieri in libertà. Depurarsi dalle incrostazioni, dal dolore, dalle incertezze. Solo vento, capelli e profumo di festa.

Mentre pedalava lungo il viale delle Mura già da una mezz'oretta, un fastidioso vagito di neonato le annunciò l'arrivo di un messaggio sul cellulare. Ancora una volta si era dimenticata di chiamare quella peste del nipote per farsi liberare da quel flagello. Diede un'occhiata al display. Era proprio il messaggio che si aspettava.

Sei scappata. Vigliacca. ☺

Come dargli torto? Era vero. Era proprio scappata, mentre lui era ancora addormentato. Un grande classico dei rapporti occasionali. La verità è che non avrebbe saputo cosa dirgli. Non aveva ancora elaborato un pensiero coerente sulla notte con

Ferruccio. Una gran bella notte, a dirla tutta. Anzi, una notte superlativa, per essere precisi. Ma il sesso della sera prima di certo le avrebbe complicato l'immediato futuro, e non poco.

Riprese a pedalare con più forza, sperando che con il sudore potesse espellere anche le tossine dell'incertezza. Sarebbe andata al negozio di Giacomo Bellini, il musicologo di via Vittorio Veneto. Era l'unico negozio del centro che il sabato aprisse alle otto e mezzo. Perdersi tra i vinili da collezione di jazz e swing sarebbe stata la giusta terapia per il suo stato mentale.

Era su corso Garibaldi e stava per svoltare in via Vittorio Veneto, quando un'auto grigia con i vetri oscurati la superò e si fermò all'incrocio con via della Corticella, la strada dove aveva sede la caserma dei carabinieri di Lucca e dove si trovavano anche gli alloggi degli ufficiali del distretto.

Dall'auto, con sua grande sorpresa, vide scendere Gabriele Gualtieri, irriconoscibile in abiti civili, jeans, maglia aderente di cotone e giubbetto di pelle, barba di un giorno e capelli arruffati. Annabella non ebbe la prontezza di svoltare in via Veneto per non farsi vedere, anzi rimase bloccata a osservare la scena. Era evidente che il capitano stava rientrando in caserma dopo aver trascorso la notte fuori. A quanto pareva i sospetti di Nicola non erano così campati in aria…

Gualtieri sollevò lo sguardo e scorgendola, dopo un momento di esitazione, decise di andarle incontro. La anticipò prima ancora che lei potesse aprire bocca: «Ho una spiegazione molto seria per tutto questo, Annabella. Vieni, ti offro un caffè».

Gualtieri se ne stava a occhi bassi, continuando a girare e rigirare il caffè, che non aveva toccato da quanto era impegnato a raccontare.

«Ma perché questa cosa non puoi dirla anche a Nicola, scusami? Di certo lo renderebbe più sereno circa lo stato del vostro rapporto» commentò Annabella.

«Nicola è molto protettivo nei miei confronti. Ho paura che per il mio bene possa commettere qualche stupidaggine violando norme e regolamenti. Si metterebbe nei guai e rischierebbe di compromettere tutta l'operazione.»

«Ma Nicola è un poliziotto esperto, non credo che arriverebbe a...»

Il capitano alzò un sopracciglio e la guardò scettico con i suoi occhioni verdi sempre irresistibili. Annabella visualizzò la scenata di cui Nicola si era reso protagonista solo poche sere prima, e ricordò gli appostamenti sotto la caserma in attesa del ritorno di Gualtieri.

«D'accordo, Gabriele, hai ragione. Potrebbe farlo senza problemi. Cosa proponi di fare?» rispose.

«Devi dirmelo tu» precisò il capitano.

«Io? Cosa c'entro io?» protestò Annabella.

«Tu sei la sua migliore amica, lo conosci anche meglio di me. Dimmi come posso fare a portare a termine questa missione sotto copertura senza che Nicola mi lasci o, peggio, si faccia cacciare dalla polizia.»

In quel momento Gabriele aveva il viso tirato, le occhiaie e la barba sfatta. Ma anche così restava sempre l'uomo più bello mai entrato nell'Arma dei carabinieri. Almeno secondo l'insindacabile opinione di Annabella Abbondante.

La giudice iniziò a tormentarsi il sopracciglio. Segno che era perplessa, ma anche che aveva iniziato a riflettere. Gabriele Gualtieri la guardava senza osare aprire bocca, e seguiva impaziente ogni espressione sul viso dell'amica.

«L'unica strada, secondo me, è allontanarti da casa di Nicola fino a quando l'operazione non sarà terminata. Mi hai detto che ormai manca poco, giusto?»

«Due o tre settimane al massimo e dovrebbe essere tutto finito.»

«Allora di' che devi andare a un altro dei tuoi corsi di aggiornamento. E poi vai a stare da un amico.»

«Annabella, ma siete voi i miei amici. Qui a Lucca, a parte i colleghi in caserma, ho soltanto voi.»

Annabella Abbondante alzò gli occhi al cielo giungendo le mani, soffiò via il ricciolo dalla punta del naso, fece un lungo sospiro e bevve un sorso di caffè. «D'accordo, Gabriele. Vieni a stare nella mia camera degli ospiti.»

«Sul serio? Ma sei sicura? E come faremo se Nicola viene da te?» si informò Gualtieri con gli occhi che iniziavano a sorridere di nuovo.

«Questo è compito mio, lo terrò alla larga da casa mia per qualche settimana. Per fortuna, lo sai, io e Nicola in pratica abitiamo alla Palermitana. Andrà bene. Tu avrai libertà di manovra e lo chiamerai spesso per non farlo insospettire. Lui non dovrà più pedinarti ed eviterà di combinare guai. E alla fine tu, mio bel capitano, mi farai un grosso, anzi enorme regalo, nel senso di scandalosamente caro, per sdebitarti almeno in parte di questo assurdo favore che ti sto facendo. Siamo intesi?» E fu in quel preciso istante che il capitano Gabriele Gualtieri afferrò la giudice Abbondante per le spalle e le stampò un bel bacio sulla fronte.

Concordarono che si sarebbe trasferito a casa sua nel giro di qualche giorno, dopo aver parlato con Nicola. A quel punto Annabella era troppo stravolta per il negozio di vinili, la nottata in bianco iniziava a calarle sulle palpebre. Era ora di rientrare a casa.

Accostò la bicicletta alla scala esterna che portava alla sua loggia. Notò che c'era qualcosa di diverso, ma non focalizzò subito di cosa si trattasse. Solo quando iniziò a salire le scale di casa realizzò… Le piante. Sparite. Quasi tutte. Ma quelle che c'erano… Porca miseria. Arrivò in cima ai venticinque gradini con il solito affanno, lasciò la valigia da parte e si guardò intorno. Le due ortensie potate, le azalee e i rododendri rinvasati in graziose ceramiche bianche dipinte a mano, le camelie irriconoscibili: un tripudio di fiori rosa, rossi e bianchi. Persino il basilico e la salvia emanavano il loro profumo a un metro di distanza.

«Grazie, Signore, mi hai fatto il miracolo» disse Annabella Abbondante. E crollò distrutta sulla poltroncina di vimini. Pensò di non avere più l'età per nottate come quella. E senza neppure entrare in casa, si addormentò.

Rino Gaetano, seduto sulla sua sedia a dondolo, cantava.

A mano a mano ti accorgi che il vento… Ti soffia sul viso e ti ruba un sorriso… La bella stagione che sta per finire… Ti soffia sul cuore e ti ruba l'amore…

Ma perché Rino ha una voce da donna? Vuoi vedere che poi in paradiso diventano tutte donne? Che poi avrebbe molto senso, se uno ci riflette. Pioggerellina sottile. Ma guarda! Quindi in paradiso piove? Ma sì, dài, è una bella notizia. Sai che noia con il pieno sole per sempre? Profumo di caffè. Be', questo è più che logico, l'eternità senza caffè sarebbe un inferno anche in paradiso. Ma quindi sono morta? Porca miseria, ma come è successo? Si potrà dire "porca miseria" in paradiso? Mi sa di no.

In quell'istante Annabella Abbondante si svegliò e vide Calpurnia con la canna in mano intenta a innaffiare le camelie del suo terrazzo. Le splendide, profumate, lussureggianti camelie del suo terrazzo!

«Calpurnia, allora sei tu il miracolo. Certo, dovevo aspettarmelo. Mi hai regalato un terrazzo fiorito, erano anni che desideravo vedere tutti questi fiori sul mio balcone. Dove sono finite le altre piante mancanti?»

«Sono a casa mia, tesoro. Avevano bisogno di cure speciali, e le ho prese con me. Spero che la cosa non ti dispiaccia troppo.»

«Proprio per niente! Ti sono molto grata per quello che stai facendo. E grazie anche di esserci stata l'altro ieri. Senza di te non so cosa avrei fatto.» Gli occhi le si riempirono di lacrime al pensiero di Eva.

«Su, su, mia giunonica e tenace ragazza. Non lasciarti abbattere dallo sconforto. Oggi resto a pranzo da te. Ti preparo i miei favolosi tagliolini alla Leopardi.»

«Leopardi?» chiese stupita Annabella, mentre apriva la porta di casa e lasciava entrare Calpurnia.

«Ma certo, mia dolce pesca nettarina, non sapevi che Giacomo Leopardi fu un appassionato gourmet? Nel suo periodo napoletano, dal 1833 al 1837, scrisse numerose ricette, il cui testo originale è conservato nella Biblioteca Nazionale di Napoli. Dove tieni le uova, cara?»

«Nella dispensa dietro di te» le indicò Annabella.

«Perfetto. Potresti per favore prendere il cellulare che ho lasciato sul tavolo del terrazzo? Aspetto una telefonata importante e non vorrei perderla» domandò Calpurnia.

Sul tavolino Annabella trovò anche alcuni fogli scritti a penna con una bella e fitta grafia. E una busta con francobollo. Decise di prendere tutto e portarlo dentro.

«Calpurnia, ho preso anche questi, temevo potessero volare via.»

«Che smemorata, mi ero del tutto dimenticata della lettera per mia sorella.»

Annabella rimase qualche minuto a guardare quei fogli in silenzio. Poi rivolse una domanda alla poetessa, che trafficava nella sua cucina come se fosse la propria. «Calpurnia, perché tu e tua sorella vi scrivete ancora le lettere di carta? Non sarebbe più semplice e veloce uno scambio di mail o una videochiamata?»

«Certo, mia cara, lo sarebbe senza meno! Ma quando scrivi sulla carta le parole pesano molto di più. I sentimenti come l'amore, la solidarietà, la passione devono avere il loro peso, devono viaggiare con lentezza per ricevere la giusta importanza. È per questo che io scrivo solo lettere a mano. Per rispetto, per le mie parole e per la persona che deve riceverle.»

«Chissà se può dirsi lo stesso pure per l'odio o la vendetta» si domandò Annabella mentre iniziava ad apparecchiare la tavola.

«Non avrei dubbi in proposito. Le parole sono armi, vanno usate con ponderazione e parsimonia. Non credi, mio bocciolo di rosa?»

«Le parole sono armi» ripeté Annabella, soffiando via il ricciolo fastidioso.

15

Tutta colpa dell'amigdala

See the stone set in your eyes
See the thorn twist in your side...

Erano le sette e non passava ancora nessuno. La canzone degli U2 riecheggiava malinconica in tutta la piazzetta illuminata dai raggi del primo mattino.

With or without you
With or without you...

Era Michele che suonava la sua canzone preferita, la prima di cui aveva imparato gli accordi.

Entrando nel bar, però, Annabella rimase sorpresa, perché il suo amico stava anche cantando. In tanti anni non l'aveva mai sentito. Non sapeva nemmeno che avesse una voce così bella.

Quando Michele si accorse di lei, lasciò la chitarra elettrica e le andò incontro. Aveva gli occhi rossi di pianto e non diceva nulla, l'emozione tradita solo da un lieve tremito del labbro inferiore. Annabella Abbondante buttò la borsa a terra e lo abbracciò. Michele si abbandonò sulla sua spalla, il corpo scosso dai singhiozzi che aveva represso fino a quel momento.

Rimasero così per un paio di minuti, finché dal retro del bar non spuntò Tonino Passalacqua con un vassoio pieno di sfogliatelle appena fatte. Il profumo tentatore, su per le narici di Annabella, giunse dritto all'amigdala, che bypassando la corteccia cerebrale ordinò la reazione istintiva. Fu così che la dottoressa Abbondante, senza sapere come, si ritrovò con una sfogliatella in mano. Michele la guardò e sorrise: «Mangiala, signora giudice, che cannoli oggi non ce ne sono. Non avevo lo spirito giusto per cucinare».

Liberata dal senso di colpa, con la benedizione del suo amico, Annabella Abbondante si tuffò a occhi chiusi in quel piccolo pezzo di paradiso. Fu come essere proiettati indietro nel tempo, a giocare a campana con un gessetto nella piazza davanti alla chiesa di San Michele. Tutta colpa dell'amigdala, porca miseria.

«Ma tu lo sapevi che il santo patrono di Piano di Sorrento è san Michele arcangelo?» disse Annabella con la bocca ancora sporca di zucchero vanigliato.

«A quanto pare un arcangelo Michele che ti protegge lo devi sempre tenere a portata di mano, signora giudice» commentò Michele prendendo la chitarra. Dopodiché riprese a suonare la sua canzone malinconica da dove aveva interrotto, mentre Tonino Passalacqua, senza parlare, ma con un'espressione di trionfo dipinta in faccia, porgeva ad Annabella la seconda sfogliatella.

Lei l'accettò rassegnata, come ci si arrende alle tentazioni a cui non si sa resistere, e andò a sedersi al tavolino vicino al finestrone, quello che dava sulla piazza. Tirò fuori il portatile del ministero e attaccò l'alimentatore di fianco al grammofono originale La Voce Del Padrone. Michele le lanciò uno sguardo interrogativo e lei si limitò a soffiare il ricciolo e piazzargli uno sguardo modello "non accetto un no come risposta". Aveva deciso che quella mattina avrebbe lavorato lì, vicino al suo amico, punto e basta.

A mezzogiorno e cinque Maria Fortuna Abbondante, stranamente puntuale, varcò la soglia della Palermitana. Annabella non poté fare a meno di notare come sua sorella sembrasse uscita dalla pubblicità di un negozio di bomboniere di lusso. Capello biondo fresco di parrucchiere, vestitino stile impero color glicine, borsa, smalto e décolleté rosa, esattamente lo stesso punto di rosa. Di solito lei e sua sorella avevano opinioni diverse sulla definizione dei colori, ma le pareva che stavolta non ci fosse spazio per una diversa interpretazione.

«Sono delle Jimmy Choo color salmone, Annabella. Il salmone è il nuovo neutro, non lo sapevi?» chiarì Maria Fortuna, quando intercettò lo sguardo scettico della sorella sulle sue scarpe. E poi, dopo averla squadrata dalla testa ai piedi: «Sei poi andata da quel nutrizionista di cui ti avevo dato il numero? E non mi riferisco a quello che hai fatto scappare all'altro capo del mondo».

«Fortuna, siamo qui per parlare di te, se non sbaglio. Che cos'è che devi dirmi di così grave da non poterlo fare per telefono? E poi dovresti anche spiegarmi perché tutto il resto della famiglia conosce questo tuo incredibile segreto e io no.»

«Il resto della famiglia si interessa alla mia vita, al contrario di te. Mi sento più spesso con le zie Abbondante che con mia sorella.»

La tensione crescente fu stemperata dall'arrivo provvidenziale di Michele, che posò sul tavolino due tazzine e un piattino con quattro mini babà.

«Caffè al pepe per Annabella e un caffè al ginseng senza zucchero per te. Come stai, Maria Fortuna? È parecchio che non ti vedo.»

«Sto benissimo, grazie, Michele. Condoglianze per la perdita della tua cameriera. So che le eri affezionato. Di certo non ti sarà facile trovare una sostituzione. È sempre così complicato procurarsi del personale affidabile al giorno d'oggi» spiattellò

Fortuna tutto d'un fiato. Poi, notando lo sguardo allibito della sorella, la liquidò con un'alzata di spalle e continuò: «Ma toglimi una curiosità, come sapevi che mi piace il caffè al ginseng?».

«Il ginseng è la nuova cannella. Ho immaginato che tu lo sapessi» sentenziò Michele, guadagnandosi uno sguardo carico di gratitudine e complicità da parte di Annabella Abbondante.

Michele aveva ripreso a suonare, il locale si era riempito, ma Fortuna non si decideva a dire ciò per cui era venuta. Dopo aver sopportato una noiosa dissertazione sulla necessità di cura dei capelli ricci, seguita da una serie di consigli sull'abbinamento degli accessori, Annabella sbottò senza riuscire a contenersi: «D'accordo, adesso basta, la stai tirando troppo per le lunghe e la mia pazienza ha un limite, lo sai benissimo. Vuota il sacco all'istante o ti giuro che mi alzo e me ne vado».

Maria Fortuna non rispose subito, aprì la borsa Fendi color rosa salmone, ne trasse un pacchetto dello stesso identico colore e lo piazzò davanti a sua sorella. Allo sguardo stupefatto e ancora interrogativo di sua sorella, Fortuna annunciò: «Sono incinta. È una bambina. La chiamerò Allegra».

Nel cuore della giudice Abbondante si gonfiò una piccola bolla di intima gioia. Un inizio di amore per un esserino che ancora non c'era del tutto. E ancora una volta sorprese sua sorella, abbracciandola forte.

«Ma come fai a esserne certa?» le chiese un istante dopo.

«Annabella, non dire sciocchezze, ho già fatto tre ecografie e ho sentito il suo cuoricino che batte, certo che ne sono sicura.»

«Intendevo, come fai a essere sicura che sarà allegra? Metti che sarà una persona malinconica, o sempre incazzata?»

«Lo sapevo, non mi prendi mai sul serio!» sbottò Fortuna, stizzita.

«Ma invece stavolta ti prendo molto sul serio, è proprio per questo che ti dico che non puoi chiamarla Allegra. Devi chiamarla Angela.»

«Come la nonna?» si stupì la sorella.

«Esatto, come la nonna. Se lo merita. E se solo assomiglierà un pochino a lei, se avrà anche solo una parte della sua forza d'animo e del suo piglio, sarà una persona molto fortunata» concluse Annabella. Dopodiché afferrò uno dei babà dal piattino e se lo ficcò in bocca.

Per la prima volta in vita sua Maria Fortuna Abbondante non seppe cosa replicare. Annabella approfittò del silenzio temporaneo per aprire il pacchettino che la sorella le aveva offerto. Dentro ci trovò una collanina d'oro con una medaglietta, che portava un'incisione: ALLA MIA MADRINA. A.

«Meno male che l'iniziale è la stessa. Così non devo cambiare l'incisione» sussurrò Fortuna, asciugandosi le lacrime con un fazzolettino color salmone.

«Sarò molto fiera di essere la madrina di Angela. È una bambina fortunata, ha una madre che non le farà mancare mai il suo appoggio e la sua presenza» disse Annabella stringendo la mano della sorella. Si sentiva felice perché quello che aveva detto era vero. Sua sorella aveva molti difetti, ma era stata una madre presente e affettuosa per suo figlio Cristian. A proposito…

«E il mio nipote preferito come ha preso la notizia della sorellina in arrivo?»

«Felicissimo, voleva dirtelo lui in verità. Ha insistito tanto. Ma io gliel'ho proibito, e si è rassegnato.»

Annabella pensò ai vagiti di neonato che negli ultimi tempi annunciavano i messaggi sul suo cellulare e scoppiò a ridere, mandando sua sorella di nuovo su tutte le furie.

Qualche ora più tardi, da sola nel suo ufficio, dopo aver smaltito l'arretrato dei decreti ingiuntivi da firmare, Annabella Abbondante mandò un messaggio a suo nipote:

> Messaggio recepito soltanto oggi.
> Sei un piccolo impiastro. Ma ti voglio bene.

Vagito di neonato dopo un millisecondo.

> Ahahahaha. Mia madre mi ha proibito di dirtelo in altro modo.
> Quando ci vediamo ti sistemo il cellulare come prima. Giuro!

Secondo vagito.

> Zia, mamma vuole chiamarla Allegra.
> È terribile. Fai qualcosa, ti prego.

> Angela, vorrai dire! Arrivi tardi, nipote.
> Ho già risolto.

Terzo vagito.

> Grande! Mitica zia. Ci si becca.

Quarto vagito. Ma non era Cristian. Annabella non riconobbe il numero, ma aveva un prefisso estero:

> Ciao Annabella. So che ci eravamo detti di non scriverci, ma ci ho ripensato.
> È una cazzata. Ho vissuto momenti unici insieme a te. E li ricordo tutti.

La vita, però, va sempre avanti, e anche io sono andato avanti.

Spero tu riesca a trovare il tuo equilibrio e la felicità che meriti.

Ti bacio. Stammi bene. Lorenzo

Annabella rimase a fissare quel messaggio per un po', indecisa se rispondere. Alla fine decise di non pensarci e di buttarsi di nuovo a capofitto sul lavoro.

Alcuni provvedimenti più tardi, sollevò lo sguardo dal fascicolo che stava studiando: le era parso di sentire qualcuno bussare alla porta del suo studio, ma non era certa. Rimase qualche secondo in ascolto, però non udì più nulla. Si immerse di nuovo nello studio del caso che aveva davanti. Poco dopo un sinistro cigolio di rotelle la convinse che qualcuno fosse proprio lì, dietro l'uscio.

Si alzò e corse ad aprire la porta di scatto. Con sua grande perplessità si trovò davanti la figurina esile di Albino Diomaiuti con la mano ancora alzata a pugno, in procinto di bussare. Il giovane assistente sembrava pietrificato.

«Buongiorno, Albino, che succede? Perché se ne sta lì senza bussare?»

«Invero avrei bussato dottoressa, ma temo che lei non abbia percepito il suono.»

«La prossima volta però picchi con più di forza, ragazzo mio» lo esortò lei, sorridendo.

«Ci proverò, dottoressa.»

Albino entrò nello studio con una certa cautela e passo felpato, ripetendo più volte la manovra di svolta del carrello. Iniziò ad aggirarsi leggero, quasi etereo, nella stanza e tra i fascicoli, così silenzioso che dopo un po' Annabella si dimenticò della sua presenza.

«Io avrei finito, dottoressa» la voce di Diomaiuti la fece sussultare a tal punto da far volare il barattolo delle graffette, che esplosero in tutte le direzioni come proiettili. L'assistente, mortificato, si precipitò a recuperarle, inginocchiandosi a terra. E fu così che lo trovò Paolo, salito dalla cancelleria per portare un fascicolo urgente.

Il cancelliere osservò per qualche istante la scena, poi si avvicinò alla dottoressa Abbondante e porgendole il fascicolo si informò a bassa voce: «Dottoré, ma che sta facendo?».

Un guizzo furbesco nello sguardo della Abbondante. «Sta pregando, Paolo. Non lo vedi?»

«Ma come, così, all'improvviso?» si meravigliò il cancelliere.

«E che ti devo dire? Ne avrà avvertito il bisogno impellente» concluse lei, imperturbabile.

Dopo poco Diomaiuti si alzò e si congedò: «Giudice, io avrei terminato, mi allontanerei se non le occorre altro».

Annabella assunse un tono materno e protettivo. «Va bene, figliolo. Ha trovato tutto quello che cercava?»

«Credo di sì, dottoressa. Non è stato facile perché a volte sfuggono alla vista.»

«Me rendo conto, e inginocchiarsi ti è stato d'aiuto?» chiese Paolo, compenetrato nel momento mistico.

Diomaiuti lo guardò perplesso, ma rispose con la solita educazione: «È naturale, cancelliere, come avrei potuto fare altrimenti?».

«Certo, certo. Ci vediamo di sotto Diomaiù, devo parlare un secondo con la dottoressa e ti raggiungo in cancelleria» rispose Sarracino. Poi, una volta che l'assistente fu uscito, sospirò sollevando gli occhi al cielo: «Certo, è un peccato che abbia lasciato il seminario…».

«Ma perché ha deciso di andarsene, te lo ha detto?» la Abbondante colse la palla al balzo per indagare.

«No, dottoré, non si è sbottonato. Ma a breve conto di saperlo. Ho attivato le mie fonti.»

«Bravo! Poi aggiornami, mi raccomando.»
«Sarà fatto, giudice. Ai suoi ordini.»

Paolo non era ancora uscito dalla stanza quando Alice irruppe senza bussare, si sedette sulla sedia di fronte alla sua scrivania e tirò fuori dalla borsa dei fogli stampati.

«Abbondante! Non ti imbambolare. Fammi un caffè, che dobbiamo iniziare a programmare l'indagine.»

«Da dove cominciamo?» si informò Annabella.

«Cominciamo che mi fai il caffè, ho dormito molto poco stanotte e sto per crollare.»

«Caffè in arrivo!» proclamò la giudice Abbondante, mentre scattava dalla sedia, di nuovo presente e padrona di sé.

«Paolo, abbiamo bisogno di lei per i carichi pendenti di Eva» disse Alice, e iniziò a sistemare i fogli sulla scrivania di Annabella.

«Ma perché ti servono?» domandò Annabella, impegnata a caricare la moka elettrica.

«Mi meraviglio di lei, mia cara giudice investigatrice, non sa che queste sono le prime indagini standard quando si indaga su un omicidio? Per arrivare all'assassino, indagare sulla vittima. Semplice.»

«Carichi pendenti e il casellario giudiziale in arrivo!» annunciò Dolly precipitandosi in cancelleria.

Il tempo di prepararsi il caffè e Dolly bussava già di nuovo alla porta. Entrò tutto trafelato, perché aveva fatto le scale di corsa. Si fermò qualche secondo a riprendere fiato mentre le due donne lo guardavano impazienti.

«Dottoré, è meglio che vi mettete tutte e due a sedere. La notizia è grossa» annunciò Paolo, con il petto gonfio che neppure il tacchino a Natale. Passò i fogli ad Alice, che lo guardò dubbiosa. Il casellario non era facile da consultare. «Per riassumere, la nostra Eva Cantelli è stata condannata per omicidio in primo grado nel 1998 e nel 2002 in via definitiva» annunciò Paolo mettendosi a sedere pure lui.

Alice sbiancò e si lasciò andare sullo schienale della poltroncina. Annabella saltò in piedi come un grillo e iniziò a camminare avanti e indietro per la stanza. «Paolo, non puoi cercare di ottenere informazioni dalla procura?»

«Sarebbe inutile, giudice. La Cantelli ha subìto il processo a Roma. È lì che bisogna indagare.»

«Ed è lì che indagheremo. Ho una collega che lavora per un giornale romano, sfrutterò i suoi contatti. E come prima cosa domani me ne vado in emeroteca a Firenze a cercare un po' di quotidiani dell'epoca. Un omicidio fa sempre notizia. Qualcosa troverò» disse Alice. «Sarracino, lei potrebbe cercare informazioni utili su Eva Cantelli qui a Pianveggio. Le va di darci una mano?»

«A disposizione, dottoressa Villani, attivo i miei canali. State senza pensiero. Sul territorio, ci penso io» la rassicurò il cancelliere, mentre appoggiava la mano sul petto e reclinava il capo di lato, come la brutta copia del Padrino.

«Annabella, nel frattempo tu cerca di capire come si muove la procura di Firenze. Potresti chiedere al PM titolare dell'indagine. Come si chiamava?» domandò Alice.

«Ferruccio Landi» rispose Annabella, arrossendo suo malgrado.

16

Alla fiera dell'est

Annabella Abbondante entrò nell'aula che era ancora presto. Voleva verificare un paio di cose in un fascicolo prima di iniziare l'udienza. Ci trovò Paolo, che sembrava imbalsamato, lì fermo con la mano su un fianco a contemplare il muro alle spalle del banco dove sedeva il collegio.

«Paolo, stai bene? Che ti succede?» gli chiese, ma poiché quello non rispondeva lasciò le sue cose sulla sedia e andò a posizionarsi di fianco a lui.

«Lumache? E come ci sono finite?» si chiese la giudice Abbondante.

«Dottoré, il punto non è come, ma dove sono finite» sghignazzò Paolo.

A quel punto Annabella focalizzò che due lumache si erano collocate proprio sopra la scritta LA LEGGE È UGUALE PER TUTTI. L'immagine, in effetti, appariva quanto mai metaforica, evocatrice della proverbiale lentezza dei processi italiani.

«Mi sa che è meglio che le tolgo e le porto nel giardino qua sotto, se non ci vogliamo fare sfottere a vita da tutto il foro di Pianveggio» concluse Paolo.

«Sbrigati però, che oggi l'udienza è pienissima di fascicoli e ci sono un paio di cose da controllare insieme» lo esortò la giudice Abbondante.

«Dottoré, *pare che fosse 'na novità.* Voi vi caricate sempre di fascicoli come un ciuccio!» commentò Paolo prima di allontanarsi.

Parecchie cause, una conciliazione e due prove testimoniali più tardi, Annabella Abbondante andò ad aprire il finestrone dell'aula, come era solita fare a fine udienza, e restò come sempre incantata a osservare il panorama dei vigneti e a respirare l'aria fresca, che in quel periodo dell'anno profumava di mosto e uva matura.

«Dottoré, ma scusate, l'ultimo testimone che abbiamo sentito stamattina non vi sembrava che raccontasse solo fesserie?»

Annabella si scostò dalla finestra e si avvicinò al banco dove Paolo stava sistemando gli ultimi fascicoli.

«Certo, Paolo, non ci sono dubbi. Era un testimone falso. Si capiva benissimo.»

«E allora perché non avete disposto la trasmissione degli atti alla procura per falsa testimonianza?»

«Perché la mia è solo una deduzione, frutto dell'esperienza di tanti anni. Come la tua impressione, anche la mia valutazione non è supportata da valide prove. Per quanti sforzi abbia fatto, non sono riuscita a farlo cadere in contraddizione. E quindi non potevo fare una denuncia al PM, non avrei fornito alcun elemento per costruire un'accusa di falsa testimonianza.»

«Giusto, avete ragione» rispose Paolo, e riprese a lavorare. Poco dopo però si fermò, tirò fuori l'immancabile pezzuola e iniziò a ripulire le lenti. «Certo però che deve essere frustrante per voi dover decidere sulla base di una testimonianza come quella.»

«Non sempre ciò che si accerta nel processo corrisponde alla verità in senso assoluto, purtroppo» commentò mesta Annabella Abbondante.

«Adesso ho capito perché voi siete così fissata con le indagini, che dovete trovare sempre la verità.»

Annabella si voltò a guardarlo per qualche secondo senza dire nulla, poi si sistemò il ricciolo malfattore dietro l'orecchio e rispose: «Ma lo sai, Dolly, che non ti avrei fatto così psicologo? Come farei senza di te?».

Il cancelliere Sarracino tossì per nascondere l'imbarazzo, ma poi, carrello in resta, sfoderato un sorriso di soddisfazione, fece per andarsene tutto contento in cancelleria. Giunto alla porta, però, ritornò sui suoi passi.

«Dottoré mi stavo quasi dimenticando di raccontarvi le ultime novità sul caso Coriandoli.»

«Quale caso, Paolo? Non c'è mica un'indagine in corso.»

«Voi sentite prima quello che vi devo raccontare e poi mi dite se c'è o non c'è un caso su cui indagare» replicò Dolly. «A quanto pare il signor Gino si era pure messo in un brutto giro.»

«Come fai a dirlo?» si interessò subito Annabella.

«L'ortolana di via dei Campi di sotto ha detto a mia cognata, che lo ha riferito a mia moglie, che lo ha detto a me...»

«Paolo concludiamo la "fiera dell'est" e dimmi che sai...»

«Pare che un pomeriggio la Lorella abbia visto il Coriandoli scendere tutto nervoso dal sedile posteriore di un'auto di lusso, di quelle con l'autista e i finestrini oscurati, non so se mi spiego, dottoré» disse, stringendole complice l'avambraccio.

«Ti spieghi, ti spieghi, vai avanti» ordinò la Abbondante, ritirando il braccio.

«Lorella ha raccontato che, mentre lui usciva dall'auto, il tipo che stava dentro gli avrebbe gridato una cosa tipo: "Non ti permettere di avvicinarti a lui, che te la faccio pagare. Non sto scherzando, Gino, hai capito?". E il Coriandoli avrebbe sbattuto lo sportello dicendogli: "Ho capito tutto. Fai buon viaggio, signor tenente". Insomma, dottoré, il Coriandoli era impicciato in brutti affari e aveva parecchie preoccupazioni, *sentite a me.*»

«Hai ragione, Dolly, abbiamo un caso Coriandoli.»

Dolly si allontanò dall'aula soddisfatto, mentre Annabella tornò alla finestra, per respirare ancora un po' di quell'aria densa di uva matura.

Al mare quel giorno c'era un'aria così tersa che la luce feriva gli occhi. La spiaggia del Bagno Marechiaro, senza più gli ombrelloni e le sdraio, era un'immensa distesa dorata, si perdeva a vista d'occhio. Alice amava il mare d'autunno. I suoi amici lo sapevano bene e per il suo compleanno, quando il tempo era bello, la portavano sempre lì a Viareggio a pranzare sulla spiaggia.

Nicola aveva già addentato la prima fetta di pane. «E Michele non riusciva proprio a venire con noi?»

«Non poteva lasciare il locale. Ora che non c'è più Eva a dargli il cambio...» Alice non finì la frase, non ce n'era bisogno. Il ricordo di Eva gettò una sottile ombra di malinconia sull'atmosfera spensierata e luminosa di quel pranzo.

Annabella provò a riportare in alto il morale della truppa: «Allora, Alice, ti è piaciuto questo regalo oppure no?».

Alice si illuminò. «È proprio l'obiettivo che desideravo per la mia reflex. Non so come avete fatto a saperlo, ma vi voglio bene.»

Carnelutti però iniziò ad agitarsi sulla sedia. «Adesso ordiniamo, che sto morendo di fame?»

Alice intervenne a rassicurarlo. «Non abbiamo bisogno di ordinare, Niccolò sa benissimo cosa ci deve portare. Sta già preparando il cacciucco e gli spaghetti con i nicchi.»

Annabella abbassò le palpebre con il viso rivolto ai raggi del sole. «Era un po' di tempo che non ci ritrovavamo solo noi tre, non è vero?»

Nicola annuì e finì di scolarsi il bicchiere di birra. «Sì, ci voleva proprio questa riunione di famiglia, senza altri impiastri tra i piedi.»

Furono interrotti dall'arrivo di Niccolò, il gestore nonché cuoco del Bagno Marechiaro, che portava in tavola i primi piatti.

Annabella chiuse gli occhi per meglio accogliere il profumo di mare che saliva dal piatto e si confondeva con gusto della salsedine portata dalla brezza marina. Pensò che quello era un momento felice. Uno di quelli che ti vengono in mente quando pensi alle cose belle della vita. Sorrise e iniziò ad arrotolare i suoi spaghetti.

Dopo il terzo brindisi alla salute di Alice, l'atmosfera si stava facendo più rilassata e un po' di gradevole abbiocco iniziava ad appesantire le palpebre di Annabella Abbondante, quando Alice gettò un urletto acuto che fece risvegliare i sensi dei suoi amici.

«Ah! Ma qui, tra festeggiamenti e atmosfera vacanziera, stavo dimenticando di aggiornavi sulla mia indagine su Eva Cantelli! Ho una vera e propria notizia bomba!»

Nicola rispose con gli occhi bassi, senza abbandonare la sua personale battaglia con i nicchi. «E cosa aspetti ad aggiornarci, Ginger?»

Consultando gli archivi dei giornali Alice aveva scoperto che la Cantelli era stata processata a Roma e condannata a dodici anni di reclusione per infanticidio. Sempre Alice aveva poi attivato la propria fonte, la collega giornalista che collaborava con la procura di Roma, e ottenuto le fotocopie del fascicolo ormai chiuso.

Annabella e Nicola si guardarono stravolti. L'idea di Eva Cantelli assassina era già una cosa difficile da accettare, ma il pensiero di lei addirittura infanticida strideva in modo incredibile con la persona che avevano conosciuto e apprezzato nei suoi due anni e mezzo di permanenza a Pianveggio.

Nicola stava intingendo il pane nel piatto che aveva appena terminato. Si fermò con la fetta a mezz'aria. «È proprio vero che le persone non si riescono mai a conoscere del tutto...»

«Vi ho portato le fotocopie degli articoli dei giornali dell'epoca con cui ho potuto ricostruire la vicenda. A quanto pare Eva era la compagna di un certo Biagio De Marchi, che è stato il suo principale accusatore al processo. Sembra che lui abbia testimoniato di averla vista gettare suo figlio nel Tevere e di non essere arrivato in tempo per fermarla.»

Annabella non riusciva a darsi pace, scosse i riccioli arruffati dal vento di mare. «Ma è inconcepibile! Come può una donna togliere in modo consapevole la vita a suo figlio? Non posso proprio crederci.»

Prima di rispondere, Alice consultò ancora il suo inseparabile taccuino. «La difesa cercò di sostenere la depressione post partum. E anche uno stato confusionale dovuto a pregressi problemi con droga e alcool. Per questo le sono state riconosciute le attenuanti generiche.»

Annabella si era distratta a osservare l'immagine del compagno di Eva sul giornale, perché aveva la netta sensazione che fosse una faccia conosciuta, ma non riusciva a collegarla a nessuno in particolare. Interruppe i ragionamenti degli altri due: «Questo Biagio De Marchi mi ricorda qualcuno, ma non riesco proprio a capire chi. A voi non dice nulla?».

A quel punto Nicola guardò il ritaglio di giornale con maggiore attenzione, restò in silenziò per qualche secondo, poi sorrise. «Per forza! È identico ad Antonello Venditti da giovane.»

Annabella Abbondante si riprese la foto per guardarla ancora. Poi ci puntò il dito sopra. «Hai ragione, porca miseria. La fotocopia esatta, la stessa faccia da schiaffi.»

E tutti e tre scoppiarono a ridere, per liberarsi del senso di pesantezza che la storia di Eva aveva portato con sé. Quella bellissima giornata di ottobre meritava una conclusione più spensierata. Proprio in quel momento, per fortuna, Niccolò portò una piccola scarpaccia viareggina con sopra una candelina numero trentotto. E così il compleanno di Alice prese di nuovo il sopravvento sui cattivi pensieri.

17

Festa di compleanno

A casa Villani di Altamura c'era il gotha delle personalità di Pianveggio. Il generale aveva fatto le cose in grande, come ogni anno del resto, per festeggiare il compleanno della sua unica figlia, Alice, che stretta nel suo abito di chiffon color giallo limone sembrava una fiamma pronta ad ardere. Al braccio di Gualberto si limitava ad annuire a tutti, il viso era atteggiato a sorriso ma gli occhi ambrati erano un po' insofferenti.

La dottoressa Abbondante approfittò del fatto che il vice Sindaco si fosse distratto a parlare con l'assessore alla cultura e l'avesse mollata un secondo per accostarsi con discrezione al vice ispettore Carnelutti, il quale con il gomito appoggiato a una credenza di fine Settecento, si limitava a rimpinzarsi di tartine e afferrare calici dai vassoi di argento che i camerieri portavano in giro per il salone. «Nicola, vieni un secondo in giardino, che ti devo parlare. Oggi a pranzo ho dimenticato di dirti una cosa importante» gli mormorò, muovendo appena le labbra senza smettere di sorridere a tutti.

«Intendi disertare? Se Alice si accorge che ce la squagliamo domani mattina ci fa secchi senza pietà.»

«Non dire sciocchezze, abbiamo promesso che restavamo fino alla fine e resteremo, devo solo chiederti una cosa, poi torniamo ad aggirarci tra le mummie imbalsamate.»

Senza aspettare la risposta dell'amico, Annabella si diresse con passo deciso verso il giardino all'inglese illuminato dalle torce, come un antico castello medievale. Nicola la seguì sbuffando, la vide sparire dietro un cespuglio e la raggiunse. «Ti rendi conto che, nascosti dietro questa siepe, passiamo per ladri o per amanti?»

Annabella gli assestò una borsettata sul braccio. «Smettila di protestare e ascoltami, che muoio di freddo.»

Nicola diede un'occhiata all'abito rosso vino della sua amica, quasi evanescente con sottili bretelline e solo una sciarpa di seta sulle spalle e sospirò: «D'accordo, che cosa devi dirmi di così urgente?».

Annabella gli raccontò dell'episodio riferito da Paolo, dell'uomo nella macchina scura, delle minacce rivolte al Coriandoli, senza trascurare la faccenda dei debiti disseminati per il paese e del testamento segreto.

«Sul serio, Annabella? Stai qui a prenderti la polmonite per raccontarmi dei pettegolezzi di paese?»

«Non sono pettegolezzi, Nicola. La rete di Dolly è un canale di informazione affidabile, lo sai benissimo. A te non sembra un'incredibile coincidenza che Coriandoli sia morto all'improvviso solo pochi giorni dopo aver ricevuto quelle minacce?»

«Annabella, hanno fatto l'autopsia ed è risultata una morte naturale, che cosa vuoi di più?»

«Ma figurati! Sul momento nessuno ha pensato a una morte violenta: conoscendo il medico legale si sarà limitato a fare gli esami standard. Io mi sento che c'è qualcosa di strano. Me lo sento, capisci?»

«E cosa dovrei fare secondo te? Andare da Massi e chiedere l'apertura delle indagini sulla morte di Coriandoli perché Annabella Abbondante ha una delle sue intuizioni investigative?»

«Esatto» rispose Annabella. E si avviò barcollando sui tacchi troppo alti verso il salone illuminato a festa. Lui si sistemò i capelli afflosciati dall'umido della notte e si affrettò a seguirla all'interno, anche perché nel salone si stavano spegnendo le luci e al pianoforte qualcuno stava eseguendo *Tanti auguri a te*.

Prima di sparire dietro l'enorme torta a tre piani che suo padre le aveva fatto confezionare, Alice li intercettò con lo sguardo. Aveva un'espressione poco rassicurante che sembrava dire: "Tanto ho visto che vi siete dati alla macchia".

Carnelutti si girò verso Annabella, che era di fianco a lui, con occhi di brace. «Adesso sarai soddisfatta.»

Dopo il soffio delle candeline i due valutarono che il loro compito come amici della festeggiata fosse terminato e si potesse porre fine all'agonia. Nicola si avviò perciò al parcheggio poco lontano per prendere l'auto ed evitare all'amica la passeggiata con i tacchi alti, troppo alti. Mentre gli ultimi invitati si intrattenevano per i saluti finali, Annabella andò a sedersi su una delle poltrone del salotto di ingresso. Poco distante il generale Villani stava conversando con un anziano signore. Doveva essere un vecchio commilitone: li sentiva richiamare alla memoria aneddoti della vita militare.

Dal brusio di sottofondo una frase giunse chiara alle orecchie della Abbondante, attirandone l'attenzione: «Generale, ma poi lo ha visto De Marchi?».

«Ma chi? Biagio, il romano?»

«Sì, proprio lui. Non ci incontravamo dai tempi del nostro stanziamento in Libano nel 1986, poi lo scorso anno l'ho rivisto per caso a un tavolo da poker, proprio qui a Pianveggio. Mi ha detto che sarebbe venuto a salutarla. Era molto affezionato a lei.»

«Sì, è venuto un paio volte, mi ha detto di essersi trasferito da queste parti, ma è da qualche mese che non ne so più nulla.»

Annabella si infilò come una furia nell'auto di Nicola: «Non puoi capire cosa ho scoperto!».

«Ma... come è possibile? Ti ho lasciata sola appena cinque minuti! Non sarai mica andata a rovistare in casa del generale?»

«La smetti di dire stupidaggini? Ovvio che no. Ero seduta tranquilla sulla poltrona del salottino rosa, quello all'ingresso, e ho potuto ascoltare una conversazione tra il generale e un suo vecchio compagno d'armi.»

«Vuoi dire "origliare"...»

«Quanto sei noioso, vuoi saperlo oppure no?»

«E va beeeene, ti ascolto. Cosa hai scoperto?»

«Il compagno della Cantelli, quello che l'ha accusata al processo.»

«Il De Marchi?»

«Era venuto a stare da queste parti. Il generale lo conosceva, erano entrambi in Libano ai tempi della missione di pace dell'ONU. Non può essere un semplice caso che anche Eva si sia trasferita qui, capisci? Lo cercava. Dobbiamo indagare, Nicola. Scoprire che fine ha fatto questo Biagio De Marchi, interrogarlo.»

«Certo, signora commissario» ironizzò Carnelutti «Facciamo il punto dei compiti che mi ha affidato? Dovrei far riaprire il caso della morte di Gino Coriandoli perché è stato minacciato da un tipo misterioso in un'auto con i finestrini oscurati, e dovrei anche ricercare un onesto cittadino che ha come sola colpa quella di essere stato di stanziamento in Libano nel 1986 e di chiamarsi Biagio De Marchi, detto "il romano".»

Annabella decise di mollare la presa. Aveva già in mente un piano alternativo. «Come preferisci» disse. «Io ti ho dato solo dei suggerimenti. Il poliziotto con il fiuto sei tu.»

Nicola tamburellò con le dita sul volante per un po'. «E se posso darti un consiglio, evita di coinvolgere quel povero cancelliere nelle tue fantasie da romanzo giallo.»

Annabella non rispose, anzi lo guardò con un'espressione di sorpresa, come se Nicola avesse appena svelato il mistero della sezione aurea. Nel frattempo erano arrivati al parcheggio del tribunale, dove lei aveva lasciato la sua auto.

Nicola uscì ad aprirle lo sportello. «Domani Gabriele parte per Parma, per un altro dei suoi corsi di aggiornamento. Vengo a cena da te?»

«No!» strillò Annabella, un po' troppo precipitosa. Nicola si incupì. Lei provò ad aggiustare il tiro. «Voglio dire, sarebbe meglio cenare alla Palermitana, così tiriamo su Michele. Che ne pensi?»

«Hai ragione, non ci avevo pensato. A domani, perfida.»

«A domani, splendore» gli fece il verso Annabella.

Il problema di essere amici da così tanti anni era proprio quello: ognuno di loro conosceva l'altro così bene da essere sempre in grado di anticipare le sue mosse, porca miseria. Nicola aveva ragione, lei lo sapeva bene, indagare non era il suo mestiere, impicciarsi nelle indagini di polizia era sbagliato, ma aveva promesso a Eva che avrebbe scoperto chi l'aveva uccisa, e se Nicola stavolta non voleva aiutarla, avrebbe fatto di testa sua.

Questo pensava Annabella Abbondante, mentre scendeva con l'ascensore al piano garage del tribunale per andare a recuperare la sua Ypsilon. Aperte le porte dell'ascensore, gettò un urlo di terrore: proprio non si aspettava di trovarci qualcuno a quell'ora. E tanto meno lui, Sergio Massi delle Case.

«Abbondante, porca maremma. Mi hai fatto prendere un colpo. Che ti gridi? Non mi riconosci più? Eppure sono anni che mi dai il tormento.»

«Massi... A dire il vero, sei tu che mi hai spaventato a morte! Cosa ci fai a quest'ora nel garage del tribunale?»

«Ho dimenticato il cellulare e stavo risalendo in ufficio a prenderlo. E comunque non mi pare siano fatti tuoi... Che cos'è quel sorrisino ironico, sentiamo!» sbottò il PM notando che Annabella lo stava osservando con aria insolente.

«Ma nulla, credimi. Non ho alcun interesse a conoscere i particolari della tua vita amorosa.»

«La cosa è irrilevante, visto che non te li avrei riferiti comunque.»

«La cosa è irrilevante, visto che li verrei a conoscere comunque, se solo volessi.»

Massi non replicò, anche se la palpebra ballerina denotava una certa irritazione, poi le gettò un'occhiata competente e commentò: «E tu invece? Questo è l'abbigliamento con cui di solito fai udienza?».

«Era il compleanno di Alice Villani, se proprio vuoi saperlo.»

«Ah, ecco. Chissà perché pensavo che fossi uscita con Ferruccio Landi.» Nel buttare lì la frase, Massi si infilò nell'ascensore da cui lei era uscita e le scoccò un'occhiata allusiva. «Ti saluto, Abbondante!»

Massi uno, Abbondante zero, pensò Annabella, e dal fondo del suo stomaco un imperativo categorico si fece strada prepotente.

Pochi minuti dopo parcheggiava davanti alla Palermitana. Sperò con tutto il cuore che Michele avesse ripreso a infornare i suoi dolci.

Al suo ingresso nel locale Michele era al bancone, intercettò il suo sguardo ancora inferocito e, giusto il tempo di guardarla negli occhi, sparì nel retro. Per ritornare con un piccolo vassoio di cannoli mignon. «Dottoressa, scontro notturno?»

Annabella si arrampicò sullo sgabello del bancone, di fronte a lui. «Sono proprio un libro aperto per te?»

«Abbastanza» sorrise il barista, piazzandole davanti una tazzina di caffè al pepe.

«Tu come stai?» domandò Annabella, prima di addentare il cannolo.

«Me la cavo, non devi stare in pensiero per me, anche se è stato un brutto colpo. Eva era come una sorella, oramai. Mi manca moltissimo, ma soprattutto non riesco a darmi pace su come sia morta. Non riesco a immaginare che qualcuno potesse odiarla a tal punto da ucciderla.»

«Lo scopriremo, Michele. Te lo prometto.» Lo sguardo di Annabella si perse oltre la vetrata, mentre sorseggiava il suo caffè. «Ti ha mai spiegato perché era venuta a vivere qui a Pianveggio?»

«Mi disse che, dopo la prigione, aveva bisogno di cambiare del tutto vita. E aveva scelto la Toscana perché le piaceva. E Pianveggio solo per caso.»

«Quindi tu sapevi che era stata in prigione?»

Michele annuì, e prese un cannolo anche lui. Annabella lo guardò sorpresa, non lo aveva mai visto mangiare durante l'orario di lavoro.

«Ma sapevi anche perché?»

«No, non me lo disse e non glielo chiesi. Alla fin fine aveva scontato la sua pena. Si meritava una seconda occasione.»

«Ma ti ha mai parlato del suo ex compagno, Biagio De Marchi? Ho scoperto che si trovava anche lui da queste parti. E magari si potevano essere incontrati.»

«Non che io sappia. Non parlava mai della sua vita passata. Era una specie di tabù tra noi.»

Annabella non rispose, pensò che non fosse ancora il momento di raccontare a Michele quello che avevano scoperto sul conto di Eva.

«E come stava Alice?» chiese Michele, rompendo il silenzio che si era creato tra loro.

Annabella ridacchiò. «Come ogni anno in questo giorno.»

«Prima o poi le regalerò un compleanno del tutto diverso, che senta davvero suo» disse lui. E sorrise.

«Spero che il momento di essere sinceri l'uno con l'altra arrivi presto. Ne avete entrambi diritto» replicò Annabella, mentre posava i soldi sul bancone, prima di andare via.

Si guarda allo specchio: è incinta. Si specchia di nuovo ma non è più lei, è Maria Fortuna, no, no, è Eva Cantelli, che vuole uccidere suo figlio, anzi no, qualcuno la minaccia perché ha rapito il suo bambino… Ma no! Quello è il figlio di Eva, qualcuno lo ha preso. Guarda ancora nello specchio: Eva è Eva Kant.

Annabella si svegliò di soprassalto, madida di sudore. Scostò Serafino, che dormiva a fianco a lei, andò in cucina a bere un bicchiere d'acqua per calmarsi. La cena del generale abbinata al cannolo notturno avevano prodotto quell'incubo terribile.

Si prese la coperta e andò a sedersi sulla sedia a dondolo della loggia. Il movimento ritmato aveva avuto sempre il potere di rilassarla e ridarle la serenità perduta. Iniziò a riflettere. Andò a prendere nella borsa la fotocopia della lettera di minacce che Ferruccio le aveva lasciato e la rilesse ad alta voce: «*Ho in mano tutti i documenti che mi servono per dimostrare quello che avete fatto al bambino. Se non mi paghi quello che ti chiederò, racconterò tutto alla polizia. E lui non vorrà più vederti*».

Lei e Landi avevano subito ipotizzato che quella lettera fosse indirizzata a Eva, visto che era stata ritrovata nella tasca della sua giacca. E ci poteva stare. Avevano dedotto che la Cantelli fosse vittima di un ricatto, che la ricattatrice la minacciasse di rivelare ciò che insieme a un'altra persona aveva fatto a un bambino. Che si trattasse di una donna sembrava molto probabile, viste le tracce di smalto per unghie ritrovate dal medico legale. L'altra sera avevano immaginato che Eva potesse aver minacciato di denunciare la ricattatrice alla polizia. E per questo fosse stata uccisa. Il ragionamento filava.

Ma ripensò al contenuto della telefonata, e adesso le sembrava chiaro che non potesse escludersi neppure l'ipotesi inversa. Poteva darsi che la ricattatrice fosse Eva. Magari in prigione era venuta a conoscenza di un segreto relativo a un bambino, aveva contattato la persona e le aveva mandato la lettera di ricatto.

E se quell'ipotesi fosse stata vera, la telefonata che lei aveva ascoltato era stata fatta dalla vittima del ricatto che implorava Eva di non rivelare il segreto.

Sì, anche in quel modo poteva funzionare.

Magari si trattava della donna dai capelli bianchi. Era plausibile.

Doveva dire a Landi di verificare la calligrafia sulla lettera. Doveva parlare con Ferruccio. Doveva chiamarlo. E non solo per dirgli della lettera.

Decise di scrivergli subito un messaggio, prima di cambiare idea. Lui lo avrebbe letto l'indomani mattina al risveglio.

Lo so, sono stata vigliacca. Ci sentiamo?

Con sua grande sorpresa, un vagito di neonato le annunciò l'arrivo della risposta:

Era ora, dottoressa Abbondante.

Ma tu non dormi mai?

Otto ore a notte. Ma sono a New York per lavoro.
Rientro sabato. Chiamami, ci conto.

18

Imperfetta meraviglia

Gaber nell'aria umida della notte, sulle camelie in fiore, sui tetti di Lucca, sulle logge del vicinato. Gaber lungo via Fontana, per via degli Asili. Gaber fino alle campane di San Giusto.

Solo Gaber nel silenzio di Lucca addormentata.

Annabella Abbondante sbarrò gli occhi. Una luce lattiginosa traspariva attraverso le imposte. La voce di Gaber era una sua responsabilità. E doveva agire.

«Ma dove cavolo... In terrazzo, ecco dove l'ho lasciato!» Attraversò a piedi nudi il salotto, si incastrò con l'alluce nella canalina della zanzariera, ululò alla luna che tramontava e alla fine afferrò il cellulare.

La libertà non è uno spazio libero... Libertà è partecipaz...

Prima di rispondere gettò un occhio al display e rimase sconcertata. Era Vanni Soldatini. «Sceriffo, mannaggia a te. Mi hai fatto prendere un colpo. È successo qualcosa di grave?»

«Scusami, Annabella, in effetti non mi ero reso conto che fosse ancora così presto. È che io sono in piedi già da un bel po'. Sono appena tornato dalla mia corsa energizzante mattutina e mi è venuto in mente che ho da comunicarti una notizia importante.»

«Vanni, ma sono le cinque e mezza del mattino ed è anche domenica, se vogliamo dirla tutta... Notizia? Che notizia?» Annabella si sedette sul divanetto di vimini.

«Ieri sono stato convocato a Firenze a riferire come "persona informata sui fatti" sull'omicidio Cantelli.»

«Scherzi? Aspetta, Vanni, per ascoltare una notizia così ho bisogno di caffeina. Ti richiamo tra cinque minuti.»

Mentre caricava la moka sentì scorrere l'acqua della doccia. Si spaventò: chi diavolo era entrato in casa sua? Si accostò con delicatezza alla porta del bagno, dove nel frattempo lo scroscio della doccia non si sentiva più. In quell'istante la porta si spalancò e un adone nudo, o quasi, le si parò davanti. Si era dimenticata di Gabriele Gualtieri, porca miseria.

Il capitano la guardò sorpreso. «Annabella, ti serviva qualcosa?»

«No, no, per niente. È che non sono abituata ad avere un uomo in casa. Cioè, intendo dire che non mi capita spesso di avere ospiti, e quindi mi ero dimenticata della tua presenza. Ma mettiti pure comodo, anzi no, vestiti con comodo. Ma puoi anche non vestirti, se preferisci. Insomma fai come se fossi a casa tua.»

Tutta sudata se ne ritornò in cucina a versarsi una doppia dose di caffè. Poi si accomodò sulla sua sedia a dondolo in terrazzo e richiamò Soldatini. «Pronto, Vanni? Raccontami tutto dall'inizio, senza tralasciare nessun particolare. Mi raccomando.»

Nei giorni precedenti l'omicidio della Cantelli il giudice Soldatini era stato dal notaio per il rogito del monolocale che aveva acquistato a Pianveggio. Lì aveva incontrato Eva Cantelli, in sala d'attesa. Si era incuriosito e aveva chiesto informazioni alla segretaria del notaio, una donna assai propensa ai pettegolezzi. A quanto pareva, per come riferito dalla signora Rita, la Cantelli era lì per l'apertura di un testamento.

«Non ci crederai, Abbondante, ma Eva Cantelli è stata nominata erede da parte del tipo che è morto al bar di Michele. Come si chiamava quel tipo lì? Va là...»

«Il Coriandoli…» suggerì Annabella.

«Esatto, brava.»

Annabella era stupefatta, andò in cucina a riempirsi la terza tazzina di caffè. Chi poteva immaginare che la Cantelli e il Coriandoli stessero insieme. Incredibile. Del resto quella poteva essere l'unica spiegazione. Era davvero una notizia importante. Decise di raccontare al collega tutto quello che aveva appreso sui due, dalle minacce ricevute dal Coriandoli al possibile ricatto che coinvolgeva la Cantelli. Si fidava molto del fiuto di Soldatini e voleva la sua opinione.

«Vanni ci sei ancora?»

«Sì, scusa, stavo riflettendo su quello che mi ha raccontato. Certo che è strano: uno muore all'improvviso dopo essere stato minacciato, come dici te. E l'altra viene buttata di sotto con una lettera di ricatto in tasca. Io approfondirei le indagini sulla morte di quel Gino lì…»

«Bravo, e glielo dici tu a Massi?»

«Io? Son l'ultima persona che ascolterebbe. Lo sai anche te che mi odia» disse Soldatini.

«Per forza, gli rigetti tutte le richieste di misure cautelari.»

«Ma per forza, il brocco non ne azzecca una, ve'.»

Annabella se ne tornò soddisfatta in camera da letto. La telefonata con Vanni le aveva aperto nuove prospettive sull'indagine per Eva. La casa era di nuovo nel silenzio: Gabriele doveva essere già uscito per la sua "missione segreta". Nonostante il triplo caffè, la giudice decise di rimettersi a letto per recuperare qualche ora di sonno. Dopotutto era domenica.

Si era da poco riaddormentata quando il campanello iniziò a suonare implacabile. Forse il capitano si era dimenticato di prendere le chiavi di riserva che gli aveva lasciato. In tal caso gli occhioni verdi e il sorriso disarmante non sarebbero bastati a salvarlo da una sequenza sfrenata di fantasiosi improperi.

Aprì la porta. Niente occhioni verdi. Di verde c'erano solo i bigodini e la vestagliona di flanella. Luigia Settemprini detta Gina, come sempre incazzata nera. Annabella gettò un occhio alla poltrona preferita: Serafino era lì che dormiva pacioso, beato lui. Almeno non c'erano stati prigionieri, quella volta. La vicina era così arrabbiata che le sopracciglia si toccavano al di sopra del naso. Annabella la vide prendere fiato prima di dare inizio alla consueta scenata.

Che cosa volesse la Gina quella mattina non lo seppe mai con precisione, perché nel frattempo la sua mente iniziò a vagare senza meta su verdi colline e spiagge battute dalle onde. Ogni tanto il suo orecchio percepiva stralci di frasi: «feste e festini», «andirivieni di *omini* e donne, che tra bischeri s'annusano», «telefonate a tutte *ll'ore*», «e stamane musica all'alba e pure sparata a palla, e non venirmi *addì che l'è stato il Brighi, c'a me 'un mi incicci*!», «che poi a me quel Gaber *'un mi piace punto*», «*e ce ne sarebbe ancora pe' tutti se l'oste ne cocesse*!».

«Io c'ho l'orecchio fino, sento tutto a puntino, anche il più piccolo rumorino. E almeno la domenica *tu ti devi chetare*. Se tu seguiti *tu ne buschi*! *L'è chiara la cosa*?» concluse la Settemprini. E come al solito non aspettò risposta e si precipitò giù per le scale in un turbinio di ciabatte.

A quel punto l'idea di riaddormentarsi era del tutto tramontata; vista l'ora poteva essere l'occasione giusta per andare al mercato a scegliere le piantine autunnali e le verdure di stagione. *Ma sì*, si disse Annabella Abbondante. Era una splendida mattina, la temperatura ancora mite. L'ideale per una pedalata in bicicletta fino al mercato.

Lasciata la bici all'ingresso del mercato coperto, si inoltrò in quel dedalo variopinto e profumato come Pinocchio nel Paese dei Balocchi. Mentre era intenta ad ammirare il settore delle rose con fioritura invernale, sentì una voce conosciuta provenire da dietro le siepi di alloro.

«Ma come non puoi? No, caro mio, non mi calmo proprio per niente. In questa storia ci sei dentro anche tu, come puoi lavartene le mani? Si tratta anche di tuo figlio. Come puoi continuare a vivere facendo finta che non sia accaduto nulla? Dimenticare? Ma non posso dimenticare, io rivivo quel giorno ogni momento.»

Non poteva sbagliare, quella era proprio la voce di Calpurnia Oltremare. Non aveva capito che l'amica avesse un figlio. Annabella si rese conto che conosceva ancora molto poco sul conto della sua affascinante, eccentrica vicina, e si prefisse di approfondire alla prima occasione. Fece il giro intorno alla siepe e quasi si scontrò con lei che veniva proprio dalla sua parte.

La poetessa indossava un turbante e una gonna della stessa stoffa fiorata dai colori sgargianti. Un tripudio cromatico che si sposava a meraviglia con l'ambiente circostante. «Oh, la mia giovane camelia d'autunno. Cosa ti porta al mercato così di buon mattino?» disse.

«Calpurnia, allora sei davvero tu... Mi sembrava di aver sentito la tua voce attraverso la siepe. Sono qui per scegliere delle piante nuove. Tutto bene?» le chiese con discrezione Annabella, notando gli occhi rossi di pianto dell'amica.

«Adesso che ti ho incontrata di certo sì. Andiamo a scegliere qualche piantina adatta alla luce del tuo terrazzo. Seguimi, mia cara, consentimi di essere la tua Beatrice tra i gironi di questo meraviglioso paradiso. Ho visto un gelsomino di san Giuseppe perfetto per la tua esposizione. E niente dalie e zinnie, troppo delicate per te, suggerisco soltanto ciclamini e aster. Ti piacciono i crisantemi?»

«No, i crisantemi vorrei evitarli…» disse Annabella mentre si metteva, docile, al seguito della sua guida floreale.

Parecchi rinvasi di giovani piantine più tardi, le due donne si godevano un meritato caffè sul terrazzo di Annabella al tiepido sole di mezzogiorno.

«Il gelsomino ci sta benissimo nell'angolo in fondo. Vedrò i suoi bei fiori gialli ogni volta che starò sulla mia sedia a dondolo. Non smetterò mai di ringraziarti, Calpurnia, per i tuoi consigli.»

«Non dirlo, mia cara. I fiori per me sono gioia pura. Sono il mio rifugio, insieme alla poesia. Ho passato la vita ad ascoltare il disagio dell'animo umano, la sofferenza e la malattia mentale. Adesso ho bisogno di recuperare, assorbire tutta la bellezza che il mondo sa offrire.»

«Mi sembra un progetto molto sano, amica mia. Ma, toglimi una curiosità, tu sei sposata?»

«Lo sono stata in passato. Poi la vita ci ha portato per strade diverse.»

«Anche lui uno psicologo come te?»

«No, affatto. Carriera diplomatica. Al momento è un pezzo grosso del Ministero degli Esteri.»

«Non ti ci vedo con un diplomatico, se posso essere sincera.»

«Devi, mia rosa opulenta. Devi essere sempre sincera. La verità è la rugiada sulle corolle della nostra anima. E hai ragione. Non eravamo anime gemelle. Solo compagni di un viaggio interrotto in modo violento e inaspettato da un evento troppo doloroso da condividere.»

Annabella le strinse una mano: «Mi dispiace che tu abbia avuto questo dolore nella tua vita».

La "poeta" però non rispose, aveva lo sguardo puntato sulle scale, concentrata sulla figura di Gabriele Gualtieri, che stava salendo proprio in quel momento e che in effetti attirava parecchio l'attenzione nei suoi jeans stretti, maglietta nera aderente e giubbotto di pelle.

«Buongiorno, Annabella, scusami se stamattina sono andato via senza neppure salutarti. Era un affare urgente di lavoro» esordì il capitano.

«Gabriele, ti presento Calpurnia, la mia nuova vicina di casa.»

«Onorato, signora. Capitano Gabriele Gualtieri, per servirla» scattò lui, dimenticando per un momento di non essere in servizio e neppure in divisa.

Quando Gualtieri le lasciò sole, Calpurnia sorrise allusiva: «Complimenti, mia cara. Un perfetto Achille omerico, se posso permettermi».

«Grazie, Calpurnia. Ma questo Achille ha già il suo Patroclo, purtroppo» sospirò Annabella.

Calpurnia non replicò, ma l'espressione di delusione sul suo viso era più eloquente di ogni altro commento. L'espressione si trasformò all'improvviso in panico. «Oh, santo cielo!» disse.

«Problemi?»

«Dovevo essere a Firenze per l'ora di pranzo. C'è un contest poetico al Teatro del Sale con brunch al Cibreo. E io dovevo essere già lì!»

«Ti accompagno io, ci vediamo qui sotto tra venti minuti.»

Calpurnia si alzò di scatto, afferrò la sua borsa e proclamò: «Mia giunonica amica, sei la mia dea della Fortuna!». E così dicendo si precipitò per le scale per andare a cambiarsi.

In un decimo di millisecondo Annabella aveva formulato una delle sue idee "alla Abbondante": offrirsi di accompagnare

Calpurnia le consentiva di cogliere due piccioni con una fava. Avrebbe scritto a Ferruccio Landi per invitarlo a pranzo al Teatro del Sale e gli avrebbe parlato della faccenda della lettera di ricatto.

Ciao PM. Come va il jet lag?
Sto venendo a Firenze a vedere un'amica che si esibisce al Teatro del Sale. Ti interessa?

Vagito istantaneo.

Mi interessi tu. A che ora?

Tra un'ora al massimo.

Ci vediamo lì.

Si stava guardando allo specchio per controllare che il suo aspetto fosse causale ma non trasandato, attraente senza essere sensuale in modo troppo esplicito, quando il neonato intrappolato nel suo telefono iniziò a darci dentro con i vagiti. Lo silenziò prima di leggere il messaggio.

«Annabella sono pronta, tu a che punto sei?» disse Calpurnia.

«Arrivo!»

Mentre scendeva di corsa le scale di casa, il cellulare iniziò a vibrare in tasca.

Annabella, io e Alice andiamo a pranzo a Castelmaggio, vuoi venire?
Gabriele è ancora a Parma, siamo solo noi tre.

Divertitevi, io vado a Firenze con Calpurnia per un contest poetico.

Ahhh! Allora salutaci Ferruccio Landi, splendore.

Ma cosa c'entra Landi?

Non siamo mica nati ieri, Bellabbondante! (sono Alice)

Annabella Abbondante si innamorò del Teatro del Sale a prima vista. Il vecchio parquet scuro e consumato, le locandine d'epoca appese alle pareti del foyer, le vetrate in stile industriale con la cucina a vista e i tegami appesi, la saletta del palco con le sedie rosse e le assi consumate: tutto contribuiva a creare un'atmosfera da Belle Époque.

Calpurnia interpretò il suo sguardo: «Tra un cabaret parigino e un caffè chantant della bella Napoli, non è vero, mia cara?».

Annabella annuì sognante e andò a sedersi al tavolino che il gestore del piccolo teatro, amico di Calpurnia, le aveva indicato. Non si sa come, erano arrivate in orario, e la sua amica fu subito fagocitata dagli ingranaggi dello spettacolo.

«Ehilà, Ferruccio, qual buon vento? Che ci fai qui a quest'ora? Te non suoni stasera...»

«Sono venuto per la buona compagnia!» rispose Ferruccio Landi mentre salutava il chitarrista, che si era già posizionato sul palcoscenico in attesa dell'inizio del contest poetico.

Nel sentire la voce di Ferruccio, Annabella arrossì. Non aveva ancora pensato a come sarebbe stato rivederlo dopo l'altra notte. Ma Landi le rese tutto più semplice del previsto, si sedette accanto a lei al tavolino e le disse soltanto: «Non credevo che conoscessi questo posto».

Annabella gli sorrise, grata per aver trovato un argomento di conversazione che stemperasse l'imbarazzo: «Non lo conoscevo infatti, mi ci ha portato la mia amica poetessa. Ma a quanto pare tu invece lo frequenti con regolarità».

«Ci suono, abbastanza spesso. Con la mia jazz band» rispose Ferruccio, e i suoi occhi si illuminarono di riflessi ramati.

Annabella si voltò verso di lui, appoggiò il gomito sul tavolino e il mento sulla mano. «Amo il jazz» disse.

«Amo chi ama il jazz» replicò lui.

Per fortuna la musica della chitarra si diffuse nel locale e iniziò lo spettacolo.

Sul palco si affacciò una giovane donna dai capelli indaco, in abito viola, a dispetto di tutte le rigide regole scaramantiche del mondo dello spettacolo. Si avvicinò timida al microfono e con voce roca, più adatta a un frontman heavy metal, iniziò a declamare la sua opera.

Non voglio troppe luci a illuminarmi il cammino:
non di fede cieca si nutre l'anima mia,
ma di passi incerti sul ciglio del baratro,
e in ogni passo sconfiggo la morte.

«Ho la sensazione che avremo bisogno di un buon vino bianco per arrivare alla fine» le disse Ferruccio in un orecchio. Annabella trattenne una risata e annuì, provando a nascondere la pelle d'oca che il sussurro le aveva provocato.

Tra una declamazione e l'altra, quando la musica di sottofondo non sovrastava le loro voci, Ferruccio domandò la vera ragione di quella sortita domenicale. Era troppo intelligente per non aver compreso che il contest fosse solo un pretesto. Annabella non negò l'evidenza, anzi approfittò per dirgli che c'erano delle cose importanti di cui parlare. Cose attinenti a Eva Cantelli, si affrettò a precisare.

«Anche io ho delle novità che potrebbero interessarti» disse il PM guardandola negli occhi. Annabella si trattenne un po' troppo nell'oro del suo sguardo penetrante e una scossa elettrica le percorse la schiena. Ma cercò di non muovere un muscolo né mutare espressione. «Facciamo così, Abbondante. Tu resti a Firenze per cena, così mi senti suonare. E ci scambiamo informazioni sul caso Cantelli.»

«Ma ho la mia amica con me» provò a protestare lei, senza però troppa convinzione.

«La facciamo riaccompagnare dal mio autista.»

Annabella si stupì. «Ma ti danno l'auto di servizio anche di domenica?»

«Ma non è un autista della procura. È un mio dipendente. Per mia fortuna me lo posso permettere e non ho la patente.» Allo sguardo stupito di Annabella, Ferruccio disse: «Sono epilettico, Abbondante. E non posso avere la patente, almeno per adesso».

Annabella lo guardò carica di ammirazione. La serenità di quell'uomo, la trasparenza e semplicità con cui le aveva appena rivelato un particolare così intimo della sua vita, denotavano spessore e maturità. Quella confidenza, fatta con naturalezza e spontaneità, era una grande manifestazione di fiducia nei suoi confronti. Il pensiero la commosse e la intenerì. E in quel momento desiderò afferrare di nuovo il viso di Ferruccio tra le mani e baciarlo. Ma non lo fece. Si limitò a regalargli la migliore versione del suo sguardo liquido color caffè.

Uscirono dal locale poco prima che lo spettacolo finisse. Annabella lasciò un messaggio a Calpurnia per avvisarla che lei sarebbe rimasta a Firenze per cena, ma che l'autista di Ferruccio sarebbe stato disponibile per accompagnarla, se avesse voluto. Lei rispose di non averne bisogno perché sarebbe rimasta a dormire da una sua amica.

«Ferruccio, mi porti in piazza della Signoria? È un po' che manco, ed è uno dei miei posti preferiti al mondo.»

Durante il percorso a piedi Annabella gli raccontò cosa avesse intuito su Eva Cantelli, sulla possibilità che fosse lei la ricattatrice e non viceversa. Gli suggerì che occorresse verificare la grafia della lettera, per accertarsi che non appartenesse proprio a Eva.

«Già disposta. A breve avremo i risultati» le rispose Landi sorridendo.

Annabella allora gli riferì che avrebbe potuto esserci un rapporto tra la morte di Coriandoli e l'omicidio Cantelli. I due, secondo lei, dovevano avere una relazione. Landi le diede ragione anche stavolta e la informò che, dopo aver appreso del testamento, aveva già ottenuto l'autorizzazione per la perquisizione dell'abitazione del Coriandoli. Quella che la Cantelli aveva ereditato. La rassicurò che aveva già disposto la delega per il vice questore Carnelutti e la sua squadra.

Annabella si convinse che Landi non fosse come Massi, e che sapesse il fatto suo.

«Ho fatto verificare eventuali precedenti anche del Coriandoli, ma non ha carichi pendenti. C'è però una cosa che ancora mi rende perplesso: il casellario porta un asterisco che non capisco cosa significhi» disse Landi. «Nel corso della prossima settimana dovrei avere la risposta anche su questo.»

«C'è un'altra cosa importate che devi sapere. L'altro giorno ho scoperto per puro caso che a Pianveggio si era stabilito un certo Biagio De Marchi, detto "il romano". Non credo che possa trattarsi di una semplice coincidenza. Non credi? Ho pensato che Eva si fosse trasferita dalle nostre parti proprio per seguire e contattare il suo ex compagno, con cui aveva di certo un conto in sospeso.»

«Non lo so Annabella. Potrebbe trattarsi di un'omonimia. Ho già fatto fare ricerche su Biagio De Marchi, che avrebbe potuto rientrare tra i sospettati. Ma le tracce si perdono qualche anno dopo la sua testimonianza al processo Cantelli. Da quel che ha ricostruito la polizia giudiziaria è partito per l'estero e non è più rientrato in Italia. Escluderei, quindi, che si tratti della stessa persona.»

Nel frattempo erano giunti a piazza della Signoria, avevano ceduto alla tentazione di un cono nella gelateria più famosa di Firenze e si erano seduti sotto la Loggia dei Lanzi.

«Non mangiavo un gelato così buono da quando abitavo a Sorrento.»

Ferruccio sorrise senza distogliere lo sguardo dal suo cono: «Vero? E la nocciola è il gusto migliore in assoluto».

Annabella assaporò un'altra leccata di nocciola: «Concordo. Questo gelato è poesia. Altro che contest!».

Ferruccio rise. «*L'imperfetta meraviglia.* È il titolo di un romanzo che ho letto qualche anno fa» disse a un tratto lui.

Annabella sorrise: «Andrea De Carlo».

«Esatto. Mi colpì molto questa definizione del gelato. Un capolavoro effimero. E per questo imperfetto. Ma talvolta anche l'effimero ha la sua perfezione non credi, Abbondante?»

Annabella fu investita da una tempesta di pagliuzze dorate che la fecero arrossire.

Landi alzò la testa verso la statua del Giambologna, che li dominava dall'alto. «Non trovi che lei ti assomigli?»

«La Sabina rapita?»

«La stupenda Sabina rapita.»

Annabella rise. «Dottor Landi, non le sembra un tantino sfacciato alludere alle mie forme generose sulla pubblica piazza?»

«Abbondanti, collega. Meravigliosamente abbondanti, se posso dire la mia.»

«Ho sempre pensato che se fossi vissuta nel Cinquecento avrei avuto una discreta fortuna con gli uomini.»

«Non mi pare che nel terzo millennio tu te la stia cavando così male. Sono uno scapolo molto richiesto, io. Ci tengo a precisarlo.»

Annabella rise ancora.

«Ferruccio, devo essere sincera con te.»

«Sì, lo so, Abbondante. Mi hai cercato solo per dirmi quello che hai scoperto sulla tua amica Cantelli. Ne sono consapevole. Ma adesso siamo qui, e solo questo conta. Imperfetta meraviglia, ricorda.»

Si guardarono. La baciò, un lungo bacio tenero, al gusto di nocciola. *Il gusto migliore in assoluto*, pensò Annabella Abbondante.

19

Pastiera mercenaria

Quella mattina il vento si era proprio scatenato. Il povero gelsomino di San Giuseppe era stato staccato dal sostegno e giaceva riverso sulla sedia a dondolo. Molti vasi rovesciati e terriccio sparso sul pavimento. *Un autentico disastro*, pensò Annabella Abbondante. Notò che le tre piantine di incenso non erano più sulla balaustra. Uscì e andò ad affacciarsi. Le poverette giacevano sdraiate sul prato della Gina. Sarebbe andata a recuperarle più tardi. Anche a sistemare il terrazzo ci avrebbe pensato dopo la doccia e soprattutto dopo il caffè, entrambi diritti inalienabili dell'uomo di prima mattina. Ciclone o non ciclone.

Rinfrancata dalla doccia, con ancora l'accappatoio indosso si diresse in cucina, come era sua abitudine, per gustarsi il primo caffè della giornata. Ci trovò il capitano, anche lui in accappatoio, da poco rientrato dal suo appostamento notturno.

Gualtieri prese due tazzine dalla credenza «Se permetti faccio io» disse.

«Come stanno andando le cose? Nicola?»

«L'operazione procede come previsto. Nicola per il momento è tranquillo. Ci sentiamo con frequenza e non ci sono tensioni. È stata davvero un'idea vincente quella di simulare la mia partenza. E tu hai avuto problemi a tenerlo lontano?»

«Di chi parli?» domandò lei, sulla difensiva.

«Di Nicola, chi altri?» Lo spirito da sbirro del capitano Gualtieri però gli suggerì che ci fosse qualcosa da approfondire «Annabella, se hai bisogno di confidarti con qualcuno, io sono a portata di mano».

Annabella gli sorrise grata. Diede uno sguardo distratto al terrazzo e si sorprese nel constatare che tutto era di nuovo in ordine, gelsomino di San Giuseppe incluso. Non poteva essere stato nessun altro. Un vero gentiluomo quel capitano Gualtieri, l'aveva sempre detto.

«Gabriele, ma perché?» provò a protestare.

Gualtieri sorrise. «È il minimo che possa fare per la mia salvatrice.»

«La salvatrice che non sa salvare se stessa» rispose lei.

«Raccontami.»

«Ti ricordi la favola di Andersen, *La regina delle nevi*? C'era il ragazzino Kay con il pezzo di ghiaccio nel cuore, che non riusciva più a provare amore. Da bambina questa storia mi terrorizzava, pensavo che non si potesse vivere senza poter provare amore. Ma mi sbagliavo.»

«Ma tu sei una donna piena d'amore, Annabella. Per i tuoi amici, la tua famiglia, il tuo lavoro. Metti passione in tutto ciò che fai.»

«Sì, ma non riesco a legarmi più a nessuno. È questa la verità. Posso stare solo da sola.»

«Forse qualcuno ha messo quel pezzo di ghiaccio nel tuo cuore?»

Era proprio in gamba, Gabriele Gualtieri. Aveva centrato il punto in pochi secondi. Era così. Lei lo sapeva, solo che evitava di dirlo a se stessa.

«Forse allora dovresti affrontare questa cosa che ti blocca e imparare a essere felice, dottoressa Abbondante. Te lo meriti.»

Annabella gli gettò le braccia al collo e gli piazzò un bacio sulla guancia.

E fu così che li trovò la Gina, che proprio in quel momento aveva aperto la porta senza bussare.

«Gina!» strillò Annabella, staccandosi di colpo dall'abbraccio con il bel capitano.

«Pensavo che non ci fossi» disse quella di rimando, mostrandole il secondo mazzo di chiavi in suo possesso.

Annabella Abbondante intercettò lo sguardo indignato della vicina, che se ne rimaneva impalata sulla soglia di casa con i tre vasetti di incenso tra le braccia. La Settemprini squadrò Annabella per qualche secondo, soffermando lo sguardo sull'accappatoio un po' troppo aperto che lasciava intravedere la prosperosa scollatura. «La donna troppo in vista *l'è* di facile conquista» sentenziò, limitandosi ad appoggiare i tre vasetti sul mobile accanto alla porta, senza aggiungere altro.

Annabella arrossì sistemandosi la scollatura. Ma la Gina ormai non stava più guardando lei, era intenta a ispezionare ogni centimetro del fisico impeccabile di Gabriele Gualtieri. L'operazione durò qualche secondo più del necessario. Annabella parve scorgere nella maschera coriacea di disappunto della vicina addirittura una leggera increspatura delle labbra: un principio infinitesimale di compiacimento estetico che il corpo del capitano meritava senza dubbio. Almeno così pensò in quel momento Annabella Abbondante.

Dopo l'incursione della vicina Annabella aveva assoluta necessità di un caffè al pepe. Avrebbe fatto una deviazione veloce prima di arrivare in ufficio. Entrò nel bar La Palermitana che era molto presto. Ci trovò solo Michele, intento a sostituire i quadri della parete dedicata alle opere dei ragazzi del liceo artistico.

Gli allievi del Verdi erano di casa alla Palermitana. Michele li faceva esibire sul palco, esponeva le loro foto e dipinti, e spesso li faceva anche mangiare gratis. Diceva che avrebbe ricevuto in cambio molto di più: tutto quello che la giovinezza ti può offrire, energia vitale, aspirazioni, sogni e speranze ancora non deluse.

Dal retro proveniva un profumo di fiori di arancio che non aveva mai avvertito prima. Non in quel bar almeno. Michele le andò incontro con gli occhi sorridenti e si infilò subito dietro il bancone per prepararle il caffè. «Dottoressa Abbondante, mi dispiace, ma per oggi niente cannoli. Ho dato la ricotta fresca a Tonino. Stiamo facendo le prove per Natale.»

Annabella si sistemò sullo sgabello di fronte a lui. Aggrottò la fronte: «Ma mancano ancora due mesi!».

«Tonino è molto professionale. Ha detto che bisogna trovare il giusto equilibrio, e con l'acqua di Lucca non aveva ancora mai provato.»

Annabella prese la tazzina di caffè al pepe che l'amico le aveva poggiato davanti: «Ma di cosa si tratta?».

In quel momento si affacciò Tonino dal laboratorio di pasticceria, con il volto ispirato che neanche un'apparizione di sant'Antonio. Recava con sé un ruoto tondo di alluminio. Lo sistemò davanti all'unica cliente con una certa alterigia.

Annabella scoprì il tovagliolo e sorrise: «La pastiera!».

«Dottoré, non mi potete dire di no. Mi serve l'assaggio competente» le disse Tonino Passalacqua tra il serio e il faceto. Nel frattempo aveva già tagliato la prima fetta e l'aveva messa proprio davanti a lei.

Annabella afferrò il piattino e la forchetta: «Se la metti così, non posso proprio sottrarmi».

I due uomini rimasero in silenzio a contemplare la dottoressa Abbondante che assaporava il primo morso. Il viso estasiato di lei fu un giudizio più eloquente di qualsiasi parola. Annabella chiuse gli occhi e, mentre il profumo di fiori di arancio le invadeva i sensi, le tornarono in mente, con la violenza di uno schiaffo, il pergolato di bouganville della maestra Sullutrone a Ravello, i riflessi del mare invernale, il sorriso di Tano che aspettava il responso sulla sua pastiera. La prima, cucinata apposta per lei. Spalancò gli occhi, posò la forchetta.

«Non è buona?» si preoccupò Tonino.

«Una delle migliori che ho assaggiato» disse lei.

«Ma non è la migliore» concluse il pasticciere un tantino deluso.

«Tonino la tua pastiera è perfetta, ma lo sai anche tu... La pastiera è un dolce condito con l'amore. È l'amore che ci trovi dentro, a renderla speciale.»

Tonino annuì e si portò via la sua pastiera mercenaria.

Nicola entrò a rapidi passi, si slacciò il giubbotto di camoscio accasciandosi su uno sgabello e fece cenno a Michele di portagli da bere. «Speravo di trovarti ancora qui» disse ad Annabella.

«Sembra che tu abbia appena concluso la maratona di New York. Datti una sistemata» commentò lei.

Nicola si asciugò la fronte, bevve lunghe sorsate d'acqua. «Non puoi capire, sono in giro dalle sette. In ufficio è un delirio, ieri è arrivata la delega di indagini dalla procura di Firenze, per la perquisizione degli appartamenti di Gino Coriandoli ed Eva Cantelli. E... Indovina...»

Annabella sbuffò e non rispose.

Nicola alzò gli occhi al cielo: «Sembra che possa esserci un legame tra i due».

«Lo so» rispose lei, e si morse la lingua. Aveva parlato senza riflettere, come suo solito.

Nicola la trafisse con uno sguardo feroce, ma poi la sua espressione si addolcì diventando allusiva.

Lei afferrò il senso di quell'espressione: «Ma che posso farci se Ferruccio mi ha raccontato che ti avrebbe delegato le perquisizioni?».

«Quindi adesso il PM di Firenze ti viene a raccontare delle sue indagini? E sentiamo: quando ci hai parlato con "Ferruccio"? Annabella Abbondante, che cosa stai combinando?»

Annabella sollevò le mani per fermarlo: «Non buttarla sempre sul sentimentale, siamo solo usciti un paio di volte».

Nicola le puntò l'indice dritto sul naso. «Voglio sapere ogni più sordido particolare. Stasera vengo a cena da te e...»

«No!» gridò Annabella di rimando.

Lo sguardo del commissario si incupì. Annabella si rese conto di aver esagerato e gli strinse una mano per rimediare. «Scusa, Nicola, ma questo discorso su Ferruccio mi ha messo ansia. Ti prometto che te ne parlerò quando avrò anche io le idee più chiare. E poi stasera non posso. Sono a cena da mia sorella» mentì.

«E come mai?» si meravigliò Nicola.

«Riflessi lenti. Non sono riuscita a inventarmi una scusa in tempo.»

La libertà non è uno spazio libero...

«Ciao Ferruccio» disse lei, con molto più trasporto di quanto avrebbe voluto.

Nicola le fece il verso. Poi però si immerse nella enorme fetta di pastiera che Michele gli aveva messo davanti. Un modo per dirgli di starsene zitto e buono.

«Avevi ragione tu» esordì il PM «il perito ha confrontato la grafia della lettera con quella di alcuni documenti contenuti negli atti processuali del processo Cantelli, ci ha messo un attimo a dirci che la scrittura in apparenza corrisponde a quella di Eva.»

«Eva non era la vittima del ricatto?»

«Sembra di no. Al contrario, pare proprio che fosse lei a ricattare la donna, con cui forse ha parlato prima di morire.»

«La donna dai capelli bianchi?»

«Non necessariamente. Non salterei subito alle conclusioni, in mancanza di altri elementi.»

«Ma perché Eva e la sua vittima si sono incontrate proprio a Villa Castelpulci? Qual è il legame con la Scuola? Forse la vittima del ricatto lavora lì, oppure è uno dei magistrati?»

«È quello che devo scoprire. Mi raccomando, Abbondante, stai con occhi e orecchie aperte quando rientri alla Scuola. Sei la mia donna all'Avana. Adesso devo lasciarti, sono in udienza e il giudice sta rientrando in aula per leggere il dispositivo. Ti chiamo presto.»

Terminata la conversazione con Ferruccio, Annabella afferrò la forchetta senza pensarci e riprese a mangiare con molta calma la sua fetta di pastiera. «Quindi Eva aveva scoperto qualcosa sul conto di questa coppia e aveva deciso di ricattarli» disse ad alta voce.

«Di cosa parli? Che ne diresti di informare anche il sottoscritto, visto che dovrei essere io a eseguire la delega di indagine?» si informò Carnelutti, con voce acuta e stridula.

Annabella raccontò nei dettagli della telefonata di Eva che lei aveva ascoltato, della lettera ritrovata in tasca alla vittima, e del risultato della perizia grafica.

«Incredibile. Eva Cantelli era Eva Kant e non lo sapevamo» commentò alla fine il commissario, affondando la forchetta nella terza fetta di pastiera.

Paolo le corse incontro mentre percorreva il corridoio verso il suo studio. «Dottoressa, sbrigatevi, che stanno aspettando solo a voi.»

«Me? Ma io non ho udienza. Chi è che mi attende?»

Paolo indicò il piano di sotto. «Gli avvocati nell'aula della sezione Lavoro.»

La Abbondante si fermò davanti alla porta e iniziò la ricerca affannosa delle chiavi nella enorme borsa rossa. «Allora, se vogliamo dirla tutta, staranno aspettando il collega Mastandrea.»

«Sì, ma Mastandrea è malato. Influenza stagionale» disse Paolo tirando fuori dalla tasca la sua copia delle chiavi dello studio della giudice.

Annabella lo guardò stupita, da sotto gli occhiali. «Pure lui?»

«Gliel'avrà *mischiata* la Severini, secondo me» malignò soddisfatto il cancelliere, seguendola dentro.

La giudice Abbondante andò ad aprire la finestra per arieggiare la stanza, sempre piena di polvere a causa dei fascicoli. «Ma perché tra la Severini e Mastandrea…?»

«Nientemeno! Possibile che non lo sapevate? Lo sanno pure i sanpietrini di piazza Grande, dottoré.» Paolo si avvicinò alla Abbondante e le posò una mano sulla spalla. «Il problema, giudice, è che voi passate troppo tempo alla Palermitana e vi fate sfuggire le questioni fondamentali di questo tribunale.»

«Ho capito, Dolly» rispose lei, scostando con fermezza la mano che il cancelliere continuava a trattenere, «ma non è che io posso vivere in tribunale per l'ipotesi che qualcuno dei miei colleghi pensi bene di assentarsi. In ogni caso, se ho ben capito, devo fare l'udienza lavoro al posto del collega. È così?»

Paolo tirò fuori la solita pezzuola e iniziò a strofinare le lenti. «Esatto, giudice.»

La Abbondante non replicò. Prese il Codice di procedura e il commentario e con aria rassegnata si diresse all'ascensore.

Paolo le trotterellò dietro, dopo aver chiuso la stanza con le chiavi. «Comunque il virus sta girando, dottoré. Ho sentito che pure il dottor Massi sta a casa con la febbre alta. Si è preso tre giorni di malattia.»

«Finalmente una buona notizia...» osservò Annabella Abbondante, pigiando il primo tasto dell'ascensore.

«Ah, dottoré, quasi mi dimenticavo» disse Paolo, infilandosi dentro al volo prima che le porte si chiudessero. «Le volevo dire che ho chiesto in giro notizie di quel Biagio De Marchi, come mi avete chiesto voi.»

«Ah, bravo! E allora?»

«E allora niente, dottoré. Nessuno lo conosce. Non ci sono conti intestati a lui alle Poste e neppure alla Banca Cooperativa di Pianveggio. E ho fatto chiedere pure all'ufficio tecnico del Comune, dove lavora il fratello di mia cognata. Niente neppure lì. Non ci sono affitti o compravendite a nome di nessun Biagio De Marchi.»

Annabella lo guardò prima di entrare nell'aula di udienza della sezione Lavoro. «Allora il generale Villani avrà visto un fantasma.»

La giudice Abbondante si tolse gli occhiali e li posò sopra il Codice di procedura civile. Si massaggiò la base del naso a occhi chiusi. «Avvocato de' Cocci, mi spieghi meglio perché vuole produrre agli atti questo articolo di giornale e i verbali del processo penale.»

«Mi pare ovvio, giudice. La notizia riportata dimostra inconfutabilmente che la mia cliente, all'epoca dei fatti per cui è in causa, lavorava come colf presso i signori Pacifico, e ha quindi diritto al trattamento di fine rapporto come richiesto in ricorso.»

«Avvocato, mi perdoni, ma se ho ben inteso il tenore dell'articolo, qui dice che la sua cliente, la signora Marpioni, è stata tratta in arresto presso l'abitazione dei coniugi Pacifico perché colta in flagranza di reato. Dagli atti del processo che mi esibisce emerge che la sua cliente avrebbe sottratto gioielli e contanti per un valore non inferiore a diecimila euro.»

«Esatto, giudice. Ma per poter porre in essere la condotta criminosa la mia cliente doveva all'evidenza trovarsi in quella casa come collaboratrice domestica. L'articolo quindi dimostra la persistenza del rapporto di lavoro sino a quella data. E tale circostanza emerge con chiarezza anche dagli atti del processo penale.»

«Questo è vero, ma sempre dagli atti del processo penale emerge anche che i datori di lavoro, qui presenti, avevano denunciato già precedenti furti per un importo complessivo che supera di ventisettemila euro tra orologi, biancheria e gioielli. E dunque i signori Pacifico avrebbero diritto a un risarcimento per un importo di molto superiore al credito per TFR per cui lei ha intrapreso questo giudizio» cercò di spiegare la giudice Abbondante. «Lei insiste comunque nella produzione della documentazione?» domandò incredula.

«Sì, giudice, insisto» proclamò il de' Cocci.

A quel punto Annabella si arrese. Alzò gli occhi in cerca di solidarietà con altri esseri senzienti e incrociò lo sguardo dell'avvocato di controparte. Gli occhi dell'avvocato Speranza erano illuminati da quel particolare luccichio che solo una vittoria insperata e clamorosa ti sa regalare.

«Giudice, la difesa dei signori Pacifico non si oppone alla produzione dei documenti in questione, benché tardivi.»

E ci mancherebbe altro, pensò Annabella. Per fortuna che quello era l'ultimo fascicolo della giornata.

20

Brodo di pollo

Nicola la trovò affacciata alla finestra del suo studio, intenta a osservare i colori delle colline che viravano al giallo e al rosso vino. L'odore di caffè si era sparso in tutta la stanza. Un rito indispensabile celebrato per recuperare energie e approccio positivo dopo una lunga e sfibrante udienza di istruttoria prefallimentare. Dover decidere della morte delle aziende era una cosa che la disturbava sempre nel profondo. Soprattutto quando erano coinvolti molti dipendenti.

«Giornata pesante?» chiese Carnelutti, versandosi anche lui un goccio di caffè.

Annabella Abbondante chiuse la finestra e tornò a sedersi alla scrivania. «Non più del solito, ma lo sai che odio l'udienza del venerdì.»

Anche il commissario si sedette. «Molti fallimenti?»

Annabella sollevò le spalle. «È un periodo difficile, lo sai. Stanno venendo giù come birilli. I costi non sono più sostenibili, e il lungo periodo di lockdown aveva già dissanguato molte aziende.»

Nicola però aveva qualcosa da dire che le avrebbe tirato su il morale. Raccontò che il giorno prima era stata eseguita la perquisizione nella casa di Gino Coriandoli ed erano emersi elementi molto importanti ai fini dell'indagine.

«Bada, Annabella, ti riferisco questi fatti solo perché tu hai contribuito a far partire quest'indagine. Ma non ti azzardare a farne parola con nessuno. Quello che sto per dirti è del tutto confidenziale.»

Annabella fece segno che le sue labbra sarebbero rimaste sigillate e lo invitò ad andare avanti con il racconto.

A quanto pareva Coriandoli aveva appreso in qualche modo di un'adozione illegale avvenuta negli anni Novanta da parte di una persona molto influente. Di cui Nicola non poteva fare il nome, neppure sotto tortura. E pare che avesse approfittato dell'informazione per ricattare il personaggio di spicco.

«Abbiamo trovato una lettera, di pugno di questa persona in cui si fa riferimento al prezzo di un ricatto. Dal carteggio si capisce anche che il Coriandoli si sarebbe rivolto a un investigatore privato per rintracciarlo.»

Avevano frugato dappertutto, ma non erano riusciti a rintracciare il nome di questo investigatore, che non appariva in nessuno dei documenti ritrovati.

Alla notizia Annabella scattò in piedi come una molla, sbattendo le mani sulla scrivania. Nicola fece giusto in tempo a salvare il suo bicchierino di caffè dal disastro. Lei lo guardò con occhi da pazza senza parlare. Nicola non si fece impressionare e bevve con calma il suo caffè, in attesa che "l'invasata" si decidesse a vuotare il sacco.

Finalmente la fulminata ritrovò la favella. «Ma non capisci, Nicola? È così ovvio!» Lo sguardo interrogativo di Nicola la incoraggiò a continuare. «Non è possibile che non ci sia arrivato anche tu. Il ricatto del Coriandoli deve essere lo stesso di cui si parla nella lettera ritrovata in tasca alla Cantelli. Non può trattarsi di una coincidenza. Soprattutto adesso che sappiamo esserci un legame tra loro. Un legame così forte che ha indotto

Gino a lasciare la sua casa a Eva nel suo testamento. E deve pensarla così anche Ferruccio Landi, altrimenti non ti avrebbe delegato la perquisizione della casa di Coriandoli.»

Nicola ci pensò su per qualche secondo, poi disse: «Lo sai che non è un ragionamento troppo folle? Magari la Cantelli avrà saputo qualcosa quando era in carcere e lo avrà riferito al compagno. Oppure al contrario è stato l'uomo a venire in qualche modo a conoscenza del fatto. Anche se Gino Coriandoli sembra essere incensurato».

«Landi però ha dei dubbi sul certificato dei carichi pendenti» si lasciò sfuggire lei. Nicola scosse la testa, rassegnato. Annabella guardò l'amico con aria innocente e, per distogliere l'attenzione dalle ragioni per cui era al corrente dell'ultima informazione, cambiò argomento. «Ma lo sai che il Coriandoli era ludopatico? Sembra che fosse indebitato fino al collo con mezza Pianveggio e non solo.»

«Fonte?» si informò Carnelutti, che nel frattempo si era versato un altro caffè.

«Dolly» disse Annabella con lo stesso tono solenne come se avesse detto "FBI".

«Notizia più che certa, quindi» concordò Nicola Carnelutti, che aveva imparato ad apprezzare la rete di informazioni del cancelliere Sarracino.

La libertà non è star sopra un albero
Non è neanche il volo di un moscone
La libertà non è uno spazio libero
Libertà è partecipazione…
La libertà non è star sopra un albero
Non è neanche il volo di un moscone
La libertà non è uno spazio libero
Libertà è partecipazione…

Nicola osservava il moto ipnotico del cellulare di Annabella, che danzava la rumba indisturbato, senza che la proprietaria mostrasse la minima intenzione di rispondere.

«Annabella, potresti porre fine al concerto di Gaber? Anche lui alla fine vorrebbe trovare pace, una buona volta.»

«Non posso rispondere» fu la laconica spiegazione.

«E posso sapere perché?» insistette Carnelutti.

«È mia sorella che vuol sapere se l'accompagno a comprare il passeggino per la bambina in arrivo.»

«E tu non ci vuoi andare.»

«Neppure sotto tortura.»

«Almeno stacca la chiamata, mi sta facendo diventare isterico.»

«Sei pazzo? Così capisce che sono qui vicino al cellulare e non voglio rispondere.»

«Scusa, ma spegni il telefono. Così non puoi essere raggiunta.»

«Sarebbe inutile, ha il numero del fisso. Mi rintraccerebbe qui.»

«E non rispondendo cosa credi di ottenere?»

«Faccio come l'opossum. Mi fingo morta per prendere tempo» rispose Annabella, con lo sguardo di chi è consapevole dell'ineluttabilità del suo destino.

Nicola a quel punto la salutò, rassegnato. Annabella gli estorse la promessa che avrebbe parlato al pubblico ministero della possibilità di riaprire il caso Coriandoli, visto che stava proprio per andare a parlargli per un altro caso in corso. «E mi raccomando, di' a tua sorella che il passeggino Inglesina resta sempre un grande classico.»

Annabella gli scoccò uno sguardo al veleno e il commissario scomparve in una nuvola di dopobarba al muschio bianco.

La libertà non è st… «Sì, Fortù. Lo so. A che ora ci vediamo?»

Parecchi negozi di articoli per neonati dopo e il travagliato acquisto di una Inglesina Electa Soho Blu con accessori in rosa cipria più tardi, Annabella Abbondante, con la vista annebbiata e l'aria truce, si accasciò sul divano di pelle di fianco ad Alice. La giornalista si limitò a farle un cenno di saluto, intenta com'era nella stesura di un articolo per il suo quotidiano. Annabella incrociò lo sguardo di Michele, che stava al bancone. Tanto bastò perché il barista si attivasse per un caffè al pepe e un cannolo con doppia dose di ricotta.

Dopo qualche minuto di religioso silenzio in cui la giudice riuscì a gustarsi il suo cannolo in compagnia del solo ticchettio della tastiera, Alice le rivolse la parola: «Scusami, Annabella, ho la consegna tra un'ora e mi era venuta in mente una nuova idea da inserire nell'articolo. Come è andata con tua sorella? Nicola mi ha detto…».

Annabella lasciò l'ultimo pezzetto di cannolo per rispondere. «Un'orgia di completini in cotone sangallo, bavaglini ricamati e carrozzine di ogni tipo e dimensione. Un incubo, credimi. Angela andrà vestita come la principessa Sissi, povera anima. Ho cercato di indurre mia sorella a più miti consigli, ma era in pieno delirio da pizzi e merletti, mi sono arresa.»

Alice scosse la testa, con evidente disappunto. «Hai sentito le novità sul caso Cantelli?»

«Sì, Nicola mi ha aggiornato stamattina. Abbiamo ipotizzato che ci possa essere un collegamento tra la morte di Eva e quella di Coriandoli.»

«Ci avevo pensato anche io. Presto sapremo qualcosa. Sto cercando di rintracciare la compagna di cella di Eva Cantelli, per scavare nel suo passato. Ma la notizia più clamorosa deve dartela Michele» rispose Alice, e fece cenno all'amico che era giunto il momento.

Michele portò tre bicchierini e una bottiglia di Malvasia della sua riserva speciale. «Oggi sono stato interrogato dalla polizia per più di un'ora» iniziò lui.

Raccontò che gli agenti gli avevano posto moltissime domande sul passato di Eva, sulle sue frequentazioni, e soprattutto gli avevano mostrato alcune foto di una persona, e lui vi aveva riconosciuto l'uomo che in passato per due volte era andato al bar a incontrarsi con Gino Coriandoli, l'ultima delle quali proprio il giorno prima che morisse.

Annabella posò il suo bicchierino. «Devono averti mostrato le foto del pezzo grosso ricattato dal Coriandoli. La conferma che anche la procura di Firenze pensa che ci possa essere un collegamento tra la morte di Eva e quella di Coriandoli... Quindi i due si erano incontrati meno di ventiquattro ore prima della morte. Una notevole coincidenza. E sai cosa penso, Alice? Che deve trattarsi dello stesso uomo che la Lorella aveva visto litigare con il Coriandoli pochi giorni prima che morisse.»

«Sì, mi sembra una seria possibilità. A me pare che gli elementi per ritenere che la morte del Coriandoli non sia stata naturale comincino a farsi consistenti» considerò Alice. «Adesso non resta che convincere Massi.»

Annabella si versò un secondo bicchierino di Malvasia e se ne stette pensosa per qualche secondo, mentre gli altri due la guardavano in attesa. All'improvvisò sgranò gli occhi. «Michele, mi potresti preparare del brodo di pollo?»

Alice la guardò stranita, ma lo sguardo di Annabella Abbondante non accettava un no come risposta, perciò Michele, senza commentare, si allontanò per andarle a preparare quello che aveva chiesto.

Un paio d'ore più tardi Annabella Abbondante parcheggiò la sua Ypsilon in via delle Begonie 36. L'appartamento di Massi era all'ultimo piano. Un attico ultramoderno con terrazzo e vista mozzafiato sulla vallata. Almeno così le avevano detto. Lei fino a quella sera non ci aveva mai messo piede.

Citofonò. Una voce cavernosa chiese chi fosse.

«Sono Abbondante. Aprimi e fammi salire» ordinò perentoria.

Massi aprì il portone senza fare nessuna domanda. L'annuncio di una sua visita serale doveva essere stato così scioccante da lasciarlo senza parole.

La accolse in pigiama e vestaglia di seta bordeaux con ascot Hermes in tinta. Sembrava uscito da una rivista maschile di moda *underwear*, di quelle che comprava sempre Nicola. Era pettinato, sbarbato e persino profumato. L'unica cosa che stonava era il naso, gonfio e rosso come un peperone, e gli occhi lucidi da febbrone equino.

«Cosa ti serve Abbondante?» esordì, senza muoversi dal varco d'ingresso.

Annabella si infilò nello spazio lasciato tra lui e la porta, passando sotto il suo braccio appoggiato allo stipite. «Posso entrare?»

Massi allargò le braccia rassegnato. «Domanda inutile, visto che ti sei già accomodata... Ma cos'è questa puzza?» disse storcendo il naso.

Annabella tirò fuori un contenitore di vetro a tenuta stagna e lo andò a sistemare sulla penisola della cucina all'americana. «Mi offendi, Massi, è il toccasana di mia nonna per l'influenza. Te l'ho preparato con tanto affetto.»

«Preferisco una morte dignitosa. Che sei venuta a fare?» chiese sospettoso il procuratore.

«Ho saputo che stavi male. Mi hai salvato la vita, devo prendermi cura della tua» disse lei senza smettere di trafficare nella cucina del collega, in cerca di un pentolino per riscaldare il brodo.

«Avevo sperato che tre giorni d'influenza mi avrebbero almeno regalato un periodo di pausa da Annabella Abbondante. Ma mi sbagliavo, a quanto sembra» disse Massi mentre la collega lo afferrava per le spalle e lo costringeva a sedersi a tavola.

«Se bevo questo intruglio, poi mi prometti che te ne vai?»

«Certo, perché non dovrei?»

Massi allora iniziò a sorbire il brodo arricciando il naso. Ma dopo i primi cucchiai l'espressione si fece più soddisfatta, finché non prese a mangiare con un certo gusto. Nel frattempo Annabella si aggirava per l'open space che fungeva da salotto. Fece il giro intorno al pianoforte a mezza coda per avvicinarsi alla enorme libreria stracolma di volumi.

«Una splendida collezione di libri. Chi legge in questa casa?»

«Abbondante, vivo solo. Chi pensi possa leggere?»

«Non mi dire? Quindi anche Massi delle Case ha un'anima. E guarda qui, tutta narrativa. Fammi indovinare… Scaffali sistemati in ordine alfabetico?»

«Per case editrici e in ordine cronologico di pubblicazione» dovette ammettere lui.

Annabella soffiò via il ricciolo, alzando gli occhi al cielo. «Ma tu non ti rilassi mai?» gli chiese. Il collega la guardò con un sorriso ironico e allusivo. Lei colse il riferimento. «Ma certo, dimenticavo la collezione di *Casettine*!»

«Devi smetterla di chiamarle così, Abbondante. Non sei per niente spiritosa.»

«Invece lo sono. Al punto che ti ho fatto ridere in udienza!» si vantò Annabella.

«Preferirei non ricordarlo, se non ti dispiace.»

Annabella ritornò a sedersi vicino a lui. «Hai ragione, cambiamo argomento» annunciò.

Massi comprese al volo. «Se sei venuta qui per parlare del caso Coriandoli, te lo scordi!» Si alzò e andò a sistemare il piatto nella lavastoviglie. La Abbondante lo seguì e iniziò a trafficare di nuovo in cucina.

«Che cosa c'è ancora?» chiese stizzito Massi.

«Mela cotta con il limoncello. Questo è il rimedio di mio padre per aprire le vie respiratorie» rispose lei, perentoria.

Massi sbuffò, ma si arrese. Doveva aver intuito che se non avesse assecondato le stramberie dell'invasata, il supplizio sarebbe stato anche più "Abbondante".

Rassegnato, andò a sistemarsi sulla sua poltrona preferita, di fianco al camino al bioetanolo, e accese l'amplificatore. Nell'aria si diffusero le note del notturno in mi bemolle di Chopin. Fu allora che il brodo di pollo caldo nello stomaco produsse il suo effetto e Delle Case cadde con dolcezza in un sonno leggero ma ristoratore. Una mezz'ora più tardi fu svegliato da un profumo di limoncello, che suo malgrado giudicò delizioso. Senza essere costretto, assaggiò l'intruglio alla mela e se lo mangiò tutto, ripulendo il piatto.

A quel punto Annabella Abbondante capì che Massi aveva capitolato. Ed era il momento dell'affondo. «Sergio, adesso mettiti sul letto e apriti la camicia del pigiama che ti faccio un massaggio balsamico con la ricetta di zia Prudenza. Imbattibile contro la costipazione da raffreddore. Scioglie il catarro che è una bellezza.»

Sergio Massi delle Case, docile, obbedì all'ordine e si piazzò sul letto.

Aveva lo sguardo vacuo e un sorriso un po' ebete. «Mi sento leggero leggero. Come sdraiato sulle nuvole. Ma che droga ci hai messo nella mela? Confessa.»

«È il limoncello Abbondante. Lo produce la mia famiglia in costiera Sorrentina da più di un secolo.»

«Abbondante, devo ammetterlo, come infermiera non sei affatto male. Hai proprio delle mani d'oro. Mi sento già meglio. Posso sperare che tu ti dedichi a questo nuovo hobby e lasci perdere le indagini penali?»

Annabella colse la palla al balzo. Continuò a massaggiare, ignorando la sua domanda. «A proposito di questo, Sergio. Ho saputo degli sviluppi delle indagini dopo la perquisizione a casa di Gino Coriandoli. Non conosco i particolari, sia chiaro. Ma non ti sembra che le coincidenze su questa morte siano diventate un po' troppe? Io lo dico per te. Che figura ci faresti con il tuo amico Ferruccio Landi, se poi si scoprisse che hai fatto archiviare un caso di omicidio intenzionale? Forse è venuto il momento di riaprirlo.»

«Ma infatti avevo già pensato di farlo, Abbondante. Se è per questo che ti sei data tanto da fare con me, è stata tutta una fatica inutile. Ho parlato con Carnelutti oggi pomeriggio. Lunedì chiederò la riapertura delle indagini. Lo avrei fatto comunque, sia chiaro» disse lui con una voce morbida e rilassata che Annabella non gli aveva mai sentito. Doveva essere quella l'arma che usava con le *Casettine*... Il pensiero l'allarmò, ma continuò a massaggiare per non fargli capire di essersene accorta.

Massi però iniziò a fissarla con un sorrisetto indisponente che non le piaceva affatto. Poi socchiuse gli occhi e disse: «Però... lo sai che, estrapolata dal contesto, spogliata del sacro fuoco della verità, potresti avere il tuo perché?».

In quel preciso istante Annabella Abbondante seppe che era arrivato il momento di levare le tende. «Addio alle armi, collega» disse, e lo lasciò a godersi in solitudine gli effetti dell'unguento miracoloso.

21

Il figlio di Eva

La zona era poco abitata. Solo qualche casolare in mezzo alle colline, nascosto da filari di cipressi e lecci. Lasciarono l'auto al cancello e si inerpicarono per la stradina bianca, seguendo le indicazioni per l'agriturismo Bio e Natura.

Il cancelliere Sarracino si fermò per riprendere fiato. «Dottoré, ma voi siete sicura che è il caso di andarci da soli? Nel fascicolo ci stava scritto che il ragazzo risulta pericoloso non solo per sé ma pure per gli altri.»

«Stai tranquillo, Paolo, tu lascia parlare me. E vedrai che andrà tutto bene. L'intestazione del verbale con le domande standard da fare all'interdicendo lo hai preparato?»

Dolly diede due colpetti secchi sulla cartellina gialla che portava in mano. «Ma certo, dottoré, come sempre. Ho tutto qui. Se il ragazzo risponde alle domande, ci mettiamo cinque minuti e ce ne scappiamo.»

«Dolly, non esagerare adesso. Che cosa ci potrà mai capitare?»

«Dottoré, voi dite sempre così, ma vi voglio ricordare che l'ultima volta sono io che mi sono dovuto travestire da addetto della compagnia del gas e ho rischiato di essere accoltellato.»

«Ma quando? Non mi ricordo proprio» mentì la Abbondante, avviandosi con decisione verso il casolare che si intravedeva in lontananza.

Paolo accelerò per raggiungerla: «Ma come è possibile che vi siete dimenticata? Con la vecchia paranoica, quella che ci minacciò con le forbici della cucina, non ve lo ricordate?».

Annabella Abbondante tirò su il mento e continuò a camminare. «No, per niente» disse tentando di reprimere un sorriso.

Paolo iniziava ad affannare dietro alla giudice, che aveva iniziato quasi a correre. «E per forza che non vi ricordate» insistette Paolo «perché le forbici erano puntate alla mia gola e non alla vostra.»

«Comunque è inutile che ti lamenti, perché questa volta sarò io a travestirmi e non tu. Quindi falla finita e passami la borsa che ti ho dato.»

Paolo non replicò, rassicurato da quelle parole, e le porse la grande busta di tela che aveva a tracolla. La giudice ne trasse una toga e una sciarpa rossa e oro con il logo impresso del "Grifondoro", della saga di Harry Potter. Infine tirò fuori una bacchetta di legno e un quaderno con la copertina nera.

Annabella controllò l'effetto complessivo specchiandosi nel vetro dell'unica automobile parcheggiata nello spiazzo antistante il casolare. «Adesso sono pronta.»

Paolo la osservò scettico. «Dottoré, menomale che non ci siamo portati appresso l'ambulanza, altrimenti gli infermieri del San Luca ci ricoveravano a noi, al posto del *guaglione*.»

Bussarono e furono accolti da una signora sulla sessantina che, dopo un iniziale momento di smarrimento per il suo aspetto inconsueto, riconobbe la giudice Abbondante, che aveva conosciuto all'udienza per l'interdizione. Al cancelliere si presentò come la madre del giovane interdicendo: Andrea Spinosi di anni diciotto appena compiuti.

La signora Spinosi li accompagnò fino alla porta della stanza del figlio.

«Faccia attenzione, dottoressa, il ragazzo non lo fa per cattiveria, ma è molto forte e quando si arrabbia diventa manesco.»

Paolo emise un gemito e si sistemò gli occhiali sul naso. «*Maronna 'ro Carmine*!»

«Paolo, non iniziare. Tu devi solo verbalizzare le risposte. Al resto ci penso io.»

Entrando trovarono il ragazzo in piedi immobile nell'angolo opposto della camera. Era alto circa un metro e novanta, portava una divisa scolastica e un mantello simili a quelli del maghetto Harry Potter. Gli stessi che aveva il giorno dell'udienza in tribunale, quando non aveva risposto alle domande e aveva anche dato in escandescenze. Adesso era lì, muto come al solito, e li guardava di sottecchi.

Annabella iniziò ad avvicinarsi un passo dopo l'altro, senza mostrare soggezione o paura, mentre il cancelliere Sarracino si collocò nel punto più lontano della stanza, vicino alla scrivania sotto la finestra. Il ragazzone iniziò a grugnire. Annabella sperò con tutte le forze che l'espediente che aveva escogitato potesse davvero servire ad aprire un canale di dialogo con lui.

Aprì il quadernetto che aveva con sé e iniziò a roteare la bacchetta. «Giovane mago, da oggi io sarò la tua insegnante di incantesimi. Conosci quali sono le tre maledizioni senza perdono?»

Il viso del ragazzo si illuminò e, con la voce cavernosa di chi non parla da molto tempo, le rispose: «Sì, maestra. Imperio: maledizione del comando. Crucio: maledizione della tortura. Avada Kedavra: l'anatema che uccide».

Annabella esultò: «Bravissimo!».

«Senti, Andrea, ti piacerebbe studiare magia alla mia scuola? Ti insegnerei tutti gli incantesimi che si trovano in questo speciale taccuino» disse la giudice, porgendo il quaderno nero al ragazzo.

Il giovane lo afferrò e iniziò a consultarlo con molta attenzione. Poi alzò gli occhi verso la dottoressa Abbondante, glielo restituì e annuì con convinzione.

«Mi fa molto piacere! Adesso però devo farti delle domande per compilare il modulo di iscrizione alla scuola di magia. Sei pronto?»

«Va bene» rispose Andrea.

«Allora iniziamo. Il tuo nome e cognome.»

Conquistata la fiducia del ragazzo, la giudice Abbondante riuscì quindi a completare l'esame diretto per il processo di interdizione, senza traumi per lui e senza rischi per lei e il cancelliere. Alla fine del colloquio regalò ad Andrea il quaderno su cui Cristian aveva appuntato tutti gli incantesimi pronunciati nei film dedicati al famoso maghetto nato dalla penna della Rowling. «Questi sono per te. Mi raccomando, esercitati all'aria aperta. È importante» disse, porgendogli di nuovo il taccuino nero.

Andrea lo afferrò e se lo strinse al petto. «Ma io ho paura di uscire» sussurrò.

Annabella Abbondante ci pensò su per qualche secondo, poi si tolse la toga di dosso e la porse al ragazzo.

«Tieni, togliti il tuo mantello e indossa questa. È magica. Quando uscirai a passeggiare e a esercitarti, nessuno ti potrà vedere, e sarai sempre al sicuro.»

«Come il mantello dell'invisibilità?» chiese lui.

«Proprio come quello, sì.»

Andrea le regalò un sorriso carico di felicità, si spogliò del suo mantello logoro, indossò la toga della giudice e, per la prima volta dopo un anno e mezzo, varcò la soglia del casolare e si diresse verso il boschetto.

Mentre erano di ritorno, Paolo Sarracino non poté far a meno di domandare alla dottoressa Abbondante se non le era costato un sacrificio eccessivo rinunciare alla sua toga, con quello che costava.

«In realtà mi fai più generosa di quel che sono, Paolo. Quella che indossavo oggi non era mia. Si tratta di quella vecchia toga dimenticata da anni nella sala degli avvocati. Era tanto tempo che giaceva inutile su quella panca. Adesso almeno assolverà a uno scopo. Non ti pare?»

Paolo Sarracino si soffiò il naso e si asciugò gli occhi. Tutta colpa della polvere.

Mentre si dirigevano alla volta del tribunale, una melodia fin troppo nota a entrambi si diffuse nell'abitacolo dell'automobile.

La libertà non è star sopra un albero…

«Paolo, per favore, cerca il cellulare nella mia borsa.»

Non è neanche il volo di un moscone…

«Non si trova, dottoré. Ma il suono, se mi posso permettere, proviene da sotto al suo sedere, con rispetto parlando.»

La libertà non è uno spazio libero…

«Ah, è vero, porca miseria. Devi prenderlo tu, io non riesco ad arrivarci, sono bloccata dalla cintura di sicurezza e devo guardare la strada.»

Il viso del cancelliere Sarracino si illuminò. «Obbedisco, giudice.»

Libertà è partecipazione…

Dolly iniziò a rimestare con zelo sotto il sedere della dottoressa Abbondante. «Dottoré, aspettate. Non ci arrivo…»

La libertà non è star sopra un albero…

«Paolo, arraffa quel cellulare, una buona volta! E, soprattutto, vieni fuori da lì sotto! Alla buon'ora! Molla 'sto cellulare… Pronto?»

«Vedo che non perdi l'abitudine di iniziare le telefonate in modo spettacolare...»

Una voce familiare che la fece sorridere. «Lorenzo... Dove sei? Come stai?»

«Ancora in Sudan e sto alla grande. Volevo dirti che tra qualche giorno rientro a Lucca. E vorrei vederti.»

Un senso di disagio si impadronì di lei. «Certo. Anche a me farà piacere riabbracciarti.»

«Devo dirti una cosa importante» disse lui, dopo un attimo di silenzio.

Lei si rese conto che non aveva voglia di rispondergli in quel momento. «Scusami... sono in auto con il mio cancelliere.»

«Ne parliamo da vicino, non preoccuparti. A presto, Annabella.»

«A presto.»

Il cancelliere Sarracino rimise il cellulare nella borsa della giudice e non disse più una parola fino all'arrivo in tribunale, un po' perché aveva capito che la telefonata l'aveva messa di cattivo umore, ma soprattutto perché era troppo impegnato a pregare a ogni curva che la giudice affrontava a cento all'ora. Giunti al parcheggio, Paolo avrebbe voluto baciare terra, ma non lo fece, per il timore di incorrere nell'Avada Kedavra, l'anatema che uccide.

Un paio d'ore più tardi Annabella stava firmando la solita pila di liquidazioni, quando Nicola irruppe nella stanza con aria trionfante. «È fatta, perfida. Soldatini ha accolto l'istanza di Massi: è stata autorizzata la riapertura delle indagini sul caso Coriandoli. Il GIP ha disposto la riesumazione della salma per ulteriori accertamenti.»

Annabella scattò in piedi e si diresse alla moka elettrica: «Non posso crederci! La notizia merita un caffè».

«Concordo, splendore. Ma non sai la notizia migliore. Indovina?»

«Uff...»

«Sì, scusa. Le indagini autoptiche sono state affidate a Valeria Mancinelli» annunciò Nicola con un grido agli ultrasuoni.

«Meglio di così non poteva andare, in effetti» concordò Annabella, mentre versava il caffè nei bicchierini di carta. «Valeria è scrupolosa e competente. Se c'è qualcosa da scoprire, lei lo troverà.»

In quel momento si affacciò Alice sull'arco della porta.

«Sapevo di trovarvi insieme. In commissariato mi hanno detto che eri passato in tribunale. Meglio, così lo dico a tutti e due senza ripetermi.»

Andò a sedersi sulla poltroncina accanto a Nicola, mentre Annabella le versava un bicchierino di caffè.

«Torno adesso da Bari. Ho rintracciato la compagna di cella di Eva Cantelli in una comunità di recupero. E non potete proprio immaginare cosa ho scoperto.»

«Infatti non possiamo, racconta e basta» la esortò Annabella. «Non fare come Nicola...»

Carnelutti le lanciò una pallina di carta. «Ehi.»

Alice ridacchiò, poi li guardò entrambi con aria seria. «A quanto pare, la Cantelli sosteneva di non aver ucciso il suo bambino. Era convinta che il compagno glielo avesse sottratto, accusando poi lei per scagionarsi. Da quello che mi ha raccontato questa Enza Valeri, Eva sosteneva di essere stata drogata dal De Marchi e di essersi ritrovata, senza sapere come, su ponte Flaminio a Roma. Era stata arrestata sul posto perché il compagno aveva prima chiamato la polizia denunciando la sua sparizione insieme al neonato, e dopo un'ora aveva richiamato dicendo di averla rintracciata sul ponte, giusto in tempo per vederla buttare di sotto il bambino. Vi faccio sentire la registrazione, così vi fate da soli un'opinione.»

Attivò il registratore del cellulare: «*Eva era dentro per le accuse del compagno, ma diceva di essere innocente. È stata in galera per undici anni, di cui otto li abbiamo passati insieme nella stessa cella. Sapevamo tutto l'una dell'altra. Eva odiava quello stronzo di Biagio De Marchi con tutte le sue forze. Nella sua testa ci stava un'idea fissa: la vendetta. Era convinta che il viscido fosse responsabile della morte del figlio e che avesse accusato lei per non andare in galera. Diceva sempre: "Me l'ha ammazzato lui, il bastardo". E io le credevo. Secondo me era sincera*».

«Molti di quelli che sono dentro si proclamano innocenti, non significa molto» disse Carnelutti.

Annabella si alzò e andò alla finestra senza dire nulla. Si voltò con la solita espressione di quando era colta da un'intuizione.

Carnelutti si diede una manata sulla fronte. «Oh, no! Ora comincia...»

Annabella lo ignorò, rivolgendosi ad Alice. «Però aspetta un momento. Ipotizza per un attimo che invece Eva dicesse la verità, che non avesse affatto ucciso suo figlio.»

Alice aggrottò la fronte. «Pensi che sia stato il compagno a ucciderlo?»

«No, penso che il neonato non sia stato affatto ucciso.»

La frase rimase sospesa nell'aria come una nuvola carica di pioggia.

Annabella iniziò a camminare avanti e indietro nella stanza. «Ragionate sugli elementi che abbiamo raccolto finora. Abbiamo la telefonata che ho ascoltato per caso, in cui Eva parla con una donna, le dice che è inutile che insista a chiamarla, perché ha deciso. Cito a memoria: "'Sto ragazzo *c'ha* tutto il diritto *de sapè* come stanno le cose". Poi abbiamo la lettera ritrovata nella tasca della giacca della povera Eva. E di questa posso leggervi il testo, perché Ferruccio mi ha fatto la foto.»

Iniziò a cercare nell'immensa borsa rossa appesa all'attaccapanni. Nicola e Alice, nel frattempo, si guardavano tra lo stupito e il divertito.

«È inutile che fate gli spiritosi, Ferruccio Landi apprezza le mie intuizioni investigative molto più di certi cosiddetti amici... Ah, eccola. Questo il testo della lettera: "*Ho in mano tutti i documenti che mi servono per dimostrare quello che avete fatto al bambino. Se non mi paghi quello che ti chiederò, racconterò tutto alla polizia. E lui non vorrà più vederti*".»

Lanciò gli occhiali a caso sulla scrivania.

«Ferruccio ha confermato che questa lettera è stata scritta con la grafia di Eva Cantelli. Quindi è lei che accusa "i due" di aver fatto qualcosa "al bambino". Letta così non è inverosimile ipotizzare che il bambino di cui si parla sia il figlio di Eva, che lei avesse saputo in qualche modo che suo figlio era ancora vivo. E poi non dimentichiamo quello che proprio tu, Nicola, hai ritrovato nella casa di Coriandoli. Il carteggio con la prova di un ricatto collegato a un'adozione illegale avvenuta, guarda caso, all'inizio degli anni Novanta!»

Alice e Nicola si guardarono dubbiosi.

«Ma non collegate? Il periodo coincide con il parto della Cantelli e la sparizione del neonato. Perché di questo si tratta, ne sono certa.»

«Stai dicendo che il neonato adottato dal diplomatico... quello di cui non posso dirvi il nome, sarebbe il figlio di Eva Cantelli?»

«Esatto! Pensaci, la Cantelli e il Coriandoli stavano insieme... Forse la Cantelli aveva scoperto che suo figlio era vivo e che Biagio De Marchi anni prima lo aveva dato in adozione per soldi. È possibile che ne avesse parlato al Coriandoli. E poiché questo aveva bisogno di soldi, avevano ideato il ricatto.»

«Diabolik ed Eva Kant» ridacchiò Nicola.

«Sì, d'accordo. Tutto questo è poco compatibile con la personalità di Eva per come abbiamo imparato a conoscerla in questi anni. E io mi fido del mio intuito sulle persone. Qualcosa ancora mi sfugge, lo so.»

«Forse il fatto che non hai uno straccio di prova a sostegno di questa tua ricostruzione?» ipotizzò Carnelutti.

«Infatti, sarebbe importante riuscire a rintracciare questo De Marchi. Ma anche Landi dice che sembra sparito nel nulla.»

«Sì, infatti» intervenne Alice «Ho provato a chiedere informazioni su di lui anche a Enza Valeri. Ricordava che Eva, una volta uscita di prigione, aveva provato a contattarlo più volte, ma era riuscita solo a sapere da una parente che era partito per l'Africa per un affare, e poi non ne aveva saputo più niente.»

«Magari domani scoprirò qualcosa di più» disse Nicola.

«Perché, cosa succede domani?» si informò Annabella.

«Domattina alle otto procederemo alla perquisizione dell'appartamento di Eva Cantelli.»

22

Associazioni di idee

«Maria Fortuna, hai trenta secondi. Devo iniziare l'udienza.»

«Una tragedia, Annabella. Sono disperata.»

Annabella si spaventò. «Problemi con la gravidanza?»

«No, per carità. Ho fatto anche l'amniocentesi. Va tutto a gonfie vele. No, il problema sono i confetti.»

«Confetti? Ma di che parli?»

«Per le bomboniere, Annabella. Non sono dello stesso color salmone dei tulle per la confezione. Capisci? Li ho ordinati di proposito nella fabbrica di Sulmona che conoscevo da anni. Credevo di andare sul sicuro e invece mi hanno amaramente deluso.»

«Fortuna, ma tua figlia non è ancora nata e tu stai già ordinando le bomboniere per il battesimo?»

«Quando Angela sarà nata non avrò più il tempo di occuparmi di queste cose, e a me piace programmare tutto nei minimi dettagli. Lo sai.»

«D'accordo, ma io che cosa c'entro?»

«Pensavo che potresti chiamarli tu, facendo pesare la tua autorità, per costringerli a rifarmi i confetti...»

«Ciao, Maria Fortuna. È stato bello.»

L'udienza della mattina era ormai terminata. Restava un ultimo fascicolo da esaminare. Si trattava di un ricorso per la separazione legale tra coniugi, con prova testimoniale. Nell'aula semivuota era rimasto solo l'avvocato della parte attrice e una giovane donna dall'aria piuttosto preoccupata, che Annabella Abbondante ipotizzò essere la teste da esaminare.

«Avvocato De Paola, si avvicini al banco, trattiamo il processo Tebaldi-Rispoli. Procediamo alla prova orale richiesta dalla parte attrice?»

«Sì, signora giudice. Oggi abbiamo solo la figlia dei coniugi Rispoli. Annamaria Rispoli, presente in aula, dottoressa. L'oggetto dell'esame è il mancato versamento dell'assegno e il comportamento tenuto dal padre in costanza di convivenza.»

La dottoressa Abbondante indicò la sedia di fronte al banco del giudice. «Si accomodi, signorina Rispoli.»

La ragazza tremava, sia pure in modo impercettibile, così Annabella si rivolse al cancelliere Amodio, che quel giorno era di turno con lei, chiedendogli di andare a prendere dell'acqua per la testimone.

«Annamaria, deve recitare la formula di impegno a dire la verità, per favore. È su quel cartellino dinanzi a lei.»

Terminate le formalità preliminari, la dottoressa Abbondante iniziò a leggere le circostanze su cui la Rispoli doveva rispondere. La ragazza riferiva con calma e precisione. Ogni volta che i loro occhi si incrociavano, però, Annabella avvertiva una sensazione di profonda angoscia, come a immergersi in un lago nero e vischioso.

La giudice rivolse alla teste l'ultima domanda: «Annamaria, lei mi conferma che suo padre teneva in casa comportamenti violenti, in particolare nei confronti di sua madre e di suo fratello Roberto?».

«Sì, lo confermo» sussurrò la ragazza, ma poi aggiunse, quasi tra sé: «fosse solo quello...». E la guardò ancora.

Una richiesta di aiuto, chiara, precisa. Inequivocabile.

La giudice Abbondante seppe che era suo dovere agire. E come sempre non si sottrasse alle sue responsabilità. Anche se dall'esterno la sua condotta poteva apparire irrituale. Anche se dagli altri poteva essere giudicata poco convenzionale.

«Amodio, si accomodi per cortesia fuori dall'aula. Anche lei, avvocato De Paola. Voglio parlare per qualche minuto da sola con la testimone.»

L'avvocato De Paola provò a protestare: «Ma, signor giudice, la prova testimoniale...».

La voce della Abbondante si fece dura, un tono che non ammetteva repliche: «La prova si è conclusa, avvocato. Dopo le darò il rinvio per la precisazione delle conclusioni. Adesso, per cortesia, si accomodi fuori come le ho chiesto».

Rimasero sole. La testimone e lei. Annabella Abbondante scese dal banco del giudice, prese una sedia e si sistemò di fronte alla ragazza, che aveva iniziato a piangere. Un pianto silenzioso ma straziante.

Annabella strinse la mano della giovane: «Annamaria, tu non hai colpa. È lui quello sbagliato. Se vuoi liberarti di questo peso, puoi farlo, proprio adesso. Io ti starò vicino. Non ti lascerò sola. Vuoi dirmi come è andata?».

Un fiume in piena che straripa. Un flusso di parole dolorose e pesanti come pietre. La mano della giudice che continuava a stringere quella della ragazza. Un solo corpo, una sola anima.

Mezz'ora dopo Annabella Abbondante percorreva a lunghi passi il corridoio della procura, tenendo ancora per mano Annamaria Rispoli. Entrò senza bussare nella stanza di Massi delle Case, che nel vederla ebbe il consueto moto di fastidio. Ma la reazione durò solo pochi secondi. Dopo aver guardato negli occhi la collega, averci letto quello che doveva essere letto, Massi si alzò, fece entrare entrambe e domandò: «È un 669 ter?».

Annabella annuì.

Massi afferrò il telefono. «Chiamo la Bonelli per la deposizione. Mi sembra meglio, che ne dici?»

Annabella gli sorrise e ricacciò una lacrima insistente. «È una buona idea, Sergio, grazie.»

Erano le cinque del pomeriggio quando Annabella Abbondante suonò il campanello bitonale della villetta di sua sorella. Se Dolly l'avesse vista in quel momento, piena di buste e pacchetti, reduce da uno shopping compulsivo per la futura nipotina, avrebbe pensato che si fosse ammattita.

E forse, in un certo senso, era pure vero.

Maria Fortuna l'aspettava sulla porta, con il suo grembiulino pulito e il trucco perfetto anche in casa, le sue pantofoline rosa e lo smalto in tinta. Sentì che niente di male avrebbe mai potuto accadere ad Angela, con una mamma così. Forse solo il rischio di diventare un po' frivola, ma a quello ci avrebbe pensato lei.

Andò verso sua sorella e contro ogni previsione l'abbracciò stretta e iniziò a piangere a singhiozzi.

La libertà non è star sopra un albero…

«Pronto, Nicola?»

«Perfida, dove sei? Non posso stare molto al telefono perché deve chiamarmi Gabriele.»

«Sono da mia sorella, è successo qualcosa?»

«Sono io che lo chiedo a te, che ci fai da tua sorella?»

«Una lunga storia. Te la racconto quando ci vediamo.»

«Sbrigati, sono da Michele, ho molte novità sul caso Cantelli. Oggi c'era la perquisizione, ricordi? O preferisci farti dire tutto da "Ferruccio"?»

«Arrivo!»

Il profumo delle famose panelle fritte di Michele le aprì una voragine nello stomaco. Si ricordò solo in quel momento di non aver mangiato nulla per tutto il giorno. Neppure gli spinaci con il limone e l'uovo sodo che si era preparata per pranzo. Si diresse al bancone dove Alice e Michele si scambiavano sorrisi e risatine. Erano così presi l'uno dall'altra che non si accorsero di lei. Cambiò idea, uscì fuori in giardino, dove trovò Nicola al telefono. Dal tono di voce era palese che stesse parlando con Gabriele. La cosa sarebbe andata per le lunghe. Si sedette allora al tavolino dove Nicola aveva abbandonato il piatto con pane e panelle.

Possesso vale titolo, pensò Annabella, e senza pensarci due volte iniziò a mangiarsi il panino dell'amico.

Terminata la conversazione, Nicola la raggiunse al tavolo, diede un'occhiata al piatto vuoto e la guardò con gli occhi stretti: «Perfida… ma non eri a dieta?».

Michele arrivò poco dopo con un vassoio gigante di panelle e panini al sesamo, seguito da Alice, che aveva con sé due bottiglie di vino. Si sedettero insieme a loro.

«Immagino che stiate tutti aspettando di sapere cosa abbiamo trovato in casa di Eva.» Detto ciò Nicola si ficcò in bocca un enorme pezzo di pane e un'intera panella. Gli altri lo guardarono con muto rimprovero, mentre lui masticava a fatica e tentava di ingoiare il boccone.

«La morte per soffocamento è statisticamente il modo più probabile in cui terminerai i tuoi giorni» disse Alice, scuotendo la testa.

«Vuoi parlare o no?» lo incitò Michele.

Nicola alzò una mano, bevve un bicchierone d'acqua e iniziò a raccontare: dalla perquisizione della casa della Cantelli era emerso che Eva conduceva una vita tranquilla, senza particolari eccessi e niente di interessante ai fini dell'indagine, con un'unica importante eccezione. Avevano trovato le prove che dimostravano i suoi contatti con l'investigatore privato utilizzato anche dal Coriandoli.

«Forse allora è stato questo investigatore a scoprire che suo figlio era ancora vivo.»

Nicola scosse la testa. «Non sono emersi elementi che confermano questa tua ipotesi, Annabella.»

«Cosa hai trovato, insomma?» lo incitò lei.

«Due elementi. Primo, su una sua vecchia agenda di un paio di anni fa c'era segnata una nota: APPUNTAMENTO CON INVESTIGATORE DI GINO. Su un post-it sul frigo c'era scritto RICHIAMARE PHILIP MARLOWE. Vi ricordate chi era?»

«Non era un famoso investigatore privato?» disse Alice.

«Appunto. Dall'ispezione non siamo riusciti a risalire al suo vero nome, ma abbiamo dedotto che con questo investigatore c'è stato un rapporto abbastanza continuativo negli anni. Ah, e poi una cosa strana. Sulla parete della camera da letto c'era dipinta una scritta: L'ESSENZIALE È INVISIBILE AGLI OCCHI.»

«E che significa?» domandò Michele.

Nicola alzò le spalle. «Non lo abbiamo ancora scoperto.»

Annabella si era ammutolita da quando Nicola aveva nominato Philip Marlowe. Si era versata un bicchiere di vino e lo sorseggiava con calma. Mentre gli altri spolveravano i panini uno dietro l'altro, lei continuava a starsene zitta.

Aveva un tarlo in mente e non riusciva a venirne a capo. C'era qualcosa che le sfuggiva e non riusciva ad afferrarlo.

A un tratto Alice lasciò il suo terzo panino, bevve un sorso di vino e sferrò una gomitata a Nicola. «Mi hai portato la copia del verbale per l'articolo?»

«Ma certo, non voglio mica averti nelle orecchie per una settimana. Usala con prudenza però, non mi pubblicare atti secretati che ti ammazzo. Prenditela da sola, che ho le mani sporche. Sta nella tasca del mio giubbotto.»

Fu in quel momento che Annabella Abbondante diede una manata sul tavolino, rovesciando il bicchiere di vino nel piatto di Nicola. «Il giubbotto, porca miseria!»

Gli altri tre rimasero per qualche secondo immobili con gli occhi sgranati. Nessuno osò replicare né fare domande. In questi casi il silenzio era la strategia più sicura.

«L'ultimo giorno di lezioni alla Scuola ho trovato un giubbotto, dimenticato in sala tutor. Dentro una delle tasche ci ho trovato un biglietto con il numero di cellulare di un certo Philip Marlowe.»

Carnelutti la interruppe. «A chi apparteneva il giubbotto?»

«Non te lo so dire. Non c'era nient'altro nelle tasche. L'ho portato agli oggetti smarriti.»

«Lunedì chiederò l'autorizzazione per una nuova ispezione e farò sequestrare il giubbotto. E verificherò l'elenco degli investigatori privati che esercitano da queste parti. Vediamo se viene fuori qualcosa.»

Annabella iniziò a tormentarsi il sopracciglio sinistro. «Non può che trattarsi della stessa persona che aveva contattato Eva quel giorno. Bisogna parlare con il vecchio titolare dell'agenzia Il Segugio. Di certo c'è un collegamento con questo fantomatico Philip Marlowe.»

«Mi sembra che tu stia correndo un po' troppo. Potrebbe trattarsi di una semplice coincidenza. Comunque vale la pena tentare» obiettò Nicola.

Annabella si versò un altro dito di vino. «Le coincidenze in un caso di omicidio non esistono.»

Nicola le porse il suo bicchiere per farselo riempire. «Certo, Sherlock.»

«Prendimi pure in giro, ma io ho una teoria» rispose Annabella.

Carnelutti la guardò e incrociò le braccia sul petto: «Voglio proprio sentirla!».

Michele si alzò per portar via i piatti sporchi: «Scusa, Nicola, io non sarei così prevenuto. Non dimenticare che Annabella con il suo intuito ha risolto il caso Santangelo».

«D'accordo, ti ascolto» concesse Nicola.

Annabella sistemò il ricciolo onnipresente dietro l'orecchio. «Io credo che Philip Marlowe sia il collegamento che mancava. Penso che uno dei magistrati in tirocinio della Scuola possa essere coinvolto nella vicenda.»

«Ma hai detto che il giubbotto è stato ritrovato in sala tutor, perché pensi a uno dei ragazzi e non a un docente?»

«Se mi fai parlare, ti spiego. Partiamo dalla considerazione che Eva è stata uccisa a Villa Castelpulci e nessuno di voi, né tu né Ferruccio, siete ancora riusciti a trovare un nesso tra il luogo della morte e la vittima. E se uno dei ragazzi in tirocinio fosse il bambino rapito, il figlio della Cantelli?»

Nicola iniziò a strapazzarsi i capelli dietro la nuca. «Annabella, ma non abbiamo nessuna certezza che il figlio di Eva sia ancora vivo. È solo una tua ipotesi!»

«D'accordo. Ma di sicuro esiste un bambino al centro di questa storia. Un bambino adottato in modo illegale negli anni Novanta. Un bambino che ha dato vita a una serie di ricatti e minacce. Ora tu non vuoi credere che questo bambino fosse il figlio di Eva. Tuttavia la teoria è plausibile e gli allievi MOT sono ragazzi nati proprio in quel decennio, l'età coinciderebbe con la data di nascita del bambino di Eva. E la vicenda dell'adozione illegale non risale proprio a quel periodo? Tutto torna così, questo legame spiegherebbe il perché la Cantelli e la donna dai capelli bianchi si trovassero alla Scuola il giorno della sua morte. Magari Eva era lì per parlare con il ragazzo. O con entrambi.»

«La teoria non è così assurda, in effetti» intervenne Alice senza alzare la testa dal taccuino dove stava prendendo appunti.

Nicola era in minoranza. «D'accordo. Cominciamo con le cose più concrete. Farò verificare se il figlio dell'indagato è tra i neo-magistrati attualmente in tirocinio. Farò una relazione a Landi per farmi autorizzare a richiedere informazioni alla Scuola Superiore della Magistratura. E farò acquisire il giubbotto per controllare il numero di cellulare. Ma fino a lunedì non potremo fare niente perché il tuo bel Ferruccio è a New York per un'indagine.»

Seee, campa cavallo, pensò Annabella, mentre nella sua mente si affacciò un'idea per ottenere l'informazione in modo molto più rapido.

Carnelutti però intercettò lo sguardo dell'amica, illuminato da quel particolare luccichio, quello che di solito portava solo guai. «Bada, Annabella Abbondante, non azzardarti a prendere iniziative personali, un qualsiasi passo falso potrebbe far insospettire l'indagato, mettere in pericolo le indagini e forse la vita di altre persone.»

Annabella soffiò via il ricciolo, ricaduto sulla fronte. «Ti assicuro che non ho nessuna intenzione di interferire!» mentì per accontentare Nicola. Ma non avrebbe rinunciato ad attuare il suo progetto. Avrebbe fatto le sue verifiche non appena giunta a Scandicci. Il lunedì successivo. Era arrivato il tempo della terza settimana alla Scuola.

«Ferruccio, ma che ore sono?»

«È piena notte, Abbondante. Ma ho visto qualcosa che mi ha fatto pensare a te, e mi è venuta voglia di sentire la tua voce. Mi perdoni?»

«Ma cosa hai visto?»

Sul cellulare comparve la foto di una statua in bronzo di Botero, raffigurante una donna nuda, sdraiata.

«Stupido.»

«Sono un cultore dell'abbondanza.»

«Dovrei sentirmi lusingata?»

«Direi di sì, se un uomo pensa a te nel cuore della notte.»

«Ma per te è ora di cena.»

«Non cavilliamo…»

«…»

«Annabella…»

«Dimmi…»

«Niente. Ci vediamo a Firenze. A presto, Abbondante.»

«Buonanotte, Landi.»

23

Una madre lo sente

L'attesa non vanta parole
gioca con l'ansia e la fretta.
S'intende di ghirigori
su fogli tracciati per caso.
Un canto non suo, lontano,
rende la notte più simile al giorno.
Ed è la preghiera per un ritorno,
è sospiro trattenuto nell'affanno.
Gioco di mani intorno alle cose
parole pensate non scritte
per non cancellare.
Si attende. Senza un gioco
che incanti.
Senza un'ora che scocchi
nel silenzio.
Ci sono baratri e colline
in cui la mente si perde.
È andato,
non tornerà.
Gli avevo cucito un manto verde
e occhi per trafiggere,
con un salto solo, il vuoto.

Invece giace con i capelli
rossi incolti e spettinati fino all'alba
di un non ritorno.

«Questa è davvero stupenda, Calpurnia. Mi sono emozionata moltissimo mentre la leggevo.»

La "poeta" sorrise mentre continuava a mescolare la polenta.

Annabella era seduta al tavolo di cucina, immersa nella lettura dei volumetti di poesie che Calpurnia aveva pubblicato negli anni.

«Hai molta sensibilità, mia rosa fresca di giardino. Hai colto subito l'essenza delle mie poesie e scelto proprio quella dove è più concentrato il mio dolore.»

Annabella chiuse il libro che stava leggendo e si avvicinò all'angolo dei fornelli. Posò una mano sulla spalla dell'anziana amica. «Sento infatti che c'è qualcosa che ti tormenta, amica mia. Sappi che io sono qui per ascoltarti, se vuoi parlarne.»

Calpurnia sorrise, senza alzare gli occhi dal tegame dove sobbolliva la polenta. Per qualche secondo la cucina si riempì di un silenzio sospeso. Poi Calpurnia iniziò a raccontare, con voce limpida e sommessa. «Mio figlio è scomparso da quindici anni. Aveva ventisette anni e faceva il giornalista freelance. Era partito per un reportage sulla Seconda guerra del Congo. Si trovava in Ruanda quando si sono perse le sue tracce.»

Annabella si sedette sullo sgabello della penisola. «Oddio.»

«Sì, è un dolore che non riesco a raccontare se non attraverso le mie poesie, giovane amica mia.»

«Ma quindi è stato ucciso?»

«È questo il punto più difficile da sopportare, mia giovane puledra. Mio marito, che come ti dissi ha fatto la carriera diplomatica, all'epoca già lavorava per la Farnesina. Fece di tutto per riuscire a sapere cosa gli fosse accaduto. Ma dopo quindici anni non abbiamo ancora nessuna certezza.»

«Tu pensi che sia sempre vivo, vero?»

«Ne sono certa. Giorgio mio è vivo da qualche parte. Forse ha perso la memoria, forse è prigioniero. Non lo so. Ma sono certa che sia vivo. Una madre lo sente.»

«Tuo marito invece si è arreso?»

«È stata la causa del nostro divorzio, mia cara. Non riuscivamo più a condividere nulla. Lui continua tutt'oggi a pagare degli investigatori che lavorano per lui, ma non ci crede affatto. Ogni tanto prova a convincermi a interrompere le ricerche. Vorrebbe mettere la parola fine. Ma non è possibile, mia pesca matura. Non c'è pace per una madre che aspetta. L'attesa è il mio supplizio.»

«Da quanto tempo non vedi tuo marito?»

«L'ho incontrato a Scandicci il giorno che è morta quella povera donna.»

«Calpurnia, ma qual è il tuo vero nome? Non ti chiami davvero così, giusto?»

«Ma certo che no, tesoro mio. Mi chiamo Lucia. Lucia Oltremare.»

«Lucia è un bellissimo nome.»

«Ma appartiene a una donna che non esiste più, mia albicocca vellutata.»

24

L'occhio del ciclone

Un calabrone gigantesco. Da dove era entrato? Era in trappola, nascosta sotto le coperte. Non ne sarebbe mai più uscita. E dire che aveva fatto montare anche le zanzariere nuove. Maria Fortuna aveva tanto insistito. Un occhio della testa le aveva pagate.

Adesso il calabrone aveva smesso di ronzare. Che fosse uscito dalla finestra?

Aprì un solo occhio, sembrava tutto tranquillo. Aprì anche l'altro. Nessuna bestia volante sopra i tre chili in giro. Decise che poteva rischiare e si alzò. In quel momento il ronzio infernale riprese. Annabella si affacciò alla finestra della stanza da letto. Altro che calabrone: era la Gina, l'instancabile rompipalle. Stava falciando il prato alle sette del mattino.

Annabella Abbondante si trascinò rassegnata fino alla cucina per prepararsi un caffè triplo bello stretto. Dalla stanza di Gabriele non arrivavano rumori. Il capitano doveva essere uscito molto presto o non essere ancora rientrato dalle sue missioni notturne.

Il rumoraccio proveniente dal giardino di sotto non accennava a finire, e il mal di testa stava iniziando a tormentarla. E dire che quella mattina doveva partire per Firenze. Per fortuna era stata previdente e aveva preparato le valigie il giorno prima.

Serafino iniziò la danza del cibo tra le sue caviglie. Lo prese in braccio per accarezzarlo e lui partì con il concerto delle fusa. «Sì, hai ragione, Serafino. Adesso ti tocca la colazione con i croccantini. Non me ne sono mica dimenticata.»

Nel prendere la scatola si accorse però che era quasi vuota. Scattò il panico. La Gina sarebbe stata implacabile. Le avrebbe iniziato una tiritera di venti minuti almeno sulla sua sbadataggine. E avrebbe di certo minacciato di non occuparsi più di Serafino in sua assenza. Indossò una tuta e si precipitò al supermercato a orario di apertura. All'uscita del negozio incontrò Calpurnia in assetto sportivo, che faceva la sua passeggiata energetica e corroborante del mattino.

«Calpurnia, ricordati che oggi parto e starò via tutta la settimana. Le mie piante stanno già festeggiando.»

«Ma certo, mia cara! Me lo ricordo. A che ora parti?»

«Devo essere lì per le lezioni del pomeriggio.»

«Che ne dici di un brunch veloce e un bel caffè da me prima di partire?» propose la poetessa.

Annabella si illuminò. «Non potrei chiedere di meglio!»

Il campanile di San Michele non aveva ancora segnato mezzogiorno che le due donne se ne stavano già in terrazza a gustarsi una minestra di farro e verza profumata di rosmarino. Mangiarono in silenzio nel tepore del sole di novembre, che a quell'ora inondava quell'angolo di paradiso, godendosi la vista sui tetti di Lucca. Poco dopo Calpurnia portò sul tavolino esterno la caffettiera napoletana e due tazzine.

«Godiamoci gli ultimi scampoli di sole prima dell'inverno» disse, interpretando il desiderio dell'amica.

Annabella assaporò con lentezza i sorsi di caffè aromatico. «Ci sono molte cose che rendono speciale il tuo caffè, Calpurnia. Il rito della lentezza che crea la giusta aspettativa, questo gusto dell'arabica tostata al punto giusto, la miscela che usi è una goduria per il palato. Ma la cosa più poetica del tuo caffè è senz'altro il profumo di tabacco e caramello. Una piccola opera d'arte racchiusa in un oggetto dall'apparenza così comune...»

«L'essenziale è invisibile agli occhi» commentò Calpurnia, dopo aver sorseggiato il suo caffè.

Annabella si girò di scatto: aveva riconosciuto la frase dipinta sulla parete della casa di Eva. «Questa frase che hai detto da dove è tratta?» domandò.

Calpurnia sorrise e le rispose: «Mia cara, non dirmi che non hai letto *Il Piccolo Principe* da ragazzina!»

La consueta scossa elettrica attraversò il cervello e la schiena di Annabella: le venne in mente il racconto di Giorgio de' Nittis sulla donna sconosciuta che gli aveva regalato *Il Piccolo Principe*. Non poteva trattarsi di una semplice coincidenza.

«Pronto, Annabella, non posso parlare adesso, sono in riunione di redazione.»

«Scoop, Alice. Imperdibile, clamoroso scoop. Sto partendo adesso per Scandicci. Vediamoci a Villa Castelpulci tra due ore. E non mi interessa se stai lavorando. È una questione decisiva per le indagini sulla morte di Eva.»

I corsi della mattina erano terminati e i ragazzi della Scuola si trovavano al piano superiore per il pranzo, quando Annabella e Alice si incontrarono nel parcheggio di Villa Castelpulci. Giusto il tempo di informare Alice degli sviluppi e si precipitarono nella stanza adibita a deposito degli oggetti smarriti. La signora Ornella fu gentilissima e riuscì a trovare il giubbotto in pochi minuti.

Annabella andò a colpo sicuro nella tasca di sinistra e ritrovò il foglio con il numero di cellulare, proprio dove lei l'aveva riposto.

Alice nel frattempo passava in rassegna tutte le altre tasche, finché non vide qualcosa che attirò la sua attenzione. «Annabella, guarda cosa ho trovato» e mostrò l'interno della fodera. Sulla tasca interna erano ricamate le iniziali G.d.N.

«Giorgio de' Nittis. Lo sapevo che non poteva essere una coincidenza…»

«Cosa?»

«La faccenda del libro. *Il Piccolo Principe*. Alice, sai che significa questo?»

«Che questo Giorgio potrebbe essere il figlio di Eva?»

«Esatto.»

«E quindi tu dici che il personaggio molto in vista, quello ricattato da Coriandoli, sarebbe il padre di Giorgio?»

«Alfonso de' Nittis! Ormai è ovvio. E capisco anche la riservatezza di Nicola sulla sua identità. Sembra sia un elemento chiave della Farnesina. Molto conosciuto e apprezzato anche all'estero.»

«Certo, il tuo ragionamento ha una sua logica» ammise la giornalista.

«Non è logica, è matematica. Se Giorgio è il figlio di Eva, è lui il bambino rapito da De Marchi e venduto alla coppia, la ragione del ricatto di Eva e del Coriandoli. Giorgio è l'occhio del ciclone.»

«È plausibile che sia stato l'investigatore privato a trovarlo. Lo stesso che aveva rapporti sia con Eva che con Coriandoli. Bisogna proprio rintracciare questo numero di cellulare, potrebbe essere la chiave di volta di questa ricerca, Annabella.»

Ma l'amica non la stava più ascoltando. Prese lo smartphone e cercò il contatto di De' Nittis. «Ciao Giorgio, sono Annabella

Abbondante. Dove sei? Avrei bisogno di parlarti prima delle lezioni.»

Giorgio rispose con un tono un po' allarmato. «Annabella, non sono a Scandicci in questo momento, ci sono problemi?»

«No, figurati. Volevo solo restituirti il giubbotto di pelle che hai lasciato qui l'ultima volta.»

«Ah, ecco dov'era! L'ho cercato dappertutto. Ti ringrazio di avermi chiamato.»

«Scusa se ti ho avvisato solo adesso, ma non era facile capire a chi appartenesse, dentro ho trovato solo un numero di cellulare di un certo Philip Marlowe. Si tratta di un investigatore privato, vero?»

«Non so di cosa parli. Mai sentito parlare di nessun investigatore privato» il tono di Giorgio si era fatto d'un tratto gelido, quasi ostile.

«Strano, perché era nella tasca del tuo giubbotto» insistette Annabella.

«Allora non si tratta dello stesso giubbotto» replicò secco il ragazzo.

«Anche questo però sarebbe strano, ci sono le tue iniziali ricamate all'interno» lo incalzò lei.

«Non so cosa risponderti, adesso scusami ma devo lasciarti.»

Alice la guardò, aspettando un commento. «Ha reagito in modo sospetto, Ginger. Quando gli ho chiesto dell'investigatore si è irrigidito. Mi pare chiaro che Giorgio abbia qualcosa da nascondere. Mi ha anche detto che non si trova qui a Scandicci. È probabile che non intenda venire alle lezioni. Non ti sembra un comportamento sospetto?»

Alice non rispose alla sua domanda, stava seguendo un ragionamento tutto suo. «Mentre parlavi con lui ho provato a chiamare quel numero di telefono. È scattata la segreteria telefonica, che mi ha indicato un numero fisso. Corrisponde a un'agenzia di investigazioni di Firenze, la Philip Marlowe Investigazioni di un certo Filippo Merloni. Li ho chiamati, ma purtroppo, a detta della segretaria, il nostro buon Merloni si trova all'estero e rientrerà non prima di tre giorni. Adesso però devo tornare in redazione, altrimenti Gualberto mi lincia. È già abbastanza incazzato con me.»

«Perché?»

«Be', da quando gli ho dato buca in modo esplicito, sai... Però è molto professionale, e mi sta facendo lavorare senza ritorsioni. Almeno finché non commetto errori.»

Annabella registrò il dato come un punto a favore dell'amico Michele, ma in quel momento aveva troppe cose di cui occuparsi. Diede un'occhiata all'orologio. «Porca miseria, anche io devo andare, tra poco iniziano le lezioni e non mi sono neppure registrata!»

Giorgio, come aveva previsto, non si era presentato al corso, e Annabella era impaziente di chiamare Landi per riferirgli quello che lei e Alice avevano scoperto su di lui. Le lezioni del pomeriggio erano state un supplizio, non era stato semplice per Annabella cercare di restare concentrata sull'argomento della relazione del collega Russomando mentre la sua mente tentava senza sosta di tornare agli ultimi sviluppi delle indagini. In un modo o nell'altro però il tempo era passato e adesso i ragazzi si stavano avviando veloci verso l'uscita per il timore di perdere la navetta che li conduceva in città.

Mentre metteva via il materiale per il corso, Annabella notò che Veronica Scalfati si tratteneva ancora in aula, come indecisa sul da farsi. Intuì che la ragazza voleva aspettare che gli altri fossero usciti per parlare con lei.

Annabella provò a incoraggiarla, avvicinandosi con discrezione: «Veronica, posso aiutarti in qualche modo?».

La giovane collega rimase a fissarla per qualche secondo, tormentandosi una ciocca dei lunghi capelli neri. «Giorgio è malato? Perché non è venuto oggi?»

«Non lo sappiamo. Non ha comunicato nulla alla Scuola. Tu non l'hai sentito?»

Veronica non rispose, girò lo sguardo verso il finestrone che dava sul giardino. Si passò una mano sulla fronte. «Ho visto qualcosa, Annabella» disse, senza guardarla.

Annabella si impose di mostrarsi calma. Si sedette e fece cenno alla ragazza di fare altrettanto. «Spiegati meglio, non capisco a che ti riferisci.»

Veronica prese posto di fianco a lei. Respirava con affanno. «Il giorno che è morta quella donna. Ho visto qualcosa che credo sia importante. Ma non vorrei far del male a un caro amico. E se racconto quello che ho visto alla polizia, temo che questa persona finisca di certo nei guai.» E così dicendo iniziò a piangere.

Annabella andò a prenderle un bicchiere d'acqua e glielo porse. «Calma, Veronica. Forse è meglio che mi racconti le cose dall'inizio. Facciamo così, non prendere la navetta con gli altri. Ti porto io a Firenze in macchina, almeno abbiamo il tempo di parlare con calma. Che ne pensi?»

La ragazza sembrò sollevata e accettò il passaggio della sua tutor.

Nel buio dell'auto, in coda lungo la strada trafficata che portava a Firenze, Annabella riprese il discorso interrotto a metà: «Veronica, te la senti di raccontarmi questa cosa dall'inizio?».

«Ti sarai accorta che io e Giorgio de' Nittis siamo molto legati. La verità è che io sono sempre stata un po' innamorata di lui, ma Giorgio mi ha sempre considerato solo un'amica. Quel pomeriggio ho visto che non rientrava in aula e sono andata a cercarlo per controllare che non stesse a flirtare con quella Sandra Sperelli, quella che andrà a fare il giudice del lavoro a Verbania, non so se la conosci.»

«La conosco, ma vieni al dunque, Veronica. Che cosa hai visto di preciso?»

«Ho visto Giorgio che discuteva con quella donna. Quella che è morta. Capisci? Litigavano, Giorgio era stravolto.»

«Dove si trovavano quando li hai visti?»

«Erano in sala tutor, quella nel corridoio centrale vicino al portone d'ingresso.»

«E come è finita la discussione?»

«Non lo so, perché poi sono stata intercettata da Dino Colasanti e mi sono allontanata con lui per prendere un caffè prima dell'inizio della lezione.»

«Hai fatto bene a parlarmene. Lo riferirò al pubblico ministero che svolge le indagini. Però di certo dovrai essere sentita.»

Veronica riprese a piangere. «Ho messo nei guai Giorgio.»

«Veronica, tu sei un magistrato. Hai il dovere di ricercare la verità e di fare in modo che sia resa giustizia. Anche se è difficile e doloroso, hai fatto il tuo dovere.»

La ragazza parve calmarsi nel sentire quelle parole. Arrivarono all'albergo pochi minuti dopo. Annabella nel salutarla le promise che l'avrebbe tenuta aggiornata sugli sviluppi dell'indagine nei confronti di Giorgio.

Veronica stava per andarsene, quando tornò indietro e si affacciò al finestrino dell'auto. «Un'ultima cosa, Annabella.»

Annabella spense il motore. «Dimmi...»

«Mi sono domandata che cosa ci facesse la madre di Giorgio alla Scuola quella mattina.»

«Cosa?»

«Sì, è arrivata in cortile al momento in cui è successo… Sì, insomma… quando è caduta la donna. Ho notato che Giorgio è arrivato di corsa poco dopo di me e Dino Colasanti, che eravamo nella sala del distributore di caffè. E un attimo dopo ho visto la signora Gabriella. L'ho individuata subito, i suoi capelli bianchi sono inconfondibili. La conosco bene perché io e Giorgio abbiamo preparato insieme il concorso. Ero spesso a casa sua a studiare.»

«La donna con i capelli bianchi, quella che ha portato via Giorgio, era sua madre?»

«Sì, esatto. La signora Gabriella Sorgenti de' Nittis.»

25

Interessanti sviluppi

«Ferruccio, ho bisogno di vederti subito.»

«Anche io.»

Annabella rise. «Io però devo parlarti del caso Cantelli. Ho scoperto degli elementi fondamentali per la tua indagine.»

«La nostra indagine, intendi.»

«D'accordo, la nostra indagine.»

«Ti vengo a prendere tra mezz'ora. Hai un vestito elegante con te?»

«No... Aspetta, sì. Quello che ho ritirato dalla lavanderia venerdì. È ancora nel portabagagli dell'auto.»

«Quando si dice un incontro voluto dal destino.»

Annabella rise di nuovo. «Sei molto sicuro di te, dottor Landi.»

«Ci provo, dottoressa Abbondante.»

Annabella abbassò il finestrino per respirare l'aria pulita delle colline. «Ferruccio, mi dici dove stiamo andando?»

«Fiesole.»

Lei lo guardò un po' stupita. «E perché?»

«Volevo farti una sorpresa.»

«Ma come hai fatto a organizzare questa cosa in venti minuti?»

«Ho i miei agganci in questa città, Abbondante. Vero, Giuseppe?»

L'autista ridacchiò. «Il dottor Landi si fa voler bene da tutti, dottoressa.»

Pochi minuti di curve panoramiche dopo, giunsero a destinazione.

Annabella Abbondante si fermò ad ammirare la facciata dell'edificio rinascimentale che si ergeva maestoso a dominare la vallata di Fiesole. «Hotel Villa San Michele. Ci trattiamo bene, dottor Landi.»

«Il ristorante La Loggia, al suo interno, è uno dei posti migliori per ammirare Firenze dall'alto.»

Annabella si girò a guardarlo negli occhi. Era seria. «Perché siamo qui, Ferruccio?»

Lui la prese per mano e la condusse verso l'ingresso. «Solo perché desideravo condividere tanta bellezza con qualcuno che sapesse apprezzarla.»

Il loro tavolo era proprio a picco sui terrazzamenti. Firenze illuminata risplendeva in lontananza. *È difficile restare indifferenti a tutta questa seduzione dei sensi*, pensò Annabella Abbondante.

«Ferruccio, devo proprio parlarti di tutto quello che ho scoperto oggi. È davvero importante, credimi.»

«Siamo qui per questo» rispose lui, sorridendole con gli occhi.

«Non siamo qui per questo. Lo so io e lo sai anche tu. Ma devi ascoltarmi.»

Ferruccio si fece serio. «Dimmi tutto.»

Annabella gli spiegò di come fosse arrivata a collegare Eva Cantelli con Giorgio de' Nittis. Ferruccio Landi l'ascoltava attento, senza mostrarsi meravigliato, come consapevole che non fosse possibile fermare l'acqua che ti scorre tra le mani.

«Questo del *Piccolo Principe* è un elemento indiziario importante. Anche io credo che sia improbabile che si tratti di una coincidenza. La tua tesi prende corpo, Abbondante. Potrebbe essere vero che il bambino all'epoca adottato illegalmente fosse proprio il figlio di Eva Cantelli.»

«Siete riusciti a ritrovare la borsa e il cellulare di Eva?»

«No, questo è ancora un punto oscuro dell'indagine. Nella villa non è stato rinvenuto nulla e neppure a casa della Cantelli, da quel che scrive il commissario Carnelutti nella sua relazione, si è trovato niente. Né documenti, né carta di credito, né cellulare. Quindi la donna doveva averli con sé. Ma al momento sono introvabili.»

«Peccato, perché il cellulare avrebbe potuto confermare i contatti di Eva con Giorgio. E anche con l'investigatore privato che lei aveva ingaggiato.»

«Anche su quello stiamo facendo le nostre indagini, ma non è facile risalire a un nome senza alcun riferimento.»

«Allora ho una buona notizia per te.»

«Non mi dire che hai rintracciato anche l'investigatore!»

A quel punto Annabella gli raccontò la storia del giubbotto dimenticato e del numero di cellulare, gli riferì di come lei e Alice l'avessero recuperato, e di come avessero scoperto e contattato l'agenzia di investigazioni. Gli chiese infine di autorizzarla ad andare a parlare con Merloni, non appena fosse rientrato dall'estero. «Ho pensato che forse quell'uomo potrà confidarsi più facilmente con una persona estranea alle indagini. Che ne dici?» Senza accorgersene gli aveva preso la mano.

Ferruccio si accostò al suo viso, oltre il limite di sicurezza. «Dico che hai ragione. Ci sei dentro in questa indagine, Annabella. E il tuo contributo si sta rivelando davvero prezioso. Io mi fido molto di te.»

Lo baciò, porca miseria. Non riuscì proprio a farne a meno. Ferruccio le piaceva troppo. Oltre ogni aspettativa. Era questa la verità. E al diavolo la razionalità e il buon senso. Voleva lasciarsi andare, senza pensare alle conseguenze.

Lui le prese il viso tra le mani. «Mi piace l'istruttoria di questo caso. Ha sempre degli sviluppi interessanti.»

Annabella rise. «Stupido.»

Furono interrotti dall'arrivo dello chef in persona.

«Ferruccio, è sempre un piacere averti ospite qui da noi!»

«Alessandro, ti presento la dottoressa Annabella Abbondante, una mia collega e cara amica.»

«Molto piacere, Annabella. Se permettete oggi vorrei proporvi i fagottini all'uovo, ripieni con peposo fiorentino e arricchiti con ricotta pistoiese e la tartare di Chianina IGP con tartufo fresco di stagione. Per finire il Bacio Fiorentino, una mousse al cioccolato 64% e caramello con mollica di pan dolce alla nocciola e crema d'orzo leggermente alcolica.»

Annabella accennò una specie di applauso entusiasta. «Mi sembra tutto perfetto.»

«Soprattutto il bacio alla fine» aggiunse Ferruccio, beccandosi un pizzicotto sulla coscia da sotto il tavolo.

Detto questo, lo chef li lasciò soli e i due rimasero per qualche minuto in silenzio a guardare il panorama che si stendeva davanti a loro.

Ferruccio interruppe la contemplazione riprendendo il discorso delle indagini: «Comunque anche io ho una novità. Dalle verifiche anagrafiche disposte sul Coriandoli è emerso che l'uomo era nato in Africa occidentale, nello Stato del Benin. La polizia giudiziaria mi ha trovato la certificazione presente negli archivi anagrafici e nel fascicolo del casellario giudiziale».

«Ecco perché c'era quell'asterisco sul certificato del casellario.»

«Sì, stava a significare che non hanno dati antecedenti al suo rientro in Italia.»

«Ferruccio, non ti ho ancora detto la cosa più importante, la ragione per cui ti ho chiamato stasera.»

«Avevi voglia di rivedermi?» provò a scherzare lui.

Lei non raccolse. «Hai una testimone chiave da interrogare. È Veronica Scalfati. Ha visto Giorgio de' Nittis discutere animatamente con Eva Cantelli poco prima che morisse.»

«Accidenti, Annabella, cosa aspettavi a dirmelo?»

Annabella lo fissò, corrucciando la fronte. «C'erano molte cose da dirsi stasera. E non è finita. La Scalfati è pronta a testimoniare che quel pomeriggio a Castelpulci ci fosse anche la madre di Giorgio. La signora Gabriella Sorgenti. Ti ricordi che ti avevo parlato della presenza di una donna dai capelli bianchi sulla scena del crimine? Era lei.»

«Ma non ci risulta. Nessuno l'ha indicata tra le presenze alla Scuola.»

«Ragione in più per procedere con ulteriori indagini, non credi?»

«Ma perché questa MOT non si è fatta viva con me o con la polizia? Rischia di essere incriminata, ne è consapevole?»

«Domani si presenterà in procura di sua spontanea volontà, non temere. L'ho convinta che è la soluzione più corretta. Aveva remore, è innamorata di Giorgio. Puoi capirla, no?»

Ferruccio la fissò. «Certo, quando sei innamorato fai un sacco di sciocchezze.»

Annabella finse di non aver sentito. «Che cosa intendi fare adesso?»

«Dispongo un invito urgente a comparire in procura per Giorgio de' Nittis e per la madre. Se non creano problemi alla comparizione immediata, li interrogherò domani stesso.

Temo che sarai costretta a venire a cena con me anche domani sera.»

«Non ho bisogno di essere costretta per venire a cena con te. È una cosa che mi piace molto.» E niente. Le parole erano uscite così, senza filtri.

Arrivò il primo piatto. Iniziarono a gustarsi in silenzio quella pietanza paradisiaca, scambiandosi sorrisi e gettandosi ogni tanto un'occhiata furtiva. Annabella Abbondante pensò che quella era una sera da ricordare. Pensò che sarebbe stata addirittura perfetta, se non fosse stato per quel pezzetto di ghiaccio conficcato nel suo cuore.

«Il Bacio Fiorentino è la cosa migliore che abbia mai provato in vita mia.»

«Grazie del complimento, Abbondante.»

Annabella rise. «Ma quanto siamo presuntuosi, dottor Landi.»

«Ah, ti riferivi al dolce» scherzò lui.

«Ma anche il tuo bacio non è da buttar via.»

Si guardarono. Si baciarono.

«Un bacio al gusto di bacio. Interessante paradosso» commentò Ferruccio.

In quel momento sopraggiunse Giuseppe con una borsa e una chiave magnetica.

«Dottore questa è la chiave della suite in limonaia. E questa è la borsa che mi ha chiesto di portarle dopo cena. Devo aspettarla o rientro a Firenze?»

Ferruccio guardò negli occhi Annabella Abbondante: caffè nero bollente.

«Rientra, Giuseppe.»

26

La confessione

Dino Colasanti si alzò per consegnare la pendrive con il suo elaborato, ma rimase vicino alla scrivania del relatore, senza tornare al suo posto. Non diceva nulla. Continuava solo a spostare il peso da una gamba all'altra, ondeggiando appena. Annabella capì la sua indecisione e gli andò incontro: «Dino, c'è qualcosa che devi chiedermi?».

«Volevo sapere se per caso hai notizie di Giorgio. In segreteria mi hanno detto che non sarà presente questa settimana. È strano che non mi abbia avvisato. Noi ragazzi abbiamo provato a rintracciarlo, ma non risponde al cellulare. E da stamattina è sparita anche Veronica. È successo qualcosa?»

«Veronica è stata convocata in procura come persona informata sui fatti per la morte di Eva Cantelli. Non so altro.»

«E Giorgio?»

«Mi dispiace, Dino. Non posso dirti nulla, ma credo che presto avrete sue notizie.»

Erano tutti in silenzio a terminare il proprio elaborato quando la signora Cecinelli entrò nell'aula numero quattro. «Dottoressa, c'è una telefonata per lei dalla redazione della *Nazione*. Ho pensato che fosse una cosa importante. Può rispondere dal fisso che si trova in segreteria MOT. Con i ragazzi resto io.»

«Alice, ma sei impazzita? Non puoi chiamarmi durante l'orario del corso. Se lo scopre il consigliere Arpaia mi riduce in polpette.»

«Gabriella Sorgenti de' Nittis ha confessato.»

«Cosa? Cosa? Ha confessato l'omicidio di Eva?»

«Sì. Torno adesso dalla procura. Il mio informatore mi ha detto come è andata. Il PM Landi ha convocato sia Giorgio de' Nittis che la madre. Quando hanno interrogato Giorgio, questo ha chiarito che Eva Cantelli l'aveva contattato già da qualche tempo. Ma quella mattina a Castelpulci gli ha rivelato di essere la sua madre naturale.»

«Porca miseria, Alice. Avevo ragione! Non è vero che avevo ragione?»

«Sì, Annabella. Avevi ragione, e Nicola aveva torto. Adesso vuoi sentire il seguito?»

«Certo, nei minimi dettagli. Ma mettiamo a verbale che Nicola aveva torto.»

«Giorgio ha accusato la madre adottiva di avere ucciso Eva Cantelli. Sembra che abbia dichiarato di averle viste litigare da una finestra della villa. Le due donne sarebbero addirittura venute alle mani.»

«Certo, la colluttazione è confermata dalle tracce di smalto ritrovate nei graffi sul collo di Eva.»

«Giusto, hai ragione.»

«Ha detto qualcosa sul suo incontro con Eva? Una sua collega lo ha visto parlare con lei poco prima che morisse.»

«Sì, pare che abbia raccontato di aver incontrato Eva Cantelli, lei gli avrebbe rivelato di essere la sua madre biologica, raccontandogli che il padre e la madre adottivi si erano impadroniti di lui in modo illegale quando era neonato. A quanto pare Giorgio adesso ce l'ha a morte con entrambi i genitori, dopo aver appreso la storia dell'adozione illegale.»

«Mi sembra il minimo, dopo quello che gli hanno fatto. Quindi secondo Giorgio sua madre sarebbe andata lì per impedire a Eva di raccontargli tutta la verità?»

«Sì, a quanto ho capito io il ragazzo non sapeva nulla del ricatto.»

«E la madre invece ha confessato senza colpo ferire? Che cosa ha raccontato?»

«Non conosco tutti i particolari, purtroppo. La verbalizzazione della confessione non me l'hanno fatta leggere. In sintesi però le cose stanno così: la signora De' Nittis ha ammesso di essere la destinataria della lettera di ricatto che è stata ritrovata addosso a Eva. Ha confessato di aver dato appuntamento alla Cantelli in quel luogo con la scusa che le avrebbe permesso di vedere il figlio. Poi ha raccontato di aver gettato la Cantelli dalla finestra della mensa di Castelpulci dopo un litigio.»

«Mmm... E come ci sono finite in aula mensa della villa? Giorgio le ha viste litigare in giardino. Il ragazzo non ha detto nulla su questo punto?»

«Non lo so, Annabella. Io ti ho riferito quello che sono riuscita a scoprire. Adesso ti devo lasciare. Vado a scrivere l'articolo prima che Gualberto ritorni. Se vuoi ci vediamo stasera a cena e ne parliamo.»

«Sarebbe bello, ma ho già un impegno per cena.»

«Uh... Questo PM ti ha proprio stregato, a quanto pare.»

«Mi piace molto Alice, ma...»

«Ma...?»

«È una storia lunga. Ho bisogno di raccontartela con molta calma e davanti a un buon bicchiere di vino.»

«D'accordo. Allora facciamo domani o dopodomani. Ti voglio bene, matta.»

«Anche io, strega.»

Annabella diede uno sguardo in giro per capire dove sedersi per mangiare: nel salone del buffet c'era il tutto esaurito. Quel giorno alla Scuola si stavano tenendo tre corsi in contemporanea. Quello per i MOT più due corsi di aggiornamento della formazione permanente. L'unico posto libero era quello a fianco di Loretta Taglione, meglio nota tra i colleghi come "Occhio per occhio, dente per dente". Allo stesso tavolo c'erano anche i colleghi Stanzetta e Rinaldi che si stavano sbracciando per attirare la sua attenzione. Non c'era scelta. Avrebbe dovuto sopportare il supplizio di Tantalo. Portò il suo misero pranzo – pomodori, carote e tonno scottato – al loro tavolo.

Rinaldi aveva davanti a sé tre distinti piatti: uno per la doppia porzione di lasagna, uno per il misto di fritti all'italiana, e il terzo per le cassatine e i bomboloni alla crema.

«Alfonso, buon appetito. Vedo che ti tieni leggero per le lezioni del pomeriggio» commentò Annabella, senza riuscire a farne a meno. Sperò che non si fosse avvertito nel suo tono il sordo rancore che stava provando.

«Ho un metabolismo iperattivo, devo mangiare molte calorie. Vuoi assaggiare anche tu due bomboloni?»

Dal rancore al puro odio il passo fu breve.

La Taglione intervenne con quella che, nelle sue intenzioni, doveva essere una difesa in favore di Annabella. «Rinaldi, lascia stare la Abbondante, non lo vedi che non può mangiare dolci?»

Allo sguardo assassino di Annabella, Loretta si affrettò a precisare: «Intendo dire che sta a dieta, si vede da quello che ha nel piatto». E sorrise.

Annabella non ebbe modo di rispondere come avrebbe voluto, perché il suo cellulare iniziò a vibrare nella tasca della giacca.

«Paolo, che succede? Problemi in tribunale?»

«No, dottoré. Ma ho pensato che questa cosa la volevate sapere.»

«Cosa?»

«Mi è arrivata una notizia fresca fresca dalla procura di Pianveggio...»

«E parla!»

«In tarda mattinata Massi ha disposto l'iscrizione nel registro degli indagati dell'ambasciatore Alfonso de' Nittis.»

«E ha fatto bene, una volta tanto. E su quali basi?»

«Massi ipotizza il movente del ricatto. Hanno le prove che Coriandoli ricattasse questo ambasciatore, se mi hanno spiegato bene. Hanno interrogato pure Lorella, l'ortolana, per quell'episodio dell'uomo nell'auto che vi ho raccontato. E poi Frangipane dice che Massi stamattina si è sentito con il suo collega Landi. Quello della procura di Firenze, voi lo conoscete?»

«Più o meno» rispose vaga la Abbondante.

«Insomma, dopo aver parlato con lui, ha saputo che la moglie dell'ambasciatore ha confessato di essere ricattata dalla Cantelli e di averla uccisa. Quindi Massi ne ha desunto che i due coniugi avevano progettato di uccidere entrambi i ricattatori, per liberarsi delle uniche due persone che erano a conoscenza del loro segreto.»

«Be', è plausibile, tutto sommato. Ma ha già fatto partire anche l'avviso di garanzia?»

«Che io sappia, dottoré, per adesso no.»

«Ha fatto bene, non ha ancora le prove che il Coriandoli sia stato ucciso.»

«Esatto, giudice. Il mio amico della procura dice che il dottor Massi sta aspettando i risultati dell'esame autoptico da Firenze.»

Prima di rientrare in aula per il corso pomeridiano, decise di mandare un messaggio a Ferruccio.

Stasera mi inviti a cena allora?

Vagito immediato.

Eri già invitata da ieri. Vuoi un invito più formale? ☺

Perché no? Non ho mai avuto un invito formale a cena, in cosa consiste?

Aspettò qualche minuto in giardino, ma non arrivò nessuna risposta. Pensò che Landi fosse stato preso da altro e decise di andare in aula a preparare le slides per la lezione.

Era alle prese con la maledetta lavagna per la proiezione dei PowerPoint, che come al solito non voleva funzionare, quando un nuovo vagito le annunciò l'arrivo di un altro messaggio.

Sorrise e andò a guardare sul cellulare, ma il messaggio non era di Ferruccio.

Il suo cuore perse un battito… Una foto. Due bambini che si tenevano per mano, seduti su un muretto bianco con le piastrelle azzurre, all'ombra di una bouganville. Un mare azzurro sullo sfondo.

Domenica sono stato a trovare la maestra Sullutrone, a Ravello.
Sta bene e ti saluta. Novantacinque anni, pensa.
Mi ha regalato questa foto. Non potevo non girartela.
Ce la siamo fatta il giorno che ci siamo "sposati".
I ricordi belli non te li puoi tenere dentro solo per te. O no?

Tano, ma stai bene? Sei sicuro?

Tu mi conosci troppo bene.

Sì, ti conosco. E ci tengo pure.
Se c'è qualcosa che non va, io ci sono sempre per te.

E io per te, Annabbè. Sempre e comunque.

27

Limoncello e ribollita

All'arrivo in albergo, il portiere la intercettò mentre si dirigeva all'ascensore e le disse che c'era stata una consegna per lei. L'aveva fatta sistemare in camera.

Aprì la porta della stanza con una certa curiosità…

Una rosa arancione e una scatola di cioccolatini Venchi. Un biglietto.

Gent.ma signorina Abbondante,
sarei lieto se lei volesse accettare l'invito a cenare in mia compagnia questa sera alle ore 21:00. Il mio autista passerà a prenderla presso il suo albergo alle 20:45, se per lei va bene.
Sentitamente suo,
Ferruccio Landi

p.s. Nonostante la formalità di questo invito la prego di indossare per l'occasione un abbigliamento informale, perché sono stanchissimo e ho voglia di sbracarmi in tuta.

p.p.s. I cioccolatini sono per la tua dieta, apprezzerai che ho evitato la rosa rossa, ma non sono riuscito a rinunciare a quella arancione…

Cercò subito il significato delle due rose nel linguaggio dei fiori. Mentre la rossa indicava "amore e passione", quella arancione significava "desiderio". Annabella ridacchiò mentre gli scriveva il messaggio di risposta:

> Accetto con gratitudine il suo invito.
> L'orario è perfetto. L'abbigliamento informale è la mia passione.

Sotto la doccia, però, qualcosa si insinuò tra le pieghe della sua allegria. L'immagine un po' sfocata di due bambini sotto un pergolato. Una piccola fitta al centro del petto. *Sarà il pezzo di ghiaccio*, pensò mentre si tuffava sotto il getto bollente.

Giuseppe l'aspettava puntuale davanti all'ingresso dell'albergo. Durante il breve percorso per raggiungere l'appartamento di Ferruccio se ne stettero in silenzio, ma prima di farla scendere l'autista le fece una raccomandazione.

«Dottoressa Abbondante, mi perdoni se mi permetto di dirle due parole. Volevo solo avvisarla che oggi il dottor Landi non è stato troppo bene. Ha avuto uno dei suoi attacchi. Gliene parlo perché so che lei è informata del problema. Volevo darle il mio cellulare, se non le dispiace. Così se dovesse succedere qualcosa stasera, lei può chiamarmi subito.»

Annabella si intenerì di fronte all'affetto paterno dell'autista per Ferruccio. «Certo, Giuseppe, stia tranquillo. L'avviserò. Ma speriamo che adesso il dottor Landi abbia superato la crisi.»

Ferruccio le aprì la porta in tuta grigia e grembiule da cucina. Aveva una leggera ombra scura sotto gli occhi. Lo sguardo un po' spento, il sorriso tirato. Sembrava proprio che non si fosse ancora ripreso del tutto.

Annabella lo fissò qualche secondo di troppo e lui intuì che era a conoscenza dell'attacco epilettico.

«A quanto pare Giuseppe non si è fatto i fatti suoi» disse, voltandole le spalle e tornando in cucina a rimestare nel tegame sul fuoco.

Lei lo seguì senza commentare. «Che mi hai preparato di buono?»

«Per te ci sono degli ottimi cavolini lessi e merluzzo al limone» disse serio.

Annabella prese una forchetta dal ripiano e si avvicinò a lui. Gli puntò la forchetta alla gola e sussurrò: «Attento, ho una forchetta e non ho paura di usarla».

Risero.

«Ribollita. Con la ricetta della nonna.»

«A proposito di nonni...» Annabella afferrò la borsa e iniziò a cercare qualcosa. Pescò soddisfatta una bottiglia con del liquido giallo. «Mia sorella ha fatto il limoncello con i limoni del suo giardino. La ricetta è quella del nonno Prospero. Non è come il mitico limoncello Abbondante, ma per quello ci vorrebbero i limoni di Sorrento.»

«E te ne porti sempre dietro una bottiglia di scorta? Questo sì che è attaccamento alle tradizioni di famiglia» scherzò lui.

«L'avevo per caso nel portabagagli, più o meno per la stessa ragione per cui mi trovavo ancora il vestito ritirato in tintoria. Inguaribile pigrizia e una deliziosa casa senza ascensore. Sei un uomo fortunato, dottor Landi.»

«Lo sono da quando ti ho conosciuta. Questo lo metto in freezer, giusto?»

Pochi minuti dopo erano a tavola.

«La ribollita della nonna ti è venuta proprio bene.»

«È il mio cavallo di battaglia» confessò Landi.

Annabella lo guardò attraverso il ricciolo indisponente, che come sempre le era ricaduto davanti agli occhi: «Nel senso che la cucini a tutte le donne che inviti a cena?».

Ferruccio tossicchiò e provò a cambiare argomento. «Ti racconto cosa ha dichiarato la Sorgenti?»

Funzionò. «Dài, dimmi tutto. Sono curiosa di capire come sono andate le cose.»

«La prima informazione importante che ci ha dato è che la Cantelli aveva preso contatti con loro solo qualche settimana fa. Sembra che la vittima avesse consegnato una copia del *Piccolo Principe* al figlio della Sorgenti senza dargli spiegazioni.»

«Sì, conosco la storia. Me l'aveva raccontata Giorgio in tempi non sospetti. Ma lei come è venuta in possesso della copia del libro? E come ha collegato *Il Piccolo Principe* con Eva Cantelli?»

«Ci ha spiegato che il neonato le era stato consegnato in una tutina verde con un disegno tratto dal *Piccolo Principe*. Quindi, quando Giorgio ha portato a casa il libro e le ha raccontato la storia della libreria, la signora ha capito che la madre naturale stava cercando di mettersi in contatto con suo figlio. Nella prima pagina del libro c'era poi anche una dedica. La Sorgenti lo aveva portato con sé. Gli ho fatto una foto. Te la mostro.»

Annabella lesse la scritta ritratta nella foto: «*Fai sempre la cosa giusta. Porta il sorriso sul viso e la purezza nel cuore. Percepisci l'amore intorno a te. Ricorda che l'essenziale è invisibile agli occhi*».

«La signora Gabriella ha pensato che il regalo al figlio fosse una strategia per attirare la sua attenzione. Solo lei infatti poteva capire il vero significato di quel libro. Nell'interno, sulla prima pagina, c'era segnato anche un numero di cellulare. Però lei, la

Sorgenti, assicura di non aver provato a contattarla finché non si è vista costretta, quando cioè ha ricevuto la lettera di ricatto. Quella che abbiamo ritrovato nella tasca della Cantelli.»

«Ti ha dato una spiegazione del perché si trovassero entrambe presso la Scuola Superiore quel pomeriggio?».

«La Sorgenti dice che era stata proprio lei a dare appuntamento a Eva Cantelli a Villa Castelpulci, minacciandola che, se non si fosse presentata, avrebbe detto tutto a Giorgio. Dice che si sono incontrate in aula mensa, avrebbero litigato e lei l'avrebbe spinta di sotto.»

«L'ha uccisa per farla tacere.»

«In realtà la donna sostiene l'omicidio preterintenzionale. Succede quasi sempre nelle confessioni. Ha ribadito con forza che non era sua intenzione ucciderla, che è successo per caso quando sono venute alle mani.»

Annabella si alzò e iniziò a percorrere il salotto a grandi passi: «Ma come mai Eva aveva con sé la lettera del ricatto? Non ha senso. Glielo hai chiesto?».

Anche Ferruccio si alzò, per portare i piatti nel lavatoio. «Su questo non mi ha saputo rispondere. Dice che la vittima le aveva chiesto trecentomila euro per tacere.»

Lei lo seguì in cucina: «E poi perché la Cantelli era senza borsa, documenti e cellulare? Li ha presi lei?».

Landi versò il limoncello in due bicchierini e ne offrì uno ad Annabella. «Gabriella Sorgenti dichiara di non sapere nulla in proposito.»

«E la sua versione ti convince?»

«No, Annabella, non del tutto. Ci sono molte incongruenze e affermazioni da verificare. Ma per il momento abbiamo una confessione in piena regola e...»

Landi non finì la frase.

Annabella si voltò a guardarlo e il bicchierino le cadde dalle mani, finendo in frantumi sul pavimento.

Ferruccio stringeva il suo, ancora pieno di liquore, immobile, come una statua di cera. Gli occhi persi nel vuoto. Nel silenzio assordante della cucina l'unico suono che si sentiva erano gli schiocchi delle labbra di Ferruccio.

Annabella gli prese le mani per togliergli il bicchiere, temendo che potesse farsi male. Iniziò a parlargli per attirare la sua attenzione, cercando di risvegliarlo. Non più di due o tre minuti. Ma le parve un'eternità.

Quando l'attacco fu terminato, Annabella non smise di tenergli le mani. Ferruccio la guardò smarrito, poi comprese. «Cazzo. Ho perso il tempo. Vero?»

«Vuoi dire che tutti quei bacetti che mi mandavi non erano voluti?» disse Annabella e gli passò il braccio intorno al collo per portarlo sul divano.

Ferruccio rise, nonostante tutto. «Sei davvero una donna fuori dal comune, lo sai, Annabella Abbondante?»

«Sì, è il mio cavallo di battaglia» rispose lei.

28

Antonello Venditti

Entrò nella sala da tè del Caffè Gilli e la vide subito. Valeria Mancinelli era seduta al tavolino in fondo, sprofondata nella lettura del *Corriere dello Sport*. Tifosa sfegatata della Fiorentina sin da ragazza. Per fortuna quella domenica la squadra del cuore di Valeria aveva vinto, Annabella Abbondante si era informata. Altrimenti sarebbe stata una colazione da incubo.

«Hai già ordinato?»

«No, aspettavo te. Cappuccino anche tu?»

«E cornetto, grazie» precisò Annabella al cameriere che si era avvicinato al tavolo per prendere l'ordinazione.

«Come va, Annabella? Non ci vediamo dalla cena alla Palermitana. La vita amorosa?»

Annabella alzò le spalle. «Perigliosa.»

Valeria le strinse il braccio. «Sempre meglio che noiosa.»

Risero insieme.

«Valeria, mi manca il tuo senso dell'umorismo. Come fai a conservarlo con il lavoro che fai?»

«Senti chi parla! Almeno i miei clienti non litigano in continuazione.»

Annabella colse la palla al balzo per affrontare l'argomento che le stava a cuore. «A proposito, Valeria. Mi hanno detto che sei stata incaricata tu dell'esame autoptico sulla salma riesumata di Gino Coriandoli. Hai scoperto qualcosa di interessante?»

«È un'informazione confidenziale, tienila per te. Mi raccomando» rispose l'altra.

«Certo, sarò una tomba, come sempre. E non lo dirò ad Alice, se è questo che temi.»

«D'accordo. Dai campioni di materia organica prelevati dal cadavere, che abbiamo sottoposto a test di screening sia immunologici che cromatografici e spettroscopici, sono emerse le prime indicazioni favorevoli alla presenza di sostanze tossiche inorganiche. Sto aspettando il risultato delle analisi di conferma con il gas cromatografo e lo spettrometro di massa per essere più precisa. Ma con te mi posso già sbilanciare. Per me il soggetto esaminato è stato avvelenato.»

«Sììì!» esultò Annabella. «Glielo avevo detto a quella testa di zucca. Massi dovrà mangiarsi il cappello come Rockerduck!»

«Questa competizione tra te e delle Case non finirà mai, temo» commentò Valeria Mancinelli, dandole una leggera gomitata.

Annabella sospirò. «È che lui proprio non ci arriva, Valeria.»

Se ne restarono così, a gustarsi il loro cappuccino una vicino all'altra senza bisogno di dirsi nulla, come ai tempi della scuola, mentre osservavano la giostra girare lenta, al centro della piazza.

Qualche ora più tardi alla Scuola Superiore della Magistratura, al termine della lezione del mattino, Veronica Scalfati chiese ad Annabella se avesse avuto notizie di Giorgio.

«Non so nulla, e tu?»

«Ho saputo che è andato via dalla casa dei genitori, dopo quello che è successo. Sta da un amico. Ma non vuole parlare con nessuno di noi. Si è chiuso in un mutismo totale. Sono molto preoccupata per lui.»

«Bisogna avere pazienza, Giorgio è un ragazzo pieno di risorse interiori, ha solo bisogno di tempo per trovare la forza di reagire.»

«Se lei avesse visto il suo sguardo quel giorno... Era un'altra persona. Mi ha fatto quasi paura.»

All'uscita dell'aula l'aspettava Loretta Taglione. «Sbrigati, Abbondante, devi raccontarmi tutto quello che è successo quando è morta quella donna, in ogni più raccapricciante particolare. È incredibile: in questa benedetta Scuola non succede mai nulla di nuovo e l'unico pomeriggio in cui io mi debbo allontanare ti viene a capitare una cosa simile.

«Io, a dire il vero, avevo pensato di saltare il pranzo... E poi ti ho già detto tutto durante il pranzo di ieri...» azzardò Annabella.

«Neanche per sogno. Non vorrai mica lasciarmi da sola a pranzo con quei due?» disse, con gesto vago in direzione dei colleghi Rinaldi e Stanzetta, che nel frattempo le stavano raggiungendo dal corridoio di sinistra.

Annabella non riuscì a trovare in tempo una scusa plausibile per liberarsi, perciò si avviò rassegnata a pranzo, a braccetto con Occhio per occhio, dente per dente. Maledetti riflessi lenti.

Alice però la chiamò al cellulare pochi minuti più tardi, salvandola così dall'ennesima orgia di calorie a base di millefoglie e crème brûlée. «Scusatemi, ma è una questione urgente di lavoro» mentì, allontanandosi a passo svelto dalla sala da pranzo.

Le due amiche si diedero appuntamento per cenare insieme a Firenze quella sera. «Alle otto al Move on?» propose Annabella.

«Facciamo otto e trenta, che in redazione mi stanno addosso per finire un pezzo. Il Move on è perfetto, così compriamo anche un vinile per il compleanno di Michele.»

«Ma non è a dicembre?»

«Sì, vabbè, ma quando ci ricapita di essere insieme in centro a Firenze?» le fece notare Alice.

«Vero… E poi ci facciamo una fiorentina in due.»

«Una fiorentina a testa, Abbondante. Io in pratica non ho pranzato.»

Annabella Abbondante se ne stava impalata con il naso all'insù, come tutte le volte che rivedeva il campanile di Giotto. C'era qualcosa nella genialità e nell'armonia di quella costruzione architettonica che la ipnotizzava, letteralmente. Così imbambolata che Alice dovette tirarla da parte, appena in tempo per non farla investire da una delle carrozze con vetturino che stazionavano in piazza San Giovanni.

Da quando aveva aperto, il Move on era uno dei loro ritrovi preferiti a Firenze: ci passavano i pomeriggi a chiacchierare e ascoltare vinili del rock anni Settanta e le serate a mangiare carne e assaggiare le loro birre speciali.

Il locale, con quella sua aria a metà tra un pub irlandese e un bistrot parigino, aveva il fascino delle cose passate di moda, pensò Annabella Abbondante, mentre seguiva Alice che si era diretta con passi rapidi verso il reparto dei dischi in esposizione.

Annabella pescò tra i raccoglitori due copertine per mostrarle all'amica: «Che ne dici di *Wish You Were Here* oppure preferisci *The Dark Side of the Moon*?».

Alice scosse la testa. «No, i Pink Floyd non guardarli proprio. Ce li ha tutti, e di alcuni anche diverse edizioni. Sono i suoi preferiti.»

Stettero a spulciare in silenzio tra gli espositori, quando Annabella tirò fuori una copertina dal fondo bianco e disegnini pop colorati. «Ah questo è perfetto! *Led Zeppelin III*.»

«Dice che i Led Zeppelin hanno dato tutto con *Led Zeppelin II*.»

«E questo? *Machine Head* dei Deep Purple: un grande classico. Non può non piacergli!»

«E infatti gli piace così tanto che ne ha due versioni. Una live e quella registrata in studio.»

Annabella alzò gli occhi al cielo e ripose il disco. «Alice, forse regalare un vinile a un appassionato come Michele non è una buona idea… ma se invece gli regalassimo una bella cravatta?» scherzò.

«Aspetta, aspetta, mi è venuto in mente quello ideale, se lo trovo… Ci sono, eccolo! Questo è perfetto: *Who's Next*» Alice mostrò trionfante il bottino.

«The Who. Sì, bella idea. Ma sei sicura che non lo abbia già?»

«Sicura. L'altra sera a cena stava imparando a suonare il brano *Behind Blue Eyes*. Gli avevo chiesto di farmi ascoltare la versione originale e mi ha risposto che purtroppo gli mancava questo album.»

«Perfetto, adesso pensiamo alla bistecca. Ho una fame da lupi.»

Un'ora più tardi, dopo aver spazzolato due fiorentine con patate arrosto e dato fondo ai rispettivi boccali di birra scura, le due amiche finirono sull'argomento che stava a cuore a entrambe.

Alice tirò fuori il suo immancabile taccuino per dare una scorsa agli appunti. «C'è qualcosa di strano nel certificato dei carichi pendenti di Coriandoli. Non si riesce ad andare oltre il 2002» annunciò.

Annabella pucciò un cantuccio nel vin santo. «Sì, lo so. Ma c'è un motivo: me l'ha spiegato Ferruccio. Sembra che Gino

Coriandoli fosse nato in Benin, è rientrato in Italia soltanto in quell'anno.»

«Ci sono altre cose di cui volevo parlarti. La prima riguarda un particolare che mi ha riferito Enza Valeri.»

«Parli della compagna di cella di Eva?»

«Sì, esatto. A quanto pare durante la reclusione la Cantelli ha terminato gli studi che aveva interrotto anni prima e si è laureata in farmacia.»

«Mi pare un elemento molto interessante.»

«Infatti, voglio approfondire questa cosa. Andrò a parlare con il direttore del carcere per avere altre informazioni. Ah, prima che mi dimentichi, sono riuscita a farmi dare da Nicola un'immagine di Coriandoli da pubblicare sul giornale. È l'unica foto rinvenuta tra le sue cose durante la perquisizione. Quell'uomo sembra un fantasma, non si trovano sue riproduzioni da nessuna parte. Guarda qui che faccia da galera» disse mostrando la stampa ad Annabella.

La giudice si tolse gli occhiali e osservò il ritratto più da vicino. «Oddio, Alice. Ma in questo scatto Coriandoli sai a chi somiglia, proprio sputato sputato?»

Alice gettò un'altra occhiata, poi spalancò la bocca e alzò le sopracciglia.

Le due amiche si guardarono e dissero, quasi all'unisono: «Antonello Venditti!».

«Porca miseria, Alice. Non può essere così semplice...»

Alice tornò a consultare il suo taccuino. «Annabella, un attimo solo. Dove hai detto che è nato il Coriandoli?»

«In Benin, perché?»

La giornalista trafficò con i tasti del suo registratore portatile. «Non ci posso credere, ascolta questa parte della registrazione.»

«... è uscita di prigione per buona condotta e si è messa subito alla ricerca di Biagio, ma è solo riuscita a scoprire che era partito per certi affari in uno Stato africano. Dopo la partenza per il Benin, sembra che fosse sparito nel nulla. Me lo diceva sempre, ogni volta che mi veniva a trovare.»

«Aspetta un secondo. Ritorna indietro con la registrazione. Ho sentito bene? Ha detto "Benin"? Il paese dove il Coriandoli sarebbe nato?»

«Sì, esatto, la prima volta che l'ho ascoltato non ci ho fatto caso, perché ero concentrata sulla questione del bambino.»

Annabella riafferrò la foto per guardarla meglio. «Insomma, se non abbiamo preso un abbaglio enorme, Gino Coriandoli e Biagio De Marchi sarebbero la stessa persona?»

Alice tirò fuori il ritaglio di giornale che ritraeva Biagio De Marchi da giovane e lo mise accanto al ritratto di Gino Coriandoli. «Be' se entrambi somigliano in modo impressionante ad Antonello Venditti...»

«Per la proprietà transitiva...»

Rimasero qualche secondo in silenzio a contemplare le due immagini, incredule.

Alice si scolò l'ultimo goccio di birra «Ma perché non ci abbiamo pensato prima?»

Annabella giocava con il sopracciglio sinistro. Poi afferrò il braccio dell'amica: «Ma certo: il Benin, porca miseria! Lì faceva l'ambasciatore il De' Nittis. Com'è che non ho collegato prima tutti questi fili? Il diplomatico gli ha procurato una nuova identità firmando i documenti necessari perché sembrasse Gino Coriandoli nato in Benin. E addio Biagio De Marchi ricattatore, rapitore di bambini, perseguitato dagli strozzini. Sarà stato parte dell'accordo. Ecco perché la foto di De Marchi sul giornale mi ricordava qualcuno: non era Antonello Venditti, era il Coriandoli da giovane! Abbiamo avuto la soluzione sotto gli occhi per tutto questo tempo e non ce ne siamo resi conto.»

Alice iniziò a prendere appunti sul taccuino senza più alzare lo sguardo. «Bisogna chiarire i rapporti tra Eva e il De Marchi. Eva lo odiava a morte, non è possibile che si fossero rimessi insieme, come abbiamo ipotizzato finora. E poi ascolta questa parte della registrazione» disse, riattivando il registratore subito dopo.

«*... poi, dopo un anno che non si presentava più, la vidi comparire tutta contenta, ma strana. Disse che l'aveva trovato. Che lui però non l'aveva riconosciuta. Io le chiesi: "Che vuoi fare adesso?". Non mi rispose, disse che doveva sapere che fine aveva fatto fare a suo figlio, dove lo aveva seppellito. Era proprio un'ossessione.*»

«Chiamiamo Nicola!» propose Alice. E prese il cellulare, ma non riuscì a mettersi in contatto perché l'amico risultava irraggiungibile. «Gli parlo domattina, tanto dobbiamo incontrarci alla Palermitana. Questa cosa cambia del tutto la prospettiva delle indagini, secondo me.»

«Hai ragione. Per esempio mi diventa davvero difficile accettare che Eva possa aver programmato un ricatto insieme all'uomo che detestava. Mi sembra che tutta la costruzione non regga più. Devo parlare con Ferruccio.»

«Ma non è un po' tardi?»

Annabella guardò l'orologio: le undici di sera. In effetti era un po' tardino, ma la questione era davvero importante. «Faccio un tentativo» disse.

Landi rispose al secondo squillo. «Abbondante. Non riesci a starmi lontano o hai fatto qualche altra scoperta clamorosa?» scherzò il PM.

Annabella sorrise tra sé. «Mi spiace procurarti una delusione, egregio collega, ma trattasi della seconda ipotesi.»

Il tono di Landi si fece più serio: «Davvero? Accidenti, Abbonante, sei una macchina da guerra. Dove sei adesso?».

«Al Move on in piazza Duomo.»

«Siamo vicinissimi. Mi raggiungi a La Terrazza? Ti offro un cocktail.»

«Quello che sta in cima alla Rinascente?»

«Sì, bravissima. Piazza della Repubblica. Ci trovi lì.»

«Io sono con Alice.»

«Anche io.»

Annabella rimase perplessa, ma solo per un attimo. Alice se ne accorse. «Che ti succede?»

Lei però non aveva voglia di dare spiegazioni all'amica. «Niente, mi ha risposto che anche lui è in compagnia. Andiamo?»

Il locale era rinomato per la sua vista spettacolare su Santa Maria del Fiore, e Annabella dovette ammettere che la fama era meritata. Il tavolo di Ferruccio poi era il migliore: faceva angolo e dava proprio su tutta la città. Landi era seduto in compagnia di una elegante donna bionda. Molto bella, anche se sembrava un po' avanti negli anni, pensò Annabella Abbondante.

«Non mi avevi detto che gli piacevano le signore di una certa età» le sussurrò Alice all'orecchio.

Quando arrivarono in prossimità del tavolo, Ferruccio nel vederla le sorrise facendole cenno di accomodarsi. Si sedettero di fronte ai due e Annabella allargò le braccia verso il panorama. «Fammi indovinare, il gestore è un tuo caro amico» disse, scherzando.

«Quasi. Il proprietario è mio padre» rispose lui, senza scomporsi. «Alice, Annabella, vi presento Alice Hartmann von Gloeden, mia madre. Mamma, loro sono Annabella Abbondante e, suppongo, Alice Villani di Altamura. Ho letto alcuni tuoi articoli di recente. Molto buoni, complimenti» concluse Ferruccio, rivolgendosi alla giornalista.

Annabella, senza capirne la ragione, si era rabbuiata. Se ne stette in silenzio per tutto il resto del tempo in cui la madre di Ferruccio si trattenne con loro. La signora Hartmann però non restò molto a lungo: dopo aver scambiato qualche frase di cortesia con Alice, li salutò sostenendo di essere stanca e di voler tornare a casa. Rimaste sole con Ferruccio, Annabella con l'aiuto di Alice mostrò al PM tutti gli elementi che illustravano come Biagio De Marchi e Gino Coriandoli fossero in realtà la stessa persona. Landi le ascoltò con crescente interesse, confrontò le immagini dei due soggetti e convenne sulla ineluttabile conclusione che tutta la teoria su cui erano state costruite le indagini per il duplice omicidio si fosse polverizzata in un sol colpo.

Annabella e Ferruccio si salutarono con l'intenzione di rivedersi il mattino dopo a colazione, per fare il punto della situazione, approfondire gli elementi raccolti e decidere come procedere. Prima di andare via, lo sguardo di Landi si attardò qualche istante di troppo sul viso di lei. Quella leggera luce dorata in fondo ai suoi occhi produsse il solito, inquietante flusso di calore allo stomaco di lei. *Maledette pagliuzze dorate.*

«Ti accompagno per un pezzetto verso l'albergo» disse Alice. Si incamminarono, un passo dietro l'altro, lungo via del Corso per poi svoltare in via dei Calzaiuoli.

«Che avevi prima?» chiese all'amica.

Annabella si sistemò il ricciolo dietro l'orecchio. «Quando?»

«Da quando hai parlato al telefono con Ferruccio ti sei incupita. Ti conosco. E non hai spiccicato parola per tutto il tempo, a parte quando si è parlato delle indagini. All'inizio ho pensato che ti fossi ingelosita nel trovare il tuo Ferruccio in compagnia di un'altra.»

Annabella la guardò pensierosa. Fece ancora qualche passo guardandosi le scarpe. «È proprio il contrario, in realtà.»

«Che vuoi dire? Credevo ti piacesse Ferruccio.»

«Mi piace, moltissimo. Lo trovo quasi irresistibile. È anche per questo che mi sono così dispiaciuta di scoprire di non essere affatto gelosa di lui.»

Alice la guardò interrogativa. Annabella allora si sforzò di chiarire meglio: «Lui mi ha detto che era in compagnia di un'altra donna. Avrei dovuto provare un po' di dispiacere, un pizzico di gelosia, e invece non ho provato nulla. La cosa non mi faceva né caldo né freddo. Capisci?».

Alice fece una faccia buffa, tra il dispiaciuto e il tenero, le mise un braccio intorno alle spalle e le diede un bacio sulla guancia. Proseguirono a camminare così, lentamente, fino all'albergo.

29

Tutte le sfumature del rosa

Annabella Abbondante si sistemò il foulard intorno al collo e chiuse il cappotto. Iniziava a fare freddo la mattina. Quel giorno poi c'era un venticello fastidioso che le sollevava da dietro tutti i riccioli, già ribelli di natura, e le dava l'aspetto di una Medusa con i suoi serpenti in agitazione.

Se Fortuna mi vedesse adesso le piglierebbe un colpo, ridacchiò.

Non fece a tempo a pensarlo che il telefono le vibrò in tasca. Diede uno sguardo al display. Si impressionò. Sua sorella forse aveva imparato a leggere anche nel pensiero. O le aveva messo in tasca un microchip.

«Maria Fortuna, è una cosa urgente? Perché ho una certa fretta e...»

«Figuriamoci! Tu hai sempre fretta, Annabella. Tutte le volte che ti chiamo. Comunque sarò molto rapida. Rosa pesca, rosa salmone o rosa confetto?»

«È una filastrocca?»

Maria Fortuna sbuffò. «Non fare la spiritosa e dammi una mano.»

«Ma non lo so, Fortù. Per me esiste solo il colore rosa, tutto il resto è cibo.»

Il vagito del neonato annunciò l'invio di una foto, due foto, tre foto.

Annabella diede uno sguardo alle immagini che ritraevano tre copertine da neonato identiche in tre diverse sfumature di rosa. Capì che il suo compito era più semplice di quello che temeva, si trattava di decidere. Era il suo mestiere. Che ci voleva?

«Direi che la sfumatura intermedia è quella che mi piace di più.»

«Il rosa pesca, quindi?»

«Non va bene?»

Qualche secondo di silenzio scettico. «Sì, il rosa pesca è bello… Ma magari un rosa più chiaro è più elegante.»

«Anche questo è vero» convenne Annabella. «E allora scegliamo la numero tre» concluse soddisfatta.

Una specie di miagolio dall'altra parte del cellulare. «D'altro canto il rosa salmone è proprio il colore della carrozzina e della pareti della cameretta.»

Annabella si rallegrò. «Ma allora è perfetto! Andiamo sulla numero uno e non ci pensiamo più.»

Altro miagolio insoddisfatto. «Però così non c'è stacco di colore, capisci? Tutto troppo uniforme. È piuttosto banale, non ti pare?»

«Quindi torniamo al rosa pesca iniziale?» domandò Annabella, con un leggero tremito di impazienza nella voce.

Altro miagolio. Annabella capì che si rendeva necessaria un'azione diversiva, se voleva uscire viva dall'assedio. «Senti, Maria Fortuna, ma non ti ricordi com'era bella la copertina che la nonna Angela aveva regalato a Cristian quando nacque? Era bianca se non sbaglio.»

«Sì, hai ragione. Era bellissima. Devo averla conservata da qualche parte nell'armadio di sopra.»

«E non sarebbe molto romantico se la piccola Angela dormisse nella stessa copertina del fratello, per giunta regalata dalla bisnonna che porta il suo nome?»

«Ma lo sai che hai ragione, Annabella?»

«E poi il bianco è sempre la scelta più elegante. Ho letto da qualche parte che per le neonate il bianco è il nuovo rosa» improvvisò Annabella disperata.

«Ah sì? Non l'avevo letto. Be' grazie, sorellina. Mi sei stata davvero utile stamani.»

«Adesso devo proprio scappare, Fortuna.» E tutto sommato non aveva mentito affatto.

La conversazione con sua sorella le aveva lasciato un insopprimibile bisogno di fuga e di caffeina. Avrebbe dato qualsiasi cosa per uno dei caffè al pepe di Michele. Si diresse a passo svelto al Caffè Paszkowski, dove la attendeva Ferruccio per colazione, anche perché iniziava a piovigginare. Ma il cellulare iniziò a vibrare. Rispose al volo dopo aver riconosciuto il numero del tribunale di Pianveggio. «Ciao, Annabella, sono Vanni. Ti rubo solo trenta secondi. Posso o ti disturbo?»

Nel frattempo cercava l'ombrello nel pozzo senza fondo della borsa, con il cellulare tra l'orecchio e la spalla. «Dimmi, Sceriffo. Tu non mi disturbi mai. A che debbo il piacere?»

«Volevo solo avvisarti che stamattina ho convalidato l'arresto di quell'ambasciatore, Alfonso de' Nittis. Dall'esame autoptico è emerso con certezza che Coriandoli è stato ammazzato col veleno. De Nittis è stato riconosciuto sia dal nostro Michele che dall'ortolana di via Brighenti come colui che avrebbe in più occasioni avuto animate discussioni con la vittima. Ho pensato che volessi saperlo. E inoltre il sospettato e la vittima si sono incontrati nel bar La Palermitana proprio il giorno antecedente la morte di Coriandoli.»

Aprì l'ombrello appena in tempo, prima che si scatenasse il diluvio. «Quindi la perizia della Mancinelli è stata completata. Ti ringrazio per avermi avvisato, Vanni. Come va a Pianveggio senza di me?»

«Un mortorio» fu la lapidaria risposta di Soldatini.

Salutato lo Sceriffo, Annabella si affrettò verso l'ingresso del bar. Una folata di vento più maligna delle altre le rivoltò l'ombrello poco prima di entrare, giusto il tempo per farle prendere una solenne innaffiatura. Entrò nel locale con il cappotto e i capelli fradici di pioggia. Landi era già arrivato e sedeva dando le spalle alla piazza. Da uomo galante le aveva ceduto il posto migliore.

Non lo troverai più un uomo così, disse a se stessa mentre si avvicinava al tavolo.

«Come stai, Ferruccio?»

Lui le regalò il suo sorriso migliore. Rivedendolo alla luce del giorno notò come fosse tornato in piena forma. «Benissimo, grazie» disse, sporgendosi per asciugarle una goccia di pioggia dalla fronte.

Sopraggiunse subito il cameriere. «La signora cosa prende?»

«Caffè doppio in tazza grande, grazie.» Quando il cameriere si fu allontanato con l'ordinazione, aggiunse: «Ho appena ricevuto la telefonata dal GIP di Pianveggio. Pare che sia stato disposto e convalidato l'arresto di De' Nittis padre».

«Eh già. La posizione dell'ambasciatore si aggrava sempre di più. E tu come stai stamattina? A parte la pioggia...»

«Sto... bene. Perché me lo hai chiesto?»

«Non lo so. Ieri sera ho avuto l'impressione che qualcosa ti avesse reso triste. Volevo capire cosa fosse.»

Annabella lo fissò per un attimo, sistemandosi i capelli bagnati e arruffati dal vento. «Mi leggi come un libro aperto, dottor Landi.»

«Allora?»

«Niente di importante, credimi. Ero preoccupata per un amico che... non sta troppo bene.»

Ferruccio la fissò inclinando leggermente la testa. Era chiaro che non l'avesse bevuta e che stesse decidendo se insistere sull'argomento. Da uomo saggio non lo fece, anzi riprese il discorso sulle indagini. «Questa tua clamorosa scoperta di fatto però complica molto le indagini. Bisogna chiarire meglio i rapporti che intercorrevano tra Coriandoli ed Eva Cantelli. Dobbiamo parlare con l'investigatore privato.»

«Ma non era all'estero?»

«Da quel che hanno verificato i miei uomini della polizia giudiziaria è rientrato ieri; ed è giunto il momento di andarlo a trovare: è probabile che lui conosca la storia della doppia identità di Gino Coriandoli e i rapporti che intratteneva con Eva Cantelli. Puoi andarci stamani?»

«Certo. Sono libera, perché non ho lezioni alla Scuola.»

«Il colloquio con Merloni è diventato troppo importante ai fini dell'indagine, sei sicura di voler fare questa cosa? Temo che possa essere pericoloso mandarti da sola. Non sappiamo con chi abbiamo a che fare.»

«Mi limiterò a farci una chiacchierata nel suo studio, che cosa potrà mai accadermi? Tu di certo non puoi esporti con un'indagine informale. Allora come procediamo?»

«Ti ho fatto prendere appuntamento dalla mia assistente, a nome di Anna Rossi. Ti aspetta oggi a mezzogiorno. Però prima vatti a cambiare, che mi sembri un pulcino bagnato. Non vorrei averti sulla coscienza, Abbondante» disse Ferruccio, sorridendo.

«Va bene, dottor Landi. Sincronizziamo gli orologi. Dove si trova lo studio di questo Merloni?»

«Conosci il Mercato di Sant'Ambrogio?»

«Certo, da studentessa sono stata per qualche mese con un tipo della facoltà di architettura. Abitava proprio dietro il mercato.»

«È proprio lì vicino, l'indirizzo preciso è via dell'Ortone n. 4. Non fare l'eroina, Abbondante. Se vedi una situazione strana, non dire nulla e vattene.»

Annabella si portò la mano alla fronte per il saluto militare. «Agli ordini, capo.»

30

Philip Marlowe

La segretaria dello studio associato la fece accomodare nell'ufficio di Filippo Merloni. Una stanzetta minuscola, che aveva il vantaggio di affacciarsi su un bel terrazzino dove si intravedevano una poltrona di vimini e un tavolino con un posacenere pieno di cicche.

Annabella si fermò a guardare la foto in esposizione sullo stretto scaffale della libreria: ritraeva un uomo sui cinquanta, alto e imponente, il cranio pelato e la pancia. Intorno a lui tre ragazzini dai capelli rossi, con lo stesso sorriso e la postura un po' scimmiesca del padre. Ebbe la conferma che si trattava proprio dell'uomo che aveva incontrato Eva alla Palermitana alla fine di settembre. Di lato, in una cornice più piccola, l'uomo era in abito da cerimonia e dava il braccio alla sua sposa.

La porta si spalancò di colpo, facendola sobbalzare. L'uomo della foto, in tuta da ginnastica e borsone a tracolla, si precipitò nella stanza, richiudendo la porta alle sue spalle. La vide, ma non disse nulla. Anzi, le fece cenno di tacere e si appiattì sul muro di lato alla porta. A gesti ordinò di sedersi davanti alla scrivania. Dopo pochi istanti si udì la voce alterata di una donna che si rivolgeva alla segretaria dello studio.

«È inutile che lei mi menta. Tanto lo so benissimo che era lui. Mi stava seguendo e ha scattato delle foto, ne sono certissima. Dove si trova, dove?» strillava.

«Le assicuro che il dottor Merloni è fuori per lavoro. Non lo vediamo da parecchi giorni» rispose la segretaria, all'evidenza istruita per coprire il suo capo.

A quel punto la porta si spalancò di nuovo e andò a urtare contro il piede di Merloni, che lo aveva opportunamente portato in avanti per evitare di rompersi il naso.

«Chi sei tu? Dov'è Merloni?» sbraitò la signora, con uno chignon ormai sfatto e il mascara sbavato sotto gli occhi.

Annabella intervenne con prontezza: «Sono una cliente di Merloni, avevo appuntamento con lui, ma lo stronzo non si è fatto vivo. La segretaria mi ha detto di attendere qui, ma sono stufa di aspettare e me ne sto andando via». Detto questo, si alzò come per andarsene. «È proprio un'indecenza che mi abbia dato appuntamento e poi non si sia neppure preso il disturbo di avvisarmi che non veniva.»

Fece un passo verso l'uscita. La donna, che stava ferma sull'arco della porta, la guardò ancora per qualche istante, poi sbuffò, si voltò e, rivolgendosi alla segretaria, disse: «Di' al bastardo che ritorno con il mio avvocato. Se non lo ammazzo, lo rovino. Diglielo!». E sparì con lo stesso passo militare con cui era entrata.

Rimasero tutti impietriti per un po', finché non fu chiaro che la donna fosse davvero andata via. A quel punto Merloni venne fuori da dietro la porta e senza mostrare alcun imbarazzo protese la mano verso Annabella: «Molto piacere, Filippo Merloni, investigatore privato. Lei è l'appuntamento delle dodici?».

«Sì, esatto.»

Merloni si mise alla sua scrivania, si accese una sigaretta senza chiedere il permesso e la invitò ad accomodarsi davanti a lui. «Che cosa posso fare per lei, signora?» le chiese, assumendo quello che doveva essere il suo tono professionale.

Annabella non rispose. Prese la foto sulla scrivania, un ritratto di famiglia con figli, moglie e cane. «Ha una bellissima famiglia, complimenti. Guardandola nessuno immaginerebbe il lavoro che fa» commentò.

«Ah, no? E lei invece di cosa si occupa? Come mai ha bisogno dei miei servigi?» insistette Merloni, un tantino meno rilassato di prima.

Annabella decise che era inutile girarci intorno, tanto valeva essere diretti: «Sono un magistrato, Merloni. Mi chiamo Annabella Abbondante, sono un giudice civile del tribunale di Pianveggio».

Merloni dilatò appena gli occhi, rimanendo per il resto impassibile. La squadrò per qualche secondo: i capelli scarmigliati, il lungo vestito a fiori, gli stivali e l'enorme borsa rossa. «Nessuno di noi due ha l'aspetto che ci si aspetterebbe per la professione che fa, a quanto pare» osservò.

«Cosa intende? No, lasci stare. Lo so cosa intende» rispose la Abbondante gettando un'occhiata al proprio vestito a fiori. «Sono qui per parlare di Eva Cantelli.»

«Eva? Cosa c'entra lei con Eva?» si preoccupò l'uomo.

«Senta, Merloni, lei non si ricorda di me, ma noi ci siamo già incontrati. Alla fine del mese di settembre lei è venuto al bar La Palermitana di Pianveggio a parlare con Eva. Io ero lì e mi è parso chiaro che stesse svolgendo un'indagine su suo incarico. Devo sapere di cosa si trattava.»

«Perché si interessa di lei?»

«Perché le ero affezionata. Lavorava nel bar di un mio carissimo amico e la conoscevo da due anni ormai. Sto cercando di capire chi possa averla uccisa» sparò Annabella, senza mezzi termini.

Filippo Merloni lasciò cadere la sigaretta dalle labbra. Afferrò i braccioli della poltrona girevole così forte che le nocche divennero bianche e portò il busto in avanti. «Uccisa? Ma cosa sta dicendo? Eva è morta?» gridò.

L'investigatore appoggiò i gomiti sulla scrivania e si prese il viso tra le mani, le spalle erano scosse da forti singhiozzi. Annabella soffiò via un ricciolo e iniziò a tormentarsi il sopracciglio sinistro. Non aveva immaginato che Merloni potesse non essere a conoscenza della morte della Cantelli. Pescò un fazzoletto di carta dalla borsa e lo porse all'uomo, che si soffiò il naso.

Dopo qualche minuto Merloni sembrò calmarsi, si versò dell'acqua, si asciugò gli occhi. Quando riprese a parlare pareva che avesse ripreso il controllo di sé. «Mi scusi, è stato un brutto colpo. Eravamo amici. Non ne sapevo nulla.»

Annabella si meravigliò. «Eppure era su tutti i giornali, come ha fatto a non…»

«Ero all'estero, dottoressa. Sono rientrato soltanto ieri sera tardi. Anzi, mi sono meravigliato quando la segretaria mi ha scritto per avvisarmi del suo appuntamento. A ogni modo su Eva Cantelli non ho niente da riferire.»

«Parliamoci chiaro, signor Merloni. In questa faccenda la sua posizione è a dir poco ambigua. La procura di Firenze ha già le prove che lei è in qualche modo implicato nella vicenda. Stanno procedendo con molta discrezione e cautela, perché sono coinvolti personaggi di spicco, ma prima o poi arriveranno a lei» buttò lì Annabella. Era un rischio rivelare quel particolare, ne era consapevole. Ma sapeva quello che faceva: aveva gettato l'amo, sperando che il pesce palla abboccasse.

E infatti. «I De' Nittis? C'entrano loro con la morte di Eva?»

«Mi dica quello che sa, Filippo» insistette Annabella.

Merloni si accese un'altra sigaretta. «Ah no, mi dispiace, dottoressa. Io in quella brutta storia non c'entro niente. Mi sono limitato a ritrovare questo De' Nittis su incarico dell'ex compagno di Eva.»

Annabella lo guardò dritto negli occhi, da sotto gli occhiali, come faceva in udienza quando qualche avvocato tentava un sotterfugio. «Merloni, non faccia il furbo con me, è del tutto inutile. La procura sa benissimo cosa lei ha fatto o non ha fatto. Per il momento non c'è alcuna delega di indagini formale nei suoi confronti, ma molto dipenderà anche da come lei si comporterà oggi. Se sarà collaborativo con me, io potrò mettere una buona parola per lei con il mio collega che svolge le indagini. Le ricordo che ci sono di mezzo due omicidi, le conviene raccontare a me tutto quello che sa, altrimenti corre il pericolo di essere accusato di concorso.»

«Due omicidi?» trasecolò l'investigatore.

Annabella si morse la lingua. Il Merloni non sapeva proprio niente dell'accaduto e adesso le toccava dirgli anche della morte del Coriandoli. «Anche Gino Coriandoli è stato ucciso. È stato suo cliente pure lui, giusto? Sarà bene che mi racconti tutta la storia, Merloni, potrebbe essere in pericolo come gli altri due. E poi mi pare di aver capito che fosse affezionato a Eva. Non vuole che si scopra tutta la verità sulla sua morte?»

Merloni si asciugò il sudore dalla fronte, sospirò e con lentezza spense la sigaretta nel posacenere. Si girò e da uno schedario alle sue spalle tirò fuori un quaderno in cui, le disse, aveva appuntato tutto quello che concerneva il "caso De Marchi".

«Cominciamo dal principio della storia. Ma cerchi di non interrompermi perché altrimenti mi perdo.»

Annabella si fece una croce sul cuore. «Promesso, mi limiterò ad ascoltare.»

«Un giorno si presentò da me Gino Coriandoli. O dovrei dire Biagio De Marchi. Perché questo è il suo vero nome. Era un mio ex commilitone, eravamo stati entrambi di stanziamento in Libano negli anni Ottanta...»

«Ahhh, ecco dove si sono conosciuti il Coriandoli e l'ambasciatore. Non riuscivo a capire il nesso. Scusi, ha ragione, aveva detto che non dovevo interrompere. Mi taccio.»

«Biagio era uno spiantato senza un soldo. Ma con una storia davvero interessante da raccontare. La vicenda iniziava a Roma nel 1996, quando Biagio De Marchi, oppresso dai debiti di gioco, incontrò per caso il nostro superiore ai tempi della missione in Libano, il tenente Alfonso de' Nittis, che dopo il periodo nell'esercito aveva vinto il concorso ed era entrato in diplomazia...»

«Ma infatti lo avevo pensato che Coriandoli e De' Nittis potevano essersi incontrati a Roma. E De' Nittis era tenente! Quindi era davvero lui che il Coriandoli aveva incontrato prima di morire.» Grugnito astioso dal Merloni. «Ha ragione, ha ragione. Mi ammutolisco.»

«A quel che mi riferì Biagio, i due trascorsero la serata a scambiarsi ricordi di guerra, e poi passarono alle confidenze personali. Alfonso de' Nittis gli raccontò che, dopo una brillante carriera, aveva sposato una donna molto facoltosa e stava per essere nominato funzionario di ambasciata di uno Stato africano.»

Annabella piantò un colpo micidiale sulla scrivania del Merloni. «Di nuovo il Benin che ritorna, porca miseria!»

Lui la guardò con aria di compatimento, ma non commentò. Andò avanti nel racconto. «Alfonso de' Nittis gli disse che si trovava a Roma solo perché il giorno successivo era atteso al Ministero degli Esteri. De Marchi venne anche a sapere che il neoambasciatore era in crisi matrimoniale perché non riusciva ad avere figli. Quando invece lui, ironia della sorte...»

«Non me lo dica. Lo so, lo so: la Cantelli era incinta! Opss... sono imperdonabile, l'ho interrotta di nuovo.»

Merloni sbuffava che era una bellezza, sembrava una pentola a pressione sul punto di scoppiare. «Infatti. Ma ci tengo a chiarirle che, quando venne da me, il bastardo non mi disse cosa aveva fatto a Eva. Mi raccontò che la sua nuova compagna, una studentessa fuori corso di farmacia arrivata a Roma dall'Abruzzo, era rimasta incinta e non voleva tenere il bambino. Ma dove ero rimasto? Ah, sì. Alla fine della serata, Biagio De Marchi accompagnò il suo ex superiore all'Hotel de Russie, dove aveva la camera, e si salutarono per non rivedersi.»

«Bellissimo l'Hotel de Russie...»

«Dicevo... La notte stessa però, rientrando a casa, il De Marchi venne aggredito e minacciato di morte da uno strozzino a cui doveva quarantamila euro. Fu allora che il maledetto formulò il diabolico piano.»

«Che piano?» chiese impaziente Annabella Abbondante.

«E glielo stavo dicendo. Se lei la smettesse di interrompere...» Merloni gettò un'occhiata all'orologio. «Che si sta pure facendo tardi. Allora, dicevo, il diabolico piano. La mattina dopo il De Marchi ritornò all'Hotel de Russie e rintracciò il nostro ex tenente. Senza entrare nei dettagli, in estrema sintesi gli propose di procurargli un bambino per l'adozione. Raccontò che la compagna era una tossicomane bipolare e non voleva tenere il bambino. In cambio del neonato chiese il pagamento di cinquantamila euro. Ma soprattutto gli chiese di aiutarlo a "sparire". In pratica Gino avrebbe preso un volo per il Benin con il suo vero nome, Biagio De Marchi, e sarebbe tornato in Italia con un nuovo nome, grazie al certificato di nascita e al passaporto che l'ambasciatore gli avrebbe fatto avere.»

«Ahhh, vedi? Lo avevo detto io ad Alice. E pure Landi aveva ragione che c'era qualcosa di strano nel certificat... Scusi.»

«Alfonso de' Nittis gli disse che aveva bisogno di consultarsi con sua moglie. Ma dopo qualche giorno si fece risentire, dicendogli che lui e sua moglie accettavano l'accordo. Il piano era stato progettato nei minimi particolari. La moglie del tenente simulò la gravidanza portando una falsa pancia e quando fu il momento di partorire la coppia ripartì per il Benin, dove nel frattempo De' Nittis aveva preso le funzioni come ambasciatore.»

«Ed Eva? Sapeva qualcosa di quell'accordo?»

«No, nel modo più assoluto! Almeno da quello che mi ha raccontato quando l'ho conosciuta, ma io le credo. Eva non aveva idea di quello che stava per fare quel bastardo del padre di suo figlio, era una brava persona. Ha solo incontrato le persone sbagliate.» Merloni si asciugò una lacrima e continuò: «De Marchi deve averla drogata e averle sottratto il bambino di nascosto per poi consegnarlo alla coppia, che nel frattempo era rientrata dal Benin con i documenti falsi, attestanti la nascita di un figlio. Ma la cosa più atroce di tutte è che, per evitare di essere implicato nella faccenda, lo stronzo andò a denunciare la poveretta alla polizia, raccontando che aveva gettato suo figlio nel Tevere. Andò pure a testimoniare al processo quell'infame. Poi se n'è partito per il Benin per farsi una nuova identità e ha fatto perdere le sue tracce».

Annabella si alzò e iniziò a camminare avanti e indietro nella stanza. «Quindi è vero? Le ha rapito il bambino e poi ha raccontato di averla vista buttare il figlio nel Tevere, come ho letto nei verbali del processo? Ed Eva è stata tutti quegli anni in carcere mentre il figlio era vivo e in salute?»

«Esatto. È andata proprio così. Biagio De Marchi era un vero pezzo di merda. E se qualcuno lo ha tolto dalla faccia della terra, merita tutto il mio rispetto. Chiunque sia. Adesso però, dottoressa, ci dobbiamo salutare. Io le ho detto tutto quello che sapevo. Ora devo andare al mercato, altrimenti mia moglie me le dà di santa ragione» disse Merloni, accennando alla foto di sua moglie sulla scrivania.

«Ma io ho ancora tante domande da farle! Facciamo così» disse Annabella Abbondante, afferrando la borsa, «io la seguo al mercato e mentre fa la spesa risponde ancora a qualche altra domanda. Peraltro io sono bravissima a scegliere le verdure. Me lo hanno insegnato le mie zie di Sorrento.»

Merloni la guardò sconsolato. Quell'omone dallo sguardo innocuo assunse l'espressione abbattuta di un cucciolo di panda orfano. Da bravo investigatore aveva intuito che non avrebbe mai potuto vincere quella battaglia, e scelse di non combattere.

«Non prenda quella zucca lì, è troppo grande, sarà di certo tutta acqua. Neppure quella, prenda quella nell'angolo. Bravo proprio quella.»

Dopo che ebbero pagato la zucca, Merloni le chiese: «Che altro vuol sapere?».

«Vorrei che mi facesse capire bene come e perché il nuovo Gino Coriandoli, di ritorno dal Benin, venne a cercarla.»

«Dobbiamo fare un passo indietro per chiarire che, dopo la consegna del bambino e il ritorno in Italia con la nuova identità, De' Nittis e De Marchi stabilirono di non incontrarsi mai più, concordarono di dimenticarsi della vicenda. Quando si rivolse a me, il Coriandoli non aveva idea della destinazione dell'ambasciatore, né conosceva il suo recapito in Italia.»

Annabella consultò la lista della spesa della moglie di Merloni e iniziò a tastare le melanzane viola. «Perché il Coriandoli ha deciso di rivolgersi a lei? Non sapeva come rintracciare il De' Nittis?»

Merloni iniziò a pesare le melanzane che la giudice gli passava. «Non tanto per questo. Forse ci sarebbe riuscito anche da solo. Ma aveva bisogno di un mediatore…»

«In che senso?»

«Stavo per dirglielo, ma lei continua a interrompere. Dicevo… Dopo alcuni anni dal suo ritorno in Italia, quando si era oramai rifatto una vita in Toscana con il nuovo nome di Gino Coriandoli, De Marchi venne da me perché era di nuovo sul lastrico e perseguitato dagli strozzini.»

Annabella si diresse verso il banco delle mele Golden. «Era senza soldi a causa del suo vizietto del gioco…» ipotizzò.

«Sì, vedo che è bene informata. Coriandoli non riusciva a smettere di giocare a poker. Doveva recuperare un'ingente somma di denaro. Per questo si era rivolto alla mia agenzia, per rintracciare l'ambasciatore e sua moglie. Ha scelto me, come immaginerà, perché conoscevo entrambi dai tempi del Libano. Coriandoli pensò che questo potesse facilitare le trattative con De' Nittis. È inutile che le dica che io mi sono prestato a dargli una mano, perché lei lo sa già, se è venuta da me.» Merloni rimase fermo per qualche secondo con il sacchetto delle mele in mano. Poi lo posò sulla bilancia e disse: «Mi sento in colpa per averlo fatto, soprattutto da quando ho conosciuto Eva e ho scoperto tutta la storia. A mia difesa posso solo dire che all'epoca ero in cattive acque e i soldi che mi aveva promesso mi facevano comodo. Ora come ora sono pentito di aver aiutato quel bastardo, ma all'epoca, ripeto, ero senza soldi e avevo tre figli da mantenere».

«Ma Eva come aveva fatto a scoprire quello che era successo a Biagio De Marchi e la verità su suo figlio?»

«Eva si era rivolta a me circa due anni fa. Quando venne nel mio studio mi raccontò tutta la sua vita e quello che aveva subìto dall'ex compagno. Mi parve sincera, decisi di crederle e aiutarla.»

Annabella scelse quattro pere, tastandole una per una per accertarsi che fossero mature, e le passò a Merloni. «Ma come era arrivata fino a lei?»

«È una storia lunga... Dopo una ricerca durata anni, Eva si era quasi rassegnata, quando un giorno lo aveva poi trovato per puro caso. Mi raccontò che era tornata nel vecchio quartiere dove lei e Biagio avevano abitato fino al suo arresto. In un bar aveva incontrato un giocatore di poker che all'epoca frequentava l'ex compagno.»

«Cosa si sono detti?»

«Regga un po' 'ste buste, che le trovo proprio la pagina precisa dove ho trascritto la conversazione che mi riportò Eva.»

Annabella strabuzzò gli occhi. «Lei trascrive le conversazioni dei clienti?»

Merloni trovò la pagina del quaderno che cercava. La mostrò alla giudice Abbondante. «Quando sono come questa, determinanti per le indagini, sì, lo faccio.»

Annabella lesse:

«Come stai Eva? Ti trovo cambiata. Saranno vent'anni che non ci vediamo. Dopo il fattaccio a te non t'ho visto più da 'ste parti. Glielo dissi a Biagio l'ultima volta che l'ho incontrato, sarà stato un paio d'anni fa.»

«Hai rivisto Biagio di recente? E dove?»

«Abbiamo fatto una partita a poker nel paese dove sta lui adesso. Ora ha cambiato nome, si fa chiamare Coriandoli, il coglione. Ma il vizio del gioco non te lo puoi cambiare. M'ha cercato lui, per organizzare una partita con certe persone di là.»

«Come si chiama questo paese? Dove sta?»

«Pianveggio, vicino Lucca.»

Annabella gli restituì il quaderno, ancora stupita della precisione maniacale con cui l'investigatore registrava i particolari di certi incontri.

Merloni, nel frattempo, aveva riposto gli appunti nella borsa che aveva a tracolla. Adesso teneva aperta una busta, dove la Abbondante infilava i carciofi scelti.

«Dopo questa conversazione Eva partì per Lucca e iniziò a prendere informazioni sul Coriandoli. Seppe così che il bastardo aveva comprato un casale nel contado di Pianveggio e aveva del tutto cambiato vita. Aveva acquistato un'azienda vinicola e viveva in campagna.»

«Fu allora che Eva si trasferì a Pianveggio?»

«Esatto, mi disse che era riuscita a farsi assumere come cameriera in un bar del paese. Il proprietario era una brava persona e non aveva fatto problemi pur sapendo che Eva era stata in carcere. Lei però non si era fatta riconoscere dal Coriandoli e lui non aveva capito chi fosse. Era molto cambiata, invecchiata precocemente, portava i capelli di un colore diverso e grossi occhiali.»

«Ecco, questa era un'altra domanda che volevo farle. Perché Eva non ha parlato subito con il Coriandoli?» domandò Annabella senza guardarlo, indecisa nella scelta tra due cavolfiori.

«Voleva prima capire bene cosa ci facesse il Coriandoli a Pianveggio, voleva scoprire tutta la verità su cosa fosse accaduto al figlio. Però una sera del 2018, una sera in cui lui era molto ubriaco, lei si fece riconoscere. Gli chiese perché avesse ucciso il loro bambino.»

Annabella rimase con il cavolfiore a mezz'aria. «Porca miseria... E lui?»

«Mi disse che lui non aveva risposto ma aveva sorriso, un sorriso inquietante, e le aveva accarezzato una guancia. Aspetti che cerco il punto preciso sul quaderno.»

Merloni cercò il punto con le grosse dita a salsicciotto ricoperte di sottile peluria rossa. Poi lesse.

> «È questo che hai creduto per tutti questi anni? Povera piccola Eva. Sei proprio un'ingenua, lo sei sempre stata.»

«Eva mi disse che in quel momento si rese conto che qualcosa non quadrava, solo allora realizzò che il Coriandoli nascondeva un segreto sul loro figlio.»

Annabella sistemò il cavolo nella busta e si fece dare dall'ortolano un ciuffo di prezzemolo. «E cosa fece a quel punto?» chiese sventolando l'erba aromatica sotto il naso del Merloni.

«Quella stessa notte Eva entrò di nascosto nel casale del Coriandoli. Sapeva che lo avrebbe trovato ubriaco fradicio e privo di sensi: si era sbronzato al bar fino a notte fonda.»

«Ma che voleva fare?»

«Era in cerca di prove o documenti, o qualsiasi indizio per capire la verità.»

Annabella colpì il poveretto con il fascio di sedano che aveva in mano ed esclamò: «Ah! E scommetto che riuscì a trovare la corrispondenza con l'ambasciatore!».

Merloni glielo tolse di mano e lo infilò nella sporta. «Esatto. Scoprì in quel modo che suo figlio non era affatto morto, ma era stato venduto a una coppia sterile. Capì anche che Biagio stava ricattando quelle persone, minacciando di rivelare al figlio la sua vera identità. Nella lettera il tenente De' Nittis accettava di pagargli la somma di trecentomila euro, dicendo che avrebbe fatto di tutto per impedire che fosse arrecato un dolore a suo figlio.»

«Ma come fece a risalire a lei?»

«Ritrovò un mio dossier. C'erano alcune foto della famiglia, del ragazzo. Un report e il mio biglietto da visita con i contatti del mio studio di Firenze.»

Merloni prese le sporte ormai piene e si diresse verso il parcheggio della piazza limitrofa. Annabella lo seguì.

«Ma scusi… Perché Eva non andò subito a denunciare De Marchi e l'ambasciatore?»

«Ci aveva anche pensato, mi raccontò, ma poi aveva desistito. Disse che non voleva farsi odiare da suo figlio, che di certo considerava quelle persone come i suoi veri genitori. Che la felicità di quel figlio che aveva scoperto di avere sarebbe stata da quel momento la ragione della sua vita.»

«Ma allora perché si rivolse a lei? Non capisco.»

«Era preoccupata. Voleva capire cosa stesse combinando De Marchi con l'ambasciatore, se era vero che avesse iniziato a ricattarlo. E poi voleva saperne di più sulla famiglia dove suo figlio era cresciuto, voleva sapere se stava bene, se era felice. Io le confermai che Biagio aveva iniziato a ricattare l'ambasciatore molto tempo prima. E che dopo la prima somma non aveva smesso. Continuava a farsi dare soldi. Quanto a suo figlio, stava bene e viveva a Firenze. Suo padre e sua madre erano persone molto ricche. Il padre adottivo era rientrato da poco in Italia dopo essere stato trasferito dal Benin in uno Stato dell'America centrale.»

«E lei l'ha aiutata?»

Merloni annuì, si soffiò il naso e si asciugò gli occhi umidi. «Eva aveva diritto di trovare suo figlio. Lei non aveva colpa. Le ho detto tutto quello che sapevo. Le ho fornito persino i numeri di cellulare dell'ambasciatore e del ragazzo. Lei lo ha seguito da lontano per molti mesi, senza trovare il coraggio di avvicinarlo. Mi raccontava tutto, ormai eravamo diventati amici. Il ragazzo, Giorgio de' Nittis, si è laureato in legge e ha di recente vinto anche il concorso in magistratura. Una persona davvero in gamba.»

«Eh, lo so. Davvero, davvero in gamba. Un'ultima domanda, Merloni. E poi giuro che la lascio andare da sua moglie. Se le dicessi che Eva ha iniziato a ricattare la signora Sorgenti de' Nittis, lei cosa mi risponderebbe?»

Merloni mise le sporte nel portabagagli e si accese una sigaretta. «Che è impossibile. Eva era una persona onesta. Solo molto sfortunata nella vita. E piuttosto si sarebbe fatta ammazzare pur di non mettere a rischio la felicità del ragazzo. Su questo ci metterei la mano sul fuoco, la destra.»

Partito Merloni, Annabella si allontanò un passo dopo l'altro verso Santa Croce. Aveva appena svoltato in via dell'Agnolo quando si sentì afferrare per un braccio. La reazione fu istintiva: pestone sull'alluce e gomitata nello stomaco. Si girò e si accorse, disperata, che l'uomo in questione era Ferruccio Landi.

«Ma che diavolo, Abbondante. Volevi ammazzarmi?»

«Oddio, Ferruccio. Perdonami! Ho reagito d'istinto. Il corso di Krav Maga… Stai bene?»

«Stavo meglio prima. Non c'è dubbio» brontolò. Ma poi le sorrise.

Annabella lo abbracciò. «Scusami… Ma cosa ci fai qui?»

«Pensavi davvero che ti avrei abbandonata alla mercé di uno sconosciuto? Sono rimasto fuori tutto il tempo. E poi vi ho osservati da lontano… Com'è andata con Merloni?»

«Ho registrato tutto. Mi inviti a cena anche stasera?»

31

Peccati di gioventù

«Pici alle briciole e frittata di cardi e cipolle di Certaldo» annunciò Ferruccio aprendo la porta.

Annabella lo guardò stralunata. «Abbondante, non negare. Hai una fame da lupi e stavi per chiedermi cosa si mangia.»

La giudice lasciò il cappotto sull'attaccapanni. «Adesso mi leggi nel pensiero, dottor Landi?»

«Non ancora. Ma ho imparato a decodificare le espressioni primarie sul tuo viso.»

«Ah, corso di profiling?»

Ferruccio si spostò verso i fornelli per controllare la cottura della frittata. «Eh già. Peccati di gioventù.»

«Hai ascoltato la registrazione del racconto di Merloni?» chiese Annabella.

«Due volte. Mi è sembrato di tornare a quando scrivevo i brogliacci delle intercettazioni.»

Lei si accomodò sullo sgabello della penisola e afferrò un tarallino al pepe. «Eri in polizia prima di vincere il concorso?»

«Carabinieri. Ma non mangiarmi i tarallini per i pici.»

«Tarallini nei pici?»

«È una mia variante. Vedrai, ti piacerà.»

«In Puglia?»

«Cosa?»

«Hai fatto il carabiniere in Puglia?»

«Mmm... In Salento. Acuta deduzione, Abbondante. Devo proprio convincerti a passare alla procura.»

«Faresti felice il tuo amico Massi» ridacchiò Annabella.

Ferruccio scolò i pici e li ripassò in padella sbriciolandoci sopra i tarallini. «Massi è invidioso, non ha lo stesso acume investigativo che hai tu. Lo sa bene. È un bravo ragazzo, credimi. È che spesso si arrischia in strade impervie. Come con l'arresto dell'ambasciatore...»

Si sedettero a tavola. Annabella versò del vino, mentre Ferruccio faceva le porzioni. «Credi che Massi sia stato troppo avventato?»

«Si tratta di una persona molto influente, Annabella. Non si distruggono trent'anni di onorata carriera di un servitore dello Stato senza avere la certezza assoluta della sua colpevolezza. E al momento, secondo me, non abbiamo nessuna certezza.»

«Mi stai dicendo che non credi alla confessione di Gabriella Sorgenti?»

«No, non ci credo.»

«Neppure io, dottor Landi.»

Brindarono, poi cadde il silenzio mentre si dedicavano ai pici.

«Adesso dimmi quali sono le cose che non ti convincono della confessione della Sorgenti» domandò Annabella mentre Ferruccio tagliava la frittata.

«Ci sono delle incongruenze serie nel racconto della signora. La più grave è quella del luogo dell'incontro tra le due donne. La Sorgenti sostiene di aver dato appuntamento alla Cantelli in aula mensa. Questo però confligge con le dichiarazioni del figlio e dell'altra testimone, Veronica Scalfati. Poi non ha saputo indicare il motivo per cui la lettera di ricatto sarebbe finita nella tasca della vittima. E potrei continuare...»

«Questa storia del ricatto da parte di Eva non sta in piedi, Ferruccio. Merloni sostiene che Eva non sarebbe mai stata capace di ricattare la famiglia adottiva di suo figlio. Sostiene che l'unica ragione di vita per lei era diventata proteggere il ragazzo, vederlo crescere felice.»

«Anche questo aspetto infatti è nebuloso. Abbiamo poche certezze. Una di queste è che Eva ha deciso di raccontare tutto a suo figlio. E lo ha fatto poco prima di morire. Forse è stata la ragione per cui è morta.»

Annabella smise di mangiare. Lo guardò molto seria, poi gli strinse il braccio. «Tu credi che a uccidere Eva sia stato Giorgio?»

«Sì, lo penso. Credo che la madre abbia confessato per proteggere suo figlio. Questo spiegherebbe le incongruenze delle sue dichiarazioni. Giorgio non ha un alibi per il momento in cui Eva è stata buttata di sotto.»

«E quale sarebbe il suo movente?»

«Negazione della sua condizione di figlio adottivo, protezione dei genitori, rabbia. Un dolo d'impeto.»

«E perché non l'hai interrogato come indagato?»

«Non è ancora indagato in via ufficiale, non ho abbastanza elementi per montare un'accusa. Siamo ancora lontani dalla verità. Te l'ho detto, Abbondante.»

La libertà non è star sopra un albero
Non è neanche il volo di un moscone
La libertà non è uno spazio libero
Libertà è partecipazione…

Annabella si era tuffata con la testa nella borsa alla ricerca dell'aggeggio malefico. Ma niente.

Ferruccio la guardava mentre girava per l'appartamento come una trottola impazzita per tentare di intercettare il suono. Dopo che si fu divertito a sufficienza, si alzò con calma e infilò la mano nella tasca del cappotto della collega. E come se niente fosse, ne tirò fuori l'ordigno infernale.

Annabella lo afferrò trafelata. «Come facevi a sapere che era lì?»

Ferruccio sorrise. «Intuito investigativo.»

«Pronto, Gina! Stai calma, non ti agitare, se gridi in questo modo non capisco nulla. Chi è scomparso? Il bambino? Che bambino? Gina... non sento. Non sento nulla, Gina!»

«Ma che succede?» domandò Ferruccio.

«Non lo so, la mia vicina di casa è in preda a una crisi isterica. Ma il cellulare aveva poco campo, si sentiva a scatti.»

Un vagito preannunciò un messaggio. Annabella lesse in silenzio. Si accasciò sul divano di Ferruccio. «Serafino...» disse, un attimo prima di iniziare a piangere.

«Mi dispiace di darti tutto questo disturbo, credimi, Ferruccio. Anche a lei, Giuseppe, farle prendere la macchina anche stasera che era di libera uscita.»

«Dottoressa, per lei lo faccio con piacere, perché è una brava persona» rispose l'autista.

«Da quanto tempo è scomparso questo tuo gatto?» domandò Ferruccio.

«Sono due giorni. Gina non mi aveva detto nulla ieri, perché capita che Serafino sparisca per un giorno intero. Ma quando ha visto che la ciotola era piena per la seconda sera consecutiva e che il gatto non si faceva proprio vedere, mi ha scritto. Non ci voglio pensare che sia morto. È come un figlio per me.»

Ferruccio le prese la mano. «Vedrai che non sarà così. Lo troveremo. Siamo abili investigatori, noi due, soprattutto quando uniamo i nostri cervelli» tentò di scherzare lui.

Un'ora più tardi Annabella si precipitò dentro casa, dopo aver salito di corsa tutti i venticinque gradini. Seguita a ruota da Ferruccio.

Quello che videro li lasciò a bocca aperta.

Sul divano, di fronte al camino acceso, c'era il capitano Gualtieri, praticamente nudo, a meno che non si volesse considerare come capo di abbigliamento quel piccolo asciugamano che aveva intorno ai fianchi. Sdraiato di fianco a lui, rilassato, pacioso e con ogni probabilità anche satollo, c'era Serafino, il gatto scomparso da due giorni.

«Annabella! Non ti aspettavo!»

«Sì, questo lo vedo» ridacchiò lei, voltandosi verso Ferruccio che invece non rideva, anzi, si era rabbuiato e aveva una strana espressione.

«Non sapevo che convivessi con qualcuno» disse, con voce tagliente. Un tono che non gli aveva ancora mai sentito usare.

«È una cosa temporanea» spiegò lei.

«Ah, pure...» rispose Landi, ancora più aspramente.

Gabriele guardò sconcertato la sua amica e cercò di rimediare all'infelice risposta. «Annabella vuole dire che starò qui solo per qualche giorno, poi tornerò a casa mia. Non stiamo insieme, siamo solo amici.»

«Anche io e Annabella siamo solo amici» replicò Ferruccio, guardandola.

Annabella a quel punto si rese conto dell'equivoco e pronunciò la frase che nessuno vorrebbe mai ascoltare: «Ferruccio, credimi, non è quello che pensi. Ti posso spiegare».

«Non devi darmi nessuna spiegazione, Annabella. Sei una donna libera e puoi gestire la tua vita come meglio credi» disse lui, togliendosi la giacca. «Ci facciamo un caffè, che ne dite? Io ne sento il bisogno.»

Gabriele decise che era arrivato il momento di andarsi a mettere qualcosa addosso. Sparì nella sua stanza.

Annabella si avvicinò a Ferruccio, che stava trafficando con la moka. «Sono lusingata di questa tua scena di gelosia. Anche se del tutto immotivata» ridacchiò.

Ferruccio la guardò inclinando la testa. «Immotivata?»

«Gabriele è il compagno del mio amico Nicola, stupido. Il motivo per cui è venuto a stare da me è un po' complicato, ma se resti qui stanotte te lo posso spiegare» disse lei, e lo baciò con impeto. Un po' troppo, a dirla tutta. Lo spinse contro i fornelli, la moka ormai piena si rovesciò e il liquido rovente si riversò tutto sulla schiena del povero Landi, che gettò un urlo di dolore.

Annabella lo fece sedere sulla sedia e gli tolse la maglietta.

«Una brutta ustione, bisogna metterci subito la crema per le scottature. Aspetta qui, la vado a prendere.»

Al grido di Ferruccio, Gualtieri era rientrato in salone, stavolta in accappatoio, chiedendo se potesse essere d'aiuto. Un vagito di neonato annunciò un messaggio: la Gina che chiedeva notizie. *Porca miseria!* Si era dimenticata di avvisarla. Doveva dirle che Serafino era vivo e vegeto e che semplicemente era rimasto a casa sua, nutrito e coccolato dal bel capitano, senza dover elemosinare cibo da una vecchia megera come lei. Ripensandoci… Avrebbe omesso l'ultima parte.

Prese il tubetto di crema e lo piazzò nelle mani di Gabriele: «Applica uno strato sulle ustioni di Ferruccio, prima che si sollevi la bolla. Io corro giù a parlare con la Gina, che è in preda a un nuovo attacco isterico».

Si precipitò per le scale interne della palazzina e andò a parlare con la vicina. Le servirono cinque minuti buoni per calmarla e altrettanti perché smettesse di lamentarsi del suo gatto. Annabella stava risalendo le scale quando si rese conto che nel trambusto aveva ricevuto un altro messaggio, che non aveva ancora letto. Era Nicola.

La tua vicina mi ha chiamato per dirmi che Serafino è sparito.
Sto andando a vedere a casa tua cosa succede.
Non ti preoccupare, te lo trovo io il gatto. Ti voglio bene, perfida.

«Noooo» gridò lei, iniziando a salire le scale a due a due. Il cuore le scoppiava in petto per lo sforzo, roba da prendersi un infarto...

Sacrificio inutile.

Entrò in casa e vide Nicola in piedi al centro della stanza, impietrito. Il suo sguardo era fermo su Gabriele in accappatoio intento a spalmare la crema sulla schiena di Ferruccio Landi.

Nicola si portò le mani al viso e disse: «Oh-mio-Dio».

E per la seconda volta nella stessa sera in quella stanza fu pronunciata la tanto temuta frase: «Nicola, non è quello che pensi. Ti posso spiegare».

Gabriele gli andò incontro, con le mani ancora impiastricciate di crema. «Amore, è un equivoco, credimi. Annabella ti potrà chiarire tutto...»

«Non mi toccare!» gridò in falsetto Nicola. Il pastore tedesco del professore del secondo piano iniziò a ululare. «Soprattutto con quelle manacce sporche di crema sul giubbotto nuovo» aggiunse.

Poi si rivolse ad Annabella: «Strega, traditrice. Come hai potuto farmi questo? Prestargli la casa per organizzare i suoi incontri amorosi».

Infine puntò il dito verso Ferruccio: «E tu, togli subito le tue zampacce dal mio uomo, è chiaro? Brutta vipera rovina-famiglie!» strillò di nuovo. Il pastore tedesco rispose con un ululato prolungato e partecipe. Detto questo si accasciò sul divano e iniziò a piangere disperato.

Gabriele e Ferruccio erano così sbigottiti da non riuscire a reagire in alcun modo.

Annabella capì che doveva essere lei a prendere l'iniziativa. Si sedette accanto al suo migliore amico e iniziò a carezzargli i capelli: «Nicola, smettila. Stai facendo una scenata per una cosa che non esiste».

Lui non rispose, continuò a guardare dritto davanti a sé. «Guarda che quello è Landi, il PM di Firenze. Quello che ti ha delegato le indagini, ricordi?»

Nicola si girò di scatto verso di lei. Le sussurrò a bassa voce: «Quello è Landi? Ferruccio Landi, il magistrato?».

Annabella annuì.

«Landi, il magistrato che dovrò sentire domani per riferire sulle indagini? E che mi ha scritto proprio stamattina per congratularsi per il mio operato?» sussurrò Nicola con voce strozzata e una vena del collo prossima a scoppiare.

«Proprio lui» infierì Annabella.

«E cosa diavolo ci fa mezzo nudo a casa tua?» continuò sempre più rauco Nicola.

Annabella iniziò a spiegare a Nicola la dinamica della assurda sequenza di eventi che avevano portato la situazione fino a quel punto.

Fu interrotta dall'arrivo di Gabriele. Si era rivestito e portava una sacca da viaggio. «Nicola. Credo che io e te abbiamo molte cose da chiarire. Ti chiedo scusa per averti mentito. Perché l'ho fatto. Ma era per il tuo bene, e il tradimento non c'entra nulla. Andiamocene via, Nic. Ti spiego tutto a casa nostra.»

Nicola, come un automa, si alzò dal divano e prese la mano di Gabriele. Evitò di incrociare lo sguardo di Ferruccio Landi, con il quale sarebbe rimasto in imbarazzo fino alla fine dei suoi giorni, e se ne uscì senza salutare.

Rimasti soli, Ferruccio si sedette sul divano accanto ad Annabella. «Allora, questa lunga spiegazione? Perché io la voglio. Sia chiaro» disse Ferruccio.

«Ti toccherà restare a dormire da me.»

«È un sacrificio che sono disposto a fare.»

32

Il disco rotto

Amore impossibile, amore cercato,
amore voluto, amore amato,
capelli al vento e al sole, sorriso dolce,
sorriso complice, mani tenere di parole.
Mani appassionate, incantate, tenute forte tra le mie: le tue.
Braccia di tenerezza, di passione,
che raccolgono il corpo tremante, la canzone.
Occhi di dolcezza, di paura, con la bocca tua sulla mia.
Poter partire, andare via
su onde argentate in mari d'azzurro cobalto,
e stare sul fondo e poi salire in alto, al sole, alle stelle.
Amore di silenzio e d'incanto.
Voglio tenerti vicino dove l'anima batte senza parole,
mostrarti nel silenzio alla luna e al sole.

Annabella mise da parte per un momento il libro di poesie della sua amica, che stava leggendo insieme a lei. «Calpurnia, tu nella vita hai mai conosciuto questo tipo di amore?»

«L'amore assume forme diverse, mia cara. Le persone fortunate sono quelle che lo sanno riconoscere in tempo.»

Annabella Abbondante pensò che quella era una delle cose più vere che avesse mai sentito in vita sua. Strinse la mano di

Calpurnia, sentì la sua energia vitale e si rasserenò un pochino. Quella mattina era stata tormentata tutto il tempo da un vago senso di inquietudine. Chissà cos'era. Forse il vento incessante, che non accennava a finire.

La "poeta" si alzò per attizzare meglio il fuoco nel grande camino del salotto di Annabella. Serafino dormiva pacioso sulla poltrona di velluto verde sotto la finestra. Annabella, accoccolata sull'altra poltrona, si avvolse ancora di più nella sua coperta. «Ti è mai capitato di sentirti un disco rotto, che non può andare avanti e neppure tornare indietro? Continua a girare in eterno nello stesso solco...»

Calpurnia versò il caffè per entrambe e ne porse una tazzina all'amica. «È così che ti senti, mio giovane bocciolo di pesco?»

Annabella sorseggiò il proprio caffè sovrappensiero. «Mi sembra di vivere un eterno presente, intrappolata in una me stessa che forse neppure esiste più.»

«Mia cara, forse è giunto il momento di affrontare questa te stessa, capire cosa vuole davvero. Devi decidere da che parte andare. Niente resta davvero immutato nel tempo, amica mia.»

«Comunque la poesia era bellissima, Calpurnia. Davvero.»

Restarono in silenzio a guardare il fuoco che scoppiettava, finché Annabella Abbondante, esausta dopo una settimana densa di emozioni, si addormentò.

33

Un toccasana per la disperazione

La giudice Abbondante era arrivata da poco in tribunale e si trovava sola nella sua stanza, intenta a firmare una pila di mandati e autorizzazioni, quando bussarono alla porta. Andò ad aprire e si trovò davanti uno dei suoi consulenti tecnici ed esperti di estimo, l'architetto Pettinato, in compagnia di una donna che non aveva mai visto. Una bella donna, dallo sguardo piuttosto duro e dall'espressione accigliata. Li fece accomodare, anche se quello non era il suo orario di ricevimento, perché il suo intuito aveva percepito che c'era qualcosa in quella visita che meritava la sua attenzione.

«Dottoressa Abbondante, mi scuso per essere venuto a importunarla di prima mattina, in un orario così inconsueto, ma si tratta di una questione delicata, che preferirei affrontare senza la presenza degli altri miei colleghi» iniziò Pettinato, in evidente imbarazzo.

«Accomodatevi e ditemi di cosa si tratta, vi posso dedicare qualche minuto prima di riprendere il lavoro di studio» li incoraggiò la Abbondante.

«Innanzitutto desidero presentarle mia moglie.»

«Teresa Musumeci mi chiamo, molto piacere» intervenne la donna con fare sbrigativo ma cortese.

«In cosa vi posso essere utile, architetto? Non capisco» chiese la Abbondante, confusa dalla presenza della moglie del suo consulente.

«Vede, dottoressa, non so come spiegarle la questione. Non è semplice» iniziò Pettinato. «A dire il vero è piuttosto imbarazzante.»

La giudice notò lo sguardo ironico e sprezzante della signora Musumeci. La questione si faceva sempre più strana. «Cominci dall'inizio, Pettinato, forza» lo incoraggiò.

«Vede, dottoressa, siamo qui perché mia moglie minaccia di volersi separare da me, e solo lei ci può aiutare.»

Annabella sollevò le sopracciglia e li guardò stranita. «Pettinato, guardi che io non sono mica una consulente matrimoniale. Non rientra nelle mie competenze. O forse mi è stato assegnato il vostro ricorso di separazione consensuale? Non lo ricordo» cercò di capire la Abbondante.

«No, no. Mi scusi, non sono riuscito a spiegarmi.»

Annabella iniziò ad avvilirsi. Non ci stava capendo nulla.

«Il punto è, dottoressa... è che mia moglie pensa che io la tradisca, e solo lei può convincerla che non è vero.»

«Proprio così» confermò la signora Musumeci, con una sottile nota di minaccia nella voce.

Annabella iniziò a sudare. La cosa si stava facendo proprio imbarazzante. «Ma architetto, non capisco come il nostro rapporto, che sottolineo è di natura strettamente professionale, possa essere stato frainteso dalla signora.» La Abbondante iniziò ad annaspare e non sapeva come gestire l'imbarazzo. Si rivolse alla signora Musumeci: «Le posso assicurare, signora, che tra me e suo marito...».

Pettinato la interruppe: «No, no, aspetti, giudice. C'è un equivoco». Era diventato tutto rosso.

La signora invece era sempre più irritata e nervosa.

«E lo credo bene che si tratta di un equivoco» insistette Annabella.

«Volevo dire che mia moglie non pensa che io la tradisca con lei» chiarì Pettinato, ormai color prugna matura.

«Architetto, ma di cosa stiamo parlando allora? Io non ci sto capendo nulla!» la Abbondante si accasciò sullo schienale della sua poltroncina, in preda allo sconforto.

«La prostituta» scandì la Musumeci, che all'evidenza si era stufata di tutta quella pantomima.

«Cosa?» Annabella sperò di aver capito male. Si rivolse a Pettinato: stavolta stava davvero perdendo la pazienza. Adesso la signora passava addirittura alle offese personali.

«Pettinato, ora lei mi spiega per bene questa faccenda» disse Annabella Abbondante, con quel suo famigerato tono che non accettava un no come risposta.

L'architetto si passò le mani tra i capelli, fece un lungo respiro e poi rispose: «Dottoressa, circa sette mesi fa lei mi ha dato un incarico per periziare quel piccolo appartamentino di via Montecristo a Pianveggio. L'ultimo piano senza ascensore, ringraziando a Dio. Si ricorda?».

«E questo adesso cosa c'entra?» Ormai la Abbondante era del tutto in confusione.

«C'entra, perché nel quartierino ci abita Damiana» ribatté concitato il Pettinato.

«E chi è questa Damiana?» trasecolò la giudice.

«La prostituta» scandì la signora Musumeci ancora una volta.

Aaaahhhh… Finalmente aveva capito. *E che cavolo, Pettinato. Bravo a stimare gli immobili quanto vuoi, ma a raccontare sei una capra, fattelo dire.*

«Pettinato, lei mi ha fatto sudare sette camicie questa mattina, lo sa?»

Pettinato sorrise, perché la Abbondante aveva afferrato il problema, e sapeva che l'avrebbe aiutato. Sulla Abbondante si poteva contare.

«Signora, le posso confermare che suo marito si è recato presso la abitazione della signora Damiana...»

«Non è una signora, è una zoccola» precisò la Musumeci, imperturbabile.

«Ecco, per l'appunto.» Annabella alzò gli occhi al cielo per chiedere un ultimo grammo di pazienza e continuò: «Ma in ogni caso posso assicurarle che suo marito è innocente. È andato in quella casa non per usufruire... Come posso dire? Del servizio. Ecco. Del servizio. Ma solo per ragioni di lavoro. Perché l'ho incaricato io, insomma. Doveva fare i rilievi dell'appartamento per la stima. Le basta?».

La Musumeci la fissò negli occhi per qualche secondo, stava cercando di capire se poteva fidarsi di lei. Poi alla fine accennò una specie di sorriso e rispose: «Mi basta». E nel dirlo si alzò con grande fierezza, porse la mano alla giudice e uscì.

«Pettinato, lei resti un momento» ordinò Annabella, riprendendo un tono professionale.

«Mi dica, dottoressa...» fece Pettinato, timoroso.

«Primo: non si azzardi mai più a farmi una cosa simile, che mi ha quasi fatto venire un infarto. Secondo: guardi che lei la perizia sull'appartamento di via Montecristo non me l'ha ancora depositata. Quindi si sbrighi!» concluse perentoria, guardandolo severa da sopra gli occhiali.

Pettinato le assicurò che avrebbe depositato tutto in tempi brevissimi e nell'andarsene le tributò una specie di saluto militare.

Santa pazienza, pensò Annabella Abbondante, e riprese a firmare i mandati di pagamento.

Poco dopo un vagito annunciò l'arrivo di un messaggio. La giudice guardò l'ordigno con timore e diffidenza. Temeva di conoscere il mittente. E forse persino il contenuto. E infatti...

> Non dimenticarti che alle cinque abbiamo il corso preparto alla palestra Yoga e Natura. E porta con te il tappetino e le scarpette morbide che ti ho fatto comprare. Mi raccomando, non fare tardi e vestiti bene. Non voglio fare brutte figure con le mamme dei compagni di classe di mia figlia.

Annabella non riuscì a trattenersi dal rispondere.

> Fortù, di cosa parli? Tua figlia non è ancora nata!

Vagito.

> Credo che tu sappia che viviamo in un piccolo centro, con un unico asilo nido: Le Tartallegre. Mi pare ovvio, quindi, che mia figlia sarà in classe con i figli delle mie compagne di corso preparto. È una questione di logica, sorellina.

Annabella dovette ammettere che il ragionamento di Maria Fortuna non faceva una piega. Adesso il problema era ricordarsi dove diavolo aveva messo il tappetino da pilates.

Aveva appena ripreso a firmare i suoi mandati quando bussarono di nuovo alla porta. Annabella si spazientì. «Chi altro sarà adesso?» disse tra sé. «Avanti!» gridò, per farsi sentire da fuori.

Quando l'uomo entrò nella sua stanza, la giudice Abbondante rimase per qualche secondo con la penna sospesa sul foglio: questa proprio non se la sarebbe aspettata.

Si alzò dalla sua poltrona e gli andò incontro. «Giorgio!»

Lui non disse nulla, limitandosi a guardarla con un sorriso sghembo, le spalle strette con le mani in tasca per nascondere un lieve tremito e gli occhi umidi.

In ogni donna c'è un lato materno, e quello di Annabella Abbondante venne fuori prepotente in quell'istante. Così si ritrovò a stringere il ragazzo tra le braccia, mentre lui piangeva con la testa sulla sua spalla. Un pianto leggero, silenzioso, disperato. Gli accarezzò i capelli ricci e ribelli, così simili a quelli di Tano da piccolo.

Nella testa le esplose l'immagine di una chiesa a picco sul mare, un corteo di persone mute e tristi, un bambino con le guance rigate dal pianto che l'abbracciava forte, la sua voce che diceva: «Non piangere, Tano, il tuo papà sta lassù in cielo che ci guarda», mentre le sue mani gli accarezzavano i capelli. «E che ne sai?» «Me lo ha detto la maestra Sullutrone. Lei sa tutto.»

«Vieni, ti porto a prendere un caffè al pepe dal mio amico Michele. È un toccasana per la disperazione.»

Entrando nella Palermitana gli occhi di Giorgio luccicavano di curiosità. «È qui che lavorava mia madre, vero?» domandò sedendosi sullo sgabello del bancone, di fianco ad Annabella.

Michele gli porse la tazzina con il caffè, ci fece sopra la spolverata extra di cacao e pepe. «Sì, ed era un'ottima dipendente. Seria, onesta e disponibile. Io le volevo molto bene. Tua madre era una bella persona.»

Il ragazzo lo guardò serio, con le sopracciglia corrucciate, la mascella contratta. «Io non ci credo che Eva la stesse ricattando. Mia madre se l'è inventato solo per giustificare il suo infame gesto. Mamma è un'assassina.» Si bevve il caffè in un solo sorso, quasi con rabbia.

Michele e Annabella si guardarono. Poi Annabella gli posò una mano sul braccio. «Giorgio, sei venuto da me per un motivo? C'è qualcosa che vuoi dirmi?»

«Il PM Landi, così mi pare che si chiami, quello che indaga sulla morte di Eva, mi ha convocato per un secondo interrogatorio. Mi ha fatto un sacco di domande su dove mi trovavo quando Eva è morta, se c'era qualcuno insieme a me. Cose del genere.» Giorgio fece una pausa, si guardò le mani, fece un lungo respiro. Poi si girò a guardare Annabella. «È ovvio che pensi che sono stato io. Ma come è possibile? Mia madre ha confessato. Io l'ho vista litigare con Eva. È stata lei, mi sembra chiaro. Perché quel Landi sospetta di me?» disse, sbattendo il pugno sul bancone.

«Giorgio, io non penso che tu abbia ucciso Eva. Ma il racconto della tua madre adottiva è lacunoso e contraddittorio. Credo che il pubblico ministero abbia ragionato per esclusione. Ti va di raccontarmi la tua versione dei fatti? Proviamo a capire cosa è accaduto davvero quel maledetto pomeriggio.»

Giorgio bevve un sorso d'acqua. Stette un po' zitto a carezzarsi il mento con gli occhi persi nel vuoto. «D'accordo» disse alla fine.

Michele li fece accomodare sul divano di pelle nell'angolo più appartato del locale, anche se a quell'ora il bar era ancora semivuoto.

Annabella prese il cellulare per registrare quello che Giorgio stava per dire. «Raccontami cosa hai fatto dopo che il pranzo è terminato.»

«Sono rimasto a parlare con Daniela Cozzolino e Rita Pennacchi, le due colleghe che prenderanno le funzioni nel mio stesso tribunale. Eravamo nell'aula di fianco alla biblioteca, al primo piano. Quella stanza dà proprio sul piazzale antistante il cancello e si vede bene anche una parte di giardino. Mentre parlavamo mi sono affacciato per caso alla finestra. Da lì ho visto mia madre litigare con una donna sconosciuta. Solo dopo l'ho collegata con la donna che mi aveva regalato la copia del *Piccolo Principe* qualche settimana prima.»

«E quindi che cosa hai fatto, quando hai visto quella scena? Aspetta, prima di tutto dove si trovavano le due donne mentre litigavano?»

«Si trovavano nel giardino adiacente il piazzale di ingresso della villa. Ed è lì che mi sono diretto, anzi dovrei dire precipitato. Volevo parlare con mia madre, cercare di capire cosa stesse accadendo, perché litigasse con quella sconosciuta. Ma, sceso al piano terra, prima ancora di trovare mia madre, mi sono imbattuto in Eva, che era entrata dentro la villa proprio per cercare me. Quando l'ho vista da vicino, l'ho riconosciuta come la donna della libreria. Siamo andati a parlare in sala tutor, quella che sta di fianco alla segreteria.»

«Cerca di ricordare con precisione quello che vi siete detti.»

Giorgio raccontò come alle sue domande insistenti Eva gli avesse rivelato ogni cosa. Il suo rapimento da neonato, l'accordo concluso dal suo padre naturale con i genitori adottivi, il fatto che lei era del tutto all'oscuro di quell'accordo. Gli aveva confidato, piangendo, ciò che aveva vissuto in prigione credendolo morto.

«E tu come hai reagito a tutto questo?»

Giorgio non rispose subito. Chiuse gli occhi e appoggiò la testa all'indietro sulla spalliera del divano. «Ero sconvolto, Annabella. Tutto il mio mondo polverizzato, la costruzione degli affetti, i punti di riferimento, tutto spazzato via da un racconto di dieci minuti… Lei continuava a parlare, ma io non la stavo più ascoltando con attenzione. Credo che mi abbia chiesto di provare a conoscerci per capire se esistesse per noi due la possibilità di avere un futuro condiviso come madre e figlio. Ma io, e di questo mi pentirò per il resto dei miei giorni, non le ho risposto. Sono rimasto fermo, in silenzio. Non capivo più nulla. Volevo solo scappare da lì, anche da lei, da tutto quello che in quel momento rappresentava. E così, le ho girato le spalle e me ne sono andato. Senza dirle nulla, capisci?»

«Giorgio, non devi sentirti in colpa. La tua reazione è stata fisiologica. È successo tutto così all'improvviso! Il carico di emozioni è stato troppo forte, non eri pronto per affrontare un colloquio con la tua vera madre.»

Giorgio riprese a piangere a singhiozzi. Michele comparve, come era sua abitudine, al momento giusto, portando una bottiglia d'acqua e dei fazzolettini di carta.

«Te la senti di andare avanti? Se vuoi possiamo smetterla qui, ne possiamo parlare un'altra volta.»

«No, voglio raccontarti tutto. Ho bisogno del consiglio di un'amica. Non so proprio che fare.»

«D'accordo. Cosa hai fatto dopo che sei scappato da Eva?»

«Sono andato in giardino per cercare mia madre. Volevo riversarle addosso tutta la mia rabbia. Ero furioso. Ero accecato dall'ira. Ma verso i miei genitori, non certo verso Eva. Lei era la vittima, Annabella. L'ho trovata e perduta nello stesso giorno. Non potrò più avere l'occasione di chiamarla "mamma", di chiederle il suo gusto preferito di gelato, di leggere insieme il *Piccolo Principe*. La vita sa essere così spietata, non è vero?» si asciugò gli occhi con il dorso della mano, con la mente inseguiva un pensiero inafferrabile e doloroso.

Annabella gli prese la mano. «Giorgio, sei poi riuscito a parlare con tua madre quel giorno?»

Lui parve riscuotersi dai suoi pensieri. «No, non l'ho trovata. Non era più in giardino, allora le ho scritto un messaggio, le ho scritto... Aspetta, te lo leggo, non l'ho cancellato. Eccolo, è questo.»

Annabella lesse il testo sul display:

So tutto. Ci ho appena parlato. Volevi impedirle di dirmi la verità? Credo di avere fatto una sciocchezza. Sono scappato via. Come avete potuto farmi questo? Vi odio tutti.

«Quando hai scritto questo messaggio?»

«Quando sono arrivato in giardino e mi sono reso conto che mia madre non c'era più, mi ricordo che mi sono seduto sulla panchina davanti allo scalone.»

«E poi? Cosa hai fatto dopo?»

«Stavo andando a prendere l'auto, volevo andarmene e basta. Ma mentre mi dirigevo al parcheggio ho sentito l'urlo e il rumore terribile del corpo sul selciato. Sono arrivato di corsa: ero certo che si trattasse di lei. È colpa mia, Annabella. Solo colpa mia. Se non fossi scappato, se non fossi stato così codardo, adesso lei sarebbe ancora viva. Mio padre e mia madre sono due assassini, e hanno ucciso per nascondermi la verità. Annabella, ti rendi conto di quanti delitti sono stati commessi a causa mia?»

Il ragazzo si buttò di nuovo all'indietro sul divano, nascondendo il viso tra le mani.

Annabella gli appoggiò una mano sul ginocchio. «Giorgio ma tu hai parlato di tutto questo con tua madre adottiva? Dopo la morte di Eva ti ho visto mentre ti allontanavi con lei, dopo aver visto il cadavere. Deve pur averti detto qualcosa!»

«No, te lo giuro. È vero, siamo andati via insieme, ma poi nel parcheggio ognuno ha preso la sua auto, non ci siamo detti nemmeno una parola. Io ero in trance, come paralizzato. Arrivati a casa ho fatto la valigia e sono andato a stare da un mio amico. Non la vedo da quel giorno. Non sopporterei di guardarla negli occhi dopo quello che è successo, dopo quello che so.»

«E con tuo padre?»

«Mio padre? Quale padre? Quello che mi ha rapito da piccolo e ha ricattato per anni la mia famiglia adottiva oppure quello che ha assassinato a sangue freddo il suo ricattatore? No, Annabella. Io un padre non ce l'ho.»

34

Oggetti smarriti

«Vanni, sei sicuro che tutto questo ossigeno non ci faccia scoppiare i polmoni?»

Alle sette meno un quarto del mattino Annabella Abbondante, in tuta da ginnastica e scarpe da runner, stava arrancando da venticinque minuti sul viale delle Mura, cercando di non perdere di vista il suo collega, che procedeva a ritmo forsennato un centinaio di metri davanti a lei.

Alla fine non resistette oltre e si accasciò ansimante sulla prima panchina.

Soldatini tornò indietro e si fermò di fianco a lei, ma non si sedette, iniziando a eseguire dei piegamenti del busto sul posto. «Non ti fermare proprio adesso, Annabella, abbiamo ancora da completare l'altro mezzo giro delle mura. Devo dire che verrò più spesso a fare jogging qui a Lucca, ve'. A Pianveggio i percorsi sono molto più scomodi e accidentati.»

Annabella si asciugò la fronte sudata con l'asciugamano che portava intorno al collo. «Bravo, ottima idea. Ma non contare su di me. Io con oggi ho dato il mio contributo allo sport per l'anno in corso e pure il successivo.»

Soldatini rise: «Va bene, riposiamoci un po' e poi proseguiamo a ritmo più lento. Vedrai che alla fine ti sentirai un leone. Dimmi un po', cosa pensa Landi della tua chiacchierata con Giorgio de' Nittis?»

«Non pensa ancora nulla. È partito di nuovo per New York, un'indagine di DDA molto delicata, da quel che ho capito. Dovrebbe rientrare oggi all'ora di pranzo. Lo chiamerò nel pomeriggio.»

«E tu invece? Cosa ne pensi di tutta la faccenda?»

«Non lo so, Sceriffo. Ho la netta impressione che qualcosa non quadri. Ma non riesco a capire cosa. Per esempio non riesco a spiegarmi perché la Sorgenti de' Nittis abbia dichiarato che l'incontro è avvenuto in aula mensa, quando invece abbiamo la certezza che il litigio in realtà abbia avuto inizio nel giardino. Perché ha mentito?»

«Come fate a esserne certi?»

«La dichiarazione di Giorgio mi è parsa coerente su questo, e anche Veronica Scalfati e Dino Colasanti hanno dichiarato lo stesso.»

Soldatini si grattò la fronte. «Forse vuole alleggerire la sua posizione. Se hanno prima litigato e poi la Sorgenti ha seguito Eva in aula mensa, si può parlare di omicidio premeditato. Mentre invece se avessero litigato lì sul posto, come afferma lei, può sostenere il dolo d'impeto.»

«Sì, in effetti questa potrebbe essere una buona spiegazione... Non lo so, Vanni. A me continua a ronzare in testa la stessa domanda, sin dal giorno della morte di Eva.»

«Quale?»

Annabella prese la bottiglietta dell'acqua che Vanni le aveva riempito alla fontanina lì di fianco e se la scolò tutta. «Che fine ha fatto la sua borsa? Perché non è stata ritrovata nell'aula? Anzi, perché non è stata affatto ritrovata?»

Soldatini riempì di nuovo la bottiglietta per sé. «Forse l'ha portata via la De' Nittis per occultare le prove?»

«Lei dice di non saperne nulla. Ma che senso avrebbe mentire su questo, se poi ha deciso di confessare l'omicidio?»

«Anche questo è vero. Adesso però muovi le chiappe, Annabella Abbondante. Si torna a camminare. E sbrighiamoci che dopo ci tocca andare in ufficio. Ricordati che stamattina abbiamo le udienze collegiali» le gridò Soldatini, che aveva già ripreso a correre.

Terra, inghiottimi, pensò Annabella Abbondante. Ma la terra dovette pensare che un altro giro di corsa, dopotutto, non le avrebbe fatto male. E la ignorò.

Dopo un'udienza collegiale noiosa e lenta, come tutte le udienze collegiali presiedute da Fausto Merletti, Annabella Abbondante si presentò alla Palermitana con un diavolo per capello. Si sedette al suo posto preferito, sul vecchio divano di cuoio, con la faccia scura e le narici dilatate.

Alice era già lì, a scrivere un pezzo. A quanto i suoi amici avevano capito, aveva litigato con il capo già da qualche giorno: stava evitando di andare in redazione e consegnava gli articoli da remoto. La giornalista controllò Annabella di sottecchi. «Giornata pesante in ufficio? Fammi indovinare, hai discusso con Merletti in camera di consiglio.»

Annabella soffiò via il ricciolo con aria feroce, sbattendo un pugno sul bracciolo del divano. «È un pallone gonfiato, irragionevole e decerebrato. E mi fa incazzare a morte quando la Severini gli va dietro. Mi è scoppiato un mal di testa. Ho un bisogno disperato di…»

«Un caffè al pepe per la dottoressa Abbondante» disse Michele poggiando il vassoio sul tavolino davanti al divano di cuoio.

Annabella lo guardò come l'apparizione della Vergine. «Oddio, Michele, ti adoro. Sei il mio angelo custode.»

«Sarei sempre un arcangelo, dottoressa» scherzò Michele.

Il sorriso era appena tornato sul volto di Annabella Abbondante quando il suo diabolico cellulare iniziò a vibrare nella tasca della giacca. Rimase sorpresa nel constatare che si trattava di Occhio per occhio, dente per dente, la sua collega tutor della Scuola.

«Ciao, Loretta, come stai? Sei rientrata a Urbino?»

«Sì, sono rientrata sabato. Sto bene, ma devo parlarti di una cosa importante.»

«Che succede? Dimmi tutto.»

«Annabella, credo di aver combinato un grosso guaio. E spero che tu possa darmi una mano.»

«Perché io, scusami?»

«Perché tu sei intima con il PM Landi. Magari potresti convincerlo che ho commesso un errore in buona fede.»

«Io… cosa? Ma chi ti ha detto una cosa simile?»

«Uffa, Abbondante, non farla tanto lunga. Il PM del tuo tribunale ha fatto il corso di aggiornamento con quello del mio tribunale. E così la notizia è circolata. Non mi pare che sia una cosa di cui vergognarsi, dicono che Landi sia un gran bel tocco di carne.»

«Loretta, dài! Possiamo cambiare argomento? Mi stavi parlando di un errore che avresti commesso…»

«Sì, esatto. Un errore di valutazione, diciamo così.»

«Vieni al sodo.»

«Il giorno che è morta quella donna io sono andata via prima degli altri, dopo pranzo. Ricordi?»

«Sì, mi pare che tu me lo abbia già accennato… quelle tre o quattro volte.»

«Esatto. È capitato che, per errore, io abbia portato via una borsa nera, una custodia di portatile. Ma non era mia. L'ho presa per sbaglio.»

Annabella, nel sentire parlare di una borsa, si drizzò sulla schiena e fece cenno a tutti di tacere. La cosa si faceva interessante.

«Di che borsa parli, Loretta? Spiegati meglio.»

«Sto cercando di dirtelo, se mi fai parlare. Allora, mi sono accorta dell'errore il giorno successivo. Ho aperto la custodia per prendere il portatile e iniziare a lavorare. Si trattava della borsa che avevo portato via da Castelpulci, ma ci ho trovato dentro un portafoglio e un cellulare. Ho capito di aver commesso un errore. E infatti, cercando meglio in casa, ho trovato una seconda borsa, con il mio portatile. Erano identiche. Devo aver creduto di avere con me il portatile quel giorno, quando invece l'avevo lasciato a casa.»

«Va bene, Loretta. Tutto molto interessante. Hai guardato nel cellulare per vedere a chi appartenesse?»

«Ho provato, ma era scarico. E nel portafoglio non c'erano documenti di identità.»

«E cosa hai fatto di quella borsa? L'hai ancora con te?»

«Ma neanche per sogno! L'ho riportata alla Scuola il giorno dopo. Sono andata a metterla io stessa nella stanza degli oggetti smarriti, perché mi vergognavo di dire che, in pratica, avevo rubato una borsa.»

«E ti sei ricordata solo adesso di questo particolare? Non lo sai che stanno cercando la borsa della vittima per mari e monti?» si alterò Annabella.

«No, non lo sapevo! Soltanto oggi, leggendo un approfondimento sulla *Nazione* di una certa Alice Villani, ho saputo che gli inquirenti erano in cerca della borsa della vittima e che tale borsa sembrava essersi volatilizzata. È per questo che ti ho telefonato. Non voglio essere denunciata per intralcio alle indagini. Ho combinato un pasticcio, ma l'ho fatto senza dolo. Che mi consigli?»

«Il PM Ferruccio Landi è una persona molto equilibrata. Non credo che avrai problemi. Chiamalo. Adesso. Ti mando il contatto. E se te lo stai chiedendo, la risposta è sì: ho il cellulare personale di Ferruccio, perché siamo molto intimi. Ti saluto, Loretta.»

Appena terminata la chiamata con la collega Taglione, Annabella provò a chiamare Ferruccio per avvisarlo di quell'importante novità. Il cellulare del PM purtroppo era staccato. Provò a rintracciarlo in ufficio, ma le dissero solo che l'aereo da New York era partito in ritardo e che non sapevano quando sarebbe atterrato a Firenze. Gli lasciò comunque un messaggio sul cellulare per dirgli di raggiungerla alla Scuola se avesse fatto in tempo.

Decise di coinvolgere Nicola. L'amico poliziotto avrebbe di certo saputo suggerire cosa fare con una notizia così importante. «Alice, dov'è Nicola?»

«È al famoso corso di aggiornamento a Roma, non te lo ricordi? Sono due mesi che si lamenta. Rientra venerdì. Ma mi spieghi cosa sta succedendo?»

Annabella prese l'amica per le spalle e la fissò dritto negli occhi. «Alice, siamo rimaste solo io e te. Prendi lo zaino.»

Alice si preoccupò. «Ma... che succede?»

«Ce l'hai un caricabatterie universale?»

«Sì, certo. Ho tre telefoni. Per forza. Ma vuoi spiegarmi che ti ha preso?»

Annabella si alzò e afferrò la sua inseparabile borsa rossa. «Mi accompagni a Firenze a vedere cosa c'è nel cellulare di Eva Cantelli oppure no?»

Le lentiggini di Alice si accesero di un bel rosso fuoco. «Corro a prendere il caricabatterie universale e torno.»

Pochi minuti più tardi procedevano sulla strada statale in direzione Firenze ben oltre i limiti di velocità consentiti. Annabella premeva l'acceleratore a tavoletta, che neanche sulla pista di Montecarlo. Nel frattempo aveva aggiornato Alice sulla conversazione telefonica con la Taglione.

L'amica però, abbarbicata alla maniglia di sicurezza dello sportello, era concentrata sulla propria sopravvivenza. «Scusa, Annabella, immagino che la borsa di Eva non scappi dallo scaffale degli oggetti smarriti. Non credo che sfracellarci contro un guardrail sia la strategia vincente. Potresti rallentare, per cortesia?»

Annabella la ignorò. «Mi sembra incredibile che la soluzione sia stata sempre a portata di mano. Mi domando cosa se ne facesse Eva di una custodia di un portatile.»

«Magari se l'era portata perché sperava di passare inosservata tra gli studenti della Scuola. Mimetizzarsi tra loro. Con un portatile sei più credibile in quel contesto. Attenta alla curva!»

«Hai ragione, dev'essere questa la spiegazione» concluse Annabella, ingranando la quinta.

Arrivarono sgommando sul brecciolino di Villa Castelpulci, suscitando lo stupore di quei tutor e MOT che si stavano godendo la pausa di metà pomeriggio all'aria aperta. Annabella corse come una furia, facendo a due a due i gradini dello scalone di accesso, fece irruzione nell'ufficio oggetti smarriti della Scuola senza più il fiato per parlare. Fu Alice a spiegare all'ignara segretaria quello che stavano cercando. La signorina Orsini consegnò loro la borsa, non senza qualche perplessità, e solo dopo che Annabella le ebbe dato in pegno il suo tesserino rassicurandola più volte di essere stata "espressamente autorizzata" dal dottor Landi in persona.

All'interno trovarono il cellulare di Eva, del tutto scarico, come aveva già verificato Loretta Taglione. Utilizzando il caricabatterie di Alice lo collegarono alla corrente, facendo attenzione a non toccarlo direttamente con le mani. Solo a quel punto Annabella si calmò e si sedette su una delle poltrone della sala tutor.

«Qui non c'è campo, Annabella. Vado fuori a chiamare Nicola. A quest'ora dovrebbe aver finito la lezione del corso. Gli voglio dire la novità.»

«Io ti aspetto qui. Tra un paio di minuti potremo accendere il cellulare di Eva.»

Chiuse gli occhi un minuto. La testa le scoppiava. L'ansia e la stanchezza stavano per avere il sopravvento quando udì una voce amica. «Abbondante, ma che succede? Quando ho letto il tuo messaggio mi è preso un colpo.»

Senza riflettere troppo, Annabella si alzò e corse ad abbracciarlo. Si sentiva già più sollevata ora che Ferruccio era con lei. «Landi, ce l'hai fatta. Non ci speravo» gli disse in un orecchio.

«Giuseppe mi ha portato subito qui dall'aeroporto. Mi dici che succede?» chiese lui, impaziente.

Annabella indicò la borsa di Eva: «L'abbiamo trovata, Ferruccio!».

Lui la guardò con quel suo luccichio dorato in fondo agli occhi. «Non mi dire che è la…»

«La borsa di Eva Cantelli. Esatto.»

Ferruccio rise, felice. «Ma sei incredibile, Abbondante. Come diavolo hai fatto?» le chiese.

«Una collega l'aveva presa per sbaglio, pensando che fosse sua. L'ha riportata il giorno dopo, ma non ha avvisato nessuno. La borsa è rimasta sempre qui, per tutto questo tempo, nell'ufficio degli oggetti smarriti.»

«Ma è impossibile, i miei uomini hanno rivoltato tutta la villa.»

«Certo, ma la borsa è stata riportata qui solo dopo la vostra perquisizione.»

Ferruccio scosse la testa e si portò una mano alla fronte. «Non ci posso credere.»

«Ho messo in carica il cellulare che c'era dentro.»

Ferruccio la guardò con aria di rimprovero. «Annabella... e le impronte?»

«Non l'ho mica toccato con le mani, ho usato un fazzolettino» rispose lei, quasi offesa.

«Vado a prendere un paio di guanti in lattice in auto, aspetta.»

Poco dopo Ferruccio e Alice rientrarono nella stanza, quasi nello stesso momento. Ferruccio prese il cellulare e lo accese. Annabella e Alice rimasero a guardarlo immobili, senza fiatare. Dopo un paio di minuti che Ferruccio armeggiava con il telefonino, lo videro sbarrare gli occhi e impallidire, per poi sedersi.

«Ferruccio, che cosa hai letto? Hai scoperto qualcosa? Dimmi!» implorò Annabella, incapace di attendere oltre.

«Devo preparare subito un'istanza di scarcerazione per Gabriella Sorgenti. Non è colpevole di omicidio.»

«Ma allora c'entra Giorgio? È stato lui? Chi è stato? Dimmelo!»

«Annabella, non capisci. Non c'è stato nessun omicidio. Leggete anche voi.»

Ferruccio le passò il telefono, senza interessarsi delle impronte. Perché non aveva più nessuna importanza. E uscì fuori a telefonare, perché nella stanza non c'era campo.

Annabella prese il cellulare e lesse ad alta voce il messaggio che compariva sul display:

Caro Giorgio, quando leggerai questo messaggio io forse non sarò più su questa terra. Voglio che tu sappia che la tua mamma ti ha amato dal primo battito. E non ti ha mai dimenticato. Per tutto il tempo in cui ti ho creduto morto, ho custodito nel mio cuore il mio amore per te, come un dono prezioso. Anche quando ho dovuto agire perché nessuno ti facesse più del male, l'ho fatto senza esitare. Perché io sono tua madre ed era mio compito proteggerti. E ora che ti ho visto, così bello, così uomo, così intelligente e brillante, posso morire senza rimpianti. Ma non sentirti in colpa per questo. Ho capito che per noi due era troppo tardi. Ho capito che non si può tornare indietro, che tu hai la tua vita. I tuoi genitori che ti amano. È vero, hanno commesso un grave sbaglio, ma anche loro ti amano, Giorgio mio. E l'amore vince tutto. Ricorda che io sarò sempre con te, anche se non potrai vedermi. Non dimenticare, l'essenziale è invisibile agli occhi.

Annabella, con le lacrime che le rigavano le guance, si chiese come fosse possibile che Giorgio avesse letto un simile messaggio e non lo avesse riferito a nessuno. L'unica spiegazione era che non l'avesse affatto letto, ma come era potuto accadere? Rileggendolo però si accorse che non era mai partito.

«Certo» disse. «In questa benedetta stanza non c'è campo.»

«Esatto» intervenne Ferruccio, che era rientrato in quel momento. «Ma Eva non deve essersene accorta. Ha scritto il suo messaggio qui, dopo che il figlio l'aveva lasciata, poi ha abbandonato cellulare e borsa nella stanza e si è diretta verso l'alto, in cerca di un posto dove attuare il suo proposito.»

«E purtroppo lo ha trovato» commentò, amara, Alice.

35

La storia vera

Qualche giorno dopo Ferruccio Landi entrò a sorpresa nel bar La Palermitana. Aveva annunciato ad Annabella la sua intenzione di assaggiare quei famosi cannoli che la appassionavano così tanto, ma non le aveva detto che sarebbe apparso senza preavviso un lunedì qualsiasi di novembre.

Dopo la scarcerazione della signora Sorgenti de' Nittis e l'accoglimento immediato dell'istanza di archiviazione per il caso Cantelli, non si erano più visti, ciascuno preso dalla propria routine e dagli impegni di lavoro.

Quando lo vide entrare nel bar, la giudice Abbondante si emozionò un pochino, al punto da rovesciare il caffè sugli appunti di Alice, che prese a elencare, con metodo e rigore, tutti gli improperi in lingua e vernacolo che conosceva, mentre insieme a Nicola tentava di arginare il dilagare del liquido marrone sul tavolino.

Annabella non si curò affatto del disastro che aveva combinato e, inconsapevole e sorridente, andò incontro a Ferruccio.

Landi allargò le braccia e sussurrò: «Sorpresa!».

«Vorrei credere che tu sia venuto per me, ma so già che l'unica ragione per cui ti trovi qui sono i famosi cannoli di Michele» scherzò Annabella. «Vieni che ti presento gli amici» disse, lo prese per mano e lo portò al bancone dove il barista stava servendo due turiste americane.

«Michele, posso presentarti Ferruccio Landi, il mio collega PM di Firenze?»

«Credevo di essere un tuo amico» polemizzò Ferruccio.

Il barista gli porse la mano, cordiale: «Piacere, dottor Landi, noi tutti qui le siamo grati per aver risolto il caso della morte della nostra amica. Lei è il benvenuto e i cannoli per lei, almeno per oggi, sono gratis».

«Posso chiederti di darmi del tu? Altrimenti mi sento vecchio.»

Il barista gli porse un cannolo e un caffè al pepe. «Questi devi assaggiarli insieme, secondo la regola della tua amica Annabella.»

Ferruccio assaggiò il cannolo, socchiuse gli occhi e roteò la mano in aria con evidente approvazione. «Michele, credo che io e te diventeremo amici» disse guardando il barista con gli occhi ridenti.

«Lo credo anche io. Gli amici di Annabella sono anche amici miei. Le voglio molto bene» rispose Michele.

Ferruccio sorrise, senza smettere di guardarlo negli occhi: «Anche io, Michele».

Annabella Abbondante aveva assistito inerme a quello scambio di battute ad alto grado di testosterone, senza poter fare nulla per impedirlo. Aveva assunto, in compenso, il colore dei peperoni maturi, e se ne stava con gli occhi bassi a contemplare le sue unghie.

Perciò fu sollevata quando a loro si unirono Alice e Nicola. Diede uno sguardo di sottecchi all'amico commissario ed ebbe la certezza che da quel momento al bancone ci sarebbe stato qualcuno più in imbarazzo di lei.

Nicola tese una mano, con un sorriso storto e l'altra mano infilata nella tasca dei jeans. «Dottor Landi, come va?»

«Sono Ferruccio per gli amici. E gli amici di Annabella sono anche amici miei, giusto?» disse rivolto a Michele.

Nicola sorrise, rasserenato. «Saremo amici solo se mi prometti di dimenticare per sempre la ridicola scena a casa di Annabella.»

«Non capisco a cosa tu ti riferisca. Ma di sicuro non darò mai più le spalle a una moka in vita mia!» disse Ferruccio.

Tutti risero. Alice allora approfittò del momento rilassato per intervenire: «Ferruccio, visto che anche io sono amica di Annabella e quindi siamo amici per la proprietà transitiva, devo chiederti un grosso favore».

«Cosa posso far per te, "amica mia"?»

«Devo terminare l'articolo per la redazione entro stasera. Potresti raccontarci cosa ti ha detto la Sorgenti quando l'hai interrogata prima di scarcerarla? Mi daresti materiale per l'articolo, sai.»

«Bugiarda, perché non dici che sei curiosa come una biscia? Lo siamo tutti» replicò Nicola.

Ferruccio li guardò tutti serio per qualche secondo, poi rispose: «Non vedo perché no. Dopotutto il caso sta andando per l'archiviazione. Ma vi avviso, non sarà un racconto brevissimo».

Annabella prese l'iniziativa. «Al divano!»

«Al divano!» le fece eco Alice. E si diressero entrambe al loro posto preferito, nell'angolo con il divano di cuoio e le poltrone di velluto azzurro.

Gli altri le seguirono, tranne Michele, che sparì nel retrobottega. Riapparve poco dopo con un vassoio di sfogliatelle calde, opera di Tonino Passalacqua. Nessuno protestò.

«Alice, cosa vuoi sapere di preciso?» domandò Ferruccio.

«Vorrei capire perché la Sorgenti si trovava anche lei alla Scuola Superiore quel giorno. Non credo che le due donne si siano incontrate lì per caso. Che cosa ti ha detto in proposito la madre di Giorgio?»

«La Sorgenti ci ha dichiarato di aver capito che la madre naturale aveva rintracciato suo figlio da quando Giorgio le aveva raccontato di una donna che in libreria le aveva regalato *Il Piccolo Principe*.»

«Per la storia della tutina verde, giusto?» chiese conferma Alice.

«Che tutina? Di che parlate?» domandò Nicola.

«Il bambino le era stato consegnato vestito con una tutina verde con un disegno del *Piccolo Principe*» chiarì Annabella.

«Comunque» riprese Ferruccio «la Sorgenti ha confermato che sulla prima pagina del libro c'era il numero di telefono della Cantelli. Abbiamo controllato, è proprio quello del cellulare che abbiamo ritrovato nella custodia del computer.»

«Ma la signora De' Nittis l'ha chiamata oppure no?» insistette Alice.

«Sì, l'ha chiamata e si sono incontrate proprio qui a Pianveggio un paio di volte. La Sorgenti ci ha raccontato di aver supplicato Eva di lasciarli in pace, di non dire nulla al figlio, di non distruggere la serenità del ragazzo. La Sorgenti giura anche che non sapeva nulla del rapimento del bambino, che se lo avesse saputo non avrebbe mai preso il neonato, non lo avrebbe strappato alla sua vera madre. Ma a quanto pare la Cantelli non si sarebbe fatta convincere: non le importavano le colpe, le importava solo riavere suo figlio. La signora De' Nittis ebbe l'impressione che Eva fosse molto determinata: le aveva detto a chiare lettere che Giorgio aveva il diritto di sapere la verità, che la prima volta non aveva trovato il coraggio di farlo, ma che era sua ferma intenzione quella di parlare con lui, per raccontargli che sua madre, la sua vera madre, lo amava e non lo aveva abbandonato di sua volontà. Detto questo era andata via.»

«La telefonata!» gridò di colpo Annabella. Tutti la guardarono come una svaporata. Tutti tranne Ferruccio, che aveva capito il riferimento alla telefonata cui Annabella aveva assistito nel giardino della Palermitana.

«Sì, esatto. Perché a quanto pare dopo l'incontro la Sorgenti aveva continuato a chiamare Eva per ripeterle la sua supplica, ma la Cantelli era rimasta ferma sulla sua decisione. È da quel momento in poi che la Sorgenti avrebbe iniziato a seguire suo figlio, nel timore che quella donna lo avvicinasse di nuovo. Quando Giorgio le aveva comunicato di dover frequentare il corso di tre settimane alla Scuola Superiore della Magistratura a Villa Castelpulci, lei era andata in allarme, perché aveva subito realizzato che quella poteva essere l'occasione perfetta per Eva per avvicinare suo figlio indisturbata. E la De' Nittis era certa che l'avrebbe colta.»

«Ma come ha fatto a sapere che la Cantelli sarebbe andata a Castelpulci proprio quel giorno?» intervenne Nicola.

«Non lo sapeva, infatti. Da quello che ci ha riferito, la signora si è recata a Castelpulci tutti i giorni del corso per controllarlo. Era come impazzita dal terrore, restava ore e ore appostata in macchina in prossimità del cancello della villa. Il giorno in cui Eva è morta la Sorgenti era già lì dalla mattina presto quando l'ha vista introdursi nella Scuola di nascosto. A quel punto sostiene di aver provato a fermarla. Conferma la colluttazione tra loro, conferma anche che il litigio si è svolto nel giardino di Castelpulci. La discussione sarebbe stata molto violenta, ci sarebbero scappati anche ceffoni e graffi.»

Alice sollevò la testa dal suo taccuino e puntò la penna verso Ferruccio. «Ma quindi è falso che Eva aveva tentato di ricattarla?»

«Sì. La Sorgenti ha ammesso di non essere mai stata ricattata.»

«E quindi la lettera era tutta una farsa?» domandò Annabella, che aveva intuito la verità.

«A quanto pare la Sorgenti ha assunto un falsario per far scrivere quella lettera, ricavando la grafia di Eva dalla dedica sul libro. Aveva predisposto un piano per spaventarla. Dopo che la discussione era degenerata, ormai convinta di non avere alternative, pare che abbia consegnato a Eva la lettera contraffatta. Ci ha confessato di averla minacciata: l'avrebbe denunciata alla polizia per tentata estorsione, e la lettera sarebbe stata la prova. Le ha detto che ne aveva fatto fare due copie, che avrebbe consegnato la seconda alla polizia, l'avrebbe fatta accusare di complicità con il Coriandoli e avrebbe sostenuto che Eva l'aveva cercata per tentare di ricattarla ancora, così come aveva già fatto in precedenza il Coriandoli. Sembra che lo stratagemma abbia funzionato: la Cantelli si è calmata all'improvviso, come sopraffatta. Sembrava essersi arresa. E si è allontanata. Da sola. E a quel punto la Sorgenti ha deciso di andarsene, sollevata.»

«Secondo me è in quel momento che ha progettato il suicidio» disse Annabella, quasi tra sé e sé.

Alice alzò una mano, come a scuola, senza staccare gli occhi dai suoi appunti. «Ma la Sorgenti è accorsa al momento in cui Eva si è buttata di sotto. Com'è che si trovava ancora lì?»

«Sì, ci stavo arrivando. A quanto pare la signora ha impiegato parecchio tempo per cercare le chiavi dell'auto, sembra che nella colluttazione le fossero cadute dalla tasca. Quando ha sentito l'urlo le aveva da poco ritrovate e si era appena avviata verso il parcheggio, così si è precipitata per capire cosa stesse accadendo. Quando è arrivata sul posto dove era caduto il corpo, ha visto suo figlio sopraggiungere correndo, con il viso sconvolto, e si è convinta che fosse stato lui a buttarla di sotto. Mentre era in auto verso Firenze, ha ricevuto il messaggio che Giorgio le aveva mandato poco prima. Nel messaggio il ragazzo scriveva di aver fatto una sciocchezza, e la madre ci ha letto la conferma ai suoi sospetti.»

Alice chiuse il taccuino. «Ecco perché ha confessato.»

«Sì, ha deciso di coprirlo» confermò Landi.

Michele era visibilmente provato dal racconto. «Che storia assurda» commentò. «Madre e figlio convinti della reciproca colpevolezza, e quella povera Eva invece si era uccisa. Ancora non ci posso credere a questa storia. Non riesco ad accettarla» concluse, con la voce rotta dalla commozione.

«Forse Gabriella Sorgenti non è colpevole di omicidio in senso tecnico, ma di certo ha le sue responsabilità. Le sue minacce di mandarla di nuovo in prigione devono aver avuto un effetto deflagrante sulla psiche già logorata di Eva. La sua punizione però è arrivata: ha perso suo figlio. Quello che ha fatto è stato tutto inutile» commentò Annabella.

Nicola a quel punto si prese una sfogliatella dal vassoio ancora intatto e commentò: «Se vogliamo dirla tutta, la signora non ha perso solo il figlio, ma anche il marito, che al momento resta in carcere accusato dell'omicidio di Coriandoli».

«Non lo so. Al posto di Massi non darei tutto così per scontato. Ora che sappiamo chi era in realtà Coriandoli, la rosa degli indagati si allarga» disse Ferruccio.

«Che intendi dire?» chiese Annabella.

«Intende dire che anche la nostra Eva aveva un movente più che valido per voler uccidere il suo ex compagno. E aveva anche l'occasione di avvelenarlo, visto che lavorava qui» rispose Nicola per lui.

«Esatto» confermò Ferruccio.

«Porca miseria» commentò Annabella Abbondante.

36

Sesso tantrico

Annabella Abbondante entrò in cancelleria abbracciata a un fascicolo rosso. Colore che nel codice non scritto di tutti i tribunali dello stivale sta a denotare una particolare urgenza.

Diede una sbirciata veloce alle scrivanie dei cancellieri e constatò che erano entrambe vuote. Che quella della signora Maria non fosse ancora occupata alle otto del mattino non la stupì affatto, mentre rimase sorpresa che Paolo non fosse al suo posto. Si accorse però che c'era la luce accesa nello sgabuzzino ormai utilizzato come ufficio da Albino Diomaiuti.

Entrò con cautela nella stanza dell'assistente. «Diomaiuti, buongiorno. Cercavo il cancelliere Sarracino, ma non è alla scrivania.»

«Buongiorno, dottoressa. Il cancelliere oggi arriva più tardi. Doveva andarsi a fare quel fastidioso accertamento in ospedale.»

«Ah, è vero. La gastroscopia, porca miseria.»

«Posso fare qualche cosa per lei?»

«Sì, Albino. Quando arriva Sarracino, deve ricordargli di depositare questo fascicolo come prima cosa. Si tratta di un provvedimento cautelare molto urgente, mi raccomando.»

«Sarà fatto, dottoressa. Tra qualche minuto anche io mi allontano, per recarmi alla prima messa, ma per le undici sarò qui e riferirò al cancelliere. Mi posso permettere di offrirle un caffè? Ho portato con me una miscela che mi hanno regalato i padri trappisti della mia comunità, al rientro dalla missione in Brasile.»

Annabella mollò il fascicolo sulla scrivania dell'assistente e si sedette sulla poltroncina girevole sistemata nell'angolo vuoto della stanza. «Perché no, Diomaiuti... Un buon caffè non si rifiuta mai. Ma come lo fa?»

Lui si avvicinò a un armadio posto di lato alla sua scrivania: «Ho seguito il suo prezioso esempio, dottoressa, e ho acquistato una moka elettrica che conservo qui dentro».

Mentre l'assistente inseriva il caffè trappista nella moka, Annabella Abbondante avvertì il bisogno di togliersi una curiosità che neppure Paolo era riuscito a soddisfare. «Diomaiù, le posso fare una domanda un po' personale?»

«Se posso rispondere, dottoressa, volentieri. Mi dica pure.»

«Ma perché ha lasciato il seminario? Non mi pare che lei abbia perso la fede, né i contatti con la sua comunità... Allora come mai?»

Diomaiuti si girò, con il cucchiaino a mezz'aria. «Ah, è semplice, dottoressa: per il sesso.»

Annabella Abbondante quasi si ribaltò sulla sedia. «Ha detto "sesso", Diomaiuti?»

«Sì, esatto. Non potevo accettare la castità. Io credo che se il Signore avesse voluto vedermi prete non mi avrebbe di certo fatto dono di tutto questo appetito sessuale, e anche della discreta capacità di soddisfare quello delle mie compagne.»

La giudice Abbondante spalancò gli occhi. «Compagne? Plurale?»

Diomaiuti le porse il bicchierino con un caffè profumatissimo. «Per l'appunto, giudice. Non sono per i rapporti fissi.

Sono un uomo tranquillo, che ama il silenzio e la meditazione. I legami duraturi sono logoranti e forieri di inutile stress e confusione. Preferisco i rapporti occasionali, scelti con cura, s'intende. Io pratico il sesso tantrico. Lo ha mai sperimentato? Glielo consiglio. Appaga il corpo, disciplina la mente, senza interferire con gli altri interessi della vita. Le piace il caffè?»

Annabella se ne scolò l'ultimo sorso. «È divino, Diomaiuti. Assolutamente celestiale.»

Diomaiuti giunse le mani come in preghiera e poi, indicando una pila di carte sulla sua scrivania, disse: «Me ne rallegro. Adesso, se mi vuole scusare, debbo andare a inserire questi atti nei suoi fascicoli».

Poco più tardi la giudice Abbondante si trovava nel pieno dell'udienza del martedì, nella piccola aula di solito assegnata ai processi civili.

«Avvocato Lipani, è presente?»

«Eccomi, signor giudice.»

«"Signora giudice", se non le dispiace, avvocato. Il termine "giudice" è indeclinabile, ma è di genere sia maschile che femminile. Almeno a partire dal 1965.»

«Ha ragione, mi scusi. Comunque sono presente con il mio cliente Felice Mascolo, dottoressa.»

«Oggi la causa è per il deposito della consulenza tecnica medico legale, il suo esame ed eventuali osservazioni. Lei ha qualcosa da rilevare sulle conclusioni cui è giunto il consulente tecnico?»

«A dire la verità, signora giudice, riteniamo che il consulente tecnico non abbia preso in sufficiente considerazione, ai fini della quantificazione del risarcimento, il considerevole danno estetico che la cicatrice ha inferto al signor Mascolo. Se lei osserva le foto contenute nel fascicolo, potrà rendersi conto di ciò che intendo.»

La dottoressa Abbondante abbassò lo sguardo sul fascicolo e cercò le foto in questione. «Qui non ne vedo, avvocato. Devono essere nella versione digitale depositata su pendrive.»

A quel punto il signor Mascolo dovette pensare che la dimostrazione "dal vivo" fosse l'unica soluzione. Sta di fatto che con gesto repentino e non prevedibile dal suo avvocato, si calò del tutto i pantaloni per mostrare alla giudice la menomazione estetica dei suoi genitali. «Ecco giudice, glielo *fò* vedere di presenza, così di certo non si sbaglia.»

Annabella Abbondante alzò gli occhi dal fascicolo per capire di cosa stesse parlando e si trovò a contemplare il Mascolo con le mutande calate. Ora, le possibili reazioni potevano essere molteplici, e non tutte confacenti alla funzione che stava svolgendo in quell'aula. Dovette decidere, senza perdere tempo, quale strategia utilizzare per non scadere nel ridicolo. Dare in escandescenze, come l'istinto primordiale le avrebbe suggerito, sarebbe stato inutile e di certo non appropriato. Decise di affrontare la cosa in modo asettico e professionale, per cui non abbassò lo sguardo, ma inforcò gli occhiali, osservò per qualche secondo le parti intime del Mascolo e replicò: «Mi pare che il danno estetico lamentato non sia riscontrabile a un esame oggettivo della parte. Adesso può rivestirsi, signor Mascolo, l'esame diretto da parte del giudice è terminato». Poi si rivolse all'avvocato Lipani, che in quel momento aveva lo stesso colore e l'espressività di una statua di marmo: «L'udienza è rinviata al 22 gennaio. Faccia rivestire il suo cliente e lo porti di filato fuori di qui».

«Sì, signora» rispose, esanime, l'avvocato.

Dolly si presentò nella sua stanza verso le tre del pomeriggio con un sorrisetto ironico stampato in faccia. Lui e il suo carrello si piazzarono al centro dell'ufficio senza parlare. La giudice Abbondante lo scrutò glaciale da sotto gli occhiali e a sua volta non disse nulla. Riabbassò lo sguardo sul fascicolo che stava esaminando e fece friggere il cancelliere sui carboni ardenti per qualche secondo. Quando l'attesa si fece martirio e lui iniziò a tossicchiare impaziente, solo allora, la giudice si limitò a domandargli: «Come stai, Paolo? Sono più di due settimane che non ci vediamo. Gli accertamenti medici?».

Sarracino apparve sollevato: «Grazie dell'interessamento, dottoré. Nella settimana di congedo mi hanno rivoltato come un calzino e alla fine hanno concluso che non tengo niente».

Annabella lo fissò negli occhi. «E mi pare che ne sei rimasto deluso, Dolly! Meglio così, non ti pare?»

«Dottoré, loro hanno detto che io non tengo niente, ma mica mi hanno spiegato perché mi vengono le coliche addominali. Dicono solo che sto stressato e che devo essere meno ansioso. Come se a uno che tiene caldo gli dici che non deve sudare... *Cose 'e pazze.*»

«Mi pare però che tu ti sia ripreso molto bene. Anzi, devo desumere dalla tua espressione di poco prima che ti hanno riferito del gustoso siparietto all'udienza di oggi.»

Dolly non rispose, ma si tolse gli occhiali e stava per intraprendere la cerimonia della pezzuola, quando la Abbondante disse: «Preferisci startene lì impalato o vuoi sapere tutte le ultime novità sul caso di Eva Cantelli?».

Il cancelliere, senza parlare, ripose la pezzuola nella tasca dei pantaloni, si diresse alla moka e iniziò a preparare il caffè.

Quando furono entrambi seduti con i bicchierini fumanti di caffè davanti, la giudice aggiornò il suo cancelliere di tutti gli sviluppi che si era perso mentre era stato in congedo per malattia. E non erano pochi.

«Ecco perché questo De Marchi io non lo trovavo da nessuna parte, dottoré! Mi ero meravigliato che era sfuggito alla rete di intercettazione di mia sorella e di mia moglie» ridacchiò Sarracino. «Ma, se ho ben capito, il PM Landi e il commissario Carnelutti sospettano che la cameriera della Palermitana possa essere l'omicida? In pratica prima avrebbe ucciso il compagno e poi si sarebbe suicidata?»

«Ex compagno, Dolly. Non credo proprio che i due si fossero rimessi insieme. Eva provava troppo rancore nei confronti di De Marchi o Coriandoli, che dir si voglia.»

«Ma allora perché il Coriandoli ha lasciato la casa alla ex compagna?»

Annabella si sistemò il ricciolo dietro l'orecchio e sorseggiò il suo caffè. «Questa è una bella domanda, Dolly» disse, appoggiando gli occhiali sul bordo della scrivania.

Paolo li afferrò appena in tempo, prima che cadessero. «Ma pure voi pensate che Eva possa aver ucciso il Coriandoli?»

«Non lo so, Paolo. Ma di certo non possiamo escluderlo. Ora che sappiamo chi era davvero quell'uomo per lei, non è un'ipotesi così improbabile. E credo che Massi dovrebbe prenderla in seria considerazione, per non rischiare di far condannare un innocente.»

«Sì, avete ragione dottoré. Però ci sta un elemento che forse voi non sapete. Me l'ha detto la mia amica Adele Bonafiglia, che da poco ha iniziato a lavorare come ufficiale di polizia giudiziaria insieme a Sergio Massi.»

Gli occhi della dottoressa Abbondante si fecero due lame taglienti. «Mi stai dicendo che stiamo parlando da mezz'ora e tu ancora non mi hai riferito un elemento che potrebbe essere utile per scoprire la verità?»

Paolo fece una faccia afflitta da malato incurabile. «Dottoré, abbiate un po' di compassione, io ancora non mi sento tanto bene.»

Non funzionò. «Se non ti senti bene non dovresti bere tutto questo caffè» sentenziò la Abbondante. «Allora? Di cosa si tratta?»

«La mia, diciamo, "amica" mi ha confidato che in procura non riescono a venire a capo delle modalità con cui sarebbe avvenuto l'avvelenamento. Dal referto della prima autopsia, quella di prammatica che fu fatta in occasione del decesso, risulterebbe che il Coriandoli non aveva ingerito cibo nelle ore antecedenti il decesso. E questo sarebbe incompatibile con i tempi di azione del tipo di veleno rinvenuto nella seconda autopsia. Inoltre i liquidi presenti nello stomaco furono a suo tempo sottoposti, come di routine, all'esame tossicologico. E non era emerso nulla.»

«In altre parole il veleno non proveniva né dalle bevande né dai cibi serviti alla Palermitana.»

«Esatto, dottoré.»

Annabella iniziò a tormentarsi il sopracciglio. «Questo in effetti complica parecchio le cose. Paolo, chiama questa tua amica Bonafiglia e dille di tenerti informato sugli sviluppi.»

«Dottoré, non vi prendete collera, ma non posso. Mia moglie non vuole che la chiamo, perché è un poco gelosa di Adele, a causa del fatto che con questa mia amica, da ragazzi, siamo stati fidanzati per qualche mese.»

Annabella ridacchiò. «E bravo il mio Dolly sciupafemmine.»

«Voi scherzate, dottoré. Ma la mia dolce metà è un tipo piuttosto geloso. A proposito, volevo chiedervi se domani sera volete venire a cena a casa nostra. Mia moglie dice che non siete più venuta dopo quella volta, un paio di anni fa. Dice che è passato troppo tempo.»

«È perché sto ancora digerendo tutta la roba che avevano preparato tua moglie e tua sorella. Peggio delle mie zie di Sorrento. Ancora mi ricordo quella pasta al forno a sette strati...»

«Eh, dottoré, voi scherzate, ma io ho il sospetto che questi dolori di panza che tengo pure dipendono dalla mano pensante di mia moglie in cucina.»

Annabella rise. «Comunque ci vengo volentieri, Paolo. Diglielo a tua moglie. Non vorrei che diventasse gelosa pure di me.»

Sarracino arrossì dietro gli occhiali. «Dottoré, tornando alle indagini... Stavo pensando... Ma se provassimo a rintracciare quelli che stavano giocando a biliardo con Coriandoli quella sera? Magari hanno notato qualcosa di strano, un particolare, una persona che possa essere di aiuto per sbrogliare la matassa.»

«Certo, Paolo, è un'ottima idea. Ma come facciamo a sapere quel giorno...»

«Dottoré, state senza pensiero. Adesso sguinzaglio mia sorella. E poi vi faccio sapere» disse Paolo. Poi si congedò, perché si era fatto tardi e c'erano ancora parecchi atti da depositare.

Aveva ripreso da poco a scrivere la sentenza che l'arrivo di Paolo aveva interrotto, quando il telefono iniziò a vibrare sulla scrivania.

«Ciao, Alice, è una cosa importante? Perché avrei da terminare una sentenza con una certa urgenza e...»

«Come vuoi, ma credo che questa la vorresti sapere. Sono appena rientrata da Roma. Sono stata a parlare con il direttore del carcere dove era detenuta Eva.»

Annabella si drizzò sulla sedia. «Parla! Che hai saputo?»

«Indovina in quale materia ha fatto la tesi di laurea Eva Cantelli?»

Annabella soffiò il ricciolo e si tolse gli occhiali. «Tu e Nicola passate troppo tempo insieme. Ti sta rovinando!»

Alice rise. «Scusa, hai ragione. La tesi era in tossicologia.»

«Scherzi? Ma questo è un indizio bello pesante.»

«Concordo con te. Per questo domani vado a Perugia a parlare con il suo relatore. Per capire meglio come stanno le cose.»

«Grande, Alice. Tienimi informata, mi raccomando.»

«Certo, ispettrice capo Abbondante.»

«...»

«Negli ultimi tempi sei diventata permalosa, lo sai, Annabella?»

«Sono sempre stata permalosa, dove sta la novità?»

«Ah, quasi dimenticavo! Rispolvera la tua tutina azzurro metallizzato, ti ho prenotato la tua prima lezione di Hatha yoga alla palestra Bulli & Pupe. Domani mattina alle nove. Mi raccomando, puntuale per il Saluto al Sole.»

«Ma sei impazzita? Mi basta il corso preparto con Maria Fortuna.»

«Fai come vuoi, ma forse può interessarti sapere che Michele si è ricordato una cosa importante della sera in cui Coriandoli è morto. Il primo a intervenire per soccorrerlo fu Tommaso Pucci. Pare che avesse da poco terminato un webinar di tecniche di primo soccorso. Provò a rianimarlo, ma fu tutto inutile.»

«Tommy il Ficcanaso? L'istruttore di pilates?»

«Sì, proprio lui, ma adesso è istruttore di yoga. Magari ha visto o sentito qualcosa di utile. Utilizzeremo la tecnica che hai già praticato con successo lo scorso anno per il caso Santangelo. Andrai al suo corso di yoga e poi lo interrogherai.»

«Ma perché devo andarci io a fare la lezione, scusa? Perché non ci vai tu, che sei la giornalista? E soprattutto, perché Nicola non se lo convoca in commissariato?»

«Io e Tommy non ci rivolgiamo la parola da quella volta in cui ho cercato di strangolarlo con la sciarpetta di lurex.»

Al ricordo di quella scena Annabella si sganasciò dalle risate. «Oddio, che momento epico! L'avevo dimenticato. Fu quando Tommy lasciò Nicola per la seconda volta, se non sbaglio.»

«Non sbagli. Ed è anche questo il motivo per cui è proprio Nicola a chiederti di fare questa cosa per lui. Se scopri che Tommaso Pucci sa qualcosa di utile per le indagini, Nicola lo convocherà in commissariato. Se invece non sa nulla, lui si risparmierà di incontrarlo di nuovo.»

«D'accordo, ma te lo scordi che mi metto quella terribile tutina azzurro metallizzato.»

37

Il Saluto al Sole

Non appena avrebbe avuto di nuovo Alice sottomano, l'avrebbe ammazzata. O per lo meno le avrebbe fatto molto, molto male. Questo pensava Annabella Abbondante nello spogliatoio del circolo di fitness Bulli & Pupe, intenta a comprimersi nella nuova divisa della palestra, che aveva abbandonato l'azzurro metallizzato dell'anno precedente per adottare un più sobrio arancione fluo.

Annabella si guardò un momento allo specchio e non se la sentì di condividere il giudizio circa la sobrietà della scelta: vestita in quel modo aveva l'aspetto di un gigante evidenziatore.

Prese rassegnata il suo nuovo tappetino color rosa shocking, anche quello gentile omaggio del gestore, e si avviò mesta verso il martirio.

Nella sala 1 della palestra scoprì con suo rammarico che non si trattava di una lezione individuale. *Perfetto*, pensò. *La mortificazione sarà completa*.

Diede una sbirciatina agli altri evidenziatori e riconobbe con sua grande sorpresa la figura filiforme di Albino Diomaiuti, il quale nel vederla entrare le corse incontro. «Giudice Abbondante, ma che bella sorpresa. Mi fa piacere che abbia ascoltato il mio consiglio sulle pratiche tantriche.»

Annabella trasecolò. E adesso cosa c'entravano le pratiche tantriche? Diomaiuti dovette accorgersi del suo smarrimento, perché aggiunse: «Lo Hatha è una delle discipline yoga che con il Kundalini, il Raja, il Laya e il Mantra fanno parte della corrente dello yoga tantrico. Vedrà che ne avrà un considerevole giovamento nelle sue prestazioni sessuali, dottoressa».

Annabella ebbe un piccolo attacco di tosse nervosa, bevve un po' d'acqua e si sistemò il ricciolo imbarazzato che le era ricaduto sulla fronte, dentro la fascia per capelli arancio fluo che, secondo le indicazioni contenute nella confezione della divisa, era obbligatorio indossare durante la lezione.

Si erano appena schierati sui tappetini quando entrò Tommy, quasi accecante nella sua nuovissima tutina color verde mela metallizzato. Quando la vide lì, semi nascosta in ultima fila, l'istruttore si lasciò scappare una risatina compiaciuta. «Ragazzi, oggi abbiamo una nuova iscritta al corso. Prego, Annabella, non startene indietro, mettiti in prima fila, così posso vederti mentre esegui gli esercizi.»

Annabella, ripassando mentalmente tutte le sevizie che avrebbe inflitto ad Alice non appena l'avesse incontrata, si spostò in prima fila, ma sforzandosi di non dare a vedere quanto la cosa l'avesse colpita e affondata.

«Visto che abbiamo con noi una principiante, approfittiamo per ripassare ed eseguire alla perfezione i dodici asana del Saluto al Sole. Nella doppia versione. Chi ricorda quali sono i benefici di una regolare pratica del Saluto al Sole?»

Diomaiuti, pronto, alzò la mano. Tommy gli fece cenno di parlare, e lui: «Riequilibra la postura, tonifica tutta la muscolatura, migliora l'equilibrio in generale, favorisce concentrazione e coordinazione, migliora il transito intestinale, regolarizza il fegato, ossigena il sangue, massaggia gli organi vitali, stimola le ghiandole endocrine come la tiroide, ha un effetto calmante, libera la mente e l'organismo da stress e tossine, regola il sonno, migliora la respirazione e il ritmo cardiovascolare».

«Bravissimo, Albino. Vieni, mettiti qui di fianco a me ed esegui i dodici asana mentre li spiego a beneficio della nostra nuova arrivata.»

«Iniziamo con la posizione della preghiera *Prarthanasana*. Annabella, mi raccomando il controllo del respiro, inspirazione ed espirazione, intervallate da due pause in cui si trattiene il fiato. Ricordate tutti la sacralità della respirazione, *pranayama*.»

Un paio di minuti di *pranayama* più tardi Annabella Abbondante iniziava già ad andare in iperventilazione e sfruttò la posizione della preghiera per raccomandarsi a Nostro Signore.

Ma Tommy non le diede la possibilità di riprendersi. «Passiamo alla posizione delle braccia alzate, *Hasta Uttanasana*: inspirate distendendo le braccia verso l'alto, alla larghezza delle spalle. Dividete le mani e inarcate la schiena. Gambe e piedi devono restare fermi e le piante dei piedi ben a terra. Annabella, inarcami quella schiena, gioia! Mi sembri un sacco di patate, forza!»

Porca Uttanasana… pensò Annabella Abbondante.

«E adesso in sequenza *Padahastasana* e *Ashwa Sanchalanasana*: piegamento in avanti e posizione equestre. Annabella, mi devi scendere un po' di più in avanti, forza. Se non riesci piega un po' le ginocchia. E non staccarmi quei palmi da terra! Più che una posizione equestre mi sembra una posizione bovina.»

Annabella sentì il cornetto della colazione frullare nello stomaco e risalire inesorabile verso l'esofago. Stava per alzarsi e andare a dire a Tommy dove si poteva cacciare la sua posizione bovina, ma poi pensò all'indagine e decise di resistere.

«E adesso andiamo ad assumere la posizione del cane a testa in giù, *Adho Mukha Svanasana*: inspirando portate indietro la gamba sinistra a fianco del piede destro. Nello stesso momento sollevate il sedere e portate all'ingiù la testa, tra le braccia. Si deve creare un triangolo… Annabella, solleva le chiappone in alto, forza, forza!»

Mentre teneva la posizione, Annabella visualizzò un gigantesco battipanni da usare a più riprese sul sedere appuntito e impertinente di Tommaso Ficcanaso, e così trovò la forza per tenere la posizione del cane ancora per qualche secondo.

«Saluto con gli otto arti *Ashtanga Namaskara*. Mi raccomando, Annabella, glutei e addome sollevati da terra.»

Annabella Abbondante si rese conto che la forza di gravità le remava contro. Si chiese perché tra gli otto arti da poggiare a terra il maledetto avesse escluso proprio quelli più pesanti. Sadismo. Altro che yoga.

Nella posizione del cobra la forza di Annabella iniziò a vacillare, e solo l'immagine di se stessa trasformata in cobra reale attorcigliata intorno al collo di Tommy le fece superare la prova. Pochi minuti dopo, ritornati nella posizione della preghiera *Prarthanasana*, Annabella credette di avere una visione mistica: il suo letto morbido e accogliente e una tazza di cioccolata. Altro che sesso tantrico.

«E adesso, carissimi, la posizione del cadavere *Shavasana* per il rilassamento finale.»

Annabella si immedesimò così bene in quella posizione yoga che continuò a mantenerla anche quando tutti gli altri si furono allontanati e lei rimase sola, in compagnia del suo tappetino rosa shocking.

Una decina di minuti dopo, recuperato il controllo dei suoi arti inferiori, Annabella Abbondante, spalancò la porta ed entrò senza bussare nello spogliatoio maschile. L'ambiente era vuoto, c'era solo l'istruttore. Nel vederla Tommy gettò un acuto da soprano di operetta e si portò le mani al petto. «Oddio, mi hai spaventato a morte. Che ci fai ancora qui? La lezione è finita da un pezzo.»

Annabella lo ignorò. «Ascoltami, Tommy, ho bisogno che tu faccia uno sforzo e attivi i neuroni della tua corteccia frontale. Devi dirmi tutto quello che ricordi del giorno in cui è morto Coriandoli.»

«Perché lo vuoi sapere?»

«Perché magari ci sono dei particolari che hai notato che potrebbero aiutare la polizia a capire come sia stato... avvelenato.»

«Uhhh! Come in un romanzo di zia Agatha! Il ritorno di Tommy il detective. Non vedo l'ora di raccontarlo a tutti!»

«E invece non lo racconterai proprio a nessuno, perché c'è un'indagine in corso. E se Carnelutti scopre che te l'ho detto, ci ripassa in padella tutti e due. Vuoi rispondere a queste domande oppure no?»

«Certo che voglio! Andiamo a prenderci una tisana detox e sarò tutto tuo.»

Pochi minuti dopo, seduti nelle poltroncine arancioni della sala relax della palestra Bulli & Pupe, Annabella guardava con diffidenza la tazza con il liquido verdastro che Tommy le aveva piazzato in mano.

«Che cosa vuoi sapere di preciso?» chiese l'istruttore mentre soffiava sulla sua tisana bollente.

Annabella annusò la propria e arricciò il naso. «Quella sera il Coriandoli era in compagnia o era da solo?»

«Non lo ricordo, però di solito Gino arrivava sempre da solo alla Palermitana. Veniva per giocare: poker, biliardo. Qualsiasi gioco in cui poter perdere i suoi soldi.»

«Capisco. E ti ricordi per caso se stesse mangiano o bevendo quando si è sentito male?»

«Non so dirti cosa abbia fatto prima, io non badavo a lui.» Tommy si interruppe per dare un paio di sorsi alla tua tisana, con lo sguardo perso nel ricordo. «Comunque in quel momento di certo non stava mangiando, perché aveva la sigaretta ancora accesa quando si è sentito male. Me lo ricordo perché sono io che gliel'ho tolta dalle mani prima che provocasse un incendio. Ci sarebbe mancato solo quello.»

«Certo, immagino che non sia stato facile veder morire qualcuno davanti ai tuoi occhi. Va bene, grazie. Mi sei stato molto utile anche questa volta.»

«Figurati, tesoro. Tommy il detective sempre al tuo servizio! Ma non mi hai detto se ti è piaciuta la mia lezione di yoga!»

«Moltissimo, ho anche trovato il mio asana preferito.»

«La posizione del cobra?»

«La posizione del cadavere.»

Tommy la guardò con aria di seria e compenetrata compassione.

Uscita dalla palestra, Annabella compose il numero di cellulare di Valeria Mancinelli per chiederle delucidazioni sulle possibili modalità di somministrazione del veleno che aveva ucciso Coriandoli. Valeria fu precisa ed esaustiva come al solito. Le diede la conferma scientifica che le occorreva. Fu per quello che Annabella iniziò a esultare nel parcheggio della palestra Bulli & Pupe che neanche Peter Pan e i bambini sperduti dell'Isola che non c'è.

«Paolo, sto arrivando in tribunale. Dopo l'udienza collegiale ci vediamo nella tua stanza. Credo di aver capito come è stato avvelenato il Coriandoli. Quanto tempo pensi che impiegheremmo per fare il giro dei tabaccai di Pianveggio?»

«Cinque minuti, dottoré.»

«Così poco?»

«Uno ce ne sta, giudice. Pensate che il veleno poteva stare nelle sigarette?»

«Esatto. A quanto pare il Coriandoli si è sentito male mentre fumava. Ma questo non credo fosse stato riferito al medico legale.»

«Dottoré, ma non è meglio che ne parlate con il commissario Carnelutti? Quello, se poi si incazza, tiene pure ragione.»

Il silenzio di tomba dall'altra parte del telefono annunciò l'arrivo di una forte burrasca per il cancelliere Sarracino.

38

Cigarettes and Coffee

«Mi stai dicendo che il Coriandoli potrebbe essere morto per aver aspirato una sigaretta avvelenata? E come avrebbe fatto a finire nelle sue mani? Di solito i fumatori le estraggono dal pacchetto per fumarle subito. L'unica soluzione è ipotizzare che l'intero pacchetto fosse stato avvelenato in qualche modo» ragionò il commissario Carnelutti mentre metteva lo zucchero nel bicchierino di caffè che l'amica gli aveva preparato. «Comunque hai fatto bene a chiamarmi. Convocherò Tommy in commissariato per farmi rendere una deposizione ufficiale e informerò Massi di questa novità.»

«Mi domandavo se nella perquisizione abbiate rinvenuto un pacchetto di sigarette. Almeno per capire che marca fumasse.»

Nicola bevve il caffè con lo sguardo rivolto alla finestra. «Non mi ricordo. Appena rientro in commissariato vado a verificare sui verbali. Grazie del caffè, perfida. Ne avevo un maledetto bisogno» disse poi. Quindi afferrò il giubbotto di pelle e scappò via.

Appena fu uscito, Annabella chiamò Paolo. «Dolly, sono io. A che ora devi timbrare il cartellino oggi?»

«Mi manca mezz'ora, perché?» si insospettì il cancelliere.

«Andiamo a interrogare il tabaccaio» annunciò perentoria lei.

«Noi?»

«Certo, noi. E chi altro vuoi farci andare?

«Azzarderei che potrebbe essere una questione di competenza del PM e della polizia giudiziaria.»

«Non dire sciocchezze. Se a Massi non viene servita la pappa nella scodella, non combinerà mai nulla. Ci vediamo nel parcheggio del tribunale tra quarantacinque minuti.»

Poco più tardi Annabella parcheggiava la sua Ypsilon nella piazzetta di Pianveggio dove si trovavano la farmacia e la tabaccheria. Paolo scese dall'auto come il naufrago che approda su un'isola dopo la tempesta. «Dottoré, negli ultimi tempi state peggiorando con la guida, ve lo devo dire. Ma ve l'hanno spiegato che nelle rotonde si deve dare precedenza a quelli che ci stanno dentro? Per poco non ci facevate ammazzare...»

«Uhhh! Quanto sei esagerato! Spicciati, piuttosto.»

«E va bene. Però entrate voi, mentre io aspetto fuori per vedere se arriva qualcuno.»

«Paolo, che stai dicendo? Dobbiamo entrare per parlare con il tabaccaio, mica vogliamo fare una rapina! Anzi, parlerai tu, che di certo lo conosci benissimo» detto questo lo prese sottobraccio e se lo portò dentro la tabaccheria.

«Buongiorno, ragionier Mazzacurati. Come vanno i gemellini?» esordì Dolly.

«Carissimo Paoletto, son due birbe, come al solito. E tu come stai? La *tu'* moglie *m'ha* riferito che sei stato *po'o* bene.»

«I soliti acciacchi, niente di importante. Ti posso presentare la dottoressa Annabella Abbondante?»

«Molto piacere, Mazzacurati Piero, lei è nuova di Pianveggio? Perché non l'ho mai vista.»

«No, è che non fumo...»

Il ragioniere la guardò perplesso, ma non commentò.

«Senta, ragioniere, siamo qui per farle alcune domande sul defunto Gino Coriandoli. Lei lo conosceva?»

«Sì certo, era mio cliente. Veniva almeno una volta alla settimana. Un gran fumatore» rispose, con una punta di orgoglio.

Annabella storse il naso senza volerlo. Detestava il fumo e non apprezzava i fumatori. «Che marca di sigarette fumava, se lo ricorda?»

«Certo, ricordo i gusti di tutti i miei clienti abituali. Prendeva solo le Chesterfield rosse. Ma perché siete tutti così curiosi di sapere cosa fumasse il Coriandoli?»

Paolo prese la pezzuola dalla tasca e iniziò a pulirsi gli occhiali. «È venuto qualcun altro a farti questa domanda dopo la sua morte?»

«Eh, come no! È passato l'ispettore Cancellieri una mezz'oretta fa.»

«E prima?» intervenne la Abbondante.

«Prima di cosa?» chiese il tabaccaio.

«Prima che morisse il Coriandoli.»

«Eh, quello stavo per dirvi. Era venuta anche la cameriera della Palermitana a chiedermi la stessa cosa. Sarà stato proprio il giorno che morì il povero Gino. Mi disse che doveva comprare un pacchetto di sigarette per conto di Coriandoli, ma non si ricordava la marca.»

«E poi lo comprò?»

«Sì, certo. Mi ricordo che quando ho saputo che Gino era morto ho pensato che gli avevo venduto il suo ultimo pacchetto di sigarette, poveraccio.»

«Senta, Mazzacurati, ha riferito questa circostanza anche all'ispettore Cancellieri?»

«No.»

«E perché?»

«Non me l'ha chiesto. E in quel momento non ci ho pensato.»

Mentre si dirigevano all'auto, Paolo chiese alla giudice se avesse intenzione di andare subito in commissariato dal suo amico Carnelutti. «No, Paolo. Non c'è tempo da perdere con i passaggi burocratici. Qui c'è la seria possibilità che si stia tenendo un innocente in carcere.»

«E allora che volete fare, dottoré?»

«Non ho scelta. Dovrò prendere il toro per le corna.»

Dolly non replicò. Credeva di avere intuito di quali corna stesse parlando la Abbondante, ma non voleva correre il rischio di farla innervosire con domande inopportune. Non mentre si trovava in quel trabiccolo infernale insieme a lei, lanciato a cento all'ora sulle curve che portavano al tribunale.

Quando la segretaria di Sergio Massi delle Case la vide spuntare dall'altro capo del corridoio, con i riccioli scomposti, la borsona rossa e il cappotto lungo sopra il vestito di maglina a fiori, afferrò il telefono per avvisare il suo superiore dell'arrivo della sciroccata Abbondante. Annabella suppose che le avesse impartito il solito ordine per casi del genere: «Per Annabella Abbondante io non ci sono mai».

Annabella però non accettava un no come risposta. Decise pertanto di ignorare le vivaci proteste della povera Angelica Cecconi, meglio nota come "il parafulmine", e si diresse decisa verso la porta del collega. Anche stavolta entrò senza bussare, come era sua consuetudine tutte le volte che faceva visita al PM Massi.

«Vieni, entra, Abbondante. Ero certo che Angelica non ti avrebbe fermata. Vuoi una tazzina di caffè Nespresso?»

Annabella si sedette sul divanetto dello studio di Massi. Lo guardò incredula. «Tu hai comprato una macchina per il caffè?»

«Ero stufo del caffè orribile del distributore. Ma ho preso questa, perché è molto più veloce della moka.»

«Immagino… Non sia mai che tu possa perdere un secondo di troppo.»

«Si chiama efficienza, Abbondante. Una cosa che immagino non ti appartenga. Lo prendi amaro?»

«Mezzo cucchiaino di zucchero, grazie.»

«Dovresti prenderlo amaro» suggerì Massi.

Annabella si inalberò all'istante. «Perché sono "Bellabbondante"?»

«No, perché è più buono…» Massi si girò un secondo a guardarla, prima di riprendere a trafficare con la macchina del caffè. «Sai, Abbondante… Sono la persona meno adatta per darti un consiglio da amico, ma credo che dovresti smetterla con questa fissazione del sovrappeso. Dopotutto sei una bella donna. Insopportabile, asfissiante, invadente, cocciuta e rompipalle. Ma non sei brutta» concluse, porgendole il bicchierino di caffè.

Annabella accavallò le gambe e si appoggiò alla spalliera. «Suppongo che questo nelle tue intenzioni doveva essere un complimento. Quindi grazie, Massi.»

«Sei venuta a curiosare nelle mie indagini oppure a riferirmi di scoperte mirabolanti?»

Annabella lo guardò interrogativa.

«Sono le sole due ragioni per cui di solito vieni a trovarmi. Quindi, dimmi… quale delle due?»

Annabella sospirò. Stavolta non poteva obiettare proprio nulla. Era vero. Nessun'altra ragione avrebbe mai potuto indurla a percorrere quel corridoio, se non per discutere con lui di un'indagine in corso. Decise quindi di andare al sodo. «Il giorno in cui Coriandoli è morto Eva Cantelli aveva acquistato un pacchetto di sigarette della stessa marca di quelle che la vittima fumava.»

Massi fece un ghigno ironico. «Che notiziona, Abbondante. La Cantelli fumava. Questo sì che darà una svolta alle indagini.»

«Massi, la Cantelli non fumava affatto. Tant'è vero che il ragionier Mazzacurati la conosceva solo per essere la cameriera della Palermitana. Non ti sembra un fatto curioso? E sappi che il veleno rinvenuto nella salma di Coriandoli può essere assunto anche mediante inalazione…»

«Vedo che la Mancinelli mantiene il segreto istruttorio con grande professionalità» sbottò Massi.

«Dài, Sergio, adesso non metterti a cavillare. Ti rendi conto che Eva Cantelli aveva il movente, l'occasione e il mezzo per uccidere Coriandoli? Lo sapevi che era laureata in farmacia con una tesi in tossicologia?»

L'espressione di Massi era cambiata. Adesso sembrava molto interessato. «Come lo sai?»

«Alice sta conducendo delle indagini per suo conto, per il giornale. Oggi doveva parlare con il relatore della tesi di Eva. A Perugia.»

Massi prese il cellulare e compose un numero. Annabella lo guardava incredula. Sembrava che la stesse prendendo sul serio. La cosa era destabilizzante e un tantino deludente. Si aspettava di dover condurre un'aspra battaglia per farsi ascoltare. Così era stato troppo facile, porca miseria.

«Villani? Sono Massi. Sì, lo so che non ci sentiamo dall'ultima cena di classe. Ascolta, c'è qui Abbondante. Sì, nel mio studio, esatto. Mi sta dicendo che sei andata a indagare sulla tesi di laurea della Cantelli. Hai scoperto qualcosa? Mmm… Mmm.» Massi prese un foglio e si appuntò qualcosa. «Va bene.

Poi ti richiamo per sapere altri particolari. Fammi avere il materiale che hai raccolto finora, per favore. Sì, anche io. Ciao.»

Annabella cercò di sbirciare cosa ci fosse scritto. Massi, senza dire nulla, le girò il foglio per consentirle di leggere meglio.

Titolo della tesi: "Gli effetti dei barbiturici sulla miocellula cardiaca".

«Porca miseria, è stata lei» disse Annabella.

«Devo avere più elementi, Abbondante. Credo che stavolta, chissà come, tu ci abbia azzeccato. Ma dobbiamo trovare altre prove più consistenti.»

«Credo che lei avesse un movente più che valido per uccidere l'uomo che l'aveva fatta condannare per un infanticidio mai avvenuto. Non ti pare?»

«Certo Annabella, questo mi pare chiaro. Ma anche De' Nittis Fabbri aveva un ottimo motivo per uccidere. E si è incontrato con il Coriandoli soltanto il giorno prima. Anche lui avrebbe potuto fornirgli un pacchetto di sigarette avvelenato.»

«Devi trovare quel pacchetto, Massi…»

Rimasero per un po' in silenzio, ciascuno a riflettere sulle soluzioni da adottare. Annabella iniziò a camminare avanti e indietro per l'ampia stanza, poi si sedette di fronte al lui, afferrò la lente di ingrandimento dalla scrivania del collega e iniziò a giocarci.

Massi si allungò per riprendersela, con aria stizzita. Annabella neanche se ne accorse, presa com'era dai suoi ragionamenti. «Sto pensando che un fumatore incallito tiene le sue sigarette sempre in tasca… Che fine fanno gli effetti personali di un defunto?»

«Se non ci sono parenti, restano in custodia presso l'ospedale dove è avvenuto il decesso per un anno.»

«E tu non ci hai pensato a farteli mandare quando hai riaperto il caso?»

«Ne avevo disposto il sequestro, in effetti, ma non ho avuto ancora il tempo di consultare l'elenco.» Annabella lo guardò con aria ironica, al che lui allargò le braccia e rispose: «Se non ti dispiace ho anche altri casi da seguire. Però aspetta, possiamo almeno vedere se tra gli effetti ci fossero delle sigarette».

Massi prese l'elenco dal fascicolo del caso Coriandoli, ed ebbe la conferma dell'esistenza di un pacchetto di Chesterfield rosse. «Farò rilevare la presenza di veleno nelle sigarette e disporrò un rilievo dattiloscopico sul pacchetto. Se siamo fortunati sapremo se ci sono impronte della Cantelli. Essendo stata in carcere, le abbiamo in archivio.»

Lui e Annabella si guardarono e sorrisero soddisfatti. Per la prima volta complici.

39

Eva Kant

Il mare ruggiva di spuma e si mangiava la spiaggia a ogni boccone. Il vento denso di salsedine portava il segno dell'inverno in arrivo. I tre amici sedevano nella veranda chiusa del Bagno Marechiaro e discutevano con calore, come sempre. Niccolò, il gestore del ristorante, andò a prendere la loro ordinazione prima che si facesse troppo tardi.

«Tre spaghetti con le vongole. E un caciucco in tre» disse Alice.

«Sono convinto che Eva non abbia ucciso per un interesse economico. Il suo unico desiderio era quello di vendicarsi: non poteva sapere il contenuto del testamento» considerò Nicola.

«Ma quindi la Mancinelli ha confermato che nel pacchetto di sigarette erano presenti barbiturici? Proprio il farmaco che la Cantelli aveva studiato per la tesi?» si informò Alice.

«Sì, e sono state trovate due impronte abbastanza nette che combaciavano bene con quelle in archivio. Sono di Eva, senza dubbi di sorta.» Nicola versò il vino bianco nei bicchieri delle amiche e si fece una bella sorsata. «Ci sono elementi per scagionare l'ambasciatore dall'accusa di omicidio del Coriandoli. Credo che Massi abbia già fatto l'istanza al GIP Soldatini per la revoca della misura cautelare» comunicò. «Che storia assurda, se ci pensate. Mesi di indagini per arrivare alla conclusione che l'unica colpevole di omicidio era la vittima.»

Alice prese un pezzo di pane e lo inzuppò nell'olio buono che Niccolò aveva portato a tavola. «Ma i De' Nittis non subiranno alcun processo per i reati commessi nel loro passato?»

«Ormai si tratta di reati ampiamente prescritti» chiarì Nicola.

Annabella era stata un po' in silenzio ad ascoltare i suoi amici, senza fare commenti. «Io non credo che Eva possa considerarsi l'unica colpevole di questa storia. Anzi, ritengo che sia stata sin dal principio la vera vittima. Anche se l'omicidio non può mai trovare una giustificazione, credo che in molti siano responsabili morali dei fatti accaduti e della sua morte. Non è prevista condanna per questi comportamenti, ma la censura morale, quella direi proprio di sì. La signora Sorgenti de' Nittis dovrà fare i conti per tutta la vita con il fatto di aver indotto, con i suoi raggiri, una donna a suicidarsi. E ha privato suo figlio del diritto di conoscere se stesso e la sua vera madre.»

Detto questo si alzò e si avvicinò alla vetrata per osservare meglio il mare. Una lacrima scese, lenta, sulla sua guancia.

Prese il cellulare e scrisse un messaggio.

Ciao Landi, che fai stasera?

40

Le arancine di Michele

Quella sera alla Palermitana si festeggiava la promozione di Gabriele Gualtieri. Michele aveva chiuso al pubblico per la prima volta dopo tanto tempo. Erano tutti presenti, compreso Paolo con sua moglie e Valeria Mancinelli con il marito. Mentre la tavolata degli amici riempiva la sala semivuota di allegre risate, Michele si presentò con un vassoio formato gigante di arancini. O meglio, arancine, come li chiamava lui, che era palermitano.

Annabella si ricordava bene quando, anni prima, loro due avevano passato un intero pomeriggio a litigare su quella faccenda del nome. Il giorno successivo gli aveva anche portato uno studio dell'Accademia della Crusca per dimostrargli che il termine maschile e quello femminile erano da considerarsi entrambi corretti, perché "arancine" era utilizzato ma solo nella provincia di Palermo, mentre nel resto della Sicilia si diceva "arancini". Un'altra volta gli aveva regalato *A Napoli si mangia così* di Vittorio Gleijeses, la famosa guida di cucina tradizionale napoletana, per fargli capire che gli arancini in Campania sarebbero stati sempre maschi, e che se proprio le voleva femmine avrebbe dovuto chiamarle "palle di riso". Michele però non si era convinto neppure allora, «perché a Palermo le arancine sono femmine, punto e basta». Alla fine però si erano stancati di discuterne e avevano concluso che ognuno avrebbe chiamato quelle delizie come meglio gli aggradava.

L'arrivo del vassoio fu accolto da un fragoroso applauso e da un urlo di giubilo di Vanni Soldatini, che ne andava matto.

«Allora? Che cosa aspettiamo? Non vorremo mica far raffreddare "le arancine" di Michele?» disse Annabella facendogli l'occhiolino.

«In realtà manca ancora qualcuno» rispose il capitano Gualtieri. Solo in quel momento Annabella si rese conto che a tavola c'erano ancora due sedie vuote.

Dopo poco si sentì bussare alla porta del bar. Annabella corse ad aprire e si trovò davanti Sergio Massi delle Case. Non riuscì a evitare che la mascella le calasse per l'incredibile sorpresa.

Massi emise un suono gutturale che Annabella ormai aveva imparato a conoscere come la sua peculiare versione di una risata. «Non essere così felice di vedermi, Abbondante. Mi spiace per te, ma sono stato formalmente invitato da Gualtieri e Carnelutti» disse lui, e si infilò dentro senza attendere che lo invitasse a entrare.

Stava per chiudere il portone quando si sentì chiamare: «Abbondante, aspetta. Ci sono anch'io».

Nel buio della piazzetta riconobbe l'andatura inconfondibile di Ferruccio Landi. Le venne l'impulso di corrergli incontro per abbracciarlo, ma non lo fece. Si limitò a sussurrargli, quando furono vicini: «Sono felice che tu sia qui».

Ferruccio le diede un bacio sulla guancia. «Felice di farti felice» le disse, mentre entravano nel locale.

Annabella era seduta a capotavola e osservava i suoi amici divertirsi. Era molto rincuorata che Nicola e Gabriele avessero superato il loro brutto momento. Era emozionata di notare come Alice e Michele fossero ogni giorno più vicini, anche se nessuno dei due aveva ancora avuto il coraggio di esternare quel sentimento. Era persino contenta che Sergio Massi si fosse sciolto al punto da partecipare volentieri a quella loro piccola festa. A guardarlo neppure sembrava lui, mentre rideva e scherzava insieme al suo eterno contraddittore Vanni Soldatini. Ed era davvero felice che Ferruccio fosse lì, seduto vicino a lei.

Dopo la pasta *'ncasciata*, la parmigiana di melanzane, gli involtini di pesce spada e la caponatina, quando le pance iniziavano proprio a reclamare pietà, Gabriele Gualtieri si alzò in piedi e fece cenno a tutti di tacere: «Cari amici, come sapete, oggi vi abbiamo invitato qui per festeggiare la mia promozione come profiler al reparto Analisi Criminologiche di Roma. È un incarico a cui tengo moltissimo e che mi rende molto felice. Ma la mia felicità non sarebbe completa senza un legame speciale, come quello che io e Nicola abbiamo creato in questi mesi».

Tutti applaudirono, mentre Nicola cercò il fazzoletto di sangallo nel giubbotto e si soffiò il naso. Stavano tutti per rimettersi a parlare tra loro, quando il capitano fece capire che il discorso non era terminato. A quel punto Nicola cercò la mano di Annabella sotto il tavolo. E lei capì quello che stava davvero per succedere. Tanti spilli le punsero gli occhi e le lacrime si affacciarono fastidiose a raccontare a tutti la sua commozione.

«Amici, io e Nicola siamo sulla soglia dei quarant'anni» iniziò Gualtieri.

«A me mancano ancora due anni, però» lo interruppe Nicola, suscitando l'ilarità generale.

«Quello che voglio dire è che credo sia giunto il momento per noi di dare un senso più profondo alla parola "unione", di esprimere con forza le ragioni del nostro sentimento e di far partecipare la comunità alla nostra decisione di essere una cosa sola. Ed è per questo che vi annunciamo che tra due settimane partiremo per Madrid per organizzare il nostro matrimonio.»

La notizia esplose nella stanza come una piccola bolla di emozioni compresse e poi liberate. La felicità, si sa, è contagiosa. Fu così che tutti si sentirono d'un tratto colmi di gioia da condividere. Michele prese la chitarra e iniziò a suonare una specie di marcia nunziale, mentre Gabriele e Nicola si baciarono e si abbracciarono stretti.

Annabella Abbondante, vai a capire perché, iniziò a piangere sulla spalla di Ferruccio sporcandogli di mascara la camicia bianca appena comprata. Ma Ferruccio non sembrò badarci, mentre le accarezzava i capelli scomposti in un'esplosione di riccioli.

Nel culmine dell'euforia generale fece il suo ingresso Tonino Passalacqua con due vassoi di sfogliatelle ricce e frolle, che riportarono ordine e silenzio nella tavolata. Approfittando di quel momento di pace, Sergio Massi delle Case si alzò in piedi e fece tintinnare il bicchiere.

Annabella non sapeva più cosa pensare sul conto del collega. Iniziò a sospettare che il vero Massi fosse stato rapito dagli alieni. E che quello fosse un sosia lasciato per non destare sospetti.

«Cari amici e colleghi, visto che siamo in tema di annunci importanti, credo sia giusto condividere qui con voi un'importante notizia che ho ricevuto proprio oggi pomeriggio, prima di venire qui. Il CSM ha approvato al plenum il mio trasferimento alla DDA di Firenze.»

A quel punto levò il bicchiere nella direzione di Annabella e concluse: «Brindo ai vecchi amici, anche a quelli più rompiscatole come te, Abbondante. Sembra incredibile anche a me, ma stasera ho la certezza che anche tu mi mancherai».

«E tu mancherai a me, caro Sergio Massi delle Case Chiuse!» gridò Annabella.

Massi le puntò il dito sul naso, come d'abitudine. «Ero certo che fossi stata tu a inventare quel soprannome!» disse tra il serio e il faceto. Tutti risero. E Michele cominciò a suonare *Stairway to Heaven*.

Un paio d'ore più tardi, nel giardino di Michele, quando tutti gli altri erano oramai andati via, Ferruccio e Annabella se ne stavano seduti sul dondolo, avvolti in una coperta a guardare le stelle. Lei aveva la testa vuota e leggera, avvertiva un lieve solletico alla base dell'anima, che la faceva sentire su di giri, ma non sapeva bene perché. Era stata una serata così densa di eventi che adesso quel silenzio di stelle e di foglie era quello che ci voleva. Ma il silenzio non durò a lungo…

«Annabella, ho anch'io qualcosa da dire stasera» sussurrò Ferruccio. «Hai voglia di ascoltarmi?» Le prese la mano.

Annabella si rese conto che quel chiarimento era necessario. E non si sottrasse. Anche se le si imperlò la fronte di sudore e la colse un piccolo capogiro.

«Ti ascolto, Ferruccio.»

«Io mi sono innamorato di te, questo l'hai capito, no? È un sentimento molto intenso. E io stesso ne sono sorpreso. Vorrei capire dove stiamo andando, io e te. Se pensi che ci sia spazio per me nella tua vita. Per quanto mi riguarda sono pronto, ma non ho capito se tu vuoi provare a costruire qualcosa con me oppure no.»

Il cuore di Annabella Abbondante perse un battito. Si sciolse dall'abbraccio, per guardarlo dritto negli occhi. «Ferruccio, tu mi piaci moltissimo. Mi piaci come uomo, come magistrato, come persona. Non c'è stata conversazione con te che io non abbia trovato interessante e stimolante. Sei un amante attento e premuroso. Mi hai fatto sentire la regina del tuo letto e della tua casa. Sei una persona con una vita interiore così luminosa che mi cattura ogni giorno di più. Ti voglio bene, molto bene. E proprio per questo non voglio farti soffrire. Tu meriti una donna che sappia amarti senza riserve. E non so dirti, in tutta onestà, in questo momento della mia vita, se questa donna possa essere io.»

Ferruccio non distolse lo sguardo, si limitò a deglutire e sospirare. «Perché non lo sai? Spiegamelo.»

«C'è qualcosa di irrisolto dentro di me. Qualcosa che parte dal passato ma abita ancora il mio presente. Devo affrontarlo. Ho sempre voltato la testa dall'altra parte. Ma ora è venuto il momento di farlo. So di chiederti molto. Ma vorrei lasciare le cose così come sono adesso. Non ho mai incontrato una persona come te. Non voglio sprecare la nostra occasione di essere davvero felici. E non lo saremmo, adesso.»

Ferruccio, sorrise, un sorriso malinconico, le accarezzò una guancia e disse: «Sono un uomo paziente, Annabella. Ti lascerò il tempo che ti serve. So che ne vale la pena, per entrambi».

«Lo so. Ti voglio bene, dottor Landi.»

Ferruccio si alzò. «Be', mi pare un buon inizio, Abbondante. Ti accompagno a casa? Giuseppe è qui fuori.»

«No, ho la mia macchina.»

«Allora a presto» disse lui, dirigendosi verso la porta a vetri.

«Ferruccio, aspetta.» Annabella si alzò, per qualche secondo lo fissò, persa nella tempesta di pagliuzze dorate dei suoi occhi. Alla fine sorrise, gli prese il viso tra le mani e lo baciò. Un bacio lungo, che sapeva di speranza.

Epilogo

Una domenica qualunque…

La Grecia. Sì, era proprio la Grecia. Il mare era così intenso e brillante. E poi il frinire incessante delle cicale e il profumo dei pini marittimi. E quel sole carezzevole e sensuale, come la mano di un amante appassionato. La canzone… era quella. La loro canzone. Le mani di Tano che suonavano la chitarra, le mani di Tano su di lei, dappertutto. Mille pagliuzze dorate le scaldavano il cuore, era al sicuro, era felice. Lo guardava, ma non era più Tano, era Ferruccio. La barca oscillava, qualcuno stava gridando. Un grido disperato, un grido disumano. Era un gatto e stava soffocando. Serafino…

Annabella aprì gli occhi e si mise a sedere in mezzo al letto. «Serafino, porca miseria.»

Le urla disperate del gatto si sentivano da dietro la porta. Aprì e si trovò davanti un sacco di tela indemoniato. Si affrettò a slacciare lo spago che lo chiudeva, ne venne fuori il povero Serafino disorientato e terrorizzato. Il gatto corse dentro a rifugiarsi dietro al mobile. Il suo nascondiglio in caso di emergenza.

Annabella Abbondante non ci vide più. Il vaso era colmo. Una cortina rosso sangue le calò davanti agli occhi. Scese le scale come una furia, a piedi scalzi e capelli sciolti, raggiunse il piano terra che sembrava un'Erinni e iniziò a picchiare alla porta della Gina come se non ci fosse un domani.

La vicina aprì la porta già pronta alla polemica, ma non si sarebbe mai aspettata quel ceffone in pieno viso. Annabella glielo piazzò potente, con la precisione di un cecchino. La Gina si portò la mano sulla guancia e la guardò con la faccia spiritata per la sorpresa.

«Non ti permettere mai più di infliggere torture al mio gatto. Sono seria, Gina. La prossima volta chiamo la protezione animali e ti denuncio per maltrattamenti. Art. 544 ter del codice penale: chiunque, sottopone a sevizie un animale è punito con la reclusione da tre a diciotto mesi o con la multa da cinquemila a trentamila euro. Sono stata chiara?»

La Gina annuì senza smettere di tenersi la guancia. Annabella le voltò le spalle e risalì le scale con calma, soddisfatta.

Aveva appena chiuso la porta che il cellulare iniziò a suonare...

La libertà non è uno spazio libero...

Per miracolo si ricordò dove fosse: era in carica sul comodino.

«Pronto, Annabella, mica ti disturbo?»

Riconobbe subito la voce di Giorgio de' Nittis.

«Certo che non mi disturbi! Come stai, Giorgio? Ma è vero quello che mi hanno detto alla Scuola?»

«Sì, Annabella. Ho presentato le dimissioni dalla magistratura l'altro ieri.»

«Ma perché?»

«Credo che la mia missione sia un'altra. Ho un progetto. Una cosa importante. Voglio dare un senso a tutte le sofferenze che ho vissuto e onorare la memoria di mia madre. La mia madre biologica intendo.»

«Capisco, cosa farai allora?»

«I miei genitori adottivi mi avevano intestato un fondo fiduciario. Da utilizzare al compimento dei venticinque anni per la mia attività professionale. Non l'ho mai toccato finora. Lo userò per investire in un'associazione senza scopo di lucro. Con altri giovani avvocati presteremo la nostra opera in modo gratuito. Sentirsi senza via di uscita, senza nessuno che ti creda, deve essere terribile. Se mia madre avesse avuto qualcuno che l'avesse difesa sul serio, che l'avesse ascoltata, non sarebbe stata condannata ingiustamente. E non avrebbe fatto ciò che… ha fatto.»

«È un progetto ammirevole, Giorgio. Capisco perché lo fai e ti rispetto. Se posso aiutarti in qualche modo, non farti scrupoli e chiamami.»

«Ho iniziato le pratiche per il riconoscimento della maternità. Con l'esame del DNA. Voglio essere suo figlio agli occhi di tutti. Glielo devo. Lei è morta per causa mia, e si è macchiata di un delitto per difendermi, non ha mai smesso di amarmi. Lo sai che mi ha lasciato la casa?»

«Quale casa?»

«La casa di quel bastardo.»

«Il casale di Coriandoli?»

«Già… Mi ha convocato il notaio, e mi ha spiegato che Eva, il giorno stesso che ha accettato l'eredità, ha fatto a sua volta testamento, lasciando la casa a me.»

«Giorgio, so che tu odi il tuo padre naturale. E ti capisco. Pensa solo che nessuno è il male assoluto. Neppure lui. Il fatto che avesse fatto testamento in favore di Eva dimostra che in fondo forse aveva un'anima.»

«Forse sì. Ma io non posso perdonare quello che ha fatto a lei e anche a me. Ci ha privati del legame più importante nella vita di un essere umano.»

«Cosa ne farai della casa? La venderai?»

«No, andrò ad abitarci. La ristrutturerò e ne ricaverò un piccolo appartamento per me. Il resto diventerà un centro di accoglienza per minori abbandonati. Lo chiamerò Casa di Eva.»

«Ci vorranno alcuni mesi per ristrutturare. Dove abiterai nel frattempo? A casa dei tuoi genitori?»

«No, questo è escluso. Non posso tornare a vivere con loro, dopo quello che ho saputo.»

«Ricorda però che loro non sapevano nulla della sofferenza che quell'uomo aveva inflitto a tua madre. Credevano che la ragazza incinta volesse disfarsi del figlio. Con questo non intendo dire che il loro comportamento sia giustificabile, tuttavia si può comprendere che siano stati spinti dal desiderio irrazionale di avere un figlio.»

«Ma io non li odio, sai. Solo che non mi sento più legato a loro, non sento più quell'affetto che un figlio deve portare ai propri genitori. Accetterò il loro sostegno economico, ma solo per portare avanti i miei progetti.»

«Il tempo cura molte ferite, Giorgio. Non chiudere tutte le porte. Non puoi sapere cosa proverai tra qualche anno. Resterai dal tuo amico finché il casale non sarà pronto?»

«No, devo trovare un'altra soluzione. Il mio amico si sposa e non voglio fare da terzo incomodo. Qualcosa troverò.»

«Vienimi a trovare nei prossimi giorni. Prendiamo un caffè e mi racconti meglio di questo tuo progetto.»

«Lo farò. Sei una cara persona, Annabella. Sei l'unica che mi ha aiutato in questa orribile vicenda. Non lo dimenticherò mai.»

«Sciocchezze» disse la giudice, soffiandosi il naso. «Ci sentiamo presto.»

La domenica si preannunciava piuttosto fredda. Annabella lasciò il cellulare sul tavolo, riattizzò il fuoco sotto la cenere e piazzò un ceppo nuovo nel camino. Poi si sedette sul divano a contemplare le fiamme, ancora frastornata da quell'inizio di giornata alquanto fuori programma. Accese la radio accanto a lei. Da quando il capitano Gualtieri era ritornato a stare con Nicola, la casa sembrava sempre troppo vuota e silenziosa. *Stai diventando una vecchia zitella, Annabella Abbondante, se non reggi più la solitudine.*

Decise di prepararsi un caffè per tirarsi su il morale. Aveva appena messo la moka sul fuoco quando sentì un vagito provenire dal cellulare. Corse a leggere il messaggio.

Sono qui a Lucca. Anzi, sono proprio sotto casa tua.
Posso salire due minuti? Devo dirti una cosa importante.

Annabella sorrise e digitò la risposta:

Vedo che non perdi l'abitudine di presentarti a casa mia senza preavviso.
Ora sono proprio fuori uso. Ti va invece di pranzare da me?
Ho fatto le polpette, pensa, senza di te.

E non saranno venute così buone, però. Allora ci vediamo per mezzogiorno?

Ti aspetto, Lorenzo.

E corse a vestirsi.

Lorenzo Di Salvo si presentò all'ora stabilita con un mazzo di tulipani.

«Se mi ricordo bene sono i tuoi preferiti» esordì.

Si abbracciarono stretti. Mentre preparava la pasta, Annabella lo ascoltava raccontare di quei mesi incredibili vissuti in Africa. Del progetto che andava a gonfie vele, dei posti meravigliosi che aveva visitato, dell'immensa povertà di quella regione. Parlava e sorrideva, Lorenzo. Era sempre molto affascinante. Non c'erano dubbi, l'aria del Sudan gli aveva giovato. Ma aveva qualcosa di diverso, una specie di aura, che lei non riuscì subito a decifrare.

Erano seduti a tavola e stavano mangiando in silenzio, quando Lorenzo glielo disse. «Annabella, mi sposo.»

Ci fu un crollo di riccioli selvaggi sulla fronte. «Tu... cosa?»

«Sì, scusa. Non mi piacciono gli inutili giri di parole. Ho incontrato una donna in Sudan. Un medico anche lei. È francese.»

«E te la sposi? Avete fatto le cose piuttosto in fretta! Un colpo di fulmine?» commentò Annabella, sforzandosi di apparire naturale.

«Sì, forse possiamo chiamarlo un colpo di fulmine. Stiamo molto bene insieme. Ma soprattutto ora lei aspetta un bambino.»

Ci mancò poco che Annabella si affogasse con il sorso di vino che stava bevendo. E niente. Era troppo. Non riusciva a dissimulare il proprio sconcerto. Non che non fosse felice per lui. Non che provasse rimpianto o gelosia. Lorenzo era stato importante per lei, ma non abbastanza da farle rinunciare alla sua libertà. Lei lo sapeva e anche lui doveva averlo avvertito. Però l'idea di Lorenzo sposato e con un figlio le diede una fitta al cuore. Come una spina. E non capiva bene cosa fosse.

«E dove vivrete? Mica potrai crescere un figlio in Sudan!» chiese lei per darsi un contegno e non apparire scortese. Lorenzo non se lo meritava affatto.

«Torneremo a vivere qui a Lucca. Cecile adora l'Italia e poi, diciamolo, mia madre mi disereda se porto il nipotino a vivere lontano da lei.»

Risero. La complicità tra di loro non era scomparsa. Continuarono a chiacchierare ancora un po'. Come due vecchi amici che si ritrovano.

Quando però ebbe salutato Lorenzo e richiuso la porta dietro di lui, appoggiata allo stipite, Annabella pianse per sciogliere il rospo che le si era formato in gola. In quell'istante realizzò che quella fitta al cuore aveva un nome preciso. Invidia. Per Lorenzo, che era stato capace di andare avanti e lasciare il passato dove meritava di restare.

Lei invece era ferma con l'animo rivolto al passato, incapace di andare davvero oltre.

Per la prima volta in vita sua Annabella Abbondante sentì il peso della sua solitudine. Si affacciò alla finestra e scorse Calpurnia intenta a sistemare i suoi fiori. Cantava Rino Gaetano e aveva uno sguardo malinconico, perso nei suoi ricordi. Anche Calpurnia era prigioniera del passato. Ma la "poeta", almeno, aveva vissuto tutto fino in fondo, senza tirarsi indietro.

Basta. Si asciugò gli occhi, prese le chiavi dell'auto e uscì.

Poco dopo suonava il campanello bitonale della villetta rosa salmone. Cristian le andò incontro per aprirle il cancello. «Zia Annabella, cosa ci fai qui di domenica? Stai male?»

«Non nel senso che pensi tu, ragazzino. Tua madre è in casa?»

«Sì, c'è anche la nonna. A proposito, visto che sei qui, dammi il cellulare che ti modifico la suoneria. Così ti liberi del fastidioso vagito» ridacchiò il nipote mentre le apriva la porta.

Annabella Abbondante si infilò dentro. «Lascia stare. Me la tengo. Ormai mi ci sono affezionata.»

Sua sorella e sua madre le andarono incontro festanti. Sua madre però, dopo averla guardata un attimo negli occhi, ne colse il velo di malinconia. L'abbracciò forte. «Che ti succede, bambina mia?» le sussurrò in un orecchio.

Annabella le diede un bacio sulla guancia. «Niente, non preoccuparti. Avevo voglia di stare un po' in famiglia, una volta tanto. Fortù, ce l'hai un po' di limoncello del nonno Prospero?»

«Adesso te lo porto, ma prima vieni a sentire una cosa.» Maria Fortuna prese la mano di sua sorella e se l'appoggiò sulla pancia ormai tonda. Annabella non capì subito che cosa volesse. Ma se ne stette buona ad aspettare, finché qualcosa si mosse dentro il ventre teso come un tamburo, procurandole un tuffo al cuore. «È il piedino di Angela» sorrise Fortuna, radiosa.

Durante quel pomeriggio in compagnia dei suoi familiari, Annabella sentì crescere dentro di sé una strana tenerezza e nostalgia. Pensò a Lorenzo e alla sua piccola famiglia in arrivo. Le venne in mente Giorgio, rimasto orfano e privo di punti di riferimento, e ripensò alla sua amica Calpurnia, che dopo quindici anni ancora non si rassegnava alla scomparsa di suo figlio... *La famiglia*, si disse, *è anche quella che ti scegli*. Ci sono legami che la vita ti offre a cui non ci si dovrebbe sottrarre.

Un lampo le attraversò lo sguardo. *Un colpo di genio*, pensò. La soluzione era proprio sotto i suoi occhi. Certo, avrebbe potuto evitare di intromettersi, farsi i fatti suoi. Ma lei era fatta così, lo sapevano tutti.

«Scusatemi, mi allontano per fare un paio di telefonate» annunciò. Quando rientrò nel salotto aveva un'espressione soddisfatta, che non sfuggì a sua madre.

«Quand'è che metterai a riposo quella tua testolina, amore mio? Sempre a costruire ponti e trovare soluzioni per ogni cosa, la mia Annabella.»

All'ora di cena era da poco rientrata a casa sua quando suonò il citofono. «Giorgio, aspettami che scendo.»

Il ragazzo l'aspettava all'inizio della scalinata con una valigia ingombrante. «Sei sicura di questa idea, Annabella? Non vorrei dare fastidio a nessuno.»

«Fidati, è la soluzione ideale. La mia amica è sola, ha bisogno di qualcuno in casa che badi alle sue piante quando è fuori. E poi un'altra persona in casa le movimenterà la giornata.»

Bussarono alla porta, Calpurnia aprì in un caftano azzurro come i suoi occhi, la treccia argentata sulla spalla e una collana di ametiste. Una vera apparizione. Quando vide Giorgio, i suoi occhi si spalancarono e la bocca si schiuse in un radioso sorriso.

Il ragazzo arrossì nel presentarsi: «Molto piacere di conoscerla, signora Oltremare, mi chiamo Giorgio, Giorgio Cantelli».

Annabella si girò di scatto. Giorgio colse il suo gesto e disse: «Ho deciso di assumere il cognome della mia vera madre. Credo che sia giusto così».

«Hai un bellissimo nome, mio caro» commentò Calpurnia. E nel dire questo lo accarezzò sulla guancia, lo prese sottobraccio e disse: «Vuoi vedere la stanza che ti ho preparato? Era di mio figlio. Anche lui si chiamava Giorgio. Era un ragazzo in gamba. Certo, non era bello come te, ma tu me lo ricordi molto».

«Anche lei somiglia un po' alla mia madre naturale, signora Oltremare.»

«Chiamami Calpurnia, mio giovane bocciolo di pesco.»

Meravigliosa, impagabile Calpurnia, pensò Annabella. Non li seguì, voleva dare loro il tempo di prendere confidenza. Se ne andò in cucina e si versò una tazzina di caffè.

Stette in silenzio a guardare la pioggia che batteva contro i vetri, osservando le mille gocce che scivolavano veloci. Poi, senza preavviso, nella sua mente si formulò un pensiero. Una scelta obbligata che aveva rimandato troppo a lungo. Prese il cellulare. Fece il numero. Aspettò.

«Pronto, Annabbè. È successo qualcosa?»

«No, ma ti devo chiedere una cosa.»

«E chiedi.»

«Quando sali a Bologna la prossima volta?»

«Parto domani, perché?»

«Al ritorno, vieni a stare da me? Anche solo un paio di giorni. Ci sono molte cose da dire. Cose che abbiamo lasciato in sospeso, cose che abbiamo dato per scontate. Ci vieni o no?»

«Sì, ci vengo. Lo sai che ci vengo, Annabbè.»

«Ti aspetto, Tano» e sentì il cuore farsi più leggero, senza motivo.

Ringraziamenti

Gli amici e sostenitori di Annabella sono diventati tantissimi in questo anno. Per cui la mia gratitudine va innanzitutto alle migliaia di lettori che hanno fatto della mia giudice un personaggio di successo. Tutto il mio affetto e i miei pensieri felici vanno a coloro che amano Annabella Abbondante e il suo mondo, a quanti mi hanno scritto speranzosi informandosi sull'uscita del nuovo romanzo, a quanti mi hanno incoraggiata con le loro recensioni appassionate, a quanti hanno condiviso con me le risate e la spensieratezza che Annabella ha portato nei loro cuori.

Un grazie particolare alla poetessa Antonella Pagano, che con il suo estro, la sua fantasia e la sua immensa vitalità ha ispirato il personaggio di Calpurnia Oltremare.

E un grazie infinito e affettuoso alla mia cara amica Lucia Focarelli, psicologa in pensione e poetessa, nata a Oltremare, che è l'anima più materna, empatica e delicata di Calpurnia. Colei che mi ha donato le sue poesie per rendere il personaggio della mitica poetessa ancora più speciale. Grazie davvero, amica mia, senza di te Calpurnia non sarebbe mai stata Calpurnia.

Voglio dire un grazie enorme anche agli amici e colleghi magistrati che con affetto e sincero interessamento mi hanno "regalato" un pezzetto della loro vita professionale, condividendo con me episodi e ricordi che hanno ispirato i racconti contenuti nel romanzo: Giacomo

Ebner, Gianandrea Chiesi, Floriana Gallucci, Sergio Palmieri, Cristina Ricci, Manuela Massenz.

Gratitudine e sincero affetto per le colleghe Caterina Trentini e Lorella Triglione, che con dedizione e passione per i miei romanzi mi hanno aiutato a ricostruire con accuratezza gli ambienti di Villa Castelpulci, sede della Scuola Superiore della Magistratura, quando non potevo farlo direttamente io. E sono state anche delle attente e propositive *beta reader* di questo secondo romanzo. Ringrazio, in proposito, anche Fabiana Carleo, Barbara Ciccolella e Mauro Del Pedri, per la loro lettura critica e paziente che mi ha consentito di arrivare fino in fondo a questa nuova avventura.

Grazie anche alla mia collega in tirocinio Agnieszka Karpinska, che mi ha fornito preziosi video della Scuola quando è stato necessario.

Grazie a Giuseppe Meccariello e Antonio Baldassarre, miei colleghi penalisti, per la loro preziosa e partecipata consulenza sulla procedura penale.

Non posso dimenticare Luca Palamara, che mi dice sempre la sua opinione con sincerità. Mi sprona e mi sostiene quando è necessario. Grazie, amico mio. Ci sei quando serve e quanto basta.

Ancora e sempre un grazie immenso a Giovanni Fanticini e Paolo Cuomo, ispiratori dei personaggi dello Sceriffo Vanni Soldatini e del mitico cancelliere Paolo Dolly Sarracino. Senza il loro contributo e il generoso consenso a "saccheggiare" la loro vita professionale mancherebbe un pezzo fondamentale nelle storie di Annabella. Restate sempre uguali a voi stessi.

Grazie a Lorella Triglione, Rinaldo D'Alonzo e Alessandro Auletta per aver acconsentito ad inserire i loro "avatar" nel racconto, ispirando i personaggi dei colleghi tutor Loretta Taglione, Alfonso Rinaldi e Alessio Stanzetta.

Questa volta devo inserire un grazie anche agli amici e colleghi scrittori che ho conosciuto in questo lungo anno e con cui si è creato un legame di affetto e stima.

Grazie dunque alle bravissime Gabriella Genisi e Patrizia Rinaldi, che hanno trovato il tempo di leggermi e mi hanno affettuosamente regalato il loro prezioso giudizio su Annabella Abbondante. E un grazie speciale a Maurizio De Giovanni, che con il suo spirito generoso non solo mi ha letto, ma mi ha anche sostenuto con la presentazione del primo libro e un lusinghiero commento su questo secondo romanzo.

E un abbraccio affettuoso alle compagne di avventura che stanno rendendo questo percorso nella scrittura ancora più bello ed esaltante, che stanno condividendo con me progetti e idee. Le mie amiche "*cosy crimers*" Valeria Corciolani, Rosa Teruzzi, Lucia Tilde Ingrosso, Daniela Grandi e Anna Allocca.

Grazie alla mia editor Annalisa Lottini, che sopporta i miei messaggi a tutte le ore e si entusiasma dei miei libri anche più di me. Grazie a tutta la casa editrice Giunti per la fiducia e il prezioso sostegno.

Grazie a Piergiorgio e Arianna della PNLA, i meravigliosi agenti senza i quali non andrei da nessuna parte.

Grazie infine, e soprattutto, alla mia famiglia. A mio marito Paolo, che mi sostiene e mi supporta – e diciamolo, anche mi sopporta –, senza il quale Annabella non sarebbe mai nata, perché lui è il mio prezioso *alfa reader* insieme al quale nascono e si sviluppano le idee più belle. Alle mie due figlie Giulia e Sara, che non mi fanno mai pesare l'assenza e i lunghi periodi "a pizza e panini". Vi voglio bene, siete la mia luce.

NOTA BIBLIOGRAFICA

Le poesie alle pagine 218-219 e 290 sono di Lucia Focarelli, liberamente tratte dal libro *La lavandaia d'Oltrarno. Curve di parole poetiche*, Atelier, Pistoia 2019.

Indice